~ In stillem Gedenken an all die lieben Menschen, die unser Herz berührten und viel zu früh von uns gehen mussten. Wir sind für immer in unseren Erinnerungen vereint. ~

AF289286

Copyright © 2016 Nancy Steffens

www.nancysteffens.wordpress.com

www.facebook.com/nancy.steffens.autorin

Cover: © Guter Punkt unter Verwendung von Motiven von
thinkstock und shutterstock,
COBU Graphics by Rica Aitzetmueller

Herstellung und Verlag: BoD – Books on Demand, Norderstedt
ISBN: 9783842338906

# N. Steffens

# PORTA INFERNA

## Auserwählte des Schicksals

FANTASY-ROMAN

Einst war ich ein normales junges Mädchen, das wohlbehütet im Haus seiner Eltern aufwuchs. Meine Mutter war die liebevolle Hausfrau von nebenan, während mein Vater als Cop böse Buben zur Strecke brachte und mir insgeheim als Vorbild diente. Mir mangelte es weder an Liebe oder Geborgenheit noch stammten wir aus ärmlichen Verhältnissen. Wenn ich darüber nachdachte, hatte ich eine schöne Kindheit verlebt. Dennoch geschah es an meinem sechzehnten Geburtstag, dass sich plötzlich alles veränderte und nichts mehr der Normalität entsprach.

Es war Winter, die Bäume sowie Dächer schneebehangen und ich wieder einmal auf dem Weg zur Schule. Als überaus nachdenkliches Kind blickte ich auch an jenem Tag verträumt in der Gegend umher. Was ich hierbei jedoch auf einer der Bedachungen erspähte, wäre für gewöhnlich nicht sonderlich aufregend gewesen, hätte es sich nicht in waghalsiger Höhe befunden – Fußspuren. Man konnte sie, dank ihrer Regelmäßigkeit und des prägnanten Profils, genau erkennen. Zunächst hatte ich mir keine Gedanken darüber gemacht und mir eingeredet, dass sie einem Arbeiter gehörten, der eine kurze Pause einlegte. Obgleich ebendies bei minus zehn Grad eher unwahrscheinlich war.

Mit jeder Minute, jedem Tag und schließlich auch jeder Woche, die verging, verdichteten sich meine Gedanken jedoch zu klarem Wissen: Wir waren nicht allein auf dieser Welt.

Beinahe täglich entdeckte ich verschiedenartige Kuriositäten in meiner Umgebung. Seltsam verschnörkelte Symbole an verlassenen Gebäuden, die regelrecht zu glühen schienen, für mein Umfeld allerdings unsichtbar blieben. Menschen, die mich mit einem Mal kritisch beobachteten, ja sogar absichtlich die Straßenseite wechselten, sobald ich ihnen zu nahe kam. Tiere, die meine Anwesenheit schlagartig nicht mehr ertrugen und mir fortan feindselig gegenübertraten. Das markanteste

Zeichen, dass etwas nicht stimmte, war jedoch das Mal, das von heute auf morgen mein linkes Handgelenk zierte.

Das Eiskristall nebst Mondsichel und Abendstern war durchaus ansehnlich, obgleich meine Eltern diesbezüglich andere Ansichten pflegten. Sie waren überraschenderweise überzeugt gewesen, dass ich nicht mit meinem Leben zurechtkam und zur Selbstverstümmelung griff. Gewiss hatte ich versucht, sie davon zu überzeugen, dass in dieser Welt merkwürdige Dinge vonstattengingen. Ebenso wie ich mich nach allen Kräften bemüht hatte, ihnen zu verdeutlichen, dass ich mir unter keinen Umständen etwas angetan hatte. Doch je mehr ich unternahm, um mein skurriles Verhalten zu rechtfertigen, umso verrückter erschien ich.

So kam es schließlich, dass ich vor genau fünfzehn Jahren zu Hause auszog, um mein Schicksal selbst zu bestimmen. Harte Zeiten der Einsamkeit folgten, in denen allein der Gedanke an meine Eltern mich bis tief ins Mark traf. Irgendwann jedoch kehrte die geliebte Ruhe zurück in mein Leben und ich lernte, mit der Situation umzugehen. Ganz gleich also, wie viel Schmerz ich in der damaligen Zeit zu verdrängen versuchte: Es hatte mich zu der starken Frau gemacht, die ich heute war.

# Kapitel 1
*Sheeva*

„Hey, Arschloch", schrie ich in die Dunkelheit der Nacht, während meine Finger griffbereit am Schaft der silbernen Beretta lagen, die ich stets bei mir führte.

„Nimm deine beschissenen kleinen Gnomfinger hinter den Kopf, sodass ich sie sehen kann. Und versuch gar nicht erst Mätzchen zu machen, sonst hast du eine nette kleine Silberkugel in deinem Miniaturschädel." Vorsichtig öffnete ich das Halfter, um meine Waffe sofort ziehen zu können, sollte der kleine Wicht Anstalten machen, sich zu wehren.

Langsam drehte sich mein Gegenüber in meine Richtung. Anstatt jedoch zu tun, was ich ihm befohlen hatte, erntete ich nur ein hämisches Grinsen. „Wer bist du, dass du glaubst, so mit mir reden zu können? Hast du eigentlich eine Ahnung, wer hier vor dir steht?" Selbstbewusst trat der Winzling mit dem langen roten Bart zwei Schritte auf mich zu und sofort machte mein Herz einen kräftigen Sprung. Das hier war für mich zwar nicht die erste Konfrontation mit einem *Kleinwüchsigen*, wie der Rest der Bevölkerung ihn nennen würde, doch ich wusste, zu was er fähig war. Auf der Hut zu sein, konnte nicht schaden.

„Sheeva Mathews, Kopfgeldjägerin der *BEA*. Fizzle Clopper, erster Sohn des Bingus, Gemahl von Aada, Blanka, Cendrine, Dania und Erianthe Clopper. Ich bin hier, um dich zu verhaften, da du zum wiederholten Male straffällig geworden bist. Nebenbei gesagt: Dein Vater, der wohl einer der wenigen angesehenen Gnome war, würde sich im Grabe herumdrehen, wenn er wüsste, was du so treibst. Und auch ich kann Typen wie dich nicht ausstehen. Deshalb rate ich dir von vornherein, sämtliche Tricks zu unterlassen. Andernfalls könnte das hier ziemlich unschön für dich enden. Ich kann es nämlich überhaupt nicht leiden, wenn man mich verarscht, verstanden?", antwortete ich mit gespielter Überheblichkeit und wagte mich ebenso zwei Schritte nach vorn.

Kaum hatte ich meinen Standardtext heruntergerattert, verzog sich auch schon die Miene des Gnoms zu einer hässlichen

Fratze. Wie immer, wenn sie bemerkten, dass man nahezu alles von ihnen wusste und dennoch die Frechheit besaß, sie zu provozieren.

Unerwartet stürmte der Wicht auf mich zu, rammte unter lautem Geschrei seine Schulter in meinen Bauch und bohrte seine dürren, knochigen Finger in meinen Rücken. Sofort taumelte ich ein paar Meter zurück, prallte hart gegen einen Baum und keuchte gequält auf. „Du Hexe wagst es, mich verhaften zu wollen? Wagst es, den Namen meines toten Vaters in den Mund zu nehmen und mir zu drohen?", schrie Fizzle hysterisch und krallte sich umso fester in mein Kreuz, ehe er mit seinen spitzen Schuhen wild gegen meine Schienbeine trat.

„Du kleiner Drecksack, das hast du nicht umsonst getan", wetterte ich und ging schmerzerfüllt auf die Knie. Wütende, grün funkelnde Augen sahen mich überheblich an. Allem Anschein nach wiegte Fizzle sich bereits in Sicherheit. Ich wäre jedoch nicht beim *BEA*, wenn man mich spielend leicht ausschalten könnte. Obgleich meine Arme in der festen Umklammerung des überraschend starken Männleins gefangen gehalten wurden, war mir mehr als nur eine Methode geläufig, mich aus solch einer Lage zu befreien.

Zornig riss ich den Kopf nach hinten, um ihn gleich darauf vorschnellen zu lassen und lautstark gegen den Schädel meines Angreifers zu schmettern. Sofort durchzog ein Schmerzensschrei die Dunkelheit und der Gnom ließ von mir ab. Trotz brummender Kopfschmerzen stürzte ich ohne viel Zeit zu verlieren auf ihn und nagelte ihn mit meinem Unterleib am Boden fest.

„Ich hatte gesagt, keine Tricks, du mieser kleiner Wurm", knurrte ich, zog kurzerhand meine geladene Waffe und hielt sie dem Zwerg an die blutende Stirn. Entsetzt starrte er mich an und wirkte plötzlich lammfromm. *Sei vorsichtig, Sheeva, du weißt, dass Gnome wandelbare Geschöpfe sind und der Schein trügen kann.*

„Wirst du kleiner Scheißer jetzt endlich gehorchen, oder muss ich erst richtig böse werden?", fragte ich genervt und fummelte bereits an meinem Halfter herum, um die Handschellen zu lösen. Ohne Fizzles Antwort abzuwarten, und ihm eine Chance zur Reaktion zu geben, packte ich ihn an der Schulter. Ruckartig zerrte ich ihn herum und drehte ihm die Arme auf den Rücken, um sie zu fixieren. Sein faltiges, hakennasiges Gesicht presste ich dabei demonstrativ auf den Asphalt. Das darauf folgende Klicken des runden Metalls in meiner Hand gab mir sogleich eine innere Befriedigung. Ich hatte alles richtig gemacht.

***

„Bail Enforcement Agency, Sie sprechen mit Judy, was darf ich für Sie tun?"

„Hey, hier ist Sheeva. Ich habe Fizzle Clopper an Bord und bin auf dem Weg zu dir. Kannst du mir einen Gefallen tun und schon mal die Zelle vorbereiten? Kaffee wäre auch nicht schlecht", plapperte ich zufrieden lächelnd, bei dem Gedanken, dass Judy mit Sicherheit wieder mächtig stolz war, weil sie mich unterstützen durfte. Ich wollte einfach, dass sie sich nicht nur als Empfangsdame sah, sondern als eigenständiger, wichtiger Teil der Firma.

„Fizzle Clopper? Der Gnom? Wo hast du ihn aufgespürt? Und ja, natürlich bereite ich alles vor. Das mit dem Kaffee könnte allerdings zum Problem werden. Wir haben Hinweise bekommen, denen du gewiss nachgehen willst", drang es durch das Handy in mein Ohr und sofort war mein ganzer Körper in Alarmbereitschaft versetzt. Judy wusste, dass ich mir nach getaner Arbeit stets einen guten Schluck schwarzen Goldes gönnte. Wenn sie jedoch der Ansicht war, dass ich dieses Privileg nach hinten verschieben musste, war die Kacke meist richtig am Dampfen.

„Was ist los, Judy?", erkundigte ich mich und bog mit meinem 70er- Ford Mustang in die Dudley Street ein, die knapp zwei Meilen von der Agentur entfernt lag.

„Darüber sprechen wir besser, wenn du hier bist, Sheeva. Wann wirst du eintreffen?"

„Acht Minuten", schoss es angespannt aus mir heraus, ehe ich auflegte und umso mehr aufs Gaspedal trat. Sofort brüllte der

Motor los, presste mich gnadenlos in den Sitz. Ein wahnsinniges Gefühl kann ich euch sagen.

Keine fünf Minuten später stand ich vor dem roten Backsteingebäude des *BEA*-Hauptsitzes. Im ersten Stock brannte Licht, ebenso im Keller, wo sich die Zellen befanden. Judy war vermutlich dabei, ihren *Spezialauftrag* zu erledigen. Lächelnd stieg ich aus, klappte den Fahrersitz nach vorn und zog den Gnom heraus. Er hatte seinen vorherigen Gesichtsausdruck wiedergefunden und starrte mich abermals grimmig und mit verletztem Stolz an. „Das wirst du mir büßen, Schlampe. Wir werden dich jagen und quälen, dass du dir wünschst, uns nie getroffen zu haben", drohte er großkotzig. Ich hingegen lachte in mich hinein und schob Fizzle weiter Richtung Hauseingang. *Dummer kleiner Wicht. Wenn er wüsste, dass er morgen nach Salem transportiert wird und dort die nächsten sechs Jahre verbringt.*

Kaum hatten wir einen Fuß ins Innere des Gebäudes gesetzt, wand Fizzle sich umher und setzte zur Flucht an. Doch hatte ich damit natürlich gerechnet und so packte ich ihn an seinem kupferfarbenen, zerzausten Haar und zwang ihn schmerzlich, den richtigen Weg einzuschlagen. „Muss ich es dir erst vortanzen? Was ist an ‚*Keine Tricks*‘ bitte schwer zu verstehen?", fragte ich mürrisch und schlug ihm, als Zeichen meiner Verärgerung, kräftig gegen den Schädel. Entgegen meiner Erwartung verbiss er sich dieses Mal jegliche Reaktion und lief von nun an brav vor mir her, hinunter ins Kellergeschoss. *Gnome können lernwillig sein? Erstaunlich.*

„Judy, ich bin da. Wo steckst du?", rief ich und stiefelte den lichtdurchfluteten Gang entlang, geradewegs ins Untergeschoss. Keine Antwort. Den Gnom weiterhin fest im Griff, stolzierte ich voran und fand sie kurz darauf in Zelle dreizehn.

„Da bist du ja. Ist alles in Ordnung?" Überrascht sah Judy zuerst mich und anschließend Fizzle an, dessen zorniges Gesicht direkt auf sie geheftet war. Judy schluckte schwer und war bemüht darum, ihre Furcht vor dem Gnom zu verbergen. *Dafür, dass sie erst ein halbes Jahr bei uns arbeitet, erledigt sie ihren Job wirklich gut.*

„Mach dir wegen dem keine Sorgen", versuchte ich sie zu beruhigen und schüttelte demonstrativ an den auf dem Rücken befindlichen Handschellen des Wichts.

„Au verdammt, du brichst mir die Arme. Ich werde dich verklagen, Miststück!"

„Kannst du bitte einmal deine stinkende Klappe halten?", erwiderte ich genervt, zwängte mich gekonnt an Judy vorbei und stieß den Zwerg unsanft ins *Loch*, wie ich es nannte.

Prompt fiel Fizzle, mit dem Gesicht voran, der Länge nach auf den Boden und stöhnte schmerzerfüllt auf. Ohne seine Klagelaute und Beschimpfungen zu beachten, schloss ich die Zellentür und widmete mich wieder Judy.

„Na, geht es dir jetzt besser?", fragte ich mit wissendem Lächeln, indes ich freundlich meinen Arm um ihre Schultern legte und sie sanft aber bestimmt Richtung Treppe führte.

„Hey ihr beiden Turteltauben. Ihr wollt mich doch hier nicht alleine lassen, oder? Was ist, wenn ich pinkeln muss oder ich Hunger bekomme? Wobei mir einfällt, ich könnte wirklich einen Happen gebrauchen und muss aufs Klo. Außerdem will ich eine andere Zelle. Dreizehn ist meine Unglückszahl. Hey, seid ihr noch da? Kommt sofort zurück, ihr Schnepfen! Macht mir wenigstens diese verdammten Handschellen ab", wetterte der Gnom lauthals hinter uns her und brachte mich umso mehr zum Schmunzeln.

„Gute Nacht, Fizzle", war alles, was ich noch zu sagen hatte, ehe ich das Notlicht einschaltete und mit Judy nach oben verschwand.

Im Büro angekommen, stiefelte ich sofort zur Kaffeemaschine, um mir eine große Tasse flüssigen braunen Goldes zu genehmigen. „Du hattest doch nicht wirklich Angst vor dem Zwerg, oder?", fragte ich Judy ruhig, während das heiße Getränk sachte in meine Tasse floss. „Möchtest du auch einen?", setzte ich freundlich nach und schnappte mir bereits einen zweiten Pott.

„Ja, gern. Und, ähm … wenn ich ehrlich sein soll, war er wirklich sehr furchterregend. Ich habe mir Gnome irgendwie anders vorgestellt. Eher wie einen Druiden oder winzigen Zauberer. Nicht so grimmig", antwortete Judy und nahm kurz darauf dankend ihren Kaffee entgegen.

„Nun ja, diese Kreaturen sind zwar keine Zauberer, aber doch sehr wandelbare Wesen. Sie scheuen normalerweise keine Tricks, um dich um den Finger zu wickeln und ihren Willen durchzusetzen. Sie sind sehr hinterlistig, weißt du? Traue also niemals einem Gnom!", klärte ich sie auf, ehe ich einen großen Schluck trank.

„So, nun verrate mir mal, was es so Wichtiges gibt, dass du der Meinung bist, dass ich das hier", ich schwenkte übertrieben meine Tasse, „nicht mehr austrinken kann."

Judy, die ebenfalls einen Schluck getrunken hatte, wirkte plötzlich sehr nachdenklich. „John hat heute Nachmittag eine interessante Entdeckung gemacht, Sheeva. Er war unten beim Industriegelände, bei den alten Fabriken."

Judy nahm noch einen Schluck und wirkte zunehmend unsicherer. „Nachmittag sagst du? Hatte John nicht längst Feierabend? Was hat er dort außerhalb seines Gebietes zu suchen gehabt?", fragte ich verwundert und wartete gespannt auf ihre Antwort. Doch Judy reagierte nicht, sondern sah mich weiterhin mit wehleidigem Gesicht an. „Erzähl schon. So schlimm wird es nicht sein."

„Also schön. John war unten bei den Fabrikgebäuden in der Nähe des Piers. Er ist gegen Mittag einfach abgehauen und sagte etwas von ‚Einen Tipp bekommen' und ‚Keine Zeit es zu erklären'. Ich war total irritiert, aber es blieb keine Möglichkeit mehr, nachzuhaken. Er war zu schnell verschwunden. Gegen siebzehn Uhr ist er dann wieder hier aufgeschlagen und war vollkommen fertig."

Gespannt wartete ich auf die wichtigen Fakten dieser Unterhaltung und begann nervös zu werden. Es war nicht gut, wenn einer von uns auf eigene Faust Sherlock Holmes spielte. Das konnte nicht nur für denjenigen selbst, sondern auch für den Rest der Agency gefährlich werden. John war das bewusst.

Judy schien meine innere Anspannung ebenfalls zu bemerken und fuhr fort. „John hat ihn gesehen, Sheeva. Er hatte sich in einem der Gebäude versteckt. Er ist wieder in der Stadt!"

Perplex starrte ich sie an.

„Wer Judy?", fragte ich ratloser als zuvor. Allmählich brachte sie mich, mit ihrem Rätsel raten, auf die Palme – eine Eigenart, die ich noch nie an ihr gemocht hatte.

„ER, Sheeva. McClary!", krächzte sie plötzlich mit einem Anflug von Panik in der Stimme, weshalb ich mich sofort an dem Schluck Kaffee verschluckte, den ich gerade zu mir genommen hatte.

„Hast du McClary gesagt?", informierte ich mich noch einmal und erntete ein kaum sichtbares Nicken. Hastig stellte ich meine Tasse hinter mir auf dem Küchentresen ab und lief nervös durch den Raum. *McClary. Himmel, Herr Gott.* Wenn das wahr sein sollte, was sie da sagte, dann war das alles andere als gut. Eigentlich konnte man es nur als eine Katastrophe bezeichnen, wenngleich es für mich auch eine Chance war.

„John meinte, dass er geschwächt aussah. Wobei ich nicht wirklich glauben kann, dass John sich nah genug an ihn herangewagt hat. Immerhin eilt McClarys Ruf ihm voraus, wenn du verstehst, was ich meine."

Natürlich verstand ich. Duncan McClary war einer der meistgesuchten Personen in den USA. Viele Jahre, in denen er allein durch seine Anwesenheit Angst und Schrecken verbreitet hatte, in denen er auf der Jagd war und in denen er unzähligen Menschen das Fürchten gelehrt hatte, lagen hinter ihm. Die Unwissenden hatten ihn als Erzengel, Höllenhund oder gar als Bestie beschimpft und waren nicht selten dafür in die Psychiatrie gewandert. Einige hatten sogar den Mut gefasst, ihm den Garaus machen zu wollen, doch bisher war genau dies niemandem gelungen. Ich selbst hatte es viele Male versucht, doch immer wieder war es nur ein Funken Glück, der mir zum Sieg gefehlt hatte.

Angespannt sah ich auf meine Uhr – zwanzig Minuten vor zwölf. Eine denkbar ungünstige Zeit, um *Rotkäppchen und der Wolf* zu spielen und dennoch perfekt genug, um einen

Überraschungsangriff zu starten. „Ich muss los", sagte ich entschlossen, drehte mich auf meinem Absatz um und stiefelte zur Tür.

„Sheeva warte! Es gibt da noch etwas, das ich dir sagen muss." Der flehende, fast weinerliche Ausdruck in ihrer Stimme ließ mich aufhorchen. Fragend sah ich sie über meine Schulter hinweg an und bemerkte sofort den feuchten Glanz in ihren Augen. „Dein Vater ... er hatte einen Herzinfarkt." Ruckartig drehte ich mich um und starrte sie mit erschüttertem Blick an. Ich hatte mit so vielem gerechnet, aber nicht mit meinem Vater. „Was? Woher weißt du das?", schoss es aus mir heraus, ehe ich ungeduldig ihre Schultern packte und sie leicht zu schütteln begann. „Sag mir, von wem du das hast, Judy", verlangte ich erneut und fühlte, wie sich mein Brustkorb immer mehr zuschnürte.

„John! John hat es mir gesagt. Dein Vater war wohl eine Art Informant, Sheeva. Er hat John den Tipp mit den Fabrikhallen gegeben. Ich habe keine Ahnung woher er von den *Dunklen* weiß, aber wie es scheint weiß er es. Könntest du mich jetzt bitte loslassen?", bat Judy hektisch und versuchte bereits ihre dünnen Ärmchen aus meinem viel zu festen Griff zu bringen. Als ich realisierte, was ich gerade tat, ließ ich sie sofort los. „Es tut mir leid. Ich wollte nicht ..." Ein Blick in ihre verständnisvollen Augen reichte aus, um mir ihre Vergebung zu signalisieren.

„Ich hab mir erlaubt, beim Krankenhaus anzurufen. Der Chefarzt wollte mir zunächst keine Auskunft geben, aber letztendlich konnte ich ihm ein paar Informationen entlocken. Er sprach davon, dass dein Vater nicht in Lebensgefahr schwebe und einzig ein wenig Ruhe benötige. Besuch darf er jedoch frühestens morgen Mittag empfangen. Tut mir leid."

Erleichterung machte sich in mir breit und sofort löste sich der feste Knoten in meiner Brust. Wenngleich ich meine Mutter seit Jahren nicht getroffen hatte, da sie mich bisher wie eine Verrückte behandelt hatte, so war ich meinem Vater hin und wieder bei einer Polizeikontrolle begegnet. Rückblickend muss ich sagen, dass sich diese Treffen in den vergangenen Monaten gehäuft hatten, was mir das Gefühl vermittelte, dass er vermehrt Kontakt zu mir suchte. Einerseits war das natürlich schön, andererseits aber auch ein wenig verwunderlich. Immerhin war es mein wunderliches Verhalten gewesen, weshalb sich meine Eltern getrennt hatten. Doch darüber wollte ich mir jetzt keine Gedanken machen. Meinem Vater ging es den Umständen entsprechend gut und das war alles was im Moment zählte.

„Danke, Judy. Das war sehr aufmerksam von dir", sagte ich und zwang meinen Verstand neue Bahnen einzuschlagen.

„Keine Ursache. Was wirst du jetzt tun?"

Tausende von Geistesblitzen prasselten auf mich ein, doch nur einer war stark genug, um sich zu verankern und mir mein nächstes Ziel klar vor Augen zu halten.

„Ich werde Duncan McClary einen Besuch abstatten!"

## Kapitel 2
### *Dämon*

„**O**rcus. Oh Meister, ich bringe Nachrichten für euch", krächzte es aufgebracht durch das alte Gemäuer meiner Kammer und ließ mich sofort aufhorchen. Wütend darüber, dass jemand ungebeten meine privaten Gemächer betrat, spähte ich mit wildem Blick in die Dunkelheit und bohrte meine Klauen fest in den antiken Fürstenstuhl, auf dem ich saß. „Wer wagt es, hier hereinzuplatzen und mich zu stören?", brüllte ich entrüstet ins bisher so angenehm ruhige Schwarz und ahnte bereits, wem ich gleich eine Lektion erteilen musste.

Ein schwacher Lichtkegel näherte sich. Kurz darauf humpelte ein buckliger, geflügelter kleiner Dämon namens Ahriman in mein Sichtfeld und ließ mich zornig die Zähne fletschen. „Oh Meister, ich muss euch Neuigkeiten zutragen. Ihr werdet nicht glauben, was ich in Erfahrung bringen konnte", begann der Schwachkopf wieder, ohne darüber nachzudenken wer vor ihm saß und brachte so das Fass zum Überlaufen. Rasend vor Wut stürzte ich mit lautstarkem Gebrüll vor und packte den Dämon an seiner schuppigen Kehle. Mit einem Ruck drückte ich ihn gegen das kalte Gestein der Wand zu meiner Linken. Die kleine Laterne, die er eben noch in seinen verkümmerten Fingern gehalten hatte, schnellte zu Boden und die Kerze erlosch. Es herrschte wieder angenehme Finsternis. Einzig das glühende Rot meiner funkelnden Pupillen spiegelte sich in Ahrimans verschreckten Augen. Ich konnte seine Angst deutlich riechen.

„Wunderbar! Ich hatte schon fast vergessen, wie bittersüß der Duft der Furcht sein kann", knurrte ich vor mich hin und lächelte finster.

Der Dämon hingegen krächzte unter meinem festen Griff und strampelte panisch mit den in der Luft hängenden Beinen, doch ich ließ nicht locker. Zu sehr ergötzte ich mich an seiner Todesangst und an der ungezügelten Macht, die ich über seinen wertlosen, zappelnden Körper hatte. Als einer der Herrscher der Unterwelt war mir natürlich bewusst, dass Ahriman nicht an einem Mangel an Sauerstoff sterben würde. Dazu gehörte selbst bei einem Schwachsinnigen wie ihm deutlich mehr.

„Wer hat dich zu mir geschickt?", knurrte ich düster und löste einen Finger, um dem Dämon das Sprechen zu ermöglichen.

„Niemand, Herr", stammelte er, indes er meinem Blick immer wieder auszuweichen versuchte.

„Wer gibt dir dann das Recht, mich unaufgefordert in meinem Privatgemach aufzusuchen und mich mit deinen Nichtigkeiten zu stören?", schnaubte ich und bohrte meine Krallen tiefer in seinen bereits blutenden Hals.

„Acheron, Herr", winselte Ahriman, „Acheron schrumpft. Er scheint zu sterben!"

Verblüfft riss ich die Augen auf und drückte unmerklich fester zu. Es war unmöglich, dass der Fluss der Seelen und des Leidens auszusterben vermochte. Immerhin war es der einzige Weg, wie die Seelen der Verstorbenen in die Hölle gelangten. Noch nie war er auch nur ansatzweise zum Stillstand gekommen, geschweige denn ausgetrocknet oder gestorben. Wie sollte ein Fluss auch sterben können?

„Was zur Hölle redest du für einen Unsinn? Du erdreistest dich, dir Zutritt zu meinen Gemächern zu verschaffen, wagst es, mich um meine Ruhe zu bringen, brüllst durchs Jenseits, dass Luzifer selbst es noch gehört haben muss und erlaubst es dir zudem, mich mit deinen Lügen zu belästigen? Nenn mir einen Grund, Ahriman, warum ich dich am Leben lassen sollte. Weshalb ich dir nicht auf der Stelle deinen hirnlosen Schädel abreißen und mir zum Dessert gönnen sollte?", drang es gefährlich grollend aus meinem Inneren, während ich meinen Zeigefinger tief in die Schulter des Winzlings bohrte. Ahriman schrie schmerzerfüllt auf. In dem irrsinnigen Versuch, sich zu befreien, wand er hektisch seinen Körper hin und her, blieb jedoch kurz darauf erschöpft an meinem ausgestreckten Arm hängen. Er keuchte atemlos, indes das Blut in kleinen Rinnsalen an seiner Kehle und mittlerweile auch an seinem Arm entlang lief.

„Ich habe nicht gelogen. Acheron geht zugrunde, wenn nicht bald etwas geschieht. Bitte, oh Herr, schenkt mir euer

Vertrauen und lasst mich euch zu ihm führen, damit ihr euch selbst davon überzeugen könnt."

# Kapitel 3
*Sheeva*

In rasantem Tempo lenkte ich meinen Mustang durch die engen Straßen Bostons. Ich musste mich unbedingt ein wenig ablenken. Die Nachricht, über den ungewissen Gesundheitszustand meines Vaters, machte mir doch mehr zu schaffen, als ich mir eingestehen wollte. *Was hatte er unten am Pier zu suchen? Weshalb sollte er Johns Informant sein?* Fragen, die mich innerlich wurmten und geklärt werden mussten.

Zwei Kreuzungen später hielt ich in der Nähe des Piers an, stieg aus dem Wagen und knallte die Autotür extra schwungvoll zu. Mir war bewusst, dass ich mich vor Duncan McClary nicht verstecken konnte und er darüber informiert war, dass ich mich in der Nähe befand. Es lag demzufolge in meiner vollen Absicht, ihm zu zeigen, dass ich bereit war, ihn mir zu holen.

Selbstbewusst schritt ich mit klappernden Absätzen in Richtung Fabrikgelände. Ein letztes Mal kontrollierte ich die Ausrüstung an meinem Körper. Die Beretta steckte wie üblich samt extra Munition sicher im Halfter, dicht gefolgt vom kühlen Metall der Handschellen. An den mit Schnallen verzierten Lederstiefeln glänzte jeweils ein silbernes Jagdmesser, was sich bei Nahkämpfen schon des Öfteren bewährt hatte. Und zu guter Letzt trug ich mein K.-o.-Spray bei mir, das kaum sichtbar am Bund meiner enganliegenden Jeans befestigt war und von meiner schwarzen Lederjacke verdeckt wurde.

Gewiss würde der ein oder andere sagen, dass dies nicht der beste Aufbewahrungsort für diese Art von Waffe war. Da sie bei mir jedoch äußerst selten zum Einsatz kam, weil man sich schnell selbst außer Gefecht setzen konnte, fand ich diesen Platz für sehr geeignet.

Die alten Fabriken, die John bei seiner Ein-Mann-Mission besucht hatte, waren schon seit mehr als zehn Jahren nicht mehr in Benutzung gewesen. Man konnte förmlich zusehen, wie der Zahn der Zeit an den alten Gemäuern nagte. Pflanzenteile wucherten aus zerbrochenen Fensterscheiben empor, hässliches Unkraut zierte die heruntergekommenen Zufahrtswege und alles in allem war es nicht zu übersehen, dass sich für dieses Gebiet keiner mehr zuständig fühlte. Die Gegend rund um den Pier war beinahe ausgestorben. Es verirrte sich kaum noch ein Mensch an diesen Ort. Einzig ein paar Spaziergänger mit ihren Hunden waren in diesem Teil Bostons anzutreffen, jedoch bevorzugten diese eine gnädigere Uhrzeit. Ich brauchte also keinesfalls zu befürchten, bei meinem unerlaubten Eindringen in die alten Hallen, entdeckt zu werden.

Vorsichtig kroch ich durch den beschädigten Zaun an der Westseite des Geländes und marschierte zielstrebig auf eine der leerstehenden Werkhallen zu. Was genau mich geradewegs zu diesem Gebäude zog, wusste ich nicht, doch ich hatte das dringende Bedürfnis, zuerst dort nachzusehen.

Unter lautem Quietschen schob ich das große verrostete Tor beiseite und trat ein. Es war erwartungsgemäß sehr dunkel im Inneren der Halle und einzig der volle Mond, der durch die teils zerborstenen Fenster schien, begleitete mich auf meinem Weg. *Das ist ein so verdammt ungünstiger Zeitpunkt, Sheeva.*

Mit klopfendem Herzen tastete ich mich voran und drang relativ schnell in den nächsten Bereich des Gebäudes vor. Intuitiv öffnete ich die Jacke, griff hinein und schloss meine Finger um das angenehm kühle Metall der Beretta. Ich hatte schon Hunderte dieser Jobs erledigt und wusste in den meisten Fällen, womit ich es zu tun hatte. Dennoch stand ich stets unter Druck und kämpfte gegen die wachsende Anspannung an. Ich zwang mich ruhig zu bleiben, atmete einmal tief durch, zog langsam meine Waffe aus dem Halfter, hielt sie in sicherem Griff vor die Brust und stiefelte hochkonzentriert weiter. In diesem Teil der Halle waren die Sichtverhältnisse nur unwesentlich besser, doch das war deutlich mehr als ich erwartet hatte. Prüfend sah ich mich in dem leeren Raum um. Nichts. Keine Spur von McClary.

„Komm raus, komm raus, wo immer du steckst", murmelte ich vor mich hin und versuchte meinen viel zu schnellen Herzschlag unter Kontrolle zu bringen. Doch meine Nervosität stieg. Plötzlich knackte es leise über mir und instinktiv zielte ich mit meiner Waffe Richtung Decke. Zwei gelb leuchtende Punkte stachen mir ins Auge und so visierte ich sie unverzüglich an. „McClary, komm raus! Ich weiß, dass du da oben bist!" Meine Stimme war fest, doch innerlich bebte ich vor Aufregung, wenngleich mir bewusst war, dass ich mir dies unter keinen Umständen anmerken lassen durfte. Es konnte mein Verderben sein.

Der verschwommene Schatten, der oberhalb auf den quer verlaufenden Stahlträgern zu sehen war, rührte sich nicht und auch das gelbliche Leuchten zeigte keine Reaktion auf die geladene Waffe. *Vielleicht habe ich ja zu viel auf mein Bauchgefühl gegeben und er ist doch nicht dort oben.* Abermals knackte es, dieses Mal jedoch unweit hinter mir. Ruckartig wirbelte ich herum und sah nichts als tiefes Schwarz. Ein Kontrollblick über meine Schulter, hinauf zur Decke, zeigte mir schnell, dass sowohl der Schatten als auch das Funkeln verschwunden waren. *Mist! Ich hätte schießen sollen, solange die Chance dazu bestand.*

Erneut machte ich mich auf den Weg, die Halle zu durchqueren. Zaghaften Schrittes suchte ich nach Anhaltspunkten, die zu meiner Zielperson führen würden, und ich sollte auch nicht lange danach suchen müssen.

„Guten Abend, Sheeva", raunte es mit einem Mal düster durch das alte Gebäude und ließ mir sogleich einen eisigen Schauer über den Rücken gleiten.

„McClary", keuchte ich atemlos zurück, während mein Magen sich krampfhaft zusammenzog. Wie immer, wenn ich mich in seiner Nähe befand, richteten sich meine Nackenhärchen abrupt auf. Jedes Mal aufs Neue schien es, als wäre die Raumtemperatur um gut zehn Grad gefallen, nur um wenige Augenblicke später um gefühlte zwanzig Grad zu steigen. „Es ist lange her", versuchte ich etwas gefestigter nachzusetzen und klammerte mich an meiner Schusswaffe fest. *Wo steckt der Kerl?* Hektisch suchte ich den Raum nach ihm ab, konnte jedoch nicht erkennen, wo er sich aufhielt.

„Viel zu lange, wenn du mich fragst", konterte er charmant, während er in Windeseile hinter mir entlanghuschte. Vom viel zu nahen Lufthauch in Alarmbereitschaft gesetzt, wirbelte ich herum, um McClary festzunageln. Nichts. *Verdammt nochmal. Du musst deine Taktik ändern, Sheeva!*

„Meinen Informationen zufolge sollst du nicht in bester Verfassung sein, McClary.", sagte ich mit provozierendem Lächeln und sofort zog ein kehliges Knurren durch die Dunkelheit, das meine Nackenhaare vibrieren ließ. Erneut war es nur ein Lufthauch, der an mir vorbeihuschte, doch dieses Mal erkannte ich einen wolfsähnlichen Schatten, der knapp drei Meter neben mir in die Finsternis verschwand. *Verdammt ist der schnell. Wie soll ich ihn zur Strecke bringen, wenn er nicht endlich stehenbleibt?*

Entgegen meiner inneren Alarmglocke entschloss ich, kurzerhand auf meine verbliebenen Sinne zu hören. Die Beretta weiterhin fest mit den Fingern umklammert, schloss ich die Lider und lauschte in die Stille. Keinerlei Geräusche. *Okay, nächster Versuch.*

„Da wir uns einander nicht mehr bekannt machen müssen, weißt du, weshalb ich hier bin, nicht wahr?", fragte ich und erhoffte mir eine Antwort, die mir seinen Standort verraten würde, doch es blieb ruhig. Die Augen noch immer fest verschlossen, setzte ich augenblicklich nach. „Duncan McClary, ich bin hier, um dich festzunehmen. Es wäre für uns alle am einfachsten, wenn du freiwillig aufgibst. Andernfalls bin ich leider gezwungen, dich zu jagen und notfalls von meiner Schusswaffe Gebrauch zu machen."

Da war es. Ein Rascheln zu meiner Linken, das mich prompt die Lider öffnen und herumgleiten ließ, um McClary ins Visier zu nehmen. Kaum war ich jedoch zum Stehen gekommen und hatte die Waffe angelegt, griff er bereits danach und drückte sie zur Seite. Ein Schuss löste sich. Erschrocken riss ich die Augen auf, und noch ehe ich einen weiteren Schuss hätte abfeuern können, hatte er mir meinen Arm auf den Rücken gedreht. Reflexartig und von Angst getrieben, versuchte ich ihn mit der anderen Hand zu schlagen. Ich hegte Hoffnung, er würde von mir ablassen. Doch auch dieses Mal wusste er meine Taten zu verhindern. Scheinbar mühelos wehrte er meinen Hieb ab, packte bestimmt nach meinem Handgelenk und lächelte mich süffisant an.

„Na, na, wer wird denn hier handgreiflich werden?", säuselte er mit rauer Stimme und bog meinen Arm noch ein wenig mehr nach hinten, sodass ich unter Schmerzen meine Waffe fallen ließ.

„Lass sofort los, du Mistkerl! Hast du eine Ahnung, was du dir gerade für Schwierigkeiten einhandelst?"

Ohne Vorwarnung schleuderte McClary mich herum, drehte mir auch den zweiten Arm auf den Rücken und drückte mich in Windeseile an die gegenüberliegende Wand. Kühl presste sich das Gestein gegen meinen spärlich bedeckten Busen und sogleich bereute ich meine heutige Auswahl an Arbeitskleidung. *Memo: Keine weit ausgeschnittenen Oberteile im Einsatz!*

„Was denkst du bitte, was du hier mit mir machst, McClary? Willst du unbedingt ein paar Punkte mehr auf deiner Straftatenliste? Wenn du mich auf der Stelle loslässt, verspreche ich dir, dass ich diesen kleinen Vorfall vergesse und dir nicht sofort den Schädel einschlage, für dein unsittliches Benehmen."

„Sheeva, Sheeva. Ich habe dich keinesfalls unsittlich behandelt und es auch nicht vor. Du solltest mich besser kennen", antwortete der Mann düster raunend hinter mir, wobei sein heißer Atem sanft mit den Härchen an meinem Hals spielte. Wütend über den Verlauf der Mission, versuchte ich mich aus seinem Griff zu winden, doch es nützte nichts. Weder die Beretta, die auf dem Boden lag noch das K.-o.-Spray an meinem Hosenbund, oder die beiden Messer an meinem Stiefelschaft nützten mir etwas. *Stiefel, das ist es!*

Zornig riss ich einen Fuß nach hinten. In Windeseile schnellte mein Absatz zwischen McClarys Beinen nach oben. Ich wollte ihm gehörige Schmerzen verpassen und endlich die Oberhand gewinnen. Doch alles, was ich mit meiner übereifrigen Aktion erreichte, war, dass ich McClary am Hinterteil traf und ihn dichter an mich presste. *Verdammt! Ist denn alles, was ich in Bezug auf diesen Typen anfange, zum Scheitern verurteilt?*

Fest drückte sich McClarys Rumpf gegen den meinen, und ehe ich hätte reagieren können, packte er mich an der Schulter und wirbelte mich zu sich herum. Leuchtend gelbe Augen funkelten mir gefährlich entgegen und ließen jeden Kommentar bedingungslos in meinem Hals ersticken.

„Wer von uns beiden wird denn hier unsittlich?", schnurrte es raubtierhaft nur ein paar Zentimeter vor mir, ehe sich Duncans muskulöse Brust gegen meinen Oberkörper drückte. Ich schluckte schwer und hielt abrupt den Atem an. Sein vom Mond beschienenes Gesicht war dem meinen schlagartig viel zu nah.

Okay, ich gebe es ja zu. In einer anderen Situation und in einem anderen Leben hätte ich ihn vielleicht noch näher an mir gewünscht. Immerhin gehörte Duncan McClary zu der Sorte Mann, die allein durch ihr Äußeres eine Menge Frauenherzen zum Schmelzen brachten. *Warum nicht auch das einsame Herz einer Kopfgeldjägerin?* Andererseits gehörte er zu den Bösen und ich zu den Guten. Ganz gleich also, ob mich sein rabenschwarzes Haar hin und wieder streichelte, oder der betörende Duft nach Wald und leichtem Rauch mich umgarnte. *Und mal abgesehen von dem markanten unrasierten Gesicht, das sich bestimmt wundervoll auf meiner Haut anfühlen würde.* Das konnte nicht funktionieren!

Beinahe zärtlich fixierte McClary meine Handgelenke an der Wand, indes er mich mit sanften Augen von oben bis unten musterte. „Hm", war alles, was aus ihm erklang, ehe sein prüfender Blick auf meinem Gesicht zum Ruhen kam. Ohne ein Wort zu verlieren, löste er seine rechte Hand von meinem Arm und griff nach meinem Hosenbund.

„He, was soll das?", murrte ich und war im Begriff mit meiner freien Hand nach seinen Fingern zu schlagen, als diese zurückschnellten und mein Handgelenk hinter dem Rücken fixierten. Scheinbar mühelos hielt er nun beide Arme einhändig gefangen und presste zudem noch ein Bein zwischen meine Schenkel, sodass ich ihm vollkommen ausgeliefert war.

*Verdammt nochmal, Sheeva. Setz dich endlich zur Wehr,* ermahnte ich mich selbst, doch ich konnte mich kaum noch rühren. Wahrscheinlich hätte ich ihm eine Kopfnuss verpassen können, doch würden mich anschließend höllische Kopfschmerzen plagen. Und da die Nebenwirkungen meiner Auseinandersetzung mit Fizzle noch nicht vollständig abgeklungen waren, schien das keine angenehme Aussicht. Es musste einen anderen Weg geben, McClary Einhalt zu gebieten. Vorsichtig glitt seine Hand zum Reißverschluss meiner Lederjacke, um sie gänzlich zu öffnen. Achtsam schob er sie etwas zur Seite, ehe seine Finger sich vorantasteten und erneut am Bund meiner Hose stoppten. Entsetzt riss ich die Augen auf und presste wütend meine Kiefer zusammen. McClarys Blick war indessen weiterhin ruhig auf mein Gesicht gerichtet.

„Was soll das, Duncan? Hör sofort auf damit!", widersprach ich grollend seinen Taten, doch er reagierte nicht, sondern löste mit einem gezielten Griff das K.-o.-Spray von meiner Jeans. *Oh!* Kaum war die kleine Dose hörbar auf dem Boden aufgeschlagen, machte Duncan sich bereits an die Arbeit, mich weiter zu entwaffnen. Meinem erbosten Blick standhaltend, glitt sein Körper an mir herab, wobei sein stoppeliges Kinn für einen kurzen Moment über meinen freigelegten Bauch kratzte. Sofort schoss mir ein Schauer durch den Körper.

„Mach das nochmal, und ich breche dir deinen verdammten Kiefer", knurrte ich angespannt. Duncan lächelte amüsiert. Sanft tastete er meinen Oberschenkel ab und glitt hinab zu meinen Waden, wo er vorsichtig beide Messer aus der Lederscheide zog, um sie ebenfalls auf den Boden zu legen. „Bist du dann fertig und kannst dich von meinem Unterleib lösen?", zickte ich ihn an, denn es gefiel mir überhaupt nicht, dass sein Kopf sich in so tiefen Regionen befand. „Eine Sache wäre da noch", konterte er, begab sich wieder zu mir auf Augenhöhe und ließ mich überrascht aufblicken. Ich überlegte, was er noch von mir wollen könnte, jetzt, wo alle meine Waffen auf der Erde lagen und schnell erkannte ich, was fehlte. Um nicht auch meine Handschellen einzubüßen, versuchte ich Duncan abzulenken.

„Was willst du überhaupt von mir? Kein normaler Mensch, der deine Vorgeschichte hat, handelt sich freiwillig noch mehr Ärger ein. Was stimmt nicht mit dir?"

„Ich bin kein Mensch", erwiderte Duncan knapp und legte seine warmen Finger auf meinen Bauchansatz. Angespannt zuckte ich unter der viel zu zärtlichen Berührung zusammen.

„Und das gibt dir das Recht, mich zu befummeln?", platzte es wütend aus mir heraus, doch Duncan schien sich keiner Schuld bewusst zu sein und ließ seine Hand weiter Richtung Hüfte gleiten. „Normalerweise wiederhole ich mich nicht", fuhr ich fort und zwang mich, dem inneren Drang, seine sanften Berührungen zu genießen, nicht nachzugeben. *Verflucht, Sheeva, du solltest dich mehr ins nächtliche Getümmel stürzen und deine Sehnsüchte nicht bei eiskalten Dämonen zu befriedigen versuchen.*

Die selbst erteilte Ohrfeige saß und so setzte ich zum Endspurt meines Vortrages an. „Und ich lese schon gar keine Rechte vor, aber bei dir mache ich gern eine Ausnahme!"

Verdutzt sah Duncan mich an und für einen kurzen Moment stoppten seine kräftigen Finger auf meiner spärlich bedeckten Haut, ehe er nachdenklich und überaus langsam an meiner Taille entlang fuhr. Ich keuchte erstickt, als meine Atmung sich zunehmend beschleunigte und meinen Unmut umso mehr steigerte. *Verdammte Libido. Geh zurück in deine verstaubte Zelle. Du machst nur Ärger!*

„Ich bin hier, um dich, Duncan McClary, festzunehmen und mit in die Agency zu nehmen, von wo aus du am Morgen nach Salem transportiert wirst. Jede Zuwiderhandlung kann und wird gegen dich verwendet werden. Um deine Rechte zu wahren, solltest du dir einen Anwalt besorgen. Kannst du dir keinen leisten, so wird dir einer gestellt. Und wenn du nicht noch weiter in diese Scheiße eintreten willst, dann lass mich, verdammt nochmal, endlich los!"

Prüfend sah er mir in die Augen, als seine Finger sachte an meiner Seite nach oben fuhren und sich beinahe spielerisch zu meinem Schulterhalfter vorarbeiteten. Meine Atmung stockte. Angespannt sog ich zischend den so benötigten Sauerstoff zwischen meine Lippen, ehe ich ihn langsam wieder ausstieß, indes Duncan sich geschmeidig meiner Handschellen bediente.

Als wäre meine komplette Entwaffnung nicht schon genug Schmach für mich gewesen, wischte Duncan zu guter Letzt gekonnt meine Waffen mit dem Fuß aus meiner Reichweite. Zufrieden trat er im Anschluss einen Schritt zurück, um mir etwas Freiraum zu geben. Die Handschellen hielt er dabei fest in seiner Hand.

Ich hätte sofort losstürmen, ihn überrumpeln und schlagen sollen, doch genau das hatte er womöglich von mir erwartet. Diese Genugtuung konnte ich ihm nicht auch noch geben. Unser kleines *Vorspiel* hatte mir gereicht.

„Was hast du jetzt vor, McClary?", fragte ich mürrisch und rieb mir das leicht schmerzende Handgelenk.

„Werden wir jetzt wieder förmlich?", säuselte er daraufhin und grinste schelmisch.

„Sag mir, was du willst!", verlangte ich knurriger und war nicht gewillt, mich weiter auf seine Spielchen einzulassen.

„Reden", war alles, was er mir entgegnete.

Skeptisch sah ich ihn an. „Reden? Warum dann dieses Theater?", schoss ich zurück und deutete vorwurfsvoll auf meine Ausrüstung.

„Weil du mir nicht zugehört hättest, Sheeva. Das hast du damals nicht getan und du würdest es auch heute nicht tun."

Ich schluckte schwer, denn die Erinnerung an *damals* löste tief in mir noch immer Unbehagen aus.

Ja, ich weiß, ich hätte euch von Duncan und mir erzählen sollen, aber das liegt schon über sieben Jahre zurück. Und es ist definitiv nicht das, was ihr glaubt!

„Fang nicht mit alten Geschichten an, Duncan. Seitdem sind viele Jahre vergangen. Wir befinden uns im Hier und Jetzt. Mein Leben hat sich seither grundlegend geändert und deines offenbar ebenso. Obgleich mir bis heute nicht klar ist, weshalb du dich für die Seite des Bösen ausgesprochen hast", fuhr ich ihn an und rümpfte verächtlich die Nase. „Heute bekommst du jedoch die Möglichkeit, dein Schicksal zu ändern, McClary, denn ich bin gekommen, um dich mit mir zu nehmen und dir die Chance auf einen Neuanfang zu geben!"", setzte ich nach und hoffte, das Ruder herumreißen zu können.

Gedankenvoll sah er mich an und ohne dass ich wirklich daran geglaubt hätte, streckte mir Duncan plötzlich seine Hand entgegen, an der das glänzende Metall der Handschellen baumelte. Überrascht und zugleich auch zufrieden, griff ich danach, konnte sie jedoch nicht sofort aus seinem Besitz befreien.

„Ich werde mit dir gehen, mich widerstandslos nach Salem geleiten lassen und für meine Taten büßen, sobald du mich angehört hast. Versprich mir, dass du mich erklären lässt und ich schwöre dir, bei meinen Vorfahren, dass ich tun werde, worum du mich bittest."

Das Flehen in seinen Augen und der bittere Beigeschmack, dass er gewillt war, einen Schwur abzulegen, ließen mich aufhorchen.

„Du hast mir einmal erzählt, dass deine Art nicht auf seine Ahnen schwört, weil es Unheil mit sich bringt. Warum setzt du dich also diesem vermeintlichen Risiko aus?", fragte ich ernsthaft interessiert und nahm langsam meine Handschellen entgegen.

„Weil es Dinge gibt, Sheeva, die es wert sind, dafür zu sterben", erwiderte Duncan leise und wandte sich kurzerhand von mir ab. Beinahe geräuschlos lief er zu der einzigen Wand, die ein halbhohes Fenster besaß.

Wie er nun unweit vor mir stand und in die klare Nacht hinaus starrte, wirkte er plötzlich sehr gedankenverloren. Die Tatsache, dass er offenbar nicht vorhatte, zu fliehen, irritierte mich ein wenig. Doch ich ließ ihn gewähren, sammelte rasch meine Utensilien ein und gönnte mir anschließend einen Augenblick, um ihn eindringlich zu mustern.

Rabenschwarzes Haar fiel weich auf das glänzend weiche Leder, das seine breiten Schultern umspielte und wie die Nacht selbst, als sein Mantel an ihm herabfloss. Muskulöse und ebenfalls in schwarzes Leder gehüllte Beine ragten darunter hervor, gefolgt von dicken Boots, deren silberne Schnallen in Form eines Dolches drohend im Mondlicht aufblitzten. Ich erkannte Messer, die gefährlich aus mehreren Beinhalftern ragten, eine kurze Winchester, die bedrohlich unter seinem Mantel hervorblitzte und ein silbernes Schwert, das wie eine Trophäe seinen starken Rücken zierte. Ich schluckte schwer über diese wirklich imponierende Ausrüstung. *Genauso imponierend wie er selbst*, flüsterte eine leise Stimme in mir, doch ich schüttelte diesen Gedanken sofort wieder ab und konzentrierte mich auf unsere zuvor geführte Unterhaltung.

„Was für Dinge meinst du?", fragte ich neugierig. „Was könnte es geben, dass es sich dafür zu sterben lohnt?" Duncan atmete einmal tief durch, ehe er sich langsam umdrehte, mir tief in die Augen schaute und kaum hörbar sagte: „Dich, Sheeva. Dich und den Rest der Menschheit!"

## Kapitel 4
*Duncan*

**W**underschöne blaue Augen, die sanft im Mondlicht schimmerten, starrten mich verblüfft an. Es waren die Augen, die mich seit unserer ersten Begegnung in meinen Träumen verfolgten und es machte mich innerlich fast verrückt, dass ich beinahe abhängig von ihnen zu sein schien.

Langsam ließ ich meinen Blick über den schlanken Körper der Frau streifen. *Sie ist wahrlich eine Augenweide, wenn sie nicht gerade versucht, einem die Augen auszukratzen*, dachte ich und hing für einen Wimpernschlag meinen Gedanken nach.

„Was meinst du mit *,Ich und der Rest der Welt'*? Was soll das bedeuten, Duncan?", drang kurz darauf ihre liebliche Stimme entsetzt in meine Ohren, während sie ungläubig ihr goldbraunes Haar schüttelte. Vorsichtig machte ich einen Schritt in ihre Richtung. Ich musste ihr unbedingt erklären, was vor sich ging. Was sie zu erwarten hatte, wenn ich sie in meine Welt mitnahm. Doch zunächst würde ich ihre Orientierung nicht weiter strapazieren und uns mehr Sicht verschaffen. Ich war es ihr in gewisser Weise schuldig, nachdem ich sie durch die Entwaffnung offensichtlich gedemütigt hatte.

Es war nur ein kurzer Schnipp mit den Fingern und drei Dutzend Kerzen erhellten den Raum mit sanftem Licht. Neben vielerlei anderen Fähigkeiten, die ich besaß, war diese eine der einfachsten und nützlich zugleich. Ich lächelte zufrieden, als Sheeva mit Erstaunen die leere Halle musterte. *Hör auf dich ablenken zu lassen, Duncan, und erfülle deine Pflicht*, hörte ich eine leise Stimme in meinem Ohr und löste hastig meinen Blick von ihrem zarten Gesicht.

„Die Welt steht vor einer großen Bedrohung und ich brauche deine Hilfe. Ich muss dich bitten, mit mir zu kommen!", redete ich nicht lange drum herum und hoffte, die richtigen Worte gefunden zu haben. Für gewöhnlich musste ich mich nicht so förmlich benehmen und bekam oder nahm mir, was ich brauchte. Bei dieser Frau schien das jedoch nicht so einfach zu sein. Ein Blick in ihr wütendes Gesicht zeigte mir schnell, dass ich auf dem Gebiet der vornehmen Konversation noch an mir und meiner Ausdrucksweise arbeiten musste.

„Geht es dir gut? Versuchst du mich gerade in deine Machenschaften hineinzuziehen? Ich gehe nirgendwo mit dir hin", erwiderte sie erschüttert und sah mich verächtlich an.

„Es ist nicht so, wie du glaubst", versuchte ich sie zu besänftigen, doch ihr Blick wurde umso ernster. „Sheeva, immer mehr Kreaturen der Unterwelt gelangen an die Oberfläche und richten Chaos an. All die Anschläge und Kriege auf dieser Welt, all die Naturkatastrophen. Wir kommen kaum noch hinterher, sie zu bändigen, sich uns ihrer zu entledigen wenn nötig. Niemand scheint einen Grund, geschweige denn eine Lösung für dieses Problem zu finden."

Verständnislos sah sie mich an. *Sie versteht es nicht. Frau, denk doch einfach mal nach, was um dich herum geschieht!*

„Duncan McClary, ich habe keine Ahnung, was du vorhast, aber ich lasse nicht zu, dass du mir weiterhin Geschichten auftischst. Spar dir weitere Versuche, deine Taten zu rechtfertigen und mich hinhalten zu wollen. Du hast gemordet und das nicht nur einmal. Du hast die Bevölkerung Bostons in Angst und Schrecken versetzt, als sie dachten, dass ein Wolf seine Runden durch die Stadt zieht und auf brutale Weise Menschen zerfleischt. Und du hast dich deiner Festnahme durch mich widersetzt. Mehrfach! Ergibst du dich nun freiwillig, wie du es geschworen hast, oder muss ich dich dazu zwingen?", fragte Sheeva leicht gereizt und stemmte provokant ihre Hände in die Hüften. *Wenn du nicht verstehen willst, muss ich es dir eben zeigen.*

Selbstsicher streckte ich meine Hand nach ihr aus und ging einen Schritt auf sie zu. Ohne jegliche Vorwarnung zückte sie plötzlich ihre Schusswaffe, um sie mir vor den Kopf zu halten. Ich stoppte kurz und musterte sie abschätzend.

„Keinen Schritt weiter, oder das Obduktionsteam kann dich von den Wänden kratzen", blaffte sie, wobei man ihre Anspannung förmlich riechen konnte. Der Wolf in mir rebellierte sofort und hätte sie am liebsten in ihre Schranken gewiesen. Doch ich drängte ihn bestimmt zurück und sah unbeeindruckt zwischen ihr und der Beretta hin und her. Ich war mir sicher, dass sich neben Silberkugeln nicht auch noch die Goldvariante im Magazin befand, denn nur das wäre wirklich zur Gefahr für mich geworden.

Beherzt griff ich nach dem Lauf ihrer Waffe. Zielstrebig setzte ich ihn auf meine Brust und hielt ihn dort fest verankert. „Tu uns beiden den Gefallen, Sheeva, und drück ab. Dann muss ich eure kleinen Menschenärsche nicht weiter vor wilden Kreaturen schützen und du bekommst endlich das, was du schon seit Jahren ersehnst. Ich bin es leid, gejagt zu werden, bin es leid, mich für meine Taten zu rechtfertigen und bin es leid, dem Untergang weiter zusehen zu müssen. Also bitte, hör nur einmal auf das, was ich dir sage, und beschere mir endlich Erlösung!", knurrte ich, indes ich sie mit finsterem Blick ansah. Wenn ich eines hasste, dann war es, dass man eine Waffe auf mich richtete.

Angespannt umklammerten Sheevas Finger das kühle Metall der Pistole. Ihr schockierter Blick bohrte sich tief in meine entschlossene Miene. Meine Worte schienen sie auf gewisse Weise erschüttert, ja vielleicht sogar innerlich getroffen zu haben, obgleich ich nicht sagen konnte, warum das so sein sollte. Mit zusammengebissenen Zähnen versuchte Sheeva, mir ihre Beretta zu entziehen. Das Risiko, dass sie sich eine erneute Niederlage eingestehen musste, schien ihr dabei egal zu sein. Doch ich dachte nicht daran, sie loszulassen. Dies war vermutlich die einzige Chance, die ich hatte, um sie zum Zuhören zu bewegen. *Stures Weib!*

Flink umklammerte ich Sheevas Hände und kam dabei dem Abzug bedrohlich nahe, als mein Daumen an ihrem schussbereiten Zeigefinger stoppte. Schlagartig setzte ihre Atmung aus und ließ mich das sanfte Pulsieren ihres Herzens deutlich hören. Unkontrolliert trommelte es hinter ihrer Brust, indes sich meine Entschlossenheit, abzudrücken, mehr und mehr auf meinem Gesicht widerspiegeln musste.

„Du wirst nicht durch meine Hand sterben, Duncan, also lass verdammt nochmal die Waffe los!", forderte sie mich auf, doch

ich blieb reglos vor ihr stehen. „Ich sagte, lass die Waffe los!",
wiederholte sie energischer und dem anklagenden Ausdruck
auf ihrem Gesicht nach zu urteilen, schien sie intuitiv zu
wissen, dass ich mein Leben beenden würde, sollte ich es
wahrhaftig vorhaben. Doch wie hätte sie damit umgehen
sollen? Sheeva wirkte auf mich nicht wie jemand, der schon
einmal wild um sich geschossen, geschweige denn jemanden
getötet hatte. Es erschien eher so, als hätte die Pistole bisher
nur als Mittel zum Zweck gedient.

Ihre mittlerweile eiskalten Hände in meinem festen Griff
haltend, sah ich sie durchdringend an. „Hast du dich jemals
gefragt, weshalb du so bist, wie du bist? Weshalb du dieses Mal
an deinem Handgelenk trägst, von dem du nicht weißt, was es
bedeutet? Oder weshalb dein Vater vor Kurzem in dieser
Gegend verunglückte?"

Kaum hatte ich die letzten Worte ausgesprochen, durchzog
eine erdrückende Stille die Halle, gefolgt vom zornigen Grollen
aus Sheevas Kehle. Wie von einer Tarantel gestochen, stürmte
sie plötzlich mit vollem Körpereinsatz voran, offenbar gewillt
mich zur Strecke zu bringen. Rasend vor Wut versuchte sie
nach mir zu treten, mich zu schlagen, ja sogar zu beißen, doch
ich blieb standhaft, wie der Fels in der Brandung. Gekonnt
wehrte ich jeden ihrer Versuche ab. Energisch griff ich nach
ihren Handgelenken, um sie zu fixieren, denn allmählich ging
mir ihr Theater doch zu weit. Sie musste lernen, sich unter
Kontrolle zu bringen, sonst würde das Raubtier in mir
irgendwann die Oberhand gewinnen und sie gefügig machen.

„Was hast du mit ihm gemacht, du Schwein? Was hast du
getan?", fluchte Sheeva hasserfüllt und konnte nur schwer
verbergen, dass sie verzweifelt gegen ihre aufsteigenden
Tränen ankämpfte. Dass in dieser Nacht so rein gar nichts nach
ihren Plänen lief, setzte ihr offenbar ziemlich zu.

„Gut, ich denke der Punkt ist gekommen, an dem du mich
anhören wirst", flüsterte ich mehr zu mir selbst, ehe ich
unverzüglich etwas lauter fortfuhr. „Lass dir versichern, dass
ich deinem Vater kein Haar gekrümmt habe. Ich war nicht
einmal in seiner Nähe. Allerdings hatte sich ein Ork über die

Grenze ins *Diesseits* geschlichen, um Unheil in eure Welt zu bringen. Verdammt, ich weiß einfach nicht, wie sie es immer wieder schaffen, sich an uns vorbeizuschleichen. Niemand weiß wie sie es machen. So etwas darf einfach nicht mehr passieren!", fluchte ich vor mich hin, ehe ich mich wieder unserem Gespräch widmete. „Ich habe es zu spät bemerkt, Sheeva. Als ich jedoch Kenntnis davon erlangte, hatte ich sofort seine Spur aufgenommen, die mich schlussendlich hierher führte. Dein Vater war bereits anwesend und lediglich zur falschen Zeit am falschen Ort. Ich kann dir nicht sagen, was er hier zu suchen hatte, doch ich weiß, dass man seinem Begleiter nicht trauen kann. Er sollte sich von ihm fernhalten. Mit ihm stimmt irgendetwas nicht, das spüre ich."

Mit tränenunterlaufenen Augen sah Sheeva mich verdutzt an, offenbar unfähig, noch eine weitere Silbe zu bilden. Immer wieder blickte sie sich hektisch in der Umgebung um und schien innerlich einen nervenaufreibenden Konflikt auszufechten. Sachte löste ich meinen Griff von ihren Händen, schob dabei die Waffe aus meiner Reichweite und legte kurz darauf ihr linkes Handgelenk frei. Sheeva wirkte unterdessen abwesend, fast so, als wäre sie vollkommen in Gedanken versunken.

Sachte drehte ich ihre Handfläche nach oben, um ehrfürchtig mit dem Daumen darüber zu streichen. *Mondsichel, Abendstern und Eiskristall. Ihr Zeichen ist sehr ausgeprägt. Sie muss eine der Ersten gewesen sein, der es geschenkt wurde. Es wird höchste Zeit, dass sie die Wahrheit über sich erfährt.*

„Sheeva, auch wenn ich nicht befugt bin, dir alle Informationen zu geben, die du verdienst, so will ich dennoch versuchen dir behilflich zu sein und dir zu verstehen helfen. Ich weiß, dass dein Leben nicht gerade leicht verlaufen ist und du eine große Last auf deinen schmalen Schultern trägst. Ebenso wie ich weiß, dass du es dir seit unserem ersten Treffen zur Aufgabe gemacht hast, Wesen zu jagen, von denen sonst keiner Notiz nimmt. Darüber hinaus ist mir bekannt, dass du das Mal an deinem Handgelenk seit deinem sechzehnten Geburtstag trägst und dich immer wieder gefragt hast, was es zu bedeuten hat.

Und auch, dass ich dich damals mit meiner Anwesenheit überrumpelt, ja, sogar überfordert habe, ist mir bewusst. Hierfür möchte ich mich entschuldigen!", sagte ich ruhig, ehe ich für einen kurzen Moment alten Erinnerungen nachhing.

Viele Jahre hatte ich versucht, die Vergangenheit zu verdrängen, sie ungeschehen zu machen oder Ausreden für meine Naivität und Dummheit zu finden. Doch es änderte weder etwas an der Tatsache, dass ich mich des Nachts heimlich in Sheevas Haus geschlichen hatte, um ihr als Wolf gegenüberzutreten noch hatten meine Bemühungen, ihr ihre Berufung aufzuzeigen, etwas gebracht. Es war unnütz gewesen, ihr zu sagen, dass sie zu Großem bestimmt ist und die Welt nicht nur aus normalen Menschen und Tieren bestand. Ebenso wie es nichts geholfen hatte, ihr auch die kommenden Nächte aufzulauern. *Ich war ein verdammter Idiot!*

Aber niemand hatte mich damals gelehrt, wie ich mit den Sterblichen umgehen musste. Es war Bestandteil meiner Ausbildung gewesen, meine eigenen Erfahrungen zu sammeln, ganz gleich, ob die Individuen des Diesseits irgendwelche Schäden davontrugen. Es gehörte einfach zu meinen Aufgaben, die Dinge selbst in die Hand zu nehmen und durch meine Taten zu reifen.

Angestaute Tränen lösten sich plötzlich aus Sheevas Augen und liefen wie Sturzbäche über ihre erstarrten Wangen. Vermutlich wurde auch sie von ihrer Vergangenheit eingeholt. „Wenn du alles so genau weißt, Duncan, hast du dann auch eine Ahnung davon, was du mir damals angetan hast? Weißt du, dass ich dank dir einem Trauma ausgeliefert war, das mir über Jahre das Leben schwer machte? Weißt du, dass ich seit deinen Schauermärchen über finstere Gestalten und geteilte Welten des Nachts von Monstern verfolgt wurde? Ist dir bewusst, dass es ganze drei Jahre dauerte, bis ich mich meiner Angst stellen konnte? Du magst Recht haben, wenn du sagst, dass ich es mir durch deinen Besuch zur Berufung gemacht habe, mich nie wieder vor irgendeiner Kreatur zu fürchten. Und ja, ich habe mir geschworen, jeden Einzelnen von ihnen zurück in die Verdammnis zu schicken. Doch behaupte niemals wieder, dass du weißt, wie ich mich fühle!", maulte Sheeva mich an, während sie sich mit ihrem Ärmel das verweinte Gesicht trocknete.

„Wie bereits erwähnt, es tut mir leid, was geschehen ist. Ich hatte zu wenig Erfahrungen mit euch Menschen", versuchte ich sie zu besänftigen, doch Sheeva sah mich weiterhin grimmig an.

„Und wie ich sagte, leben wir im Hier und Jetzt. Wenn du also wirklich nichts mit dem Herzinfarkt meines Vaters zu tun hast, woher wusste er dann, dass du dich am Pier aufhältst?", fragte Sheeva gefasster, drückte entschlossen ihren Rücken durch und musterte mich prüfend.

„Dieser Kerl, dein sogenannter Kollege, hatte mich zufällig dort entdeckt, als er den Notarzt rief. Er ist beinahe in Ohnmacht gefallen. Dein Vater hatte zu diesem Zeitpunkt schon längst das Bewusstsein verloren. Wahrscheinlich ist er dem Ork begegnet", antwortete ich knapp, presste nachdenklich meine Lippen aufeinander und fuhr fort. „Hör zu Sheeva, ich versichere dir, wenn du mit mir kommst, werden alle deine Fragen vom Hohen Rat beantwortet. Du bist eines der wenigen menschlichen Geschöpfe, dem Zugang zu meiner Welt gewährt wird. Als Träger dieses Mals", erklärte ich und strich erneut über ihr Handgelenk, „ist es dir gestattet, in die Unterwelt einzutreten. Du kannst dort verweilen, solange du es für nötig erachtest. Meine Aufgabe ist hingegen, das *Porta Inferna* – das Tor zu unseren Welten – zu bewachen und jeglichem unerlaubten Ein- oder Austreten Einhalt zu gebieten. Sollte sich folglich eine Kreatur auf Abwegen befinden, so ist es meine Pflicht, sie wieder ins Jenseits zu befördern. Tot oder lebendig spielt dabei weniger eine Rolle. Wenn deine Anklage also weiterhin auf Mord lautet, so wird der Prozess wegen Ermordung von Untoten, Monstern und Seelenlosen wohl oder übel in meinem Reich stattfinden müssen, denn ich habe nie einem Menschen nach dem Leben getrachtet. In deiner Welt bin ich demnach unschuldig!"

Überrascht funkelten mich Sheevas blaue Augen an. Allmählich geriet sie ins Zweifeln. Ich sah es ihr problemlos an und konnte ihre zunehmende Unsicherheit deutlich spüren. Einer der Vorteile, die mir das Leben als Wächter der Unterwelt bot.

„Willst du mir sagen, dass all die Menschen, die du auf dem Gewissen hast, eigentlich gar keine Menschen, sondern Kreaturen der Unterwelt waren?"

Ein sanftes Lächeln huschte über mein Gesicht. Endlich begann sie, mir zuzuhören. „Viele von ihnen möchten ihr Leben im Reich der Sterblichen verleben. Es ist ruhiger und angenehmer für sie. Etliche von ihnen wünschen sich insgeheim, im Diesseits zu sterben und als Mensch begraben zu werden. Es gibt ihnen den Hauch einer Chance, den ersehnten Seelenfrieden zu bekommen. Weißt du, nicht jeder von uns ist glücklich darüber, zu den, wie ihr uns nennt, *Dunklen* zu gehören. Ebenso wie viele von euch ihre Seele an den Teufel verkaufen, um ihr Leben ein Stück weit zu verbessern. Diese Tölpel wissen ja gar nicht, was ihnen in der Hölle blüht." Ich schnaubte verächtlich und war insgeheim glücklich darüber, dass mich das Schicksal jener Dummköpfe nie ereilen würde. Als Wächter des *Porta Inferna* war einem ein Platz im Abyssum sicher, der letzten Ruhestätte der Krieger. Dort warteten Frieden und Ehrfurcht statt Folter, Pein und Sklavenarbeit auf einen.

„Was ist mit denen, die hier nicht ruhig leben und der Bevölkerung schaden? Erst heute nahm ich einen Gnom namens Fizzle Clopper in Gewahrsam. Er wird morgen nach Salem überstellt, obwohl er in eure Welt gehört. Warum müssen wir uns mit dem Schund abgeben?", fragte Sheeva vorwurfsvoll und verschränkte gnatzig die Arme vor der Brust. *Zickiges Weibsbild!*

„Was bitte denkst du, was Salem ist und was dort vorgeht?", entgegnete ich, ohne eine ihrer Fragen beantwortet zu haben.

„Es ist eine Insel, okay? Eine Insel, auf der ein geheimes Gefängnis gebaut wurde. Es ist die *Area 51* von Boston. Nach außen hin ein normales Gefängnis, damit keiner Verdacht schöpft. Innen ein Hochsicherheitstrakt für andersartige Wesen", schoss Sheeva pampig zurück und schien sich ihrer sehr sicher.

„Hm", antwortete ich nickend und sah sie schmunzelnd an.

„Was gibt es da so blöd zu grinsen, McClary?", blaffte sie zornig, indes sich ihre Wut in zartem Rot auf dem Gesicht abzeichnete. Ohne zu antworten, drehte ich mich um und ging zum Fenster. *Sternenklarer Himmel. Scheinbar gibt es keine besonderen Vorkommnisse in Astaroth. Hoffentlich haben die anderen Wächter es bei ihrer Mission einfacher. Diese Frau kann einen wahrlich den letzten Nerv rauben mit ihrer Launenhaftigkeit.* Ich atmete einmal tief durch, um meine Gedanken zu ordnen. *Bring es zu Ende, Duncan. Es wird Zeit, zu gehen!*

„Salem ist in der Tat eine Insel, die ein geheimes Gefängnis beherbergt. Die meisten Kreaturen verweilen dort jedoch nicht lange. Je nach Schwere der Schuld, und ob auch in unserer Welt nach dem Wesen gefahndet wird, werden sie sehr wohl wieder zurückgebracht. Ihr seid also nicht allein für den, wie sagtest du so schön, *Schund* zuständig. Fizzle Clopper zum Beispiel, der Gnom den du festgenommen hast, wird in Astaroth wegen Betruges gesucht und zurück ins Jenseits gebracht. Melchom, unser Zahlmeister, wird erfreut sein, wenn ich ihm mitteile, dass ich seinen Pleitegeier gefunden habe. Er wird sich gewiss eine gerechte Strafe für ihn ausdenken."

„Du hast ihn gefunden? Findest du es nicht etwas dreist, dich mit den Lorbeeren anderer zu schmücken? Ich hätte nicht gedacht, dass ein Mann wie du das nötig hat", schimpfte Sheeva und kochte erneut vor Wut. Prüfend sah ich sie über das spiegelnde Fensterglas hinweg an. „Bitte verzeih. Natürlich sollst du deine Anerkennung bekommen. Ich habe es keinesfalls nötig, mir den Ruhm anderer anzumaßen", konterte ich, drehte mich wieder zu ihr und ergriff sanft ihre Hand.

„Komm mit mir, Sheeva. Komm mit und erfahre alles über dich, mich und unsere Welten. Ernte Anerkennung und Wissen und schaffe den *Schund* persönlich wieder in die Hölle zurück."

Eindringlich sah sie mich an. Allem Anschein nach wusste sie nicht, wie sie sich verhalten sollte. Dafür wusste ich es umso besser. Ihr Zögern zeigte mir deutlich, dass ich auf dem richtigen Weg war, sie auf meine Seite zu ziehen. Schnell legte ich alles Flehen, das ich aufbringen konnte, in meine Stimme.

Mit Nachdruck drängte ich das lautstark rebellierende Tier in mir unter Schmerzen zurück und unterwarf mich Sheeva widerwillig, als ich auf die Knie ging.

„Ich bitte dich höflichst, mich nach Astaroth zu begleiten und versichere dir im Gegenzug, für deine Unversehrtheit zu sorgen. Ich werde dich, so wie du das Jenseits betreten hast, wieder ins Diesseits bringen."

## Kapitel 5
*Sheeva*

**D**unkle, alles überlagernde Nacht herrschte um mich herum und hüllte mich in eine unsichtbare Decke aus Geborgenheit und Ruhe. Kraftlos schloss ich meine müden Augen und sank erschöpft in meinen Autositz. Heute war nicht mein Tag, das hätte ich bereits beim Aufstehen bemerken und meinem inneren Drang, liegen zu bleiben, nachgeben sollen. Doch das leicht schmerzende Mal an meinem Handgelenk, welches mich in der letzten Nacht spontan geweckt hatte, hatte mich einfach nicht wieder einschlafen lassen. Zur Schlaflosigkeit gezwungen, hatte ich mich kurzerhand dazu entschieden, in die Agentur zu fahren. Im Anschluss daran war ich achtzehn Stunden mit Aufklärungsarbeit beschäftigt gewesen und hatte letztendlich den gesuchten Fizzle Clopper gefunden und eingebuchtet. Dass ich dann erfahren musste, dass mein Vater einen Herzanfall erlitten hatte, versetzte mir bereits einen Stich ins Herz. Die darauffolgende Kunde, über Duncan McClarys Anwesenheit in Boston, die anschließende Begegnung mit ihm und letztendlich mein erneutes Versagen bei seiner Festnahme, hatten mir jedoch den Rest gegeben. Ob der Grund meines wiederholten Scheiterns der war, dass ich zu viel Schwäche gezeigt oder gar Zweifel an seiner Schuld hatte und somit Vertrauen in ihn gewann, wusste ich nicht, doch ich würde es sicher bald herausfinden.

Das leise Klopfen am Seitenfenster meines Mustangs ließ mich erschrocken die Lider öffnen. „John!", rief ich erstaunt aus, während ich meinen hektisch umherblickenden Kollegen musterte. Wie er so zum Fenster gebückt, mit leicht zerzaustem Haar und blassem Gesicht neben dem Wagen stand, wirkte er sehr müde auf mich. Was um diese Uhrzeit zugegebenermaßen kein Wunder war. Doch John schien zudem auch mitgenommen, kraftlos und in gewisser Weise ängstlich zu sein.

„Gut, dass ich dich treffe, Sheeva. Darf ich kurz einsteigen?", fragte er nervös, während er unsicher in die dunkle Nacht spähte. Ich folgte seinen Blicken, vorbei am dunklen Rot des Backsteingebäudes der Agentur, doch konnte ich nichts Außergewöhnliches erkennen. „Natürlich, hüpf rein", antwortete ich gähnend und öffnete ihm, so schnell es meine müden Knochen zuließen, die Beifahrertür. Ohne abzuwarten, hastete John ums Auto, riss die Tür auf und setzte sich zu mir ins Innere. „Was gibt es denn, dass es keine Zeit bis morgen hat?", fragte ich erschöpft und rieb mir die leicht schmerzenden Schläfen.

„Hast du das von deinem Vater gehört?", setzte John zu einer Gegenfrage an und versperrte in Windeseile die Tür des Wagens.

Die Stirn in Falten gelegt, sah ich ihn an. „Was tust du da?" Überrascht blickte John auf.

„Ähm, eine Angewohnheit von früher", versuchte er seine Unsicherheit zu überspielen und zwang sich ein entschuldigendes Lächeln ab.

„Und? Hast du die Nachricht erhalten?", setzte er abermals an und schien nun, da die Tür verriegelt war, ein Stück weit ruhiger zu werden.

„Judy hat mir bereits davon berichtet. Ebenso wie sie mir erzählte, dass du am Pier warst, um meinen Vater zu treffen. Gibt es etwas, das ich wissen sollte?" Erschrocken sah John mich an. Es war offensichtlich, dass er nicht mit dieser Konfrontation gerechnet hatte. Und wie es schien, hatte er auch keine Lust, darüber zu reden. Doch er schuldete mir eine Erklärung. Immerhin lag mein Vater im Krankenhaus.

„Also? Was hattest du dort außerhalb deiner Arbeitszeit zu suchen, John?" Angespannt biss dieser sich auf die Unterlippe und suchte sichtlich nach einer Antwort. Doch je unsicherer er wurde, desto ungeduldiger wurde ich, und mit jeder Sekunde, die verstrich, erwachten meine Lebensgeister und schöpften neue Kraft. *Kann es wirklich so schwer sein, mir zu sagen, was er und mein Vater zu bereden hatten?* Ich duldete keine Geheimnisse in der Agentur, John war das durchaus bewusst.

„Dein Vater", begann er zu stammeln, „er hatte mich darüber informiert, dass Duncan McClary in der Stadt ist. Keine Ahnung, woher er von ihm wusste, doch ich wollte der Sache nachgehen. Ich weiß, dass es ein Fehler war, auf eigene Faust loszuziehen, doch ich konnte nicht warten. Dein Vater sagte, es sei ernst!" *Okay, das klingt plausibel, obgleich ich nun keineswegs schlauer bin.*

„In Ordnung. Judy hatte zudem erwähnt, dass ihr am Pier nach McClary suchen wolltet. Habt ihr ihn gefunden?", fragte ich interessiert, obwohl ich die Antwort bereits kannte – John war kreidebleich davongelaufen.

„Nein, der Typ war nirgends aufzufinden. Er muss deinen Vater mit mir telefonieren gesehen haben und verschwunden sein, nachdem er ihn fast zu Tode erschreckt hat. Aber wenn ich ihn in die Finger bekommen hätte, wäre er ganz sicher nicht davongekommen." *Hm, das ist nicht ganz die Antwort, die ich erwartet habe.*

Mit einem Mal fielen mir Duncans Worte, dass man John nicht trauen könne, wieder ein, doch damit wollte ich mich einfach nicht arrangieren. Immerhin waren wir seit  fünf Jahren Partner beim *BEA*. Bis heute hatte es nicht eine Situation gegeben, in der ich mich nicht auf ihn verlassen konnte. Andererseits stank seine Antwort mehr als deutlich nach Lüge und das durfte ich nicht unter den Tisch kehren. Ich musste nachhaken. „Nachdem Judy mir alles berichtet hatte, habe ich mir das Gebiet am Pier ein wenig genauer angesehen, um Informationen über McClary zu bekommen. Es waren überall Ork-Fußabdrücke zu sehen. Kannst du mir etwas dazu sagen?"

John schluckte schwer und als hätte ich genau ins Schwarze getroffen, begann er just im selben Moment wieder unruhig in die Nacht zu starren. Nervös wischte er sich die verschwitzten Hände an seiner ausgeblichenen Jeans ab. *Ist das Ruß an seinen Fingern?*

Ehe ich ihn danach fragen konnte, entriegelte John auch schon die Beifahrertür und setzte zum Aufbruch an. „Tut mir leid, Sheeva. Es wird Zeit für mich und du solltest auch Feierabend machen. Es ist ziemlich spät. Ich wollte nur sichergehen, dass du über deinen Vater Bescheid weißt. Gute Nacht und pass auf dich auf!", war alles, was er noch sagte, ehe er hektisch in die Nacht verschwand.

Überrascht über seinen schnellen Abgang, und sein merkwürdiges Verhalten, sah ich ihm nach. Was war nur los mit ihm? Das alles war so gar nicht seine Art. Bisher war er immer offen und ehrlich mit mir umgegangen. Es gab keine Geheimnisse, keine Lügen und keine überstürzten Handlungen. Wir waren doch ein Team!

Nachdenklich lehnte ich mich zurück in meinen Sitz und schloss die Augen.

*Ein Team. An welchem Punkt haben wir uns wohl verloren und in die entgegengesetzte Richtung bewegt? Ich muss unbedingt mit Judy reden, vielleicht weiß sie ja mehr.*

Ein wenig entspannter sank ich tiefer in das weiche Leder unter mir. Wenn ich so darüber nachdachte, hatte John sich in letzter Zeit Stück für Stück zurückgezogen. Er hatte seine Schichten meist so gewählt, dass er nicht mit mir zusammenarbeiten musste. Ebenso hatte er kaum noch etwas über die Erlebnisse seines Tages berichtet und überhaupt hatte er in letzter Zeit nur wenige Wesen zur Strecke gebracht. *Da stimmt etwas ganz und gar nicht. Und ich werde herausfinden was es ist.*

Entschlossen, mir drinnen bei Judy etwas Klarheit zu verschaffen, rappelte ich mich auf. Gerade als ich im Begriff war, aus dem Auto zu steigen, wich ich zutiefst erschrocken auf meinen Sitz zurück.

„McClary. Verdammt nochmal, musst du mich so erschrecken?", schnauzte ich ihn an und griff, nach Luft ringend, an meine Brust.

„Hast du jemand anderen erwartet?", raunte Duncan unterdessen mit leicht schmunzelndem Gesicht und schien sich keiner Schuld bewusst zu sein. Gnatzig knirschte ich mit den Zähnen, stieg aus dem Wagen und knallte wütend die Tür zu. Ich hasste diesen Typen jetzt schon. Und dass er immer dann auftauchte, wenn man ihn am wenigsten gebrauchen konnte, machte es nicht besser.

„Ich wüsste nicht, dass dich das etwas angeht, McClary! Aber wenn es deine dunkle Seele befriedigt, ich hatte erwartet, allein zu sein und nicht mitten in der Nacht von einem Höllenhund überrascht zu werden!"

„Gut, ich dachte schon, du hattest deinen Freund zurück erhofft", entgegnete er mit leicht knurrendem Unterton, drückte sein Kreuz durch und baute sich sichtlich vor mir auf.

Entsetzt darüber, dass er mich offenbar beobachtet hatte, riss ich die Augen auf und starrte ihn mit finsterem Blick an.

„Spionierst du mir etwa nach?"

Duncan war an Ausdruckslosigkeit nicht zu überbieten und es schien ihn keineswegs zu interessieren, dass ich ihn gerade ertappt hatte, wie er mir nachstellte. „Halt dich gefälligst aus meinem Leben raus, okay? Mag sein, dass ich dir versprochen habe, mit nach Astaroth zu kommen und mag sein, dass du mir dafür Unversehrtheit zugesichert hast und quasi als mein Beschützer an meiner Seite stehst. Aber eins möchte ich mal von Anfang an klarstellen: Ich bin dir nichts schuldig. Gar nichts!"

Genervt von seiner Neugier und Dreistigkeit, fummelte ich tollpatschig an meinem Türschloss herum. *Warum geht das verfluchte Ding nicht zu?*

„Können wir dann los?", fragte Duncan beiläufig und lächelte mir leicht zu.

„Natürlich, lass uns um die Häuser ziehen, bis die Sonne aufgeht. Vielleicht sollten wir auf eine Pool-Party gehen und noch weitere achtzehn Stunden wach bleiben, hm? Wäre das nicht ein Spaß?", fragte ich mit theatralisch umherfuchtelnden Armen und fühlte mich allmählich von allen Geistern verlassen. *So langsam beginnt die Dämmerung. Du gehörst verdammt nochmal ins Bett, Sheeva!*

Doch vorher galt es, diesen Kasper loszuwerden.

„Weißt du was? Wir sollten in die Agentur gehen, einen Kaffee trinken und anschließend Judy mitnehmen. Dann kann ich mit ihr alles besprechen, was mir auf der Seele brennt."

Entschlossen, in die Agentur zu stiefeln und Duncan einfach der langsam schwindenden Dunkelheit zu überlassen, verschloss ich meinen Mustang und setzte zum Aufbruch an. Doch ich kam nicht weit. Sanft und dennoch bestimmt griff Duncan mit einem Mal nach meinem Oberarm und hinderte mich so am Gehen. „Lass mich los. Sofort!", knurrte ich und zog meinen Arm demonstrativ in meine Richtung.

„Wir müssen zum Portal", drängte Duncan und ließ nicht locker.

„Falsch. Du lässt mich jetzt los, ansonsten wirst DU nirgendwo mehr hingehen", drohte ich mit finsterer Miene und wurde allmählich ungeduldig. Eine übermüdete Frau sollte man besser nicht reizen.

Abschätzend sah McClary mich an.

„Hör zu. Es ist kurz vor Sonnenaufgang. Das Tor zur Unterwelt wird nicht mehr lange geöffnet sein, und wenn wir noch eine Chance haben wollen, nach Astaroth zu gelangen, dann sollten wir jetzt aufbrechen. Ich weiß, dass es dir im Moment nicht gut geht, und ich verspreche dir, dass du deine verdiente Ruhe finden wirst, wenn wir erst auf der anderen Seite sind. Doch für den Moment müssen wir los. Bitte!" *Hat er gerade „Bitte!" gesagt?* Sein leicht besorgter Blick stimmte mich ein wenig milder.

„Was auch immer", entgegnete ich widerwillig und erhielt sofort meinen Arm zurück.

„Allerdings muss ich Judy noch etwas mitteilen. Kannst du dich noch zehn Minuten gedulden?"

„Deine Zeit läuft!"

***

„Judy? Ich bin's, Sheeva. Wo steckst du?" Ohne Zeit zu verlieren, lief ich geradewegs in Richtung Büro, um sie zu suchen. Sie konnte eigentlich nur dort sein, denn für gewöhnlich hielt sie sich nicht bei den Zellen auf. Schon gar nicht, wenn sich darin jemand befand, der ihr unheimlich war.

Oben angekommen griff ich mir wie üblich eine Tasse Kaffee und platzierte zusätzlich eine zweite. „Der sollte frisch sein. Wenn du also wie ich Koffein brauchst, greif zu", richtete ich mein Angebot hinter mich und stiefelte weiter, um Judy zu suchen. Kurz darauf entdeckte ich sie bei den Kopierern. „Herr Gott, hast du mich vielleicht erschreckt", quiekte sie aufgeregt und griff sich atemlos an die Brust.

„Tut mir leid, aber ich hatte dich gerufen, und da du nicht geantwortet hast ..." Judy winkte ab und hatte sich bereits wieder gefangen. „Weshalb ich hier bin. Kannst du mir einen Gefallen tun?", fuhr ich schnell mit unserem Gespräch fort.

„Klar, worum geht es?", erkundigte sie sich, während wir wieder Richtung Küche liefen. „Soll ich dir etwa eine ...?"

Vollkommen perplex blieb Judy plötzlich stehen und starrte wie versteinert voraus. „Eine was? Ist alles in Ordnung?", fragte ich besorgt und folgte kurzerhand ihrem starren Blick. *Oh!*

„Ähm ... Tut mir leid, ich hätte es erwähnen sollen. Judy, das ist Duncan. Duncan, das ist Judy, die gute Seele der Agentur", stellte ich die beiden kurz vor, ehe ich Judy am Arm nahm, um sie weiter zum Gehen zu bewegen. Doch Judy dachte nicht daran, auch nur einen Schritt nach vorn zu setzen, sondern starrte weiter wie eine steinerne Skulptur vor sich hin.

„McClary? Duncan McClary?", wisperte sie leise und mit viel zu hoher Stimme, die darauf hindeutete, dass sie kurz vor einer Panikattacke stand.

„Es freut mich Ihre Bekanntschaft zu machen, Miss Judy", erwiderte Duncan charmant, während er ihr höflich die Hand entgegenstreckte, um sie zu begrüßen. Doch alles, was diese durchaus nette Geste hervorbrachte, war lautes hysterisches Kreischen. Die Anspannung im Raum stieg schlagartig an und meine Alarmglocken begannen, ebenso wie Judys Geschrei, massiv und lautstark zu schwingen. Ohne mir über etwaige Folgen Gedanken zu machen, stellte ich mich zwischen die beiden. Eine weitere unkontrollierte Eskalation meiner Assistentin hätte in Bezug auf die Anwesenheit eines Kriegers der Unterwelt durchaus verheerende Folgen haben können. So lautete zumindest meine Theorie.

„Er wird dir nichts tun, okay? Alles ist gut!", versuchte ich Judy zu besänftigen und ihr beschwichtigend meine Hände auf die Schultern zu legen, doch sie wehrte mich mit hektisch fuchtelnden Armen ab.

„Alles ist gut? Alles ist gut, sagst du? Du hast einen mehrfachen Mörder hierher gebracht. Einen Killer. Ein unberechenbares Tier", krakeelte es mir in ungewohnt lautem Ton entgegen, was mich entsetzt aufblicken ließ. Natürlich hätte ich bei jedem anderen ebenbürtig geantwortet und die Situation liebend gern noch mehr angestachelt, doch da ich bei Judy das Gegenteil heraufbeschwören wollte, hielt ich mich zurück.

„Bitte beruhige dich", versuchte ich es erneut auf die beschwichtigende Art, doch Judy setzte ihre Tirade fort, ohne meinen Worten Aufmerksamkeit zu schenken.

„Was hast du dir dabei gedacht, Sheeva? Ich mein, dass ihr *Dunkle* herbringt und sie einbuchtet, daran habe ich mich mittlerweile halbwegs gewöhnt. Und auch in seinem Fall wäre es sicher nicht sonderlich dramatisch gewesen, wenn du ihn in Handschellen vorgeführt, oder besser noch gleich in eine Zelle verfrachtet hättest. Aber nein, du hast es offensichtlich nicht für nötig gehalten. Oder viel schlimmer noch - Du hast es vergeigt. Wieder einmal. Und es wie alle anderen nicht fertiggebracht, ihn festzunageln. Ganz sicher hat er dich festgenagelt, nicht wahr? Das hat er doch schon einmal getan, richtig? Vielleicht habt ihr euch aber auch beide gegenseitig ... Ich will gar nicht drüber nachdenken. Es ist mir auch vollkommen egal, ehrlich gesagt. Doch so viel mir auch schon untergekommen ist und so viel ich von dir erwartet habe, Sheeva, das hier sprengt all meine Vorstellungskraft. Sag mal, wie irre bist du eigentlich? Denkst du überhaupt nach, bevor du ...?"

Erschrocken und auch überaus wütend darüber, dass sie zu solch einem unangebrachten Gefühlsausbruch fähig war, schlug ich ihr mit der flachen Hand kräftig ins Gesicht. Ich konnte nicht fassen, dass diese mitunter verletzenden Worte aus ihrem sonst so sanften, ruhigen Mund kamen. Sie musste in einer Art Schockzustand festhängen oder durch Duncans

Anwesenheit panisch vor Angst sein, denn das war keinesfalls die Judy, die ich in den zurückliegenden Monaten kennengelernt hatte. *Verhält sich denn gar keiner mehr normal in meiner Umgebung?* Entsetzt starrte Judy mich mit tränenunterlaufenen Augen an. „Ich weiß, ich hätte das nicht tun sollen, doch ich konnte nicht zulassen, dass du dich weiter um Kopf und Kragen redest", versuchte ich mein Handeln zu rechtfertigen. Doch es blieb ein bitterer Beigeschmack.

„Duncan ist nicht derjenige, vor dem du dich fürchten musst, Judy, das garantiere ich dir. Denn hier bestimme immer noch ich, als deine Chefin, was oder wem ich in dieser Agentur Zutritt gewähre. Und falls dir meine Handlungsweise nicht gefällt oder dir irgendetwas an meinen Arbeitsmethoden nicht passt, dann steht es dir frei, zu gehen. Allerdings würde ich es begrüßen, wenn du dich beruhigst und deine Zunge wieder unter Kontrolle bringst", appellierte ich an ihren Verstand und sah sie mit ernster Miene an. So leid sie mir einerseits auch tat, und so sehr ich ihre Angst nachvollziehen konnte, dieses Verhalten durfte ich nicht durchgehen lassen. Immerhin war ich der Boss!

Judy schluckte schwer und begann nachdenklich abwechselnd zwischen Duncan und mir hin und her zu blicken. *Gut so, Judy, benutz deinen hübschen Kopf und denk nach.* Allmählich schien sie wieder zur Besinnung zu kommen und sich in den Griff zu kriegen. Wie sie jedoch mit hängenden Schultern, traurigem Gesicht und leise schluchzend vor mir stand, während immer mehr Tränen über ihr makelloses Gesicht liefen, bereute ich meine Ohrfeige doch sehr. Wäre es möglich gewesen, so hätte ich die Zeit sofort zurückgedreht, meinen Zorn über ihren verbalen Aufstand professionell hinuntergeschluckt und ihr mit Worten zum Verstehen verholfen. *Verdammt!*

Die Lippen schuldbewusst aufeinandergepresst, ging ich einen Schritt auf sie zu, legte sanft meine Arme um ihre zitternden Schultern und drückte sie an mich. „Schon okay, Judy. Es tut mir leid, was passiert ist und ich kann verstehen, dass du Angst hast, doch ich hätte Duncan nicht in die Agentur gebracht, wenn ich nicht sicher wäre, dass er dich in Ruhe lässt. Er ist hinter Fizzle und den anderen *Dunklen* her, verstehst du? Es waren Kreaturen der Unterwelt, die er in der Vergangenheit tötete, keine Menschen."

Noch immer starr vor Angst und dicht an mich gepresst, spürte ich, wie sie ihren Kopf langsam Richtung Duncan drehte. Mut schöpfend schob ich sie ein Stück von mir und sah sie an. „Judy?" Keine Reaktion. „Judy!", versuchte ich es etwas energischer, ohne gleich wieder bedrohlich auf sie zu wirken und es funktionierte. „Weshalb ich hier bin ... Tu mir bitte den Gefallen und nimm dir morgen und das ganze Wochenende frei. Ich muss mit Duncan eine kurze Reise antreten. Wohin wir gehen, spielt dabei keine Rolle. Wichtig ist nur, dass du dich nicht mit John triffst, solange ich weg bin, und du ihm nichts von unserem Trip erzählst. Ich habe leider noch nicht herausgefunden, was mit ihm nicht stimmt, doch das wird sich ändern. Bis dahin möchte ich dich in Sicherheit wissen.", sagte ich knapp und hoffte, dass es für sie verständlich genug war. Irritiert und auch grüblerisch sah Judy mich an.

„Hat John etwas damit zu tun, dass dein Vater im Krankenhaus liegt?", fragte sie entsetzt und schien von ihrem eigenen Gedankensprung verwirrt zu sein. Ebenso wie ich. *John und Vaters Herzinfarkt? Welche Verbindung könnte es da geben?*

„Wenn ich etwas dazu sagen dürfte", mischte sich Duncan in unser Gespräch ein und riss mich so aus meinen Gedanken. „Miss Judy sollte sich in der Zeit unserer Abwesenheit um deinen Vater kümmern und sicherstellen, dass ihn niemand außer ihr an seinem Krankenbett besucht."

Zeitgleich sahen Judy und ich Duncan an. „Ist das dein Ernst? Sie soll sich als seine Tochter ausgeben, anderen das Besuchsrecht verweigern und für seine Sicherheit sorgen? Falls du es vergessen hast, Mister Oberschlau, sie ist keine Agentin. Sie ist nicht mal eine Hobby-Jägerin!", protestierte ich lautstark, denn dieser Gedanke gefiel mir ganz und gar nicht. Judy war eine Assistentin. Eine Vorzimmerdame. Eine Sekretärin. Wie auch immer man es nennen wollte, sie war keinesfalls dazu ausgebildet worden, ein Menschenleben gegen finstere Gestalten zu verteidigen. *Warum eigentlich nicht?* Ich schüttelte diesen wirren Geistesblitz schnell ab.

„Ich bin mir sicher, dass sie es schaffen wird", hielt Duncan gegen mein Wort und lächelte Judy freundlich an.

„Vergiss es", hielt ich seinem kleinen Spielchen stand und wandte mich wieder Judy zu. Entgegen meinen Erwartungen schien Judy durchaus Gefallen an McClarys Vorschlag zu finden.

„Nimm dir einfach Urlaub, okay? Alles andere wird sich regeln", sprach ich ruhig zu ihr und hoffte erneut auf ihren Intellekt.

„Was ist mit dem Zwerg?", richtete Judy ihre Frage plötzlich direkt an Duncan und ließ mich staunen.

„Der kommt mit uns", antwortete McClary unverzüglich und es schien, als hätten die beiden meine Anwesenheit vollkommen verdrängt. Beinahe war es so, als hätte das Gefühl von Angst und Hysterie nie existiert.

„In Ordnung, ich machs", klang es mit einem Mal voller Tatendrang aus Judys Kehle und ich glaubte, meinen Ohren nicht trauen zu können.

„Habt ihr jetzt beide den Verstand verloren?" Entgeistert riss ich die Hände in die Luft und sah sie mit schüttelndem Kopf fragend an.

„Er hat gesagt, dass ich es schaffen werde, ich die Kraft und den Willen dazu habe und in mir mehr steckt, als ich glaube. Und er hat Recht. In mir steckt mehr als nur eine Tippse, Sheeva. Lass es mich dir beweisen!"

„Wann haben du und er denn eine Privataudienz gehalten? Keiner hat etwas von Kraft oder Willen erzählt. Und natürlich gebe ich dir Recht, dass du mehr als nur eine tolle Frau bist, die Kaffee kochen kann und mir die lästige Schreibarbeit abnehmen. Dennoch bist du keine Kopfgeldjägerin! Warum scheint das niemanden außer mir zu interessieren?", schoss ich patzig zurück und war nicht bereit, mich einem Kompromiss hinzugeben.

„Was meinst du damit, er hat nichts von alledem gesagt. Du stehst doch ebenso wie ich genau neben ihm. Hörst du nicht zu?", fragte Judy leicht unsicher und sah Duncan hilfesuchend an. Dieser lächelte nur und schüttelte kaum sichtbar sein rabenschwarzes Haar.

„Sie kann dich nicht hören? Was soll das nun wieder heißen?" Judys wirre Fragerei wurde mir allmählich zu viel und so wandte ich mich von ihr ab. Provokant schritt ich auf McClary zu, bis er mir direkt in die Augen sehen musste.

„Kann mich bitte mal jemand aufklären, was hier gespielt wird?", drang es leicht knurrend aus meiner Kehle, was ihm zeigen sollte, dass er sich so langsam auf dünnem Eis bewegte.

„Telepathie, Sheeva", hauchte mir Duncan heiß entgegen und ließ mir sogleich einen Schauer über den Rücken laufen. „Ich habe ihr ihre Stärken aufgezeigt, ihr Mut zugesprochen und ihr versichert, dass sie sich nicht vor mir fürchten muss. Mehr nicht", fügte er sanft hinzu und lächelte Judy erneut über meine Schulter hinweg an.

„Mehr nicht? Du manipulierst sie, du verdammter Arsch. Und so was nennst du nichts? Hast du das auch mit mir getan, als du mich unten am Pier entwaffnet hast?" Schlagartig pflanzte sich das Gefühl bitteren Zorns in meine Magengegend und mit ihm der Wunsch, Duncan mit aller Kraft eine reinzuhauen. Doch dieses Chaos konnte ich Judy nicht auch noch zumuten. Jetzt musste ich mich zusammenreißen.

„Ich habe nichts dergleichen getan", war alles, was Duncan mir antwortete, ehe er sich gekonnt an mir vorbeidrängte und geradewegs auf Judy zuhielt. „Miss Judy, ich wäre Ihnen sehr verbunden, wenn sie diese kleine Aufgabe für mich erledigen könnten. Ich bin sicher, dass sie mich nicht enttäuschen werden. Doch nun gehen sie bitte nach Hause und ruhen sich aus. Der morgige Tag bricht bereits an", säuselte er ihr zärtlich ins Ohr, während sie ihn verstörend ruhig anhimmelte. *Oh Gott, ich kotz gleich.*

„Und du", ertönte es kurz darauf leicht brummend in meine Richtung, „setzt jetzt deinen kleinen Hintern ohne zu Murren in Bewegung und bringst uns zur alten Kirche. Die Sonne wird in gut fünf Minuten den Morgen einläuten, und sofern du nicht willst, dass weiteres Unheil das Diesseits erschüttert, solltest du langsam deine Albernheiten vergessen und kooperieren. Ich werde dafür Sorge tragen, dass deine Assistentin Unterstützung aus meiner Welt erhält, doch um dies arrangieren zu können, muss ich nach Astaroth. Und uns bleibt nicht mehr sonderlich viel Zeit dafür."

Gleich nachdem ich seine Worte registriert hatte, wollte ich zum verbalen Gegenschlag ausholen und mir diesen Befehlston verbieten. Doch Duncan kam mir zuvor, huschte an meine Seite und legte mir einen Finger auf die Lippen. „Denke nicht, dass ich deine Bewegungen, deine Mimik und Gestik, nicht zu deuten weiß. Du bist wie ein offenes Buch für mich, auch wenn dein Wille stark ist und er mich nicht in deinen hübschen Kopf dringen lässt. Dennoch gibst du mehr von dir preis, als du denkst und das solltest du besser in den Griff bekommen, wenn du mit mir gehen willst. Mitunter könnte man meinen, du seist eifersüchtig." Duncans Blick deutete leicht in Judys Richtung und sofort protestierte es heftig in mir. Ich war keinesfalls eifersüchtig. Warum auch? Ganz sicher nicht wegen ihm.

Offensichtlich gab es noch einiges, was ich zwischen uns klarstellen musste. Doch das würde ich auf später verschieben müssen, denn kaum hatten die Worte Duncans Mund verlassen, war er bereits gegangen. „Vergiss den Gnom nicht", war alles, was ich noch von ihm hörte, ehe er aus meiner Sichtweite und nach draußen verschwand.

Wütend über diesen hochtrabenden Abgang, starrte ich ihm hinterher. *Was für ein ungehobelter Mistkerl,* dachte ich, ehe ich mich sammelte und ein letztes Mal auf Judy zuging.

„Hör zu Liebes, du solltest wirklich nach Hause gehen und dir etwas Schlaf gönnen. Bestell meinem Vater liebe Grüße, ja? Und sag ihm, dass es mir leidtut, dass ich nicht selbst kommen kann. Ich werde ihn besuchen, sobald ich wieder in Boston bin. Machs gut und pass auf dich auf."

# Kapitel 6
## *Duncan*

„Hey, du kleine Schlampe, immer mit der Ruhe. Es hat keine Eile, mich nach Salem zu bringen. Wir haben den ganzen Tag Zeit. Aua, verdammt, pass doch auf", wetterte eine krächzende Stimme hinter mir und ließ mich aufhorchen. *Fizzle!*

Meine Hände zu Fäusten geballt, drehte ich mich achtsam um. Ganz gleich, ob ich ein erfahrener Krieger war, man konnte bei einem Gnom nie sicher sein, was einen erwartete.

Sheeva war gerade aus dem roten Backsteingebäude der *BEA* getreten, das Gesicht in Falten gelegt, der Körper deutlich angespannt. Sie schien wütend zu sein. Fizzle hingegen verzog mürrisch sein hässliches Gesicht, als Sheeva ihn unsanft Richtung Treppe schob. *Gut so. Tritt diesem kleinen Wicht in den Hintern.*

Von Sheevas Anstoß gegen die Schulter vorangetrieben, stolperte Fizzle die Stufen hinab. Zu seinem Pech verfehlte er die letzten Trittflächen, verlor dank der auf dem Rücken verbundenen Hände das Gleichgewicht und fiel kurzerhand auf die Knie. Schmerzerfüllte Schreie füllten sogleich den herannahenden Morgen, gefolgt von ein paar hässlichen Flüchen, die mich sofort an ihn herantreten ließen. Er musste zum Schweigen gebracht werden. Immerhin beendeten um diese Uhrzeit einige Menschen ihre Nachtruhe und ich wollte keine weiteren Störungen riskieren. Wir mussten unbedingt zum Portal.

„Guten Morgen, Fizz. Ich hoffe, du hattest eine angenehme Zeit in Boston, denn es wird deine letzte gewesen sein", grollte ich tief und hoffte innerlich, dass dieser Winzling mir etwas entgegenzusetzen hatte. Doch er war wohl klüger als ich dachte, oder einfach zu schockiert, um ausfallend zu werden.

„McClary. Ich hatte nicht erwartet euch hier zu sehen", antwortete Fizzle kleinlaut, indes er vorsichtig seinen glühend roten Kopf hob und mich in einer Mischung aus Verunsicherung und unterdrücktem Schmerz ansah. Ohne Zeit zu verlieren, packte ich ihn zufrieden lächelnd am Kragen seines mit Dreck besudelten Hemdes und zog ihn auf die Beine.

„Gewiss hattest du das nicht und dennoch bin ich hier. Schon bald werden wir jedoch wieder in Astaroth sein, mein kleiner Freund", knurrte ich und grinste ihn hämisch an.

„Astaroth? Wieso Astaroth? Die Schlampe bringt mich nach Salem", wetterte Fizzle in gewohnt primitivem Tonfall und schien wenig begeistert von meinem Vorschlag. „Stimmt doch? Du wirst mich sicher nach Salem überstellen, wie du es gestern gesagt hast?", richtete er seine Frage nun an Sheeva. Doch die antwortete nicht, sondern griff stattdessen Fizzles verdrehten Arm und schleifte ihn zur Fahrerseite ihres Mustangs.

„Wenn du es immer noch so eilig hast, von hier fortzukommen, McClary, dann spring rein. Andernfalls hält dieser Zug erst wieder gegen Abend hier", war alles, was über Sheevas Lippen kam, ohne dass sie mich auch nur eines Blickes würdigte.

„Hey, wieso redest du mit ihm und nicht mit mir? Ich habe dich zuerst was gefragt, Tussi. Fahren wir jetzt nach Salem oder nicht?" Wieder erhielt Fizzle keine Antwort. *Wenn er nicht sieht, dass der Zorn ihr buchstäblich ins Gesicht geschrieben steht, dann ist er doch ein größerer Dummkopf, als ich dachte.*

„Antwortest du mir mal, du arrogante Ziege?"

„Halt die Klappe!"

*Kluge Antwort, Sheeva!*

Mit griesgrämigem Gesichtsausdruck klappte Sheeva ihren Fahrersitz nach vorn, ehe sie den Gnom kraftvoll auf die Rückbank stieß und sich im Anschluss selbst ins Innere des Wagens begab. *Die Frau hat Biss, das gefällt mir.*

Amüsiert über das kleine Schauspiel der beiden, verstaute ich kurzerhand meine Ausrüstung im Kofferraum, stieg ebenfalls in den bereits laufenden Mustang und nahm neben Sheeva Platz.

„Anschnallen und Klappe halten", schallte es mir sofort entgegen und wissend, dass ich es war, der in Kürze die Zügel in den Händen hielt, ließ ich sie gewähren. Auch wenn das Tier in mir bereits ein leises Knurren von sich gab.

***

Eins musste man Sheeva lassen. Sie verstand es, mit den über 400 PS ihres Mustangs umzugehen, denn es waren gerade einmal zwei Minuten, bis ich das aschgraue Gebäude der Kirchenruine erblickte. Die einst heilige Stätte hatte schon vor langer Zeit ihren Glanz verloren. Heutzutage diente sie einzig als Pilgerstätte für mutige Obdachlose, die ein halbwegs intaktes Dach über dem Kopf suchten. Und natürlich der perfekten Tarnung für das *Porta Inferna*. Welcher normal denkende Mensch hätte auch auf einst heiligem Boden das Tor zur Hölle erwartet?

Langsam fuhr Sheeva die letzten Meter über den verrotteten Schotterweg, der zum Eingang der Kirche führte, ehe sie durch ein in die Jahre gekommenes, massives Eisentor fuhr. Unser Ziel war erreicht.

Der Motor verstummte und einzig das leise Knarren von gequältem Leder war noch zu hören. Unauffällig ließ ich meinen Blick zur Seite wandern und entdeckte Sheevas blasse Finger, die sich nervös am Lenkrad festklammerten. Unmerklich ließ ich meine Augen über ihren Arm, hinauf zu ihrem zarten Gesicht gleiten, welches nun jedoch zu einer harten Miene erstarrt war. Stoßweise entglitt ihre beschleunigte Atmung ihren Lippen.

*Sie scheint Angst zu haben.* Neugierig ließ ich meine Sinne weiter umherschweifen und stellte sogleich fest, dass selbst Fizzle, der die ganze Fahrt über lauthals gewettert hatte, ebenso verstummt war. Von einer Sekunde auf die nächste herrschte bedrückende Stille um uns. Es war so ruhig geworden, dass ich deutlich das laute Trommeln ihrer viel zu schnell schlagenden Herzen vernahm. Ich konnte das Rauschen des Blutes hören, das wie ein reißender Fluss durch ihre Adern strömte. Ebenso wie ich die tief sitzende Angst spürte und das brodelnde Adrenalin in ihren Körpern mich verlangend die Lippen lecken ließ. Genüsslich schloss ich die Augen. Ich konnte nicht leugnen, dass mir der bittersüße Duft von Furcht gefiel, konnte nicht leugnen, dass in meinen Genen die Glut der

Unterwelt brodelte. Das Tier in mir lechzte immer mehr danach, seine scharfen Zähne in saftiges Fleisch zu bohren. Es wurde Zeit, dass ich nach Hause kam, um meine Gier zu stillen. „Wir sollten gehen", drang es angestrengt aus meiner viel zu trockenen Kehle, ehe ich mich vom Zwang des Sicherheitsgurtes befreite und das warme Leder unter mir zurückzulassen ersehnte. Den Drang nach Freiheit spürend, griff ich nach der Tür, um sie zu öffnen und mich in den Schoß des dämmernden Morgens zu begeben. „Duncan?", erklang plötzlich eine sanfte melodische Stimme und ich hielt inne. Fragend drehte ich meinen Kopf ein Stück zurück.

„Wie wird es sein, wenn wir erst auf der anderen Seite sind?", fragte Sheeva mit angstgefüllter Stimme, die mich schwer schlucken ließ.

„Es wird die Hölle, du Dumpfbacke! Heiß wie Lava, stickig wie ein Hundeschiss im Iglu und abartig grausam und unvorstellbar grässlich, wie ein Zombie auf Ecstasy", platzte Fizzle dazwischen und ließ mich grollend herumfahren.

Noch ehe er hätte reagieren können, packte ich ihn an der Kehle und sah ihn aus glühenden Augen düster an. „Schweig, du erbärmlicher Nachkomme eines warzenbepackten Bergtrolls, oder ich werde selbst deine Vollstreckung vornehmen und dich den Aasgeiern zum Fraß vorwerfen." Der Gnom, der offenbar nicht mit dieser Reaktion gerechnet hatte, rang sichtbar nach Luft, während seine vergeblichen Versuche, sich zu befreien, bereits im Ansatz erstickt wurden.

„Lass ihn los, Duncan. Ich kann den Zwerg auch nicht leiden, aber tot nützt er deinem Dämonenfreund ganz sicher nichts. Außerdem habe ich bisher jeden Job vernünftig zu Ende gebracht", erklang Sheevas erregte Stimme, indes sie vorsichtig ihre Hand auf meinen ausgestreckten Arm legte und mich zu beruhigen versuchte. Noch immer im Rausch des Zornes vor mich hin knurrend, sah ich sie blitzschnell an und sofort wich sie verunsichert zurück. Ich wusste, dass der Wolf in mir allmählich die Oberhand gewann, meine Nüstern im Takt meines Herzschlages vibrierten und meine Augen in sattem Bernsteingelb leuchteten. Ebenso wie mir bewusst war, dass ich nicht die Kontrolle verlieren durfte und unter allen Umständen verhindern musste, ihr an die Kehle zu springen. Mühsam atmete ich in tiefen Zügen ein und aus, um meinen Puls zu beruhigen. Ich spürte, wie sich bereits einige meiner Knochen verschoben, um sich auf einen tierischen Kampf vorzubereiten. Genauso wie ich den Angstschweiß des Gnoms nun noch deutlicher roch und ihn förmlich in mich aufsog. Ich konnte beinahe sein zähes Fleisch zwischen meinen Zähnen spüren und die Befriedigung erleben, die ich beim Zerfleischen seines mickrigen Körpers verspüren würde. Doch so sehr mich dieser Gedanke auch reizte, ich musste an das Portal denken. Die Sonne streifte bereits den Horizont.

Energisch presste ich meine Kiefer aufeinander und hielt die Luft an. Doch der Druck in meinem Inneren wuchs weiter. Mein Brustkorb bebte unter Grollen bedrohlich auf und nieder, während mein Griff an Fizzles Hals stärker wurde. Erneut biss ich die Zähne zusammen und schloss mit Nachdruck die Augen. Sofort bohrte sich der Schmerz der Unterdrückung wie die Klinge eines Schwertes in mein Herz, als ich den Wolf mit aller Kraft zurückdrängte, um ihn wieder an die Leine zu legen.

„McClary!", kreischte Sheeva plötzlich auf. Einzig ein leises Röcheln drang noch aus Fizzles Kehle und sofort ließ ich ihn los.

„Keine Angst, davon stirbt der nicht", keuchte ich gequält auf und stieg aus dem Wagen. Ich brauchte dringend frische Luft.

Entschlossen, keine weitere Unterbrechung zuzulassen, taumelte ich leicht entkräftet zum Kofferraum, griff mir meine Ausrüstung und begab mich anschließend direkt zu dem verfallenen Gebäude. Unzählige Tornados hatten ihm über die Jahre zugesetzt, sodass es für die Stadt Boston nicht lohnenswert war, die Kirche vom Grundstein neu aufzubauen. Einzig der Glockenturm, eine Hälfte der Gebetshalle und die schwere Eingangstür waren übriggeblieben, vom Heiligtum der Beichtstätte.

Den Sonnenstand stets im Blick schritt ich die letzten Meter zielstrebig voran, bis ich vor einer filigran verzierten Tür stehenblieb. Das einst aus Marmor gefertigte Tor war vor vielen Jahren einer massiven Pforte aus feinstem Ebenholz gewichen, auf der mit handgearbeiteten Figuren das Seelenreich der Toten beschrieben wurde. Umgeben von geflügelten Dämonen, Seelenfressern und Raubtieren, sah man am Fuße des Tores wie sich die Verstorbenen über unwegsame Bergwipfel schlängelten. Etwas mittig schwammen unzählige ineinander verschlungene Körper im Feuer des Acheron und schrien aus Leibeskräften, derweil oberhalb der Pforte ein paar Sünder das Blut des Teufels tranken, um Unsterblichkeit zu erlangen. Ehrfürchtig ließ ich meinen Blick über die dunkle Kunst der Unterwelt gleiten, bis hin zum schwungvoll gearbeiteten Torbogen an der Spitze. Voller Stolz blickte ich auf eine Gruppe von Gestaltwandlern, die als Krieger ins Abyssum gereist waren, um dort ihren wohlverdienten Seelenfrieden zu bekommen. *Endlich zu Hause!*

Das leise Kratzen von Stiefeln auf Gestein holte mich ruckartig aus meinen Gedanken zurück. Einen kräftigen Atemzug später stand Sheeva neben mir. Mit leicht besorgtem Gesicht sah sie zuerst mich und dann den gefesselten Gnom zu ihrer Linken an. Ihre Unsicherheit stand ihr buchstäblich ins Gesicht geschrieben. Doch ebenso wirkte sie auch sehr nachdenklich auf mich. Da ich nicht wollte, dass sie die gerade erlebte Situation im Auto auf irgendeine Weise kommentierte und so eventuell erneut das Raubtier in mir weckte, kam ich ihr zuvor. „Ich werde dir ein paar Regeln erklären, die du, wenn dir dein Leben lieb ist, befolgen wirst. Erstens: Wenn wir gleich durch das Tor gehen, halte dich an meine Anweisungen und weiche mir nicht von der Seite. Du hast zwar die Gabe, die Welten zu wechseln, doch das bedeutet nicht, dass du auch überall gern gesehen bist. Zweitens: Man wird deine Menschlichkeit sofort erkennen und das macht dich verwundbar. Entferne dich nicht von mir, dann wird dir nichts geschehen. Drittens: Wenn wir auf den Hohen Rat treffen, rede nicht, wenn du nicht darum gebeten wirst. Und viertens: Ja, es wird warm werden. Doch entgegen Fizzles Behauptungen fließt Lava nur durch den Seelenfluss Acheron. Wenn du also nicht unbedingt ein Bad in ihm nehmen willst, ist das Leben in Astaroth durchaus zu ertragen. Vielleicht werden deine Lungen die leicht staubige Luft anfangs nicht so gut vertragen, aber das legt sich mit der Zeit und wird keine bleibenden Schäden hinterlassen. Ach ja, fast hätte ich es vergessen: Zombies gibt es nur in schlechten Horrorfilmen. Bei uns nennt man sie Dämonen oder Seelenfresser, und wie ihr Name schon verrät, solltest du dich von ihnen sowie auch von allen anderen fernhalten. Wie schon gesagt, bleib einfach an meiner Seite und dir wird kein Schaden zugefügt werden."

Aufmerksam sah Sheeva mich an und schien, zu meiner Verwunderung, keinerlei Einwände zu haben. *Du kannst wohl doch ein braves Mädchen sein.*

„Ach Fizzle", richtete ich mein Wort unverzüglich wieder auf den Störenfried der Gruppe. „Solltest du es auch nur noch einmal wagen, mir ins Wort zu fallen, garantiere ich dir, dass ich meine hungrige bessere Hälfte nicht mehr zurückhalten werde. Dann wirst du bis aufs Blut zur Rechenschaft gezogen." Ein ernster Blick in seine Augen zeigte mir, dass er verstanden hatte.

Flüchtig sah ich gleich darauf Richtung Horizont. Es war schon fast zu spät für unsere Reise. *Eine Minute vor Sonnenaufgang. Knapper geht es wohl kaum!* Ohne Zeit zu verlieren, legte ich ergeben meine Handfläche auf das tiefschwarze Holz der Tür und schloss die Augen. Kaum hatte meine Haut das Abbild des Seelenflusses berührt, versuchte seine Energie bereits in mich einzudringen. Es war ein elektrisierendes Gefühl der Wärme, das meinen Körper durchströmte und mich in seinen Bann zog. Sofort löste sich mein selbst auferlegter Zwang im Inneren, woraufhin sich der Wolf in mir aufrappelte und voller Stolz an den Rand meiner Besinnung trabte. Er machte sich bereit, wieder vollends mit meinem Geist vereint zu sein und dem Ruf der Freiheit zu folgen. Ich blendete alles um mich herum aus, ließ die Macht Acherons in mich gleiten, öffnete langsam die Lippen und formte die benötigten Worte:

„Inferna.
Initium et origo.
Respice ad vitam et aperi portam
in nomine ferrorum igniumque."

Kapitel 7
*Sheeva*

„Was hat er da gerade gesagt?", erkundigte ich mich kaum hörbar bei Fizzle, während mein Blick weiterhin auf Duncans leicht zitternden Körper gerichtet war. Ebenso wie das schwarze Tor, dessen Figuren plötzlich zum Leben erwacht waren, schien auch Duncan eine Art Energie zu durchfließen, die mich staunend den Mund öffnen ließ. Noch nie hatte ich ansatzweise etwas Vergleichbares gesehen, und wenngleich ich mich auch vor der Unterwelt fürchtete, so beeindruckt war ich doch von ihrer Pforte.

„Ich will deine kleine Fantasiereise ja ungern stören, Mäuschen, aber wolltest du nicht etwas über den Zugangscode wissen? Ich mein, Latein war zwar nicht gerade eines meiner Hauptfächer, aber ich glaube, der Spruch bedeutete, dass das Tor zur Unterwelt, welches die Quelle und der Ursprung ist, auf das Leben zurückschauen und sich im Namen von Feuer und Eisen öffnen soll. Oder so ähnlich. Jeder hat so seine eigene Methode, um durch das Portal zu gelangen. Bei ihm weiß Astaroth jedoch sofort, dass er ein Krieger ist, und wird ihn demzufolge nicht allzu sehr mit seiner Macht quälen, wenn er hindurchschreitet. Mich wird es sicherlich wieder ein paar Barthaare kosten", antwortete Fizzle kleinlaut, ehe er mich von oben bis unten musterte.

„Was ist?", erkundigte ich mich beiläufig bei Fizzle und fragte mich, ob ich gerade einen Ansatz von Wolfspelz auf Duncans Rücken erblickt hatte.

„Wir dürfen gespannt sein, was das Portal mit dir anstellt", lachte der Gnom, ehe er sich mit Nachdruck auf die Zunge biss.

„Wie bitte? Du denkst doch nicht etwa, dass es ...?" Ich verstummte, als Duncan sich plötzlich zu uns herumdrehte und gelb glühende Augen mich fixierten. Sofort lief mir ein eisiger Schauer über den Rücken, denn dieser Anblick erinnerte mich stark an die Eskalation im Wagen. Ich wusste nicht viel von McClary, allerdings war mir nur zu gut bekannt, dass er eine wilde Bestie in sich trug, der ich besser nicht noch einmal begegnete. Die Erfahrungen aus meiner Jugendzeit waren prägend genug für mich gewesen und ich war nicht sonderlich scharf drauf, erneut mehrere Jahre mit Albträumen zu verbringen.

Freundlich lächelnd, und umgeben von einer magischen Aura, streckte Duncan seine Hand nach mir aus und sah mich mit geheimnisvoll leuchtenden Augen an. Wie er so unschuldig vor mir stand, wirkte er sprichwörtlich wie der Wolf im bekannten Schafspelz, und ich war mir keinesfalls mehr sicher, wie weit ich ihm trauen konnte.

„Hab keine Angst, Sheeva", drang es kehlig aus seinem Mund, während er mit einer Hand noch immer das Tor berührte und mit der anderen auf die meine wartete. Verunsichert sah ich mich um und biss mir auf die Unterlippe. Die Sonne stand schon fast über dem Horizont. Wenn ich die Gelegenheit jetzt nicht beim Schopfe packte, würde sich meine Chance, auf Klarheit über mich selbst, in Schall und Rauch verwandeln. Mit Nachdruck schloss ich die Augen und atmete einmal tief durch. *Du schaffst das, Sheeva. Und wenn er sich in der Hölle danebenbenimmt, hast du immer noch deine Ausrüstung am Körper, um ihn zu verjagen. Also sei mutig und trau dich!* Den Gnom fest an den Handschellen haltend, wagte ich einen Schritt nach vorn und ergriff vorsichtig Duncans Hand. Warm und mit einem Hauch von Prickeln verhakten sich unsere Finger ineinander und sofort stellte sich bei mir ein Gefühl von Sicherheit ein. Ich spürte, wie die Macht der Unterwelt durch Duncans Körper strömte, sah seine Muskeln beben, wenn das Tier in ihm kurz aufflackerte und ich fühlte, wie seine Seele sich befreite. Wie eine weiche Decke legte sie sich schützend über ihn und schlagartig kam mir die Hölle nur noch halb so bedrohlich vor.

Mit einem Ruck stieß McClary das schwarze Ebenholz des Tores zur Seite und sofort offenbarte sich ein langer felsiger Gang aus rotem Gestein dahinter. Warme Luft strömte uns sanft entgegen und wirbelte mein Haar auf. Duncan hielt meine Hand sofort fester gedrückt. Ohne weiter Zeit verstreichen zu lassen, und damit das Risiko einzugehen, dass ich doch noch einen Rückzieher machte, zog er mich mit sich über die Schwelle ins Reich der Untoten.

Wie ein elektrisierender Schutzfilm legte sich unverzüglich der feine rote Sand der Hölle auf unsere Haut und hüllte unsere Körper vollends ein. Sofort begann Fizzle lautstark zu fluchen und riss wie ein Verrückter seinen Kopf wild hin und her. Nicht wissend, was er mit seinem Verhalten bezweckte, schüttelte ich kurz an seinen Handschellen. Als er jedoch für einen Augenblick innehielt und wie von Sinnen an sich herabpustete, sah ich den Grund für sein merkwürdiges Benehmen. Winzige leuchtende Funken hatten sich an seinen Bart geheftet und wuchsen langsam zu einem größer werdenden Glutteppich zusammen. „Oh mein Gott, dein Bart brennt", rief ich entsetzt aus und erntete sofort von beiden Seiten böse Blicke.

„Keine heiligen Worte", knurrte es zu meiner Rechten, ehe Duncan kurz seine Hand hob und Fizzles Bart, wie durch Zauberhand, erlosch. *Verdammt! Wie konnte ich vergessen, wo wir uns aufhielten?* Jeder Idiot wusste doch, dass alles Heilige in der Hölle nichts zu suchen hatte.

„Das mit Fizzle war beeindruckend", versuchte ich von mir abzulenken und widmete mich wieder dem Krieger neben mir. Doch sogleich legte sich mein Gesicht in Grübelfalten. Etwas an ihm hatte sich verändert. Je weiter wir dem Weg aus rotem Geröll und Staub folgten, desto weniger sah Duncan wie er selbst aus. Es schien, als würde er seine Menschlichkeit verlieren und immer mehr zu dem werden, was tief in seinem Inneren schlummerte.

Duncans schwarzer Ledermantel war beinah vollends mit feinen Härchen bedeckt und sein sonst so prachtvolles Schwert schien von zwei kaum sichtbaren, flügelähnlichen Dingen ersetzt zu werden. *Flügel? Kein Wolf, den ich kenne, hat Flügel!* Aber wie viele dieser Tiere kannte ich schon? Sie hatten schon immer ein gewisses Unbehagen in mir ausgelöst, weshalb ich jede Konfrontation mit ihnen stets vermied. Dennoch gelang es mir nicht, meine Augen vom Körper des Kriegers loszureißen.

Duncan bemerkte meinen neugierigen Blick und lächelte sanft. „Du kannst mich jetzt loslassen, wenn du willst. Es ist nicht mehr weit bis zum Kriegerorden, wo wir unsere erste Rast halten. Dort wirst du Zeit haben, um dich auszuruhen und alles zu verarbeiten", sprach Duncan sanft knurrend und peinlich berührt löste ich sofort meine Finger von ihm. Ein zustimmendes Nicken folgte, ehe ich mich mit meinen Gedanken abzulenken versuchte. *Was genau soll ich denn seiner Meinung nach verarbeiten? Bisher ist doch nichts Spektakuläres passiert.*

Was genau ich von der Hölle erwartet hatte, wusste ich nicht genau, doch aktuell sah die Lage so aus, dass selbst in Boston mehr Aufregung herrschte. Die Gegend um uns wirkte durch ihren roten Farbton, und den gedämpften Fackeln in den Felswänden, überraschend harmonisch auf mich. Obgleich sie auch sehr staubig war. Dies schien meinen Lungen wiederum nicht sonderlich viel auszumachen, was wohl nicht zuletzt daran lag, dass sie es einfach gewohnt waren. Immerhin war Boston nicht gerade Vorreiter in Sachen Umweltschutz.

Auf der Suche nach etwas Interessantem sah ich mich genauer in meiner Umgebung um. Überall wo man hinblickte, erkannte man riesige Felsen mit winzigen Einbuchtungen, die wie kleine Höhlen aussahen. Hätte ich es nicht besser gewusst, hätte ich meinen Hintern darauf verwettet, im Grand Canyon zu stehen. Doch entgegen der wohl größten Schlucht der Welt waren diese Höhlen offensichtlich unbewohnt. Zumindest war uns bisher noch keinerlei Untier begegnet. Was, nach den Figuren an der Pforte zu urteilen, nicht auf den ersten Blick ersichtlich gewesen war und mich abermals überraschte. Alles in allem war es also sehr ruhig hier. Selbst Fizzle hatte, bis auf sein kurzes Fluchen bezüglich seines brennenden Bartes, noch kein einziges Wort gesprochen.

„Darf ich dich etwas fragen?", versuchte ich die erdrückende Stille zu durchbrechen und lenkte mein Augenmerk wieder auf Duncan.

„Hm", war alles, was ich zur Antwort bekam, doch das reichte mir nicht.

„Wirst du dich verwandeln? Ich mein, es ist kaum zu übersehen, dass dein Mantel ziemlich starken Haarwuchs bekommen hat. Und auch deine Waffen sind verschwunden", sagte ich kleinlaut und hoffte insgeheim, dass ich Unrecht hatte. Kaum hatten die Worte jedoch meinen Mund verlassen, stoppte Duncan abrupt. Da meine Reflexe, bedingt durch meine Müdigkeit, nicht mehr die besten waren, stand er nun gut vier Schritte hinter mir. Verwundert sah ich mich um.

„Oh, Schätzchen, das hättest du lieber nicht fragen sollen", scherzte Fizzle sarkastisch neben mir und konnte sich ein schäbiges Grinsen nicht verkneifen. *Verdammt, warum bist du auch immer so neugierig, Sheeva?* Duncan stand unterdessen einfach nur da und sagte kein Wort. Seine Augen waren fest verschlossen, die Atmung ruhig, doch der Körper sichtlich angespannt. Irritiert sah ich zuerst Fizzle und dann McClary an. Ich konnte mir keinen Reim darauf machen, was meine Nervosität umso mehr steigerte. Und dann passierte es.

Wie durch Zauberhand legte sich plötzlich ein leuchtend roter Nebel um Duncans lederne Kluft. Dabei schien es, als würde er direkt aus seiner Haut emporsteigen und ihn einhüllen, wie in einen rubinroten Kokon. Ein leises Brummen durchbrach kurz darauf die zuvor herrschende Stille und ließ mich sofort die Luft anhalten. Immer mehr Nebel bildete sich vor meinen Füßen und nervös trat ich einen Schritt zurück. Duncan war beinahe vollständig eingehüllt und von seiner Kleidung fast nichts mehr zu sehen, als er mit einem Mal ohne Vorwarnung deutlich hörbar zu Boden fiel. Erschrocken kreischte ich auf und machte einen Satz zur Seite, denn darauf war ich ganz und gar nicht vorbereitet gewesen.

Der Schall meines Schreis verhallte nur langsam, während Duncan im Dicht des Nebels verschwunden blieb. Schlagartig war ich meines Mutes beraubt. Gewiss hätte ich zu ihm eilen und nachsehen sollen, ob ihm etwas fehlte, doch ich konnte mich nicht dazu durchringen. Irritiert und hilflos umherblickend taumelte ich gegen die dicke Felswand neben mir und versuchte meine schnelle Atmung unter Kontrolle zu bekommen. *Reiß dich zusammen, Sheeva. Es wird alles einen Grund haben und er taucht gewiss gleich wieder auf.*

„Heilige Krötenscheiße, das ist alles andere als gut", erklang mit einem Mal Fizzles aufgeregte Stimme und ließ mich sofort in seine Richtung schauen. Verwundert darüber, dass er weder zu mir noch zu Duncan sah, folgte ich seinem wütenden Blick nach oben. *Komisch, nichts zu sehen.* Doch irgendetwas war dort, denn ich konnte nun deutliche Kratzgeräusche hören, die anscheinend immer näher kamen. Sofort wurde ich an das Tor zur Unterwelt und die darauf abgebildeten unzähligen Kreaturen erinnert und schluckte schwer.

„Fizzle, was ist das?", flüsterte ich in einem Anflug von Panik, indes sich mir in rasantem Tempo die Kehle zuschnürte und mir augenblicklich die Luft zum Atmen nahm.

„Halt die Klappe, du Esel. Nur wegen deines Gegröls sind sie überhaupt erst wach geworden", schnauzte er in gedämpftem Ton zurück, ehe er sich leicht geduckt im Kreis drehte und abermals ins Dunkel starrte. *Wenn der Zwerg sich duckt, sollte ich es ihm wohl nachmachen,* dachte ich, doch es war bereits zu spät.

Wie aus dem Nichts stürzte plötzlich eine Schar geflügelter Kreaturen lautstark schreiend auf mich herab. Noch ehe ich hätte reagieren können, krallten sie sich mit ihren klauenartigen Füßen in meine Haare und Arme und zogen mich nach oben. Schmerzerfüllt, vom Schall in den Ohren und dem unangenehmen Ziehen auf der Haut, schrie ich so laut es mir möglich war zurück und schlug wie wild um mich. Doch es waren einfach zu viele. „Du musst sie vertreiben, sonst kommen nur noch mehr. Los, Schlampe, kick die kleinen Zementfresser weg", brüllte Fizzle aufgebracht, während er abwechselnd wie ein Gummiball nach oben sprang und sich im Anschluss wieder duckte. *Hätte ich ihm doch nur die Handschellen gelöst, dann stünde ich jetzt nicht allein da.*

Vom wilden Gebrüll des Gnoms angestachelt, riss ich erneut meine Hände nach oben und bekam tatsächlich eines von den kleinen Monstern zu fassen. Wütend zerrte ich das hektisch mit den Flügeln schlagende Ding nach unten und begann erneut panisch zu kreischen. Rot glühende Augen, die in tiefen steinernen Augenhöhlen steckten, sahen mich zornig an, derweil seine ledernen Flügel kräftig gegen meinen schmerzenden Kopf schlugen. Wie von Sinnen hämmerte das kleine Steinmonster mit seinen überaus scharfen Krallen auf mich ein und erwischte mich mehrere Male an den Armen. Erneut vom reißenden Schmerz gepackt, ließ ich die Kreatur los und sah geschockt auf meine blutbesudelten Arme. Immer mehr von den Viechern stürzten sich von der Decke herab, kratzten und bissen mich, dass mir die Tränen aus den Augen schossen. In plötzlicher Hilflosigkeit gefangen, ließ ich mich auf den Boden fallen. *Meinem Gewicht werden sie gewiss nicht lange standhalten können.*

Da es jedoch geschätzte einhundert Flügelwesen waren, die noch immer kräftig an Haaren, Armen und mittlerweile auch Beinen zogen, sank ich nicht wie erhofft hinab. Im Gegenteil – Ich wurde nach oben gezogen.

„Verfluchte Gargoyles, verschwindet! Du musst strampeln, Dumpfbacke, und zusehen, dass du wieder auf die Beine kommst. Die weiden dich aus, wenn du erst in einer ihrer Höhlen bist." *Ausweiden?* Dieser Gedanke versetzte mir einen gewaltigen Stich ins Herz. Es war nur ein kurzer Moment, in dem das starke Trommeln in meiner Brust verstummte, doch es kam mir vor wie die Ewigkeit.

Mit einem Mal drang mir ein lautstarkes Knurren entgegen, gefolgt von zwei leuchtenden Bernsteinen, die mich sofort anvisierten. *Ist das etwa ...?* Wie im Rausch, und mit sichtbar gefletschten Zähnen, rannte plötzlich ein überaus großer schwarzer Wolf direkt auf mich zu. „McClary", rief ich ihm unsicher und unter Schmerzen entgegen, während ich noch immer versuchte, mich von den Flügelwesen zu lösen. Der Wolf reagierte nicht. „McClary", versuchte ich es lauter, doch weiterhin hielt er direkt auf mich zu und knurrte, dass es mir durch Mark und Bein zog. „Duncan!", schrie ich nun energischer, als er gerade einmal einen Meter vor mir, mit weit aufgerissenem Maul zum Sprung ansetzte.

Das Leben in Zeitlupe an mir vorbeiziehen sehend, sackte ich kraftlos in mich zusammen, indes die scharfen weißen Zähne des Wolfes geradewegs auf mich zukamen. Feuchtwarmer Atem legte sich spürbar auf meine Haut und ich erschauderte. Ich war so was von erledigt, und zwar bereits wenige Minuten, nachdem ich die Hölle betreten hatte. Sterbliche hatten hier zu Lebzeiten wirklich nichts zu suchen.

Ungeduldig wartete ich auf den Schmerz, der sich hätte einstellen sollen, doch zu meiner Überraschung war ich es offenbar nicht, auf die es der Wolf abgesehen hatte. Unter lautstarkem Krachen und anschließendem kurzen Jaulen prallte der Wolf unmittelbar neben mir gegen die harte Felswand. Dabei stieß er mich mit seinen Pfoten unsanft zur Seite und ging anschließend, ebenso wie ich, sofort zu Boden.

„Verfluchter Mist, tut das weh", schimpfte ich, während ich mich instinktiv auf der staubigen Erde zusammenrollte und schließlich in schützender Embryonalstellung liegen blieb. Verwirrt blickte ich umher. Außer Fizzle, der unweit der gegenüberliegenden Wand am Boden hockte, konnte ich niemanden klar erkennen. Mein Gehirn konnte oder wollte die schnell wechselnden Szenarien offenbar nicht in der gleichen Geschwindigkeit verarbeiten.

Nach einer kurzen Verschnaufpause rappelte ich mich jedoch wieder auf und kroch ein Stück in Fizzles Richtung. Noch immer mit spürbarem Trommeln hinter dem Brustkorb, stechenden Schmerzen in meinen mit Blut und Dreck verschmierten Armen und nicht wissend, was genau geschehen war, sah ich mich nach dem Wolf um. *Er muss ebenso stark angeschlagen sein wie ich, nachdem er mit voller Wucht gegen das dicke Gestein geprallt ist.*

Doch dann sah ich ihn. Flink wie das Raubtier, das er nun einmal war, trabte er immer wieder aufs Neue los und sprang in großen Sätzen über die schmalen Felsvorsprünge nach oben. Die kleinen wütenden Kreaturen hatten offensichtlich auch ihn angegriffen, denn sein Fell war zerzaust und dreckbehangen. Immerfort schnappte er nach den garstiegen Biestern, die außerordentlich wendig und auffallend hart im Nehmen waren.

Doch nachdem er etliche von ihnen bereits zwischen die Zähne bekommen und ihnen den Kopf abgebissen hatte, zogen sich schließlich alle zurück in ihre Höhlen. *Gott sei ... nein, dem Wolf sei Dank, es ist endlich vorbei.*

Erschöpft auf dem Boden sitzend, startete ich den verzweifelten Versuch, mich ein wenig zu sammeln und das Geschehene ein Stück weit zu realisieren. Seufzend schlug ich mir die Hände vors Gesicht und lauschte den nicht mehr vorhandenen Geräuschen. Die Stille, die nun wieder um uns herrschte, war nach den Strapazen der letzten Minuten äußerst angenehm und wie Balsam für meine Seele. Doch konnte ich sie nicht lange genießen, denn mit einem Mal stellte sich eine einschnürende Übelkeit bei mir ein. Gepaart mit winzigen Sternen, die allmählich vor meinen Augen zu tanzen begannen, ließ ich kraftlos die Arme sinken und blickte verwundert an mir herab. Das schwarze Leder, das bisher meine Haut bedeckt hatte, hing teilweise in Fetzen an mir herab, darunter drei tief klaffende Wunden, die mir die Gargoyles zugefügt hatten. Noch immer floss Blut in kleinen Rinnsalen auf den roten Staub des Bodens und lieferte mir die Erklärung, weshalb ich mich schlagartig unwohl fühlte. *Zu viel Blutverlust. Ich muss Hilfe holen,* dachte ich, als die Welt um mich herum sich plötzlich im Kreis drehte und mich hart mit dem Kopf auf den Boden aufschlagen ließ.

Ich spürte jedoch keinen Schmerz mehr, keine Qualen oder Ängste. Einzig das wärmende Gefühl von Schwerelosigkeit war geblieben und nicht gewillt, mich loszulassen. Schwerfällig senkte ich die Augenlider.

„Hey Tussi, du wirst doch jetzt nicht schlappmachen, oder?", hörte ich Fizzles krächzende Stimme, ehe ich einen Klaps im Gesicht verspürte, verwundert blinzelte und die Augen wieder schloss.

„Sheeva?", erklang es nun deutlich dumpfer in meinen Ohren, doch ich konnte diese beruhigend sanfte Melodie niemandem zuordnen. „Vielleicht sollten wir sie einfach da liegen lassen. Es wird sich schon von selbst erledigen", meckerte Fizzle wieder, gefolgt von einem kehligen Knurren, das zu meiner Linken ertönte. *Ich bin so müde. Lass mich einfach schlafen, du Giftzwerg.*

„Sheeva, du musst die Augen öffnen, verstehst du?" Mit aller Kraft, die ich noch aufbringen konnte, versuchte ich meine Lider zu heben. Ich musste diesen Störenfrieden unbedingt klarmachen, dass sie mich in Ruhe schlafen lassen sollten und es andernfalls Ärger hagelte. Ein leichtes Blinzeln und ich blickte in zwei hypnotisierend gelbe Pupillen, ehe es wieder schwarz um mich wurde. *Gelbe Pupillen?* Abermals versuchte ich mit Nachdruck meiner Müdigkeit entgegenzuwirken und schaffte es schließlich, meine Augenlider vollständig zu öffnen. Gelbe Pupillen, umgeben von schwarzem Fell, und eine feuchte Nase, die mich sanft anstupste. *Wolf!* Zutiefst erschrocken und vom plötzlichen Adrenalinstoß beflügelt, versuchte ich rücklings kriechend dem Raubtier zu entkommen, doch meine Kraft reichte nicht aus, und ich brach zusammen. Erneut wagte ich einen Versuch und schaffte es bis zur felsigen Wand zu rutschen, was sich jedoch sofort als Fehler herausstellte. Ich saß in der Falle und es gab für mich keine Möglichkeit mehr, zu fliehen.

Verängstigt sah ich das Tier an. Danach Fizzle, der mit in die Hüften gestemmten Händen schmollend neben ihm stand. *Wer hat ihm die Handschellen abgenommen?*

„Nun mach aber mal halblang, Psychobraut, nur wegen ihm bist du noch am Leben", schnauzte er mich an, doch konnte ich mich kaum auf seine Worte konzentrieren. Mein Adrenalinspiegel war wieder auf ein Minimum gesunken und mit ihm meine Kraft. Ohne etwas dagegen tun zu können, bemerkte ich angestrengt blinzelnd, wie der Wolf sich mir weiter näherte. Vorsichtig führte er seine Schnauze zu meinem verletzten Bein, ehe er zärtlich mit seiner warmen Zunge über die mit Schmutz bedeckte Wunde leckte. Sofort sog ich zischend Luft ein, denn ich hatte einen beißenden Schmerz erwartet, doch einzig ein sanftes Kribbeln war zu spüren. Mit ruhigem Blick sah das Tier mich an, kam abermals einen Schritt auf mich zu und musterte meinen erschöpften Körper. „Ich werde dich von hier fortschaffen. Deine Wunden müssen versorgt werden. Es wird dir gleich besser gehen."

# Kapitel 8
## *Duncan*

Achtsam beschritt ich die letzten Meter zum Reich des Kriegerordens. Ich musste vorsichtig sein, wenn ich nicht wollte, dass Sheeva meinem Rücken entglitt. Ganz zu schweigen von den Dämonen, die hier überall rumlungerten. Denn obgleich ich stärker war als ein gewöhnlicher Wolf, und als Krieger meine Mittel und Wege hatte, mir das Pack vom Hals zu halten, so kämpfte ich doch auch mit meinen eigenen Verletzungen. *Elende, unberechenbare Gargoyles. Nicht einmal Respekt vor den Kriegern haben sie. Man sollte sie aus Astaroth verbannen*, dachte ich ärgerlich, während ich versuchte, Sheevas zusätzliches Gewicht ein wenig nach rechts zu verlagern.

„Hey, mein Süßer. Bist du zurück von deiner unheiligen Mission?", scherzte plötzlich eine weibliche Stimme schräg vor mir und ließ mich überrascht aufblicken.

„Ghilana", presste ich mühsam hervor und hielt kurz inne, als die stechenden Schmerzen in meiner linken Schulter beinahe unerträglich wurden. Skeptisch sah ich die Dämonin an. Sie wechselte nahezu täglich ihre Gestalt, nur um irgendeiner armen Seele zu gefallen und sie dann in ihren Bann zu ziehen. Heute hatte sie sich für einen südländischen Typ mit haselnussbraunem, lockigem Haar entschieden. Sanft umspielte es ihre schmalen Wangenknochen und die dazu passenden sinnlichen Lippen. Ihre schlanken und dennoch überaus weiblichen Kurven hatte sie in einen lindgrünen Hauch von Nichts gesteckt, der ihr bis knapp oberhalb der Knie reichte. Lange bronzefarbene Beine ragten darunter empor, die versprachen, alles mit einem zu tun, was man sich nur vorstellen konnte. *Liebeshungrige Bestie!*

„Oh, wie ich sehe, hast du mir ein kleines Spielzeug mitgebracht und Fizzle Clopper noch dazu. Das wäre doch nicht nötig gewesen", säuselte Ghilana süffisant, während sie lasziv ihre roten Lippen leckte und langsam auf mich zukam.

„Hättest du vielleicht die Güte, Befana oder jemand anderem aus der Ordensgemeinschaft Bescheid zu geben, dass ich wieder da bin?", erwiderte ich genervt und humpelte ignorant an ihrem wackelnden Hintern vorbei.

„Natürlich hätte ich dir gern diesen Gefallen getan, wie du weißt, doch leider ist noch keiner deiner Freunde wieder von seiner Reise zurückgekehrt. Wir sind also beide ganz allein. Wieso vertreiben wir uns nicht die Zeit zusammen, bis sie wiederkommen?"

Vollkommen unerwartet spürte ich plötzlich ihre Hand in meinem Fell, wie sie zärtlich meinen hinteren Rücken kraulte und anschließend vielversprechend an meinem Oberschenkel entlangstrich. Reflexartig fuhr ich herum und bleckte die Zähne. „Wenn du mich noch einmal dort anfasst, reiße ich dir deinen hübschen Kopf vom Hals, Ghilana", grollte ich tief, während sie mich zufrieden grinsend musterte. Selbstsicher trat sie im Anschluss an meine Seite.

„Versprich nichts, was du nicht halten kannst, mein Hübscher", hauchte sie mir leise ins Ohr, und bewegte zeitgleich ihre scharfen Krallen in sanft kreisenden Bewegungen über meine verletzte Schulter. Wütend biss ich die Zähne zusammen und schluckte den dröhnenden Schmerz hinunter. Sie hatte Recht. Mit Sheeva auf dem Rücken und von meinen Wunden geplagt, konnte ich ihr im Moment nicht gerecht werden.

„Ich vertreibe mir gern meine Zeit mit dir, Zuckerpuppe", platzte Fizzle wie gewohnt dazwischen und ließ mich verständnislos den Kopf schütteln. Selbst er konnte nicht so dumm sein und sich freiwillig auf sie einlassen.

„Du, mein kleiner Zwerg, spielst nicht gerade in meiner Liga. Auch wenn ich davon lebe, die Seelen meiner Opfer zu verschlingen, so habe ich dennoch Ansprüche", setzte sie ihm viel zu freundlich entgegen, was mich sofort aufhorchen ließ. *Sie spielt mit ihm.*

„Bitte Ghilana, ich werde ein braver Gnom sein. Lass mich dich verwöhnen, wie es noch kein anderer Mann getan hat. Lass mich dir Dinge zeigen, die du nicht mehr vergessen und wonach du dich immer sehnen wirst. Ich werde dich vergöttern und dir Befriedigung schenken, dass du mich nie wieder gehenlassen willst", ertönte es lüstern aus Fizzles Mund, während er sich anschmachtend vor ihre Füße warf. *Idiot!*

„Wir sollten jetzt gehen, Fizz", versuchte ich ruhig mit ihm zu reden. Doch derweil ich ihn mit der Schnauze anstupste und zum Weitergehen zu bewegen versuchte, kraulte Ghilana ihm bereits den roten Bart. *Verfluchter Mist, er hängt am Haken!*

„Hey Ghil, ich habe es mir anders überlegt. Wie wär's, wenn wir uns auf einen Drink treffen? Sobald ich das ganze Ungeziefer abgeliefert habe, finde ich gewiss ein paar Minuten für dich", presste ich mit gespielter Ernsthaftigkeit hervor und rang mir ein erfreutes Lächeln ab. Sofort war ihre Aufmerksamkeit wieder auf mich gerichtet und der Gnom vergessen. Dieser schüttelte sich augenblicklich, wunderte sich darüber, dass er im Dreck am Boden hockte, und stand schließlich mit mürrischem Gesicht auf.

„Du hast mich verhext, du Schlange. Das wird dir noch leidtun. Das hast du nicht umsonst getan", wetterte er und stiefelte schnurstracks davon. „Ich gehe schon mal vor. Pass auf, dass sie dich nicht auch noch mit ihrem Gift impft." *Gut. Punkt eins geht an mich. Jetzt muss ich sie nur noch selbst loswerden.*

Den Kopf überheblich nach oben gerichtet und den Blick lüstern über meinen Körper schweben lassend, kam Ghilana anmutig auf mich zu. „Ich werde dich nicht weiter auf deinem Weg behindern, Duncan McClary, denn ich habe selbst noch viel zu erledigen. Doch lass dir eins gesagt sein: Solltest du dein Wort nicht halten und mich nicht in naher Zukunft mit deiner Anwesenheit beehren, wird deine kleine Erdenfreundin mit ihrem Leben dafür büßen", drohte sie in einer Mischung aus tiefem Verlangen und unterdrücktem Zorn. Ihre Augen funkelten in gefährlichem Schwarz, als sie sehnsüchtig über Sheevas Haut strich und sich anschließend genüsslich die Klauen leckte. „Du lässt dir also lieber nicht zu viel Zeit", setzte sie nochmals nach, ehe sie zärtlich ihre roten Lippen auf meine Schnauze presste und ohne ein weiteres Wort spurlos verschwand.

*Verdammt, was habe ich getan?* Was hatte ich mir nur dabei gedacht? Hatte ich wirklich gerade mein eigenes Todesurteil unterschrieben, nur um einen wertlosen Gnom und eine Sterbliche aus Ghilanas Nähe zu bringen? *Wer ist jetzt der Dummkopf?*

Ich seufzte resigniert und setzte schließlich meinen Weg zum Orden fort. Fizzle hatte es im Gegensatz zu mir fast geschafft, wohingegen ich noch gut fünfhundert Meter Aufstieg zu bewältigen hatte. Energisch biss ich die Zähne zusammen und kämpfte mich voran, die Gedanken noch immer bei Ghilana und meinem geistlosen Versprechen an sie.

„Hey, Cowboy. Komm, lass mich dir helfen", erklang plötzlich eine liebevolle Melodie in meinen Ohren, und ehe ich die Anwesenheit der Dämonin wirklich realisiert hatte, oder ein Wort des Zuspruchs hätte hervorbringen können, trat Befana bereits an meine Seite. Vorsichtig ließ sie ihre Hände unter Sheevas Körper gleiten und nur einen Wimpernschlag später, fühlte ich mich geschätzte sechzig Kilo leichter. „Danke, du bist ein Engel", sagte ich kraftlos und startete den Versuch, mich leicht zu schütteln.

„Schon okay. Und auch wenn mich deine beflügelten Worte in gewisser Weise ehren, so bin ich doch ziemlich stolz eine Winterdämonin zu sein und möchte daran bitte nichts ändern. Nun komm, wir müssen uns ihre und deine Wunden ansehen."

„Erst ihre Wunden. Ich kann warten."

Mir ein letztes mitfühlendes Lächeln schenkend, setzte sich Befana wieder in Bewegung und lief schnellen Schrittes ins Gewölbe des Kriegerordens. Glücklich darüber, sie zu sehen, zog ich lächelnd meine Lefzen nach oben und folgte ihr. Langsam bewegte ich mich über das teils von rotem Staub bedeckte Lavagestein, das überall in den Gewölben zu finden war. Unzählige an den Wänden hängende Fackeln erhellten dabei meinen Weg. Würzig drang mir der Geruch von Räucherwerk entgegen und bereitwillig sog ich den Duft der Heimat tief in mich ein. Wohlige Wärme hüllte meinen Körper wie in ein unsichtbares Gewand und ich spürte einmal mehr das belebende Gefühl der Geborgenheit in mir. *Endlich zu Hause!*

Kaum hatte ich die Hauptkammer erreicht, erklang auch schon ein erfreutes „Howdy Ho, Gefährte".

„Raym", sandte ich einen kurzen, durchaus freundlichen Gruß zurück, als ich die weiße Krähe unweit neben dem lodernden Feuer des Kamines sitzen sah. Zufrieden und stolz darauf, dass, entgegen Ghils Erzählungen, offenbar doch alle Krieger rechtzeitig das Tor zur Unterwelt erreicht hatten, blieb ich am Eingang der Kammer stehen und hielt nach Fizzle Ausschau. Der Gnom wusste zwar, dass er sich in Astaroth nicht vor mir verstecken konnte und somit eine Flucht zwecklos war, dennoch konnte man diesen Geschöpfen nicht trauen. Es wäre, dank seiner befreiten Hände, ein Leichtes gewesen, sich davonzuschleichen.

Etwa zehn Meter zu meiner Linken befand sich ein aus robustem schwarzem Granit gefertigter Altar, der uns zuweilen als Ablage bei diversen Schlachtplanausfertigungen diente. Heute war er jedoch kurzerhand zum Krankenbett umfunktioniert worden. Langsam ging ich auf die große weißblonde Frau zu, die unmittelbar neben dem massiven Tisch stand. Ihre leicht bläulich schuppige Haut schimmerte, im flackernden Licht des Kamins, wie tausend Opale und bezauberte mich jedes Mal aufs Neue.

„Hast du es auch geschafft hierher zu krauchen?", krächzte plötzlich eine heisere Stimme neben Befana und Fizzle Clopper lugte hinter dem Altar hervor. *Er ist also noch da. Gut!* Durch seinen gehässigen Kommentar wieder an den unterdrückten Schmerz meiner verletzten Schulter erinnert, biss ich die Zähne hörbar zusammen. *Du kannst warten, Duncan. Die Rache wird dein sein!*

„Wie geht es Sheeva?", wandte ich mich sofort an die hübsche Dämonin vor mir und erntete einen liebevollen Blick.

„Überraschenderweise besser als dir. Deine Wunde muss ebenfalls versorgt werden", sagte sie leise, doch ich konnte die Sorge, die in ihrer Stimme mitschwang, deutlich hören und auch spüren. Natürlich hätte sie dies nie zugegeben, denn als

Kriegerin hatte man ihr beigebracht, keinerlei Schwäche zu zeigen. Doch ich kannte sie gut. Sehr gut sogar. Und obgleich ich ihr ansah, dass es sie zermürbte, mir nicht helfen zu können, so hielt sie sich dennoch zurück und beugte sich meinem Willen, zuerst Sheeva auf die Beine zu helfen.

„Sie ist etwas geschwächt, doch ich konnte ihre Blutungen stoppen und die Wunden schließen. Die kleinen Mistviecher haben ihr ganz schön zugesetzt. Wie konnte das alles passieren?", fragte Befana neugierig, derweil sie eine Art Tinktur auf Sheevas Verletzungen schmierte.

„Der Freak ist einfach verschwunden und da haben sie angegriffen. Sind immer wieder auf uns los und wollten uns ausweiden. Ich hab versucht, sie zu verscheuchen, doch mir waren ja die Hände gebunden", quakte Fizzle abermals dazwischen und hatte natürlich nur die Hälfte der Geschichte erzählt. Skeptisch sah Befana mich an.

„Und wie ist es wirklich passiert?", fragte sie lächelnd. *Wir kennen uns beide sehr gut, nicht wahr*, dachte ich und lächelte innerlich.

„Wir waren gerade durch das Portal getreten, als Sheeva mich fragte, ob ich mich verwandeln würde, jetzt, wo ich mich im Jenseits befand. Und da es nicht mehr zu übersehen und nur noch eine Frage der Zeit war, bis der Wolf zum Vorschein kam, dachte ich, es wäre besser, von Anfang an mit offenen Karten zu spielen. Zu dumm nur, dass sie davon so verschreckt war, dass sie lauthals aufschrie."

„Was die Gargoyles aus ihrem Schlaf gerissen und direkt zu euch geführt hat, verstehe", antwortete Befana mit verständnisvollem Blick.

„Und warum bist du dann nicht sofort eingeschritten, sondern hast dir noch stundenlang Zeit gelassen? Musstest du erst dein Feinripphöschen bügeln, oder was?", fragte Fizzle mit hochrotem Kopf, indes er hinter dem Altar hervorsprang und beinahe überkochte vor Wut. Drohend zeigte ich ihm meine Zähne. In Sachen Respekt hatte er noch eine Menge zu lernen.

„Zügele deine Zunge, ansonsten hack ich dir zuerst die Augen aus und verfüttere sie dann als Appetithäppchen an die

Körperfresser", krakelte nun Raym angriffslustig von oben auf den Gnom herab und zeigte mir so seine bedingungslose Loyalität.

„Schon gut, mein Freund. Dafür, dass er Melchom um sein Geld gebracht hat, wird der Winzling noch hart genug bestraft werden. Ich werde es ihm für den Moment nachsehen und mich daran erfreuen, dass bald seine Hinrichtung naht."

„Duncan?", unterbrach Befana unsere kleine verbale Auseinandersetzung und sofort richtete ich meine Aufmerksamkeit wieder auf sie. „Die Menschenfrau wacht auf!" Die linke Pfote schützend nach oben haltend, humpelte ich an die linke Seite des Steinaltars. „Sheeva? Kannst du mich hören?", fragte ich leise, als diese schwach mit den Augenlidern flatterte und sich zu orientieren versuchte. Vorsichtig tupfte Befana ihr unterdessen den Schweiß von der Stirn und befeuchtete führsorglich Sheevas Lippen mit einem nassen Schwamm. Offensichtlich von neuer Kraft beflügelt, rutschte Sheeva langsam auf der kalten Steinplatte hin und her. Einige weitere Male blinzelte sie irritiert mit den Augen, bis sie einen Moment später endlich wieder ihr volles Bewusstsein erlangte. Schockiert sah sie in Befanas freundliche azurblaue Augen und versuchte dennoch sofort auf dem glatten Gestein vor ihr zurückzuweichen.

„Oh mein Gott, lass mich los. Lass mich sofort los!", schrie Sheeva sie panisch an, als sie nunmehr realisiert hatte, dass sie sich nicht mehr auf unserer alten Route befand, sondern stattdessen in den Gemäuern des Ordens auf einem großen Steinblock lag. „Was hast du mit mir gemacht? Warum liege ich auf diesem Tisch und wo zur Hölle ist Duncan?", japste Sheeva hektisch, während sie noch immer versuchte, der Dämonin zu entkommen.

„Beruhige dich. Ich bin hier", ertönte es ruhig aus meinem Maul, ehe ich vorsichtig den Versuch startete, mich an der hohen Steinplatte aufzurichten, damit Sheeva mich sehen konnte. Doch wie ich schnell feststellen musste, war dies keine sonderlich gute Idee gewesen. Kaum hatte ich es geschafft, meine rechte Pfote auf das kühle Gestein zu legen, erntete ich auch schon einen reflexartigen Schlag ins Gesicht. Vollkommen überrumpelt, und nicht mit dieser Schlagfertigkeit rechnend, taumelte ich zurück, verlor das Gleichgewicht und fiel zu Boden. Unverzüglich schallte mein lautes Jaulen durch das Gewölbe, während ich mich vor Schmerz zusammenkrümmte. Es war die bereits verletzte Schulter, die auch dieses Mal in Mitleidenschaft gezogen wurde. Besorgt hastete Befana an meine Seite, während Sheeva unerlässlich vor sich hin schrie, dass man sie gefälligst loslassen solle. *Raym, nicht! Sie kann nichts dafür. Tu ihr nicht weh.*

„Ist alles okay bei dir?", erkundigten sich zwei wunderschöne blaue Augen bei mir, während ich noch immer gekrümmt am Boden lag und vor mich hin wimmerte. „Lass mich dich endlich untersuchen und deine Verletzung behandeln, Duncan", flehte Befana mich an und wissend, dass sie nicht aufgeben würde, nickte ich stumm.

Ich wusste, dass ich mich für ihre Behandlung zurückverwandeln musste, wusste, dass ich mich aufgrund meiner geschwächten mentalen Verfassung wahrscheinlich nicht gut genug auf irgendeine Art von Kleidung konzentrieren konnte und demzufolge höchstwahrscheinlich gleich nackt vor ihr liegen würde. Doch dieses Risiko, war ich bereit zu tragen. So gut es mir unter Schmerzen möglich war, rappelte ich mich etwas auf und konzentrierte mich auf mein Innerstes. Es gefiel mir nicht, die Freiheit, die ich als Wolf verspürte, wieder aufzugeben. Ebenso wie es mir in der Seele wehtat, ihn mit all meiner verbleibenden Macht zurückzudrängen und mir meine menschliche Gestalt einzufordern. Doch was hatte ich für eine Wahl?

Reißende Stiche durchzogen meinen Oberkörper, gefolgt vom Knacken der sich zurückbildenden Knochen. Ich keuchte schwer, während mein Herz wild hinter meiner Brust trommelte und sich darauf vorbereitete, gleich wieder in normalem Takt zu schlagen. Immer hörbarer presste ich verbissen meine Zähne aufeinander, denn die dröhnenden Qualen in meinem Körper steigerten sich fast ins Unermessliche.

„Halt durch, es ist gleich geschafft", hörte ich Befana leise sagen, die mir liebevoll über den Kopf strich und in deren Arme mein erschöpfter Körper kurz darauf sank. Der Wolf hatte, wenn auch unter leidvollem Stöhnen und protestierend knurrend, seinen Rückzug angetreten. Offenbar wusste auch er, dass es keine andere Möglichkeit der vollständigen Heilung gab. Langsam öffnete ich die Lider und blickte direkt in Befanas sorgenbehangenes Gesicht. Beschämt huschten ihre Augen über meinen nackten Körper.

„Na, soll ich dir vielleicht dein Baumwollhöschen reichen, Mister Copperfield?", amüsierte sich Fizzle lautstark und in sicherer Entfernung wissend, woraufhin ich unverzüglich, und ohne mein Zutun, mit ein paar schwarzen Shorts ausgestattet wurde.

„Raym, sieh zu, dass diese Nervensäge hier verschwindet und ich in Ruhe arbeiten kann. Und nimm die Frau am besten gleich mit, bevor sie noch mehr Schaden anrichtet", zischte Befana nun sichtlich erregt und ließ mich leicht schmunzeln. *Offenbar sorgt sie sich wirklich sehr um mich.*

Raym tat, ohne Fragen zu stellen, was Befana verlangte und verließ, samt unseren Gästen, schnell die Kammer in Richtung Hinterzimmer.

„Was würde ich nur ohne dich tun?", fragte ich Befana leise und noch immer leicht geschwächt. Nachdem sie nun wusste, dass sie meine uneingeschränkte Aufmerksamkeit besaß und es mir den Umständen entsprechend gut ging, schenkte sie mir ein peinlich berührtes Lächeln.

„Wir sollten anfangen", entgegnete sie mir und es war das erste Mal, dass ich einen Anflug von Röte auf ihrem sonst blass-blauen Gesicht entdeckte. Ohne weiter Zeit zu verlieren, begab sie sich hinter mich, richtete vorsichtig meinen geschundenen Oberkörper auf, sodass ich mich nun in halbwegs sitzender Position befand, und kniete sich anschließend stützend hinter meinen Rücken. „Versuch bitte stillzuhalten, auch wenn es vielleicht etwas unangenehm wird", hauchte sie leise in mein Ohr, ehe ihre Hände zärtlich und mit größter Obacht über meine entblößte Haut glitten. In dem Versuch, mich zu entspannen, nahm ich einen tiefen Atemzug und schloss meine Augenlider.

„In Ordnung, dann wollen wir mal loslegen", schien sich Befana selbst ermutigen zu wollen und entlockte mir abermals ein leichtes Lächeln. *Was ist nur heute mit ihr los? Sie ist doch sonst nicht so zurückhaltend.*

„Deine Clavicula sieht gut aus", sprach Befana ruhig, während sie leicht mit ihren Fingerspitzen über mein Schlüsselbein fuhr und sachte das angrenzende Gewebe abtastete. Sofort durchzog ein sanfter Schauer meinen Körper, denn obwohl ihre Berührungen auf gewissen Hautpartien ein wenig unangenehm waren, so genoss ich es dennoch, von ihr berührt zu werden.

„Deine Supraspinatussehne und dein Humerus scheinen auch intakt zu sein", fügte sie konzentriert hinzu, als sie zaghaft mit ihrem Daumen meinen Oberarm massierte und ich dort nur einen sanften Druck verspürte. „Sei mir bitte nicht böse, wenn ich jetzt das hier mache", hörte ich sie mit einem Mal leise und entschuldigend flüstern, als zeitgleich ein scharf reißender Schmerz durch meine Schulter, direkt in meine Brust schoss und mir die Luft zum Atmen nahm. Reflexartig fletschte ich die Zähne und knurrte kehlig, während ich mit der rechten Hand voll ungezähmter Wut gegen den schwarzen Granit des Tisches vor mir schlug. „Es tut mir leid. Es tut mir so leid, wirklich. Aber …"

„Mach weiter. Es ist alles gut", presste ich grollend hervor und wusste, dass sie mir den Schmerz nicht absichtlich zugefügt hatte. *Beim Teufel und all seinen Ausgeburten der Hölle – lass es schnell vorbei sein.*

Vorsichtig und dabei überaus liebevoll berührte Befana kurz darauf mit zitternden Fingern ein letztes Mal meine pulsierende Wunde, ehe sie sich von mir zurückzog und aufstand. „Wie es aussieht, ist dein Schulterblatt gebrochen, Duncan. Wenn ich alle Zutaten besorgen kann, dann werde ich sicher in ein bis zwei Stunden einen Trank hergestellt haben. Doch es wird eine Weile brauchen, bis du wieder vollständig genesen bist. Du wirst dich in nächster Zeit extrem schonen müssen!" Angespannt starrte ich sie an, ehe ich versuchte, mich langsam aufzurappeln. Zähneknirschend stützte ich mich auf dem steinernen Altar ab.

„Das ist unmöglich. Ich muss Sheeva zum Hohen Rat bringen, muss dafür sorgen, dass alles seinen Gang geht und mich außerdem noch mit Ghilana auseinandersetzen", sprach ich daraufhin meine Gedanken laut aus und wusste, dass Letzteres nahezu unmöglich war, wenn ich eine so schwere Verletzung mit mir herumtrug. Natürlich war ich als Höllenkrieger mit einer besseren Wundheilung als ein Mensch ausgestattet, dennoch konnten auch wir keine Wunder vollbringen und das Schicksal lediglich verkürzen. Es ungeschehen zu machen, war nur den Fürsten der Dunkelheit vorbehalten.

Entsetzt blickten mich Befanas blaue Augen an. „Ghilana?", drang es kaum hörbar zwischen ihren schmalen Lippen hervor und sofort ärgerte ich mich, dass ich in ihrer Gegenwart die Seelenfresserin erwähnt hatte.

„Gibt es eine Möglichkeit, die Heilung zu beschleunigen?", versuchte ich abzulenken und unser Gespräch wieder auf meine Genesung zu richten, denn ich hegte die vage Hoffnung, ihr nicht erklären zu müssen, weshalb ich so ein Tölpel war und mich freiwillig in die Höhle des Löwen begab.

„Was hast du mit Ghilana zu schaffen?", setzte Befana sogleich deutlicher nach und kam einen Schritt auf mich zu. Langsam aber sicher färbte sich ihre Haut zu einem dunklen Blau, was mir deutlich signalisierte, dass ich meine künftigen Worte mit Bedacht auswählen sollte.

„Es war ein im Reflex gesagter Satz und gleichzeitig eine Möglichkeit, Sheeva und Fizzle in Sicherheit zu bringen, in Ordnung? Ich habe versprochen, Ghilana irgendwann mit meiner Gesellschaft zu behelligen, mehr nicht!", antwortete ich fast beiläufig, während ich mich rücklings gegen den Tisch lehnte, sodass ich nun halb sitzend ein wenig Entlastung für meinen Oberkörper fand.

„Mehr nicht sagst du? Bist du denn von allen Teufeln geritten worden? Sie wird dich nicht wieder gehen lassen, Duncan, und dir so lange deine Kraft rauben, bis du vor ihr im Staub kriechst und sie anflehst, deine Seele zu nehmen, um dich endgültig ins Verderben zu stürzen", schrie Befana mich an und schlug ohne Vorwarnung wütend gegen meine rechte Brust. Zorniges Grollen drang daraufhin aus meiner Kehle, denn die Vibration ihres durchaus kräftigen Hiebes, zog scharf stechend durch meinen Brustkorb in den Rücken und verteilte sich dort über die gesamte Fläche. *Mach das nicht noch einmal*, drohte der Wolf gefährlich in mir und es fiel mir schwer, seiner Wut nicht nachzugeben.

„Du bist vollkommen verrückt, wenn du glaubst, dass du eine Chance gegen sie hast, Duncan. Willst du allen Ernstes, dass es so mit dir zu Ende geht?", wetterte Befana weiter und holte erneut zum Schlag aus. Dieses Mal jedoch war ich ihr einen Schritt voraus und fing ihren deutlich gedämpften Klaps mühelos ab. Zu überrascht für irgendeine Form der Gegenwehr, hielt Befana plötzlich inne und starrte mich verzweifelt an. Ich hingegen nutzte unverzüglich die Gelegenheit, zog langsam ihre gefangenen Hände an mich und legte sie vorsichtig auf meine entblößte Brust. *Schritt eins erledigt. Jetzt nur keine Zeit verschwenden und sie weiter von Ghilana ablenken.*

„Hat dir schon mal jemand gesagt, dass du verdammt sexy aussiehst, wenn du wütend bist?", hauchte ich ihr leise und beschwichtigend entgegen und genoss es, wie sich daraufhin eine leichte Schamesröte auf ihrem Gesicht abzeichnete. *Bingo!* Offenbar ein wenig besänftigt schmiegten sich kurz darauf ihre kühlen zarten Finger an meine Haut und sofort durchzog ein sanftes Kribbeln meinen Oberkörper, gefolgt vom kräftigen Trommeln meines Herzens. *Verflucht, so war das eigentlich nicht gedacht.* Liebevoll lächelte Befana mich an, ehe sie ihre Fingerkuppen in sanft kreisenden Bewegungen über meinen Brustkorb gleiten ließ und mir einen Schauer nach dem anderen bescherte. Obgleich ich mir darüber im Klaren war, dass wir es nicht übertreiben durften, genoss ich ihre liebevolle Zuwendung doch sichtlich, weshalb ich ein zufriedenes Brummen nicht unterdrücken konnte.

Ermutigt von den gedämpften Lauten, die aus meiner Kehle drangen, wagte sich Befana weiter voran und nahm kurzerhand meine Brustwarze zwischen ihre spitzen Fingernägel, um sie unter leichtem Druck zu necken. Vom unerwartet beflügelten Gefühl in meinem Unterleib überrumpelt, krallte ich meine Finger in das kalte Gestein unter mir und keuchte leise auf. Befriedigung zeichnete sich auf Befanas Gesicht ab, während sich meine schneller werdende Atmung zu einem tiefen, erregten Grollen formte. Angespannt sah ich ihr in die azurblauen Augen, in denen gierig das leuchtende Bernsteingelb meiner Iris aufflammte und so die unterdrückte Lust in meinem Inneren widerspiegelte. *Bitte, tu das nicht*, dachte ich im Stillen, während Befana genüsslich die Lider schloss und offensichtlich ihren eigenen Fantasien nachhing.

„Du weißt, dass wir uns nicht in dieser Situation befinden sollten, Duncan. Vielmehr sollte ich deine Wunden heilen und dafür sorgen, dass es dir schnell wieder gut geht", drang es kaum hörbar aus Befanas Schmollmund, derweil sich ihr pralles Dekolleté rhythmisch im Takt ihrer viel zu schnellen Atmung auf und ab bewegte. Ihre echsenartige Haut schimmerte dabei in einer Mischung aus Türkisblau, Gelb und Violett und jedem, der ihre Signale zu deuten wusste, war sofort klar, dass sie nach der lang ersehnten Erfüllung schmachtete. Und natürlich wusste auch ich, dass sie, entgegen ihrer zurückhaltenden Worte nur darauf wartete, dass ich mich ihr näherte.

„Oh, es geht mir schon viel besser", murmelte ich mehr zu mir selbst, während ich Befana dabei zusah, wie sie ihr seidiges Haar langsam nach hinten strich und anschließend sanft mit ihren Fingerspitzen an ihrem Hals entlangfuhr. *Verdammt! Wir werden zur Strafe im Acheron baden, wenn wir nicht augenblicklich damit aufhören*, versuchte ich mich vom zauberhaften Anblick ihres Körpers abzulenken, doch je mehr sich mein Verstand gegen sie sträubte, umso mehr Verlangen sprudelte in meinen heiß pulsierenden Venen.

Ganz egal, welch Unheil uns im Anschluss auch ereilen würde, tief im Inneren wusste ich, dass ich Befana nicht länger widerstehen konnte. *Ich will mich nicht mehr nur nach ihr verzehren, sondern sie endlich spüren. Doch wir dürfen nicht nur an uns denken. Es ist nicht richtig und es wird mich zudem auch meinen sicheren Platz im Abyssum kosten.*

Wie mit der zerbrechlichen Knospe einer Rose, spielte Befana erneut mit meiner Brustwarze und von plötzlich tiefem Verlangen gepackt, griffen meine Pranken unter kehligem Knurren reflexartig nach ihrem Hintern. Befana jauchzte sofort laut auf, ehe sie mir unter sinnlichem Blick ein verschmitztes Lächeln schenkte. Wohl wissend, wie es um meine Gefühle zu ihr bestellt war, glitt ihre Zunge daraufhin verlockend über ihren roten Erdbeermund und als wüsste sie nicht genau, was sie jetzt tun sollte, biss sie sich mit gespielter Unsicherheit auf die sinnlichen Lippen. *Du verdammtes, kleines Luder!*

Von dieser verheißungsvollen Geste angestachelt und die lodernde Hitze in meinem Unterleib deutlich spürend, bohrte ich meine Finger lüstern in ihren linken Oberschenkel. Hastig ließ ich ihn bis zu meiner Hüfte nach oben gleiten, sodass Befana mit ihrem Bein hinter meinem Rücken Halt fand, ehe ich sie schließlich mit einem Ruck dicht an mich zog. Ohne ein Wort der Vorwarnung wirbelte ich daraufhin mit ihr herum und setzte sie sanft auf dem steinernen Altar ab.

Lüstern ließ ich meinen Blick über ihren schmalen Körper wandern, dessen schuppiges Muster nun in unzähligen Farben schimmerte und die animalische Kraft des Wolfes in mir wachsen ließ. Instinktiv nutzte ich den ausgeprägten Geruchssinn des Raubtieres in mir und sog tief den betörenden Duft der kalten Wintersonne ein, der sie umgab. Aphrodisierend und beinahe lautstark nach mir schreiend, liebkoste der süße Geruch ihrer frohlockenden Libido meine Nüstern und brachte mich fast um den Verstand. Genüsslich schloss ich für einen Augenblick die Lider. In diesem Moment konnte ich ihre süße Mitte bereits deutlich schmecken, ohne sie je gekostet zu haben. Und diese Sekunde war es auch, die mir verdeutlichte, dass ich nur noch eines wollte – sie!

Unsere Elemente sollten sich miteinander verbinden. Mein Feuer sollte ihr Eis zum Schmelzen bringen. Alle Verbote der Hölle sollten unter unserem Verlangen zu Asche verbrennen und uns nie wieder im Wege stehen. *Nur noch wir beide, auch wenn dadurch die Hölle zufriert!*

Mein Verstand war in Sekundenschnelle vom greifbar nahen Glück vollkommen benebelt und so presste ich meinen glühenden Körper wollüstig zwischen ihre weichen Schenkel, während sie leise keuchend ihre spitzen Fingernägel in meinen Rücken bohrte. Den Schmerz in meiner Schulter zu ignorieren versuchend, konzentrierte ich mich weiter auf ihren vor Lust schreienden Körper und strich zärtlich, und dennoch fordernd, an ihrer Seite entlang. Glatt wie poliertes Eis glitt ihre Haut unter dem Feuer meiner Hand hindurch, die überall, wo sie Befana berührte, einen leuchtend violetten Schimmer hinterließ. Langsam tastete ich mich weiter von ihrer Hüfte, über ihren schlanken Bauch nach oben, während sie mir leise stöhnend ihren Oberkörper entgegenreckte, den Kopf genüsslich in den Nacken legte und sich nun halb liegend in ihrer neu erlangten Farbenpracht vor mir präsentierte.

*Wow*, war alles, was mein leicht überfordertes Gehirn noch zustande brachte, derweil Befana ihre sonst gut versteckte Weiblichkeit immer mehr vor mir entblößte. Langsam verwandelte sich das hellblau geschuppte Bustier, das bisher ihren Busen verdeckt hatte, in einen sanften Nebel, der nun, dünn wie Seide, kaum noch etwas zu verbergen vermochte. Ich schluckte schwer, als sich mir zwei Knospen einladend entgegenstreckten und mir keine andere Möglichkeit mehr ließen, als ihre Einladung willig anzunehmen.

Angespannt hielt ich für einen Moment die Luft an, während meine Finger zaghaft und unter sanftem Streicheln, zum ersten Mal ihre wohlgeformten Brüste liebkosten. Sofort durchströmte mich eine Vielzahl unbekannter Gefühle, die aus der Hoffnung, der vielen zurückliegenden Jahre, plötzlich Erleichterung machten. Gefühle, die alles Unvorstellbare zum Greifen nah erscheinen ließen und die aus der Angst, vor der Strafe des Rates, die tief sitzende Gier nach dem Verbotenen entfachten. *So, oder so ähnlich muss es wohl Eva ergangen sein, als sie im Paradies nach der verbotenen Frucht griff.*

Angenehm kühl drückten sich Befanas steife Nippel in meine glühende Haut, als ich unter sanftem Druck ihren prallen Busen massierte und unser beider Verlangen nur noch weiter steigerte. Lustvoll aufjauchzend rutschte Befana unter jeder meiner Berührungen ein wenig mehr auf dem kühlen Granit des Altars hin und her und kam meiner sichtlich geschwollenen Shorts schnell näher. Doch obgleich wir uns all die Jahre an unsinnige Regeln gehalten und uns gegen unsere Gefühle gewehrt hatten, wollte ich noch nichts von der befriedigenden Erlösung wissen und stattdessen den bittersüßen Geschmack unserer ungestillten Gier auskosten.

Unverzüglich griff ich mit meiner linken Hand nach ihrem Schenkel, während ich mit der anderen weiter ihre beiden Rundungen verwöhnte. Immer wieder stöhnte Befana leise auf und wippte verlockend mit ihrem Gesäß, indes meine Finger sich beinahe schüchtern zu ihrem Venushügel vorarbeiteten.

Die süße Verführung versprechend und offensichtlich nicht gewillt, noch länger zu warten, verschränkte Befana plötzlich ihre Beine hinter meinem Rücken und streckte mir im Rausch der Lust vollkommen unerwartet ihre feucht glänzende Vulva entgegen. Ich schluckte schwer, als ich das kühle Nass zwischen ihren Beinen lustvoll aufblitzen sah. Wie tausend sonnenbeschienene Eiskristalle luden sie mich förmlich dazu ein, von ihr zu kosten.

Überwältigt davon, wie sie sich in Windeseile ihrer tarnenden Schuppen entledigt hatte, ließ ich meine Hand beinahe bedächtig an ihrem Innenschenkel nach oben gleiten. Das Trommeln meines Herzens war mittlerweile vollends aus dem Takt geraten und bereit, mir eine kleine Kostprobe von ihr zu genehmigen, tastete ich vorsichtig nach ihrem Schritt.

„Verflucht, Duncan, tu es endlich. Vergiss all die Regeln, die Konsequenzen und den Hohen Rat und nimm dir, was dir zusteht!", drang es mit einem Mal flehend aus Befanas Kehle, während sie ungeduldig nach meiner Hand tastete, ein weiteres Stück zu mir rutschte und so meine heiß glühenden

Finger genau in Position brachte. Zufrieden lächelnd beugte ich mich schließlich ihrem unübersehbaren Verlangen, sah ihr tief in die wollüstigen blauen Augen und tauchte vorsichtig ins kühle Nass ihrer Mitte ein. Entzückt riss sie den Kopf nach hinten, während sie sich lustvoll aufbäumte und ihre Erleichterung hemmungslos herausstöhnte. Vom elektrisierenden Prickeln zwischen ihren Schenkeln berauscht, führte ich meine Finger sogleich schneller und tiefer in sie ein, was Befana abermals lauthals aufstöhnen ließ. Begierig darauf, ihr noch mehr von der berauschenden Lust zu entlocken, massierte ich gekonnt mit meinem Daumen ihre Perle und fühlte, wie die Feuchtigkeit zwischen ihren zarten Lippen mit jeder Berührung wuchs. *Wie Eis, das in der Sonne langsam dahinschmilzt*, dachte ich, während sich Befanas Unterleib eng um meine glühenden Finger schmiegte. In sanft kreisenden Bewegungen ließ sie ihr Becken immer wieder auf und ab hüpfen, derweil sie ihre Fingernägel nach Halt suchend in den schwarzen Granit unter sich bohrte und mich nur noch gieriger auf sich machte. Von ihrer sich steigernden Lust weiter angetrieben, stieß ich unter keuchendem Knurren ein letztes Mal zu, ehe ich dominant nach ihren Hüften griff und sie besitzergreifend an mich zog. Sofort leckte sich das Tier in mir gierig die Lefzen, während mein Gemächt verlangend im Rhythmus meines Herzschlages pulsierte und die Flammen meines Elementes immer deutlicher über meine Haut züngelten. Ich wusste, dass genau jetzt der Moment gekommen war, das Raubtier in mir zu entfesseln und meine Seele von den Blessuren der Vergangenheit zu reinigen. Tief durchatmend öffnete ich meinen Geist und überließ ab sofort dem Dämon in mir die Kontrolle.

Wild und energisch drückte ich Befanas eisige Schenkel weiter auseinander und presste meine erhitzten Lenden begierig zwischen sie. Mein Vorhaben erkennend, richtete sie sich unverzüglich auf, presste ihren Mund verlangend und sanft saugend auf meine brennende Kehle und legte ihre Handflächen vorsichtig auf meine lädierte Schulter. Beruhigend kühl drang das Eis ihres Wesens sofort tief in meine Wunde ein, vermischte sich dort mit der Glut meines Schmerzes und ließ nichts als ein sanftes Prickeln zurück. Von der knisternden Spannung um uns fast in den Wahnsinn getrieben, brummte ich heißblütig, hob ihren Leib voll ungezähmter Triebe an und führte ihn anschließend direkt zu meinem pulsierenden Schoß. Leidenschaftlich schlang Befana ihre Glieder um mich und lächelte mich sehnsüchtig an, als sie kurzerhand den Zauber löste, der dank ihr bisher meine Männlichkeit bedeckt hatte.

„Erlöse uns von dem Schmerz und beschere uns Vergnügen, Duncan McClary. Ganz gleich, welch Strafe uns dafür zuteilwird", hauchte Befana verzückt in mein Ohr, ehe sie mit ihrer Zunge sanft über mein von Flammen bedecktes Gesicht leckte und sich von dort langsam aber sicher zu meinem Mund vorarbeitete. Wollüstig biss sie auf meine Unterlippe, während sich das heiß vibrierende Fleisch meines Gemächts an ihren eisigen Po schmiegte und nur noch einen Wimpernschlag von der endgültigen Erfüllung entfernt war. *Nutze ihre Macht, koste ihr saftiges Fleisch und erlöse mich von meinen Fesseln*, drang das kehlige Knurren des Wolfes in meinen Kopf, gefolgt vom heißen Rauschen meines wallenden Blutes. In Verbindung mit ihren leidenschaftlichen Küssen brachte mich die lodernde Lava in meinen Venen fast um den Verstand. Es war Zeit, das zu tun, was ich schon seit Jahren ersehnte. Ich wollte sie spüren, hier und jetzt, für den Rest unseres Seins. Also zog ich sie an mich, tastete ein letztes Mal nach ihrer lustvoll zuckenden Mitte und führte sie schließlich zielsicher zum lodernden Feuer meiner Männlichkeit.

## Kapitel 9
*Sheeva*

„Scheiß drauf, Fizzle. Es ist mir egal, was du davon hältst. Und du!", richtete ich meinen Zorn unverzüglich an den Vogel-Dämon, „Wenn du mich noch einmal anfasst, reiße ich dir deinen bleichen Albino-Arsch auf und schmeiße dich höchstpersönlich in euren komischen Fluss des Todes", knurrte ich mit hasserfülltem Blick, ehe ich den lästig roten Staub von meiner Kleidung klopfte und mich bereit machte, den Raum zu verlassen.

„Seelen. Es ist der Fluss der Seelen."

„Wie auch immer", konterte ich trocken und hielt auf die Tür zur Nebenkammer zu.

„Wenn ich dir noch einen guten Rat geben darf? Zügele deine Zunge, in Gegenwart von Dämonen, die du nicht kennst. Es gibt genügend Kreaturen in Astaroth, deren Loyalität Duncan gegenüber, nicht so groß ist wie meine", versuchte es Raym noch immer in ruhigem Ton und ich stoppte. Die Fäuste geballt, biss ich wütend die Zähne zusammen und drehte mich langsam um.

„Duncan, hm?", fragte ich übellaunig. „Offenbar hält er nicht sonderlich viel von Loyalität. Andernfalls hätte er mich sicher nicht hierher gebracht, nur um mich mit euch beiden allein zu lassen. Aber das werde ich jetzt ein für alle Mal klären und keiner von euch wird mich daran hindern, verstanden?" Zielstrebig griff meine Hand nach dem Türgriff vor mir und drückte die Klinke nach unten.

„Lass gut sein, Frau", versuchte Fizzle ein letztes Mal mich aufzuhalten, doch es war bereits zu spät. Unter lautem Knarren öffnete sich die alte Holztür zum Nebenraum und gab die Sicht auf die Kammer frei, in der ich mich vor einer gefühlten Ewigkeit selbst noch befunden hatte.

„Verdammte Scheiße", war alles, was ich stammelnd hervorbringen konnte, während ich zutiefst erschrocken ein paar Schritte zurückwich. Hätte ich gewusst, welch Dinge sich mir nach Öffnen der Tür darbieten würden, hätte ich auf Fizzle gehört und mich nicht vom Fleck gerührt. Denn auf das, was ich nun unmittelbar vor mir sah, war ich definitiv nicht vorbereitet und auch keineswegs bereit, es zu sehen.

Etwa zwanzig Meter vor mir war ein bedenklich großes Feuer entfacht worden, das unkontrolliert über den steinernen Altar züngelte, auf dem ich mich vor geraumer Zeit selbst befunden hatte. Lodernde Flammen schlugen immer wieder wie wild in alle Richtungen, während eine Art eisiger Nebel sie offenbar einzudämmen versuchte. Und als wäre das alles noch nicht merkwürdig genug gewesen, entdeckte ich mittendrin einen nackten Mann, der offensichtlich gerade dabei war, die blonde Frau vor ihm auf seinen entblößten Schoß zu setzen. *Heilige Scheiße. Die beiden wollen doch wohl nicht gerade ...*

Als hätte sie meine Gedanken gelesen, sah die Frau plötzlich direkt in meine Richtung, gefolgt vom sichtlich überraschten Blick des Mannes. „Duncan?", platzte es überrascht aus mir heraus, während ich flüchtig seinen gestählten Körper musterte und gleich darauf beschämt zu Boden sah. *Himmel, Herr Gott, bitte lass ihn nicht gemerkt haben, dass ich sein Teil angestarrt habe!*

„Oh, ähm, tut mir leid. Ich wollte euch beide nicht ... Ich sollte wieder gehen", stammelte ich peinlich berührt, drehte mich unverzüglich auf dem Absatz um und wollte schnurstracks meinen Rückzug antreten, als ich hinter mir ein leises Räuspern vernahm.

„Warte", drang gleich darauf Duncans kehlige Stimme in mein Ohr und ohne zu wissen warum, hielt ich inne.

„Ich sollte wirklich nicht hier sein und es tut mir leid, euch gestört zu haben. Verdammt, ich konnte ja nicht wissen ... ich meine, wer rechnet schon damit, dass ...", versuchte ich mich selbst zu beruhigen und die Bilder in meinem Kopf zu verdrängen, doch es funktionierte mehr schlecht als recht.

„Es ist in Ordnung", gab Duncan leise zurück, während eine Hand vorsichtig nach meiner Schulter griff und mich erschrocken herumwirbeln ließ. Hektisch atmend starrte ich, ohne es zu wollen, sofort auf Duncans nackten Oberkörper und musste schwer schlucken, als der betörende Duft nach Wald und mildem Räucherwerk sanft meine Nase kitzelte. Vom prickelnden Gefühl in mir mehr als irritiert und von Duncans plötzlicher Nähe überrumpelt, suchte ich kurzentschlossen nach etwas, das mich ablenken konnte. Mit noch immer wild klopfendem Herzen musterte ich flüchtig die geschwollene Brust des Kriegers. *Tolle Ablenkung, Sheeva*, dachte ich genervt, doch ich konnte einfach nicht anders, als hinzusehen.

Überall auf der festen glatten Haut seines Brustkorbes blitzten kleine feuchte Eiskristalle in den unterschiedlichsten Farbtönen und trieben meine ohnehin schon verwirrten Gedanken weiter in eine Richtung, die mir ganz und gar nicht gefiel. Erneut schluckte ich schwer, als die Bilder in meinem Kopf auf wundersame Weise eine beinahe greifbare Gestalt annahmen. Ich sah die Frau mit der kühl wirkenden Haut bildhaft vor mir, wie sie mit ihren Lippen zärtlich Duncans Körper erkundete, der daraufhin erregt aufstöhnte und sie lustvoll packte. *Verdammt, was ist nur los? Reiß dich gefälligst zusammen und tu das, wofür du gekommen bist*, ermahnte ich mich selbst und schüttelte widerwillig die aufregenden Gedanken ab, die meinen Bauch auf so wunderbare Weise beflügelten.

„Geht es dir gut?", fragte Duncan besorgt, während er beiläufig die Tür zum Nebenraum schloss und mich sanft zum rustikalen Holztisch zu unserer Linken geleitete.

„Ja, ähm, ich bin nur etwas verwirrt, wenn du verstehst?", gab ich leise zurück und setzte mich auf die altertümliche Holzbank, direkt neben dem großen Kamin. Angenehm beruhigende Wärme durchströmte sogleich meinen Körper, und obwohl ich durch die kleine erotische Einlage bereits einen Anflug von Hitze in mir spürte, genoss ich es, dem sanften Flackern der Flammen zuzusehen. *Flammen! Warum, um alles in der Welt, stand Duncan vorhin in Flammen? Er muss sich unzählige Brandwunden zugezogen haben. Und was, zum Geier, sollte dieser komische Nebel*, sprach ich in Gedanken zu mir selbst und ertappte mich dabei, wie ich seinen noch immer unbedeckten Oberkörper nach Blessuren absuchte. *Nichts.*

Verwundert runzelte ich die Stirn und blickte Richtung Altar. Obgleich ich ein paar Meter von ihm entfernt war, konnte ich dennoch erkennen, dass offensichtlich weder er noch der angrenzende Gesteinsboden einen Schaden davongetragen hatten. „Das ist doch nicht möglich", murmelte ich leise vor mich hin und sah abermals Duncan an, der mir sanft lächelnd gegenübersaß und augenscheinlich jeden meiner Gedankensprünge beobachtet hatte.

„Was ist so lustig?", fragte ich leicht genervt und verschränkte schmollend die Arme vor der Brust.

„Nichts, es ist nur ... Ich sagte dir ja schon einmal, dass du wie ein offenes Buch für mich bist, wenn du deine Emotionen so überaus deutlich preisgibst", antwortete Duncan ruhig und versuchte sein amüsiertes Lächeln zu unterdrücken.

„Äußerst witzig", blaffte ich patzig zurück und bemühte mich um eine lässigere Haltung. *Pokerface, Sheeva. Lass nicht zu, dass er sich deiner Emotionen bedient, wie es ihm beliebt.*

„Wo ist die Frau hin?", versuchte ich seine Aufmerksamkeit von mir zu lenken, und sofort wurde seine Miene ernster.

„Befana hat sich für den Moment zurückgezogen. Wann sie uns wieder mit ihrer Anwesenheit beehren wird, kann ich unter diesen Umständen nicht genau sagen. Ich würde es dir jedoch wünschen, dass der Zeitpunkt bald kommt. Du kannst eine Menge von ihr lernen", erklärte Duncan nachdenklich, während sich, wie durch Zauberhand, ein schwarzes Hemd über seinen muskulösen Oberkörper zog.

„Wie ... wie hast du das gemacht?", platzte es erstaunt aus mir heraus, indes ich vorsichtig nach dem dünnen Stoff an seinem Arm tastete, um mich davon zu überzeugen, dass es nicht nur eine Illusion war.

„Mentale Energie", entgegnete Duncan mir knapp, lächelte zufrieden und berührte sachte mein rechtes Handgelenk. Warm legten sich seine Finger auf meine Haut, als plötzlich ein kaum spürbares Kribbeln meinen Arm durchzog und ein hübsches silberfarbenes Armband, mit drei dazu passenden Anhängern, meinen Handrücken schmückte. *Eiskristall,*

*Mondsichel und Abendstern! Genau wie die Zeichen an meinem Handgelenk.*

„Was zum Teufel …? Das funktioniert auch bei mir?", quiekte ich ihm beinahe hysterisch entgegen und sah ungläubig zwischen ihm und meinen in Silber gegossenen Malen hin und her.

„Es klappt bei fast allen Kreaturen dieser Erde, allerdings nur, solange ich in direktem Kontakt mit ihnen stehe", beantwortete Duncan mir sofort meine Frage, löste seinen Griff von meinem Handgelenk und ließ so das gerade erst erlangte Schmuckstück wieder verschwinden.

„Hey, das war hübsch. Ich will es wiederhaben", protestierte ich und zog einen übertriebenen Schmollmund.

„Dann werden wir wohl für den Rest unserer Tage Händchen halten müssen", scherzte Duncan provokant und erntete demonstrativ meinen Stinkefinger. „Das dachte ich mir", war alles, was er dazu sagte, ehe er mir ein letztes Lächeln schenkte und anschließend zum Kamin ging. Neugierig sah ich ihm nach. *Was hat er nun schon wieder vor?*

Den rechten Arm lässig gegen das dicke Gestein des Kaminsims gelehnt und den Blick nachdenklich auf die heiße Glut gerichtet, schien es, als würde ich kurz davor stehen, die weiche Seite des harten Kriegers zu entdecken. Sanft wurde sein schwarzes Haar durch die warme Luftströmung des Feuers um seine Schultern geweht, während das leichte Flackern der Flammen sein Gesicht in ein überaus attraktives Licht rückte. *Wir sind nur wegen des Jobs hier, Sheeva*, rief ich mich selbst zur Räson und spürte, wie sich der Knoten, der sich mir bei seinem Anblick um den Magen geschnürt hatte, langsam wieder löste. Tief durchatmend lehnte ich mich ein wenig entspannter zurück und sammelte meine Gedanken. *Freund oder Feind? Verlangen oder Abscheu?* Ich musste meine Gefühle wirklich langsam in den Griff bekommen und mich auf meine Arbeit konzentrieren. Andernfalls könnte diese Reise eine Route einschlagen, deren Kurs ich nicht kannte.

***

„Ich wollte mich bei dir entschuldigen, Sheeva", hörte ich mit einem Mal Duncan leise zu mir sprechen und sah verwundert in seine Richtung. *Entschuldigen? Wofür?* „Ich habe dich beim Portal im Stich gelassen und war dir erst viel zu spät eine Hilfe, im Kampf gegen die Gargoyles. Ich hätte wissen sollen, dass so etwas passieren kann und besser vorbereitet sein müssen. Das tut mir aufrichtig leid", setzte Duncan selbstkritisch nach, während er noch immer gedankenverloren ins Feuer starrte und mich offensichtlich vollkommen ausgeblendet hatte. Anerkennend nickte ich stumm, denn ich wusste nicht genau, was ich ihm antworten sollte. Einerseits wollte ich ihm die Entschuldigung abnehmen und ihm sagen, dass alles gar nicht so schlimm war, doch andererseits war ich laut Fizzle sehr schwer von den Biestern verletzt worden und dies nur, weil Duncan sich nicht schnell genug verwandelt hatte. Allein der schnellen Hilfe der Dämonenfrau hatte ich es Fizzles Aussagen nach, zu verdanken, schon wieder auf den Beinen zu sein. Doch was hatte sein Wort schon für ein Gewicht? Bisher war er nicht sehr vertrauenswürdig gewesen und so konnte ich mir keinesfalls sicher sein, dass sich alles so zugetragen hatte, wie er es mir gegenüber im Nebenraum behauptet hatte.

„Geschehen ist geschehen. Immerhin lebe ich ja noch. Und wenn ich ehrlich bin, was habe ich auch anderes von der Hölle erwartet? Hier lauern doch überall Dämonen, die einem nach dem Leben trachten, oder? Ich war einfach nicht sonderlich gut darauf vorbereitet, sonst hätten sie nicht so leichtes Spiel gehabt. Es hat also auch etwas Gutes, denn ich habe meine erste Lektion gelernt", versuchte ich so vernünftig wie möglich zu klingen und dabei die Dinge ein wenig ins Lächerliche zu ziehen. Was mir, Duncans leichtem Lächeln nach zu urteilen, wohl auch recht gut gelungen war.

Plötzlich erklangen leise Schritte im Raum und überrascht wandte ich mich ihnen zu. Kaum hatte ich die blonde Frau mit der bläulich schuppigen Haut nur wenige Meter vor mir entdeckt, schoss auch schon die warme Röte des Schams auf meine Wangen. Warum gerade ich peinlich berührt in diese Situation ging, obwohl sie es war, die beim vermeintlichen Liebesspiel ertappt wurde, war mir unklar, doch instinktiv wich ich ihrem durchaus freundlichen Blick aus.

Nur flüchtig beobachtete ich ihre geschmeidigen Bewegungen, als sie eleganten Schrittes zielstrebig auf Duncan zuging. Dieser schien allerdings keinerlei Drang danach zu verspüren, der Frau irgendwelche Beachtung zu schenken, denn noch immer war er reglos dem hübschen Flammenspiel des Kamins zugewandt.

*Was war das denn?* Für den Bruchteil einer Sekunde hatte sich Duncans Gesicht in Falten gelegt, während er die Augen fest verschloss und die Zähne sichtbar zusammenpresste. Ich konnte kaum glauben, dass mir dieses winzige Detail nicht entgangen war, doch es wirkte beinahe so, als würde irgendeine Art Schmerz ihn plagen. Ehe ich den Ansatz einer Frage hätte stellen können, hatte er sich jedoch bereits wieder gesammelt und beehrte uns beide nun mit seiner vollen Aufmerksamkeit.

„Befana. Es ist schön, dass du es doch noch einmal einrichten konntest", raunte er leise, während er langsam auf sie zu ging und ihr einen Platz direkt neben seinem Stuhl anbot. Zärtlich lächelnd nickte sie ihm zu, während sie Anstalten machte, sich zu setzen. Auch er konnte das leichte Glitzern in seinen schmachtenden Augen nicht verbergen, als er ihr zuvorkommend den Stuhl unter den Hintern schob. *Wer ist denn hier jetzt das offene Buch, hm?*

„Sheeva, darf ich dir Befana vorstellen? Sie ist eine der Kriegerinnen des Ordens und ebenso wie ich ein Wächter des Portals", stellte Duncan sie mir vor und ich lächelte höflich.

„Angenehm", sagte ich kleinlaut und erinnerte mich an Rayms Worte über mein Verhalten gegenüber fremden Dämonen.

„Es ist schön, zu sehen, dass es dir gut geht. Nachdem ich dich von Duncans Rücken geholt hatte, war ich mir nicht sicher, wie viel Zeit wir für deine Genesung benötigen würden. Doch offensichtlich hat meine Tinktur bei dir gut angeschlagen", sprach Befana mit freundlicher Stimme zu mir und lächelte sanft. *Ihr Verhalten erinnert mich irgendwie an Mum, wenn sie mich als kleines Kind verarztet hat,* dachte ich und fühlte mich sofort ein wenig wohler in meiner Haut. *In Ordnung, du bekommst als Erste ein paar Sympathiepunkte auf meiner Nette-Dämonen-Skala.*

„Ja, offensichtlich bin ich wieder okay. Danke dafür", antwortete ich knapp und vermied es so, dass ich mich eventuell um Kopf und Kragen redete. Noch immer freundlich lächelnd, nickte Befana anerkennend, ehe sie sich Duncan widmete.

„Du solltest deine Wunden ebenfalls damit versorgen", sagte sie mit leicht besorgter Stimme, während sie ihm einen kleinen goldenen Tiegel hinschob, der sich kurz zuvor, wie aus dem Nichts, in ihrer Hand gebildet hatte. *Wow, offenbar haben alle Dämonen solche Kunststücke drauf.*

Ohne ein Wort zu sagen, legte Duncan seine Hand auf ihren Handrücken, indes aus seinem liebevollen Blick die pure Dankbarkeit sprach. „Vielleicht könnte sie dir dabei behilflich sein, während ich mich an die Arbeit mache, dir einen entsprechenden Trank zuzubereiten, der die Heilung beschleunigt. Es wird eine Weile dauern, aber sobald ich ein geeignetes Mittel gefunden habe, werde ich es dich wissen lassen", sagte Befana mit wehmütigem Blick und zog vorsichtig ihre Hand aus Duncans Reichweite.

„Ich? Warum ich?", platzte es unterdessen irritiert aus mir heraus, und sofort schnürte mir ein ungutes Gefühl in meinem Inneren die Luft ab. Es war gewiss nicht meine Absicht, Duncan näher zu kommen als es nötig war und ihn mit irgendeiner Tinktur einzureiben, lag wohl kaum in meinem Zuständigkeitsbereich.

„Weil du nicht ganz unschuldig an seiner Verletzung bist und ich vor dem nächsten Morgengrauen eine geeignete Medizin für ihn finden muss. Andernfalls wird seine Wunde eure gesamte Mission gefährden", antwortete Befana mit einer gewissen Strenge in der Stimme, die jeglichen weiteren Kommentar von mir im Keim erstickte. Nachdenklich blickte ich zwischen ihr und Duncan hin und her. Ich erinnerte mich an den Kampf mit den Gargoyles und dem schwarzen Wolf, der mich aus ihren Fängen befreit hatte. Ebenso wie mir der reflexartige Schlag gegen die Brust des Tieres wieder einfiel, als ich auf dem Altar erwacht war. Ich hatte mir keinen Reim darauf machen können, wie es mir möglich gewesen war, ihn so einfach zur Strecke zu bringen und weshalb die Frau uns daraufhin hysterisch des Raumes verwiesen hatte. Doch offensichtlich hatte es alles etwas mit Duncans Verletzung zu tun. *Wo auch immer sie sich befindet.*

„Nun? Wirst du diese Aufgabe erfüllen können?", riss mich Befana mit ihren nun deutlich sanfteren Worten aus meinen Gedanken und ohne weiter darüber nachzudenken, nickte ich unmerklich. „Schön, dann werde ich euch jetzt wieder allein lassen und mich an die Arbeit machen. Und Duncan", richtete sich Befana kurz darauf an den Krieger, „Halte dich von Ghilana fern. Ich werde versuchen deinen Hintern aus dieser schrecklichen Misere zu befreien, doch das erfordert mehr Zeit als mir im Moment zur Verfügung steht." Ohne seine Antwort abzuwarten, sah sie ihm ein letztes Mal eindringlich in die bernsteinfarbenen Augen, ehe sie ihren schlanken Körper elegant aufrichtete und den Raum verließ. Angespannt sah ich ihr nach, während Duncan sich seufzend das schwarze Haar aus dem Gesicht strich und erschöpft die Augen schloss. *Ich habe noch nie so eine außergewöhnliche und hübsche Dämonin gesehen. Ob die weiblichen Geschöpfe hier unten alle so aussehen?*

Okay, Befana war bisher die einzige Dämonin gewesen, die ich seit meiner Ankunft im Jenseits zu Gesicht bekommen hatte, doch irgendwie beschlich mich immer mehr das Gefühl, dass ich mit meinen Erwartungen von Astaroth deutlich danebenlag. Wenn ich ehrlich sein sollte, hatte ich mir die Kreaturen der Unterwelt grauenhafter, abstoßender und furchteinflößender vorgestellt. Doch bisher waren es eher die sanfteren, gutmütigen Vertreter, die mich fast schon herzlich in ihrem Kreis aufgenommen hatten. *Was nicht ist, kann ja noch werden.*

„Wer ist diese Ghilana?", platzte es lauter als geplant aus mir heraus, denn Befanas Befehl an Duncan, sich von ihr fernzuhalten, machte mich neugierig. Duncan hingegen strotzte nicht gerade vor Begeisterung und schenkte mir lediglich ein leises Brummen.

„Wir sollten uns ausruhen. Es war ein anstrengender Tag. Wenn du wissen willst, wo du schlafen kannst, dann folge mir." Überrascht von seinem viel zu schnellen Aufbruch, stand ich ebenso auf und folgte Duncan nach nebenan.

*Vielleicht sollte ich es für heute wirklich dabei belassen und ihn nicht weiter reizen*, dachte ich selbstkritisch, hielt kurz darauf dicht neben der braunen Ledercouch an, auf der ich vorhin noch gesessen hatte und beobachtete Fizzle dabei, wie er vergeblich an seinen neu erlangten Handschellen herumfummelte. Schmunzelnd schüttelte ich den Kopf und wollte gerade zu der Frage ansetzen, wem er diese Schmuckstücke zu verdanken hatte, als Raym plötzlich in Weiß gefiederter Menschengestalt in mein Blickfeld trat und mich verwundert aufblicken ließ.

Sanft hatte sich der weiche Flaum seiner Rabenfedern um seinen Oberkörper gelegt, während seine trainierten Schenkel nun von hellem, hautengem Leder verhüllt wurden. Es war ein wenig sonderbar, einen gestandenen Mann seiner Größe vollends von Daunen bedeckt zu sehen, obgleich es in gewisser Weise auch magisch an ihm wirkte. Doch diese Magie, die sich wie ein unsichtbarer Nebel um mich herum ausbreitete und den Raum mit Ruhe und Sanftheit füllte, hielt nur für einen kurzen Moment an.

Grob packten Rayms krallenartige Finger mit einem Mal Fizzles Arm und zogen ihn unter lautem Krachen von der Couch. Sofort taumelte ich erschrocken zurück, während der Gnom lautstark vor sich hin keifte und wütend um sich schlug. Doch es nützte nichts. Der Rabenmann hatte ihn fest im Griff und war offenbar nicht gewillt, seine Beute zu verlieren. Ohne zurückzublicken, oder einen Funken von Mitgefühl für den Zwerg zu zeigen, schleifte er ihn hörbar hinter sich her und verschwand kurz darauf hastig durch eine schmale Tür. *War die vorhin auch schon da?*

Irritiert sah ich den beiden nach und wusste nicht, was ich davon halten sollte. „Wo bringt er ihn hin?", sprach ich meine Gedanken laut aus, während mir nur langsam bewusst wurde, dass ich offensichtlich nach und nach die Gewalt über den Gnom verlor.

„Hey! Wo bringt der Vogel meinen Gefangenen hin?", verlangte ich nun deutlich mürrischer zu wissen, indes ich, von aufsteigender Wut getrieben, erneut mit schnellen Schritten hinter Duncan her hastete.

„Ins Verlies", entgegnete dieser mir desinteressiert und führte uns geradewegs auf den felsigen Gang, der vor uns das Ende des Raumes ankündigte.

Kühles, dunkles Lavagestein, so weit meine Augen reichten. Dieser Ort wirkte so gar nicht mehr wie die heiße Hölle. Und die Tatsache, dass wir uns ab sofort immer weiter in die Tiefen des Totenreiches hinab begaben, ließ sofort einen eisigen Schauer über meine Haut gleiten. Dämmriges Licht hüllte uns mehr und mehr wie in einen düsteren Schleier und ließ Duncans muskulösen Körper wie einen schwarzen Schatten aussehen. Unsicher schlang ich meine Arme um meinen leicht zitternden Oberkörper, als ich verzweifelt versuchte, mit ihm Schritt zu halten. Was hätte ich in diesem Moment doch alles für eine hell leuchtende Fackel gegeben.

„Wohin gehen wir?", fragte ich leise und sah mich in einem Anflug von Panik skeptisch um, als die erdrückende Stille, gepaart mit der zunehmend staubigen Umgebung, mir fast die Luft zum Atmen nahm. Ohne mir auch nur den Ansatz einer Antwort zu geben, führte uns Duncan zielstrebig immer weiter in die Dunkelheit, bis wir schließlich an eine Kreuzung kamen. Der linke Weg versprach noch tiefere Finsternis und einen deutlich engeren Gang als zuvor, während der rechte in sanft flackerndem Licht erstrahlte und weit weniger bedrohlich auf mich wirkte. *Bitte nimm den Rechten. Bitte!*

Von meinem Gedankengang offenbar überzeugt, setzte Duncan seinen Marsch Richtung Licht fort. Doch irgendetwas stimmte nicht. Seine Schritte wurden zusehends langsamer und ließen mich beinahe auf ihn auflaufen. „Was ist ...?" Ich kam nicht dazu, meine Frage zu Ende zu stellen, denn kaum hatten die ersten Worte meinen Mund verlassen, spürte ich bereits Duncans glühende Finger auf meinen Lippen.

„Sei still", hauchte er kaum hörbar in mein Ohr und durch seine angespannte Haltung alarmiert, lauschte ich ebenso den Geräuschen der vor uns liegenden Höhle. Vorsichtig und absolut geräuschlos trat Duncan einen Schritt in Richtung des Felsvorsprunges, der die Sicht auf das Innere der Kammer im Verborgenen hielt.

„Volac, du musst den Rat unterrichten. Der Naphul hat mit seinen ungezügelten Trieben Astaroths Gesetze gebrochen und das darf nicht ungestraft bleiben", säuselte eine männliche Stimme in einer Art und Weise, wie ich sie noch nie zuvor gehört hatte.

„Ungezügelte Triebe?", antwortete eine weitere Stimme in düsterem Raunen, „Damit solltest du dich doch am besten auskennen, Funumai!"

„Gewiss tue ich das, Volac, doch mir ist es, im Gegensatz zu der Schlampe und ihrem Haustier gestattet, das zu tun, wonach mir gerade der Sinn steht. Es liegt quasi in meiner Natur und ich nehme mir nur, was mir zusteht", säuselte der Erste wieder und beantwortete mir so meine unausgesprochene Frage nach seinem Namen. *Funumai!*

Seine Stimme klang wie eine verheißungsvolle Melodie in meinen Ohren, denn einerseits wirkte sie ein wenig streng und einen Hauch herrisch, doch andererseits war sie auch weich und samtig wie Schokolade, die zart auf der Zunge zergeht, und einen mehr und mehr mit Glücksgefühlen überschüttet. Ohne es zu wollen, hatte ich sofort das Bild eines Mannes im Kopf, der nur danach lechzte, einem die Lust aus dem Körper zu treiben. Gebräunte glatte Haut umrahmt von dunkelbraunem, weich fallendem kurzem Haar. Haselnussbraune Augen, die das Feuer der Leidenschaft in sich trugen und sinnliche Lippen, die sich danach verzehrten, geküsst zu werden. Stramme Muskeln, die sich von der Nackenpartie über die Schultern verteilten, dort in einem stark ausgeprägten Brustkorb ausliefen und an den Seiten zwei muskulöse Arme hervorbrachten, die einen jederzeit auffangen würden. In der Mitte ein durchtrainierter, flacher Bauch mit einem Sixpack, der durch einen verheißungsvollen, überaus tief sitzenden Hosenbund Lust auf mehr machte und nur spärlich die Sicht auf die verborgene Männlichkeit verhinderte. Ganz zu schweigen von dem knackigen Po, der fest in ein paar hellblauen Jeans steckte und förmlich dazu einlud, dass man mit seinen Fingern begierig in ihn kniff. Hätte die Perfektion eines Mannes einen Namen getragen, so wäre dieser Funumai gewesen. Doch dies war gewiss nicht die traumhafte Vorstellung eines gewöhnlichen Mannes. Es war ein Dämon, so viel wusste ich.

Von meinen sehnsüchtigen Gedanken geleitet, ließ ich mich zu einem leisen Seufzer hinreißen und erntete sofort einen leichten Seitenhieb in die Rippen. Überrascht und unter leichtem Schmerz keuchte ich auf. Jedoch biss ich mir mit Nachdruck auf die wütend zuckende Zunge und verbot mir selbst das Wort, als ich gleich darauf in Duncans glühende Augen sah.

„McClary, mein Freund!", hörte ich plötzlich das düstere Raunen einer Kreatur unmittelbar vor mir und wich erschrocken zurück, als ein schwarz gehörnter Dämon mit Narbengesicht um die Ecke blickte und mich mit scharfem Blick kritisch musterte.

„Sei gegrüßt, Volac", entgegnete Duncan ihm ruhig, während er sich respektvoll ein wenig verbeugte. Ich hingegen starrte ihn verschreckt an und konnte keinen klaren Gedanken mehr fassen. Noch immer in gebeugter Haltung stieß Duncan mich mit seiner Faust am Bein an und forderte mich so auf, es ihm gleich zu tun.

*„Zügele deine Zunge, in Gegenwart von Dämonen, die du nicht kennst. Es gibt genügend Kreaturen in Astaroth, deren Loyalität Duncan gegenüber nicht so groß ist wie meine"*, erklangen unverzüglich Rayms warnende Worte in meinem Kopf und so blieb mir keine andere Möglichkeit, als mich dem Willen des Dämons zu beugen.

„Schau an, wen du uns mitgebracht hast. Lass mich dich ansehen, Täubchen", drang einen Wimpernschlag später das melodische Singen Funumais in meine Ohren, dessen wärmende Nähe ich unverzüglich zwischen meinen Schenkeln spürte. *Wow. Verdammt, was ist das?*

Warme Finger glitten zärtlich über mein Gesicht und brachten mich mit sanften Berührungen dazu, mich wieder aufzurichten. *Das kann doch unmöglich sein. Das ist doch nicht ... Ernsthaft?*

Liebevoll sah mich der sanft lachende Dämon mit den haselnussbraunen Augen an, während er zärtlich eine meiner Strähnen zwischen seine Finger nahm, um sie mir langsam hinters Ohr zu stecken. Bedächtig glitten seine Fingerspitzen daraufhin an meinem Hals entlang und ich schluckte schwer, als ein frohlockendes Zucken meinen Unterleib zum Kribbeln brachte. Ohne etwas dagegen tun zu können, drang ein leises erfreutes Keuchen zwischen meinen Zähnen hervor. Noch ehe ich die prickelnden Gefühle in meinem Bauch jedoch hätte genießen können, zog Funumai seine Hand bereits wieder an sich. Erst jetzt bemerkte ich das wütende Knurren, das aus Duncans Kehle drang. Unter anfänglichem Zögern, schob er seinen noch immer nach vorn gebeugten Körper schützend vor den meinen und verhinderte so eine weitere Annäherung durch den hübschen Dämon mit dem südländischen Flair.

Meine Sinne regenerierten sich nur langsam, doch es reichte aus, um mir selbst eine unsichtbare Ohrfeige zu verpassen. Ich konnte einfach nicht glauben, dass ich mich vor Duncan und dem grimmig schauenden Dämon zu seiner Linken so einfach von Funumai hatte, um den Finger wickeln lassen. *Habe ich mich gerade ernsthaft zu einem Stöhnen hinreißen lassen?*

Zufrieden lächelnd zog Funumai seine Hand weiter an sich und führte seine Finger näher an seine Nase, um meinen Geruch tief in sich aufzunehmen. Unverzüglich begannen seine Augen in gefährlichem Rot zu funkeln und als hätte er gerade Blut geleckt, verwandelte sich sein charmantes Lächeln in ein psychopathisches Grinsen. *Heilige Mutter Gottes!*

„Möchtest du uns nicht vorstellen, Duncan?", lenkte der finstere Dämon mit den schwarzen Hörnern die Aufmerksamkeit wieder auf sich, während er beruhigend seine Hand auf die Schulter des Kriegers legte und ihm somit offenbar erlaubte, sich wieder aufzurichten. Ohne zu zögern legte Duncan demonstrativ seine Hand auf meine rechte Hüfte, wobei sein Arm sachte über meinen Bauch glitt. Langsam zog er mich ein Stück zu sich heran.

„Was soll das werden, wenn du fertig bist? Ich bin weder sein, noch dein Eigentum", knurrte ich Duncan durch meine zusammengepressten Zähne leise an und versuchte unbemerkt seinen Griff von meiner Hose zu lösen. Doch Duncan packte nur fester zu und wies mich damit unmissverständlich in meine Schranken.

„Volac, Vorsitzender des Totenreiches und Herrscher über dreißig Legionen, dies ist Sheeva. Sie ist eine der Auserwählten", antwortete Duncan mit knappen Worten auf des Dämons Frage, wobei er den schmachtenden Funumai nicht eine Sekunde aus den Augen ließ. *Vorsitzender des Totenreiches und Herrscher über dreißig Legionen? Wo bitte bin ich hier gelandet? World of Warcraft?*

Verwundert über Duncans Ausdrucksweise und dennoch interessiert an der Dämonenkonversation, hielt ich weiterhin meinen Mund und versuchte mich, so gut es mir eben möglich war, mit der Situation zu arrangieren. *Ich werde ihm später alles heimzahlen!*

„Sheeva, was für ein wunderbarer Name", schnurrte Funumai beinahe raubtierhaft, leckte sich erneut genüsslich die Lippen und starrte mich gierig an. Mit jeder Bewegung seiner lustvoll aufblitzenden Zunge kehrte das Prickeln in meinen Unterleib zurück und ließ mich erneut leise aufkeuchen. In dem verzweifelten Versuch, dem inneren Drang entgegenzuwirken und meinen Trieben nicht freien Lauf zu lassen, schloss ich für einen kurzen Moment widerstrebend die Augen und presste meine Schenkel fest zusammen. Doch es war mehr als nur ein schwieriges Unterfangen, die lustvollen Reize in mir zu ignorieren. *Verflucht, was geht hier nur vor sich?*

Duncan, dessen Hand noch immer schützend auf meiner Hüfte lag, drückte auf Grund meiner offensichtlich schwindenden Beherrschung sofort fester zu, was unverzüglich einen reißenden Schmerz durch mein Becken zog. Normalerweise hätte ich ihn sofort angeschrien, ihn geschlagen oder anderweitig dafür Sorge getragen, dass er das nie wieder tut, doch ich hatte den Zweck seiner Handlung schnell erkannt. Duncan wusste offenbar ganz genau, welche Gefühle Funumai in mir auslöste. Ebenso wie er wusste, dass der von ihm herbeigeführte Schmerz alle Lust in mir überlagern und mir helfen würde, mit der Situation zurechtzukommen. *Danke!*

Abschätzend starrte mich der Herrscher des Totenreiches an, während er sich langsam an dem Schönling vorbeidrängte und mich förmlich dazu zwang, ihm in das narbige Gesicht zu zusehen. *Heilige Scheiße, was ist ihm nur passiert, dass er so aussieht?*

„Zeig mir dein Mal", forderte er mich grimmig auf und ich gehorchte unverzüglich. Leicht zitternd streckte ich ihm meine linke Hand entgegen, und ehe ich michs versah, griff er bereits danach. Raue, von Narben übersäte Hände strichen fest über meine Haut und begutachteten kritisch die drei Symbole auf meinem Handgelenk. „Mondsichel, Abendstern, Eiskristall", murmelte Volac nachdenklich und sah immer wieder zwischen mir und den Malen hin und her. „Eiskristall?", kreischte Funumai unterdessen lautstark los, während er versuchte, sich durch hektisches Hin-und-her-Springen eine bessere Sicht zu verschaffen. Doch der Legionenführer blieb standhaft und dachte nicht daran, sein ungehöriges Verhalten zu unterstützen.

„Sag mir Volac, ist sie etwa auch so eine Winterschlampe, wie des Naphuls kleine Dämonenhure?", schoss Funumai nun scharf in Duncans Richtung, der sofort bedrohlich die Zähne fletschte und sich sichtlich bemühte, vor dem Vorsitzenden der Hölle nicht die Haltung zu verlieren.

„Ihr solltet jetzt gehen", brummte Volac mit grimmiger Miene und sah nun direkt mich an, während er Funumai mit seinem Körper ein Stück nach hinten drängte, um uns Platz zu machen. Das ließ Duncan sich nicht zweimal sagen, packte sichtlich angespannt mein linkes Handgelenk und zog mich schnellen Schrittes mit sich. Direkt in den engen Gang der Finsternis. *Verdammte Dämonen!*

Kapitel 10

*Duncan*

S
o schnell es mir mit Sheeva im Schlepptau möglich war, durchquerte ich die felsigen Gänge zu den Gemächern der Krieger. Wir hatten nicht sonderlich viel Zeit, wenn ich es vermeiden wollte, dass sie Zeuge einer brutalen Auseinandersetzung wurde. Denn natürlich wusste ich um die Bedeutung von Volacs überaus großzügiger Geste, uns ohne weiteres ziehen zu lassen. Ebenso wie ich wusste, welche Folgen sich für Funumai aus seinem törichten Verhalten ergeben würden. Volac war nicht umsonst der Vorsitzende des Totenreiches. Gewiss würde er es nicht im Geringsten dulden, dass einer seiner Untertanen derart respektlos mit ihm umging.

Verängstigtes, schmerzerfülltes Kreischen durchbrach mit einem Mal die finstere Stille der kühlen Mauern des Gewölbes und sofort schnürte sich mir der Magen zu. „Was war das?", fragte Sheeva angstvoll hinter mir, doch ich antwortete ihr nicht. Dafür war einfach keine Zeit. Hektisch bog ich in den nächsten Gang ein, der geradewegs auf eine weitere Lichtung führte und mir aufzeigte, dass es nicht mehr weit bis zum Schutz meiner Gemächer war.

„Hast du nicht gehört, Duncan? Stopp!" Ohne Vorwarnung wurde ich abrupt aus meinen Gedanken gerissen und zum Stillstand gezwungen, als Sheeva plötzlich stehenblieb und sich mit aller Macht versuchte, aus meinem Griff zu befreien. „Was ist nur los mit dir? Hast du eine Ahnung davon, wie es sich für mich anfühlt, durch einen tiefschwarzen Gang gezerrt zu werden, ohne zu wissen, wohin er mich führt oder was du vorhast?", keifte sie wütend, als sie sich noch einmal kräftig gegen mich stemmte und sich befreite. Mit gequältem Blick rieb sie sich daraufhin das schmerzende Handgelenk und presste sichtlich die Zähne zusammen.

„Hör zu, wir haben dafür jetzt keine Zeit", versuchte ich mein Verhalten kurz und knapp auf den Punkt zu bringen, als erneut Unmengen von Klagelauten durch den Gang hallten. *Verdammt!* Panisch drehte Sheeva sich um und verlor kurzerhand die Orientierung. Auf Grund der Dunkelheit konnte sie noch immer kaum etwas erkennen und so begann sie, sich langsam aber sicher im Kreis zu drehen.

„Hör zu", versuchte ich es ein wenig ruhiger und griff vorsichtig nach ihrer Hand, was sie sofort lauthals quieken ließ. Fest und dennoch sanfter als zuvor legte ich sogleich auch meine zweite Hand um ihre zitternden Finger und streichelte zärtlich über ihren Handrücken.

„Ich werde dich in Sicherheit bringen, wie ich es dir vor Antritt unserer Reise versprochen habe, doch dazu wirst du mir vertrauen müssen. Es ist nicht mehr weit bis zu meinem Obdach und nur dort kann ich mit meinem Leben dafür garantieren, dass dir nichts geschehen wird. Also bitte ich dich noch einmal, mir zu vertrauen und mich dich führen zu lassen, bevor es nicht mehr nur Funumais Schreie sind, die durch die Katakomben hallen!"

Der angsterfüllte Blick in Sheevas Augen ließ mich schwer schlucken. Ich hatte sie in ihrer Welt als eine taffe junge Frau kennengelernt, die nichts so leicht aus der Bahn bringen konnte, doch hier unten war sie nur ein weiteres wertloses Opfer, für das es lediglich eine Frage der Zeit war, bis das Schicksal zuschlug. Und die Tatsache, dass man ihr das Wissen darüber deutlich ansah, ließ mich nur noch mehr dafür kämpfen, sie zu beschützen. Ich wusste nicht, warum ich mich darauf eingeschworen hatte, ihr Leben so lange wie möglich zu bewahren, oder weshalb ich mich selbst dafür in Gefahr brachte, sie unversehrt zu sehen. Doch ich zögerte keine Sekunde länger, als ich das urzeitartige Kreischen eines Dämons vernahm, der schnell näher kam.

Mit zusammengebissenen Zähnen und unter gequältem Grollen, schob ich meine linke Hand unter Sheevas Arm, packte mit der anderen in Windeseile ihre Beine und zog sie dicht an meine Brust. Verstört klammerte sie sich an meinem Hals fest, während ich mit schmerzverzerrtem Gesicht wie ein Schatten über das spitze Lavagestein flog, das sich, je näher ich meinen Räumlichkeiten kam, immer mehr erhitzte. Zufrieden lächelnd bog ich ein letztes Mal ab und freute mich erstmals über das seichte Licht, dass das glühende Tor zu meinen persönlichen Kemenaten verströmte.

Doch dann, vollkommen unerwartet, vernahm ich plötzlich ein zorniges Brüllen hinter mir, gefolgt von einem reißenden Schmerz, der sich tief in meine Wade bohrte und mich unverzüglich nach unten zog. Viel zu spät realisierte ich die drohende Gefahr in meinem Nacken, während ich mich schnell dem felsigen Untergrund näherte. Vom reißenden Schmerz wie betäubt, sah ich nur noch einen Ausweg diese Misere halbwegs erträglich zu machen. „Defende vitam et aperi portam!", brüllte ich aus voller Kehle, schöpfte die vorhandene Magie aus meinem Inneren und sofort entzündete sich ein mächtiger Feuerball in meinen Händen. Hastig schleuderte ich Sheeva auf dem glühenden Schweif der Teufelskunst nach vorn, ehe ich nur Sekunden später unsanft zu Boden krachte und gequält aufkeuchte.

Leise stöhnend versuchte ich mich wieder aufzurichten, um einen Blick auf Sheeva zu erhaschen. Ehe ich mich jedoch auch nur ansatzweise bewegen konnte, wurde ich bereits unter lautem Knurren herumgewirbelt und mit festem Druck auf meine Kehle am Boden fixiert. Glühend rote Augen sahen mich finster an, während sich der heiße Lavastaub, des Gesteins unter mir, wie Säure in meine frische Beinwunde fraß. Irritiert blickte ich mein Gegenüber an. Und obwohl sein Gesicht auf skurrile Weise verzogen war und dem einer hässlichen, vernarbten, wilden Bestie glich, erkannte ich dennoch das Antlitz des frauenverspeisenden Lustdämons.

„Funumai", krächzte ich ihm heiser entgegen und spürte schnell, dass jeder Atemzug nur einen schwindend geringen Teil an Sauerstoff in meine Lungen presste. Natürlich hätte er mich auf diese Weise niemals töten können, doch auch ich konnte bewusstlos werden. Und so lange ich nicht wusste, wie es Sheeva ging, konnte ich dies keinesfalls riskieren.

Grollend packte ich Funumais Arm an meiner Kehle und zog daran, während ich mit der rechten Faust zum Schlag ausholte. Lautstark knackend traf ich ihn zielsicher, direkt am vom Speichel überzogenen Kiefer. Sofort ließ er von mir ab und taumelte einen Schritt zurück. Ohne zu zögern, rappelte ich mich auf und erlöste mein Gewissen mit einem flüchtigen Blick in Richtung der Feuertür. *Dem Hohen Rat sei Dank, ihr geht es gut!*

„Dafür wirst du sterben, Naphul! Du Ausgeburt eines säurespeienden Darmparasiten hast es nicht verdient, Volacs Anerkennung zu bekommen", keifte Funumai hinter mir, und noch ehe ich michs versah, setzte er bereits unter prähistorischem Schreien zum Sprung an. Auf Grund der geringen Distanz zwischen uns beiden, der zuvor herrschenden Ablenkung durch Sheeva und meiner daraus resultierenden verspäteten Reaktion, steckte ich einen derben Hieb gegen den Schädel ein, der mich unweigerlich zum Schwanken brachte. Unverzüglich schlug der Dämon noch einmal auf mich ein, krallte anschließend seine dürren Klauen in meine Schultern und verpasste mir unter lautem Scheppern eine gewaltige Kopfnuss. „Duncan!", hörte ich Sheeva noch schreien, ehe ich benebelt zu Boden ging und den dröhnenden Schmerz durch meinen Körper ziehen ließ.

Dumpfes weibliches Kreischen, gepaart mit dem tiefen Grollen einer rasenden Bestie, drang in mein Ohr und verwirrt über meine eingebüßte Reaktionsfähigkeit, schüttelte ich meinen pulsierenden Kopf und versuchte mühsam wieder auf die Beine zu kommen.

*Verdammte Verletzung. Wäre ich der Wolf, der ich im Jenseits eigentlich sein sollte, hättest du nicht so leichtes Spiel mit mir gehabt,* dachte ich grollend und sah mich nach dem verunstalteten Dämon um. Wie ein tollwütiges Tier rannte dieser nun unter lautem Gebrüll auf die noch immer geöffnete Pforte meines Reiches zu. Sheeva schrie hysterisch und versuchte verzweifelt einen Ausweg zu finden. Ehe ich jedoch eine Chance gehabt hätte, sie zu warnen, dröhnte es bereits markerschütternd in meinen Ohren. Schützend presste ich meine Hände seitlich an den Kopf und konnte nur hilflos zusehen, wie Sheeva sich schmerzlich am Boden wand. Funumai hingegen lag bewusstlos vor meinem Heim, während die lodernden Flammen meiner verfluchten Pforte immer wieder bedrohlich nach ihm schlugen und noch teilweise über seinen Körper züngelten. *Das hast du nun davon.*

Glücklich über den erfolgreichen Zauber, machte ich mich humpelnd auf den Weg, meinem sterblichen Gast zu Hilfe zu eilen, doch konnte ich es mir nicht verkneifen, noch einmal neben Funumais angesengtem Hinterteil Halt zu machen.

„Lass es dir eine Lehre sein, du dreckiger Bastard. Und wenn du noch einmal versuchst, ihr nahe zu kommen, reiße ich dir deinen widerlichen Schwanz ab, verfüttere ihn an die Bergtrolle und lass dich im Acheron baden", knurrte ich finster, entfachte in meiner Hand einen winzigen Feuerball und trat ohne Widerstand über die Schwelle in mein Gemach.

Kaum hatte ich mein Reich betreten, krachte auch schon die schwere Flammentür hinter uns ins Schloss und sorgte so für heimische Stille und Sicherheit. So schnell es mir mit der tief klaffenden Wunde an meiner Wade möglich war, eilte ich zu Sheeva, die wieder halbwegs bei Sinnen schien. „Was zur Hölle war das?", fragte sie leise, während sie sich an den offenbar schmerzenden Kopf fasste und zischend Luft in ihre Lungen sog.

„Magie", antwortete ich knapp, griff ihr stützend unter die Arme, um sie wieder auf die Beine zu ziehen und knickte dabei selbst ein wenig unter ihrem Gewicht ein.

„Langsam, langsam, du Grobian", protestierte Sheeva heiser, taumelte einen kleinen Schritt zur Seite und sah mich kurz darauf mit zusammengekniffenen Augen aus sicherem Stand an. „Heilige Scheiße, Duncan", versuchte sie sich im Fluchen und entlockte mir ein strafendes Knurren.

„Keine …"

„… heiligen Worte, ich weiß. Aber verdammt nochmal, du blutest wie ein abgestochenes Schwein", vervollständigte sie zunächst meinen Satz, ehe sie an meine Seite eilte und mich vorsichtig zu der schwarzen Couch zu unserer Rechten geleitete.

Besorgt kniete sie sich nieder, tastete sanft nach meiner zerfetzten Hose, krempelte sie vorsichtig hoch und riss erschrocken die Augen auf. „Fuck!"

„Schon besser", säuselte ich lächelnd, schloss die Augen und lehnte mich etwas zurück. Ein leises reißendes Geräusch ließ mich jedoch gleich wieder aufblicken. Ich ertappte Sheeva dabei, wie sie an dem angenähten breiten Saum ihres Oberteils zerrte und ihn schließlich unter einem weiteren lauten Reißen abriss. Hochkonzentriert machte sie sich gleich darauf ans Werk, meine bereits weniger stark blutende Wunde abzubinden. „Das wird nicht nötig sein", versuchte ich ihr die Arbeit als meine persönliche Krankenschwester zu ersparen, denn immerhin besaß ich eine gewisse Selbstheilung. Doch sie ließ sich nicht von ihrem Tun abbringen. Dankbar lächelnd sank ich wieder in den weichen Samt meiner antiken Couch, während meine erschöpften Augen verträumt über ihren nun entblößten Bauch glitten. *Weiß wie Schnee*, dachte ich an das berühmte Märchen und gluckste amüsiert.

„Was ist? Hab ich dir wehgetan?", erkundigte sich Sheeva sofort bei mir und hielt in ihrer Bewegung inne. Wie sie so fürsorglich vor mir kniete, mit ihren sanften Händen sorgsam meine Wunde verarztete und sich ihre Stirn besorgt in kleine Fältchen legte, hätte ich in ihren wunderschönen blauen Augen versinken und all die Sorgen um mich herum vergessen können. Doch ich wusste, dass ich mich nicht schon wieder von meinen Gefühlen überrumpeln lassen durfte. Die Geschichte mit Befana war bereits das Tüpfelchen auf dem i, und mit Sheeva hätte ich das Fass zum Überlaufen gebracht. *Funumai hat Recht. Ich habe es verdient, dafür bestraft zu werden.* Doch woher wusste er überhaupt von Befana und mir?

„Duncan? Ist alles in Ordnung", riss mich Sheevas leise Stimme aus meinen Gedanken und irritiert guckte ich sie an.

„Ja, ähm, alles in Ordnung", antwortete ich nachdenklich, rieb mir die leicht schmerzenden Augen und setzte mich langsam auf. „Wie sieht es eigentlich mit deinem Befinden aus? Sind deine Ohren und dein Kopf okay?", presste ich müde hervor, rieb mir noch einmal das Gesicht und erhob mich langsam von dem warmen Stoff unter mir.

„Alles bestens ... Bist du dir wirklich sicher, dass du schon aufstehen willst?", erkundigte sich Sheeva besorgt, doch ich winkte ab.

„Es ist schon fast wieder vergessen." Langsam begab ich mich zum Kühlschrank meiner offenen Küche. Mir knurrte bereits seit einigen Stunden der Magen und es wurde wahrlich Zeit, den Wolf zu füttern, bevor er herrenlose hübsche Schafe riss und mich weiter ins Verderben stürzte. *Sheeva!*

Diesen wirren Gedanken schnell abschüttelnd, zerrte ich energisch die Kühlschranktür auf und genoss den kalten Luftstrom, der beruhigend mein erhitztes Gesicht streichelte. Schnell liebkoste der köstliche Duft von medium gebratener Ziege meine Nüstern und ließ mir beim Anblick des nur leicht gebräunten Fleisches unverzüglich das Wasser im Mund zusammenlaufen. Vom Geruch der noch halb blutenden Beute angestachelt, leckte sich der Wolf in mir ebenso begierig die Lefzen.

„Willst du auch etwas essen?", fragte ich leise gurgelnd, denn das Raubtier in mir wollte seine Beute keinesfalls teilen. Doch ich konnte Sheeva nicht hungern lassen und so stellte ich, ohne ihre Antwort abzuwarten, bereits einen zweiten Teller auf die Anrichte.

„Gern", entgegnete sie mir leise, während sie es sich unter leisem Knarren auf dem altertümlichen Mobiliar meiner Essecke gemütlich machte. Kräftig packte ich unterdessen nach der Keule des toten Tieres und brach sie unter lautem Krachen entzwei, ehe ich mich umdrehte und zu Sheeva an den großen alten Holztisch setzte. Freundlich lächelnd schob ich ihr den kleineren Teil des Keulenstücks hin.

„Du hast also richtiges Essen im Haus, hm?", fragte sie ein wenig verwundert und stocherte prüfend auf dem weichen Fleisch herum. „Was dachtest du denn? Dass ich die Seelen der Toten fresse?", knurrte ich sie leicht an, riss mir ein großes Muskelstück aus der Keule und stopfte es gierig in meinen

Mund. Wie scharfe Rasierklingen bohrten sich meine Zähne in das zähe Fleisch der Ziege und das belebende Gefühl von Macht, aber auch das Verlangen nach Blut und Knochen, lebten in mir auf. Genüsslich riss ich mir ein weiteres Stück mit den Zähnen heraus und stöhnte leise, unter der wohltuenden Befriedigung in mir. Wie hatte ich mich danach gesehnt, meine Zähne irgendwo hineinzubohren.

Sheevas leises Räuspern ließ mich verwundert aufblicken. Ich hatte ihre Anwesenheit für den Moment vollends verdrängt und sah mich nun gezwungen, ihrem mich irritiert musternden Blick standzuhalten.

„Tut mir leid, ich bin einfach ausgehungert. Magst du dein Essen nicht?", versuchte ich sie von meinem schmatzenden Mund abzulenken und deutete mit meinen von Fett glänzenden Fingern auf ihren Teller. Doch schnell konnte ich mir selbst eine Antwort geben. Sie war es offenbar nicht gewohnt, halb rohes Fleisch zu essen.

„In Ordnung, pass auf", sagte ich aufbauend, nachdem ich den großen Bissen in meinem Hals hinuntergeschlungen, mir den Bratensaft von den Lippen gewischt und meine Finger gesäubert hatte.

„Sammele deine Gedanken und stell dir etwas vor, das in diesem Augenblick deinen Gaumen verzücken würde. Anschließend nimm deinen Finger und führe ihn zu deinem Teller. Bist du bereit?", fragte ich voller Vorfreude und erntete einen abschätzenden Blick.

„Bereit", sagte Sheeva kurz darauf mit leicht fragendem Unterton, grübelte eine Weile und zeigte schließlich mit ihrer Fingerspitze auf den Tellerrand. Sanft ließ ich daraufhin meine Handfläche über ihren linken Arm schweben, und sofort begann die warme Magie der Hölle in mir zu sprudeln. Erwartungsvoll blickte ich zuerst Sheeva und dann ihr Gedeck an, während das leichte Kribbeln, des sich anbahnenden Zaubers, langsam auf sie übersprang und sich aus ihrem rechten Zeigefinger ergoss.

„Wow, das ist wirklich faszinierend, Duncan. Doch was soll ich mit dieser köstlichen Illusion, wenn sie mir nichts als Appetit und Magenknurren beschert?", fragte Sheeva, während sie sich genüsslich die roten Lippen leckte und sich offenbar danach sehnte, den kleinen Silberlöffel mit der luftigen Süßspeise in den Mund zu schieben.

„Warum probierst du sie nicht?", hakte ich mit wissendem Lächeln nach und unsicher, ob sie es wirklich wagen sollte, tastete sie vorsichtig nach dem edlen Besteck des Desserts. „Nur zu", bestärkte ich sie weiter, ließ meine Hand vorsichtig auf ihren Arm gleiten und streichelte sachte mit meinen elektrisierenden Fingern über ihre Haut. Von neuem Mut erfüllt, ergriff sie schließlich den kleinen Löffel und ließ den locker leichten Traum einer Mousse au Chocolat auf ihrer Zunge zergehen. Unter sichtlichem Genuss schloss sie die Augen und seufzte leise. „Wow, ist die gut! Und wie köstlich sie duftet", schwärmte Sheeva unter erfreutem Stöhnen und schob sich direkt noch einen weiteren Löffel in den Mund.

„Schön, wenn es dir schmeckt", sagte ich lächelnd, während ich ebenso sinnesfreudig einen Knochen vom Fleisch befreite. „Magst du Ziege?", wollte ich wissen und erntete ein kaum hörbares: „Hm, denk schon."

Sofort legte ich den gesäuberten Knochen beiseite, leckte mir über die Finger und konzentrierte mich.

„Coquere", sprach ich die magischen Worte aus und ließ meine Hand nur wenige Zentimeter über ihrem halb rohen Fleisch schweben. Sofort stiegen kleine Nebelschwaden auf, gefolgt vom angenehm rauchigen Duft des durchgegarten Tieres.

„Wow, danke", war alles, was Sheeva sagte, während sie immer weitere Leckereien auf ihr Porzellangedeck zauberte. Von Weintrauben, über Erdbeeren, bis hin zu kleinen Broccoli-Röschen, Tomaten und Mozzarella war alles vorhanden.

*Außergewöhnlicher Geschmack für eine außergewöhnliche Frau*, dachte ich und sah ihr sanft lächelnd dabei zu, wie sie vergnügt mit diversen Speisen spielte. Ich fand es schön, sie so ungezwungen lachen zu sehen, obgleich mich die herrschende Stille im Raum auch ein wenig langweilte. Mir noch einen weiteren Bissen in den Mund steckend, beschloss ich kurzerhand, ein wenig für Stimmung zu sorgen und zog ohne

Vorwarnung meine linke Hand von ihrem Arm. Unverzüglich verschwanden die von Zauberhand erschaffenen Dinge und ließen Sheeva überrascht zusammenfahren.

„Hey!", protestierte sie wehmütig, griff, ohne darüber nachzudenken, wieder nach meiner Hand und sofort bildeten ihre Gedanken erneut das zuvor achtsam zusammengestellte Menü. Schockiert über das prickelnde Gefühl, das sich sofort in mir einstellte und offenbar unser beider Körper durchzogen hatte, starrten wir uns an. Da saßen wir nun, Hand in Hand und aßen gemeinsam zu Tisch. Doch obgleich es Sheeva sichtlich unangenehm war, wie die verliebte Frau an meiner Seite zu wirken, so wollte sie dennoch auf keine der Köstlichkeiten auf ihrem Platz verzichten.

„Damit das klar ist, ich tue das nur, um nicht hungrig ins Bett zu müssen", schoss sie mir mit vollem Mund scharf entgegen und würdigte mich keines Blickes. Die leicht ansteigende Röte in ihrem Gesicht sprach jedoch wieder einmal Bände. Zufrieden lächelnd schluckte ich meinen letzten Bissen hinunter, schnippte zweimal mit meinen Fingern, sodass zwei gut gefüllte Gläser Wein an unserer Seite standen, und zündete zudem noch eine magische Kerze an. Belustigt lehnte ich mich zurück, während Sheeva immer mehr ins Schmollen geriet.

„In Ordnung, was willst du?", brummte sie eingeschnappt und verschränkte die Arme vor der Brust.

„Nichts", entgegnete ich kurz und knapp und lächelte noch immer.

„Was ist dann dein Problem? Warum die Kerzen, der Wein und diese romantische Stimmung hier?"

„Weil ich es durchaus vergnüglich finde, wenn du aus der Haut fährst und ich diese Stille hier viel zu lange schon ertragen musste. Ich denke, ein wenig Abwechslung tut uns beiden gut", antwortete ich ehrlich, drehte meine Handfläche einladend nach oben und wartete darauf, dass Sheeva sie wieder nahm. Mit prüfendem Blick sah sie mich an, als sie ihr Glas in einem Zug leerte.

„Schön, dann unterhalten wir uns, sofern ich davon noch etwas haben kann", erwiderte sie schnippisch und schwenkte ihren Kelch auffordernd hin und her.

„Wohl bekomms!"

Erstaunt darüber, dass ihr Glas sich bereits selbstständig wieder gefüllt hatte, lehnte auch sie sich zurück. „Gibt es eigentlich etwas, das du nicht kannst?"

„Kaum."

„Schön, worüber unterhalten wir uns?", fragte Sheeva nun deutlich ruhiger, trank erneut einen Schluck und grübelte.

„Worüber du möchtest."

„Ich darf dich alles fragen, was ich wissen will und du wirst keine Ausflüchte suchen oder mich anlügen?", erkundigte sie sich skeptisch und lächelte hinterhältig. Natürlich hätte ich ihr etwas vormachen können, ohne dass sie es mitbekommen hätte, doch ich wollte, dass sie mir vertraute und das erreichte ich wohl oder übel nur mit der Wahrheit. „Ja!"

„Klasse, dann fangen wir doch gleich mal mit dem Wichtigsten an. Was meintest du vorhin damit, dass du viel zu lange Stille ertragen musstest? Du bist doch gewiss nicht immer allein hier, oder? Was ist mit Befana? Frauen quatschen doch für gewöhnlich sehr viel und als deine Freundin wird sie dich doch sicher nicht damit verschonen." Meine Miene verhärtete sich abrupt und wurde ernst. Nun trank auch ich meinen Becher in einem Zuge aus. *Verdammte Ehrlichkeit. Sie bringt einem nur Schmerzen.*

„Ich lebe allein in diesen Gemächern. Befana und ich sind kein Paar", sagte ich leise und ärgerte mich sofort darüber, dass man die Traurigkeit in meiner Stimme deutlich hören konnte. Das hämische Grinsen in Sheevas Gesicht verflog unverzüglich und peinlich berührt wich sie meinem Blick aus.

„Tut mir leid … Ich dachte nur, da ihr beide vorhin zusammen … na ja … gerade dabei wart … du weißt schon. Vergiss, dass ich dich das gefragt habe", stotterte sie, in dem kläglichen Versuch, die richtigen Worte zu finden.

„Schon in Ordnung. Und wir haben nicht das getan, was du denkst. Beinahe, ja. Doch du hast uns beide vor einer großen

Dummheit bewahrt und dafür danke ich dir", versuchte ich ihr Gewissen zu erleichtern und spürte, wie der Zorn über meine eigene Schwäche beständig zunahm.

„Nun ja, für gewöhnlich bekomme ich keinen Dank dafür, jemanden beim Liebesspiel gestört zu haben, aber gern geschehen."

Mit unscheinbarem Lächeln sah ich sie an. „Die Hölle ist auch kein gewöhnlicher Ort, Sheeva. Und hätten Befana und ich das getan, wozu wir uns in jenem Moment berufen fühlten, hätte es einem von uns gewiss das Leben gekostet." Mit zusammengebissenen Zähnen und schmerzlich verzogenem Gesicht ertrug ich den unsichtbaren Dolch, der sich sogleich in meine Brust bohrte. Ich konnte nicht bestreiten, dass ich diese Dämonin liebte, doch das Schicksal hatte offensichtlich andere Pläne mit uns. Und wenn ich an das belauschte Gespräch zwischen Volac und Funumai dachte, war es wohl auch besser so.

Schockiert über die gehörten Dinge, kippte Sheeva sich ein Glas nach dem anderen hinter die Binde, ehe sie das vierte, halbvolle Glas vor sich abstellte. „Man hätte euch dafür getötet? Das ist ja schlimmer als in einem Kloster", entwich es ihr mit leicht geschwollener Zunge, ehe sie mich entgeistert ansah. „Darf ich fragen, wer sich so einen Schwachsinn einfallen lässt?" Natürlich durfte sie, denn mit wem sonst hätte ich darüber reden können, wenn nicht mit ihr? Niemand hätte in diesen Belangen ein offenes Ohr für mich, und obgleich sich der Schmerz der Sehnsucht tief in mich bohrte, so erhoffte ich mir doch insgeheim auch Erleichterung durch diese Konversation.

„Zu Anbeginn unserer Zeit wurde eine Gruppe von Dämonen zusammengestellt, die dafür Sorge tragen sollten, dass das Gleichgewicht der Welten auch noch über Jahrtausende bestehen bleibt. So entstand der sogenannte *Hohe Rat* hier im Jenseits. Dieser war es dann auch, der einen engen Kreis von Kriegern ausbildete, die sogenannten Wächter des Porta Inferna – dem Tor zur Hölle. Raym, Befana und ich gehören zu diesen Kriegern, wie du weißt, ebenso noch vier andere Wächter, die du bei Gelegenheit kennenlernen wirst", begann ich zu erzählen, sah Sheeva einen kurzen Moment in das neugierig lauschende Gesicht und fuhr unter wachsender Anspannung fort.

„Das Erste und Wichtigste, was ein Bewacher des Portals lernt, sind Gehorsam, Disziplin und absolute Freiheit von Schwäche. Dadurch soll sichergestellt werden, dass niemandem ein Fehler unterläuft. Und solche Dinge wie sexuelle Lust und die daraus eventuell entstehenden tieferen Gefühle, machen einen angreifbar. Sie machen einen schwach und unkonzentriert", knurrte ich in mich hinein und ballte unter deutlich hörbarem Knacken meine Faust auf dem Tisch. *Zur Hölle mit diesen idiotischen Regeln. Wenn man seine Gefühle zurückhalten muss, ist man wesentlich unkonzentrierter!*

Zärtlich und mitfühlend legte Sheeva ihre dünnen Finger auf meine geballte Hand und ließ mich fragend aufblicken. Verständnisvolle blaue Augen sahen mich mitfühlend an, während sie einfühlsam über meinen knöchernen Handrücken strich. „Nun ja, dies ist wohl der Grund, weshalb der Hohe Rat jegliche Liebelei unter Kriegern verboten hat. Sie sollen immer und überall einsatzbereit, hochkonzentriert und dadurch nahezu unbesiegbar sein. Gewiss könnten wir uns auch einfach einen Partner unter den um uns hausenden Dämonen suchen, doch ist kaum einer von ihnen bereit, sich mit einem Krieger einzulassen. Und sollte einer der Krieger sich den Vorschriften des Hohen Rates widersetzen, wird er aus dem Wächterkreis entfernt, zur Strafe des hoheitlichen Abyssum verstoßen und zudem noch seines Seins beraubt."

„Keine netten Aussichten, wenn du mich fragst", versuchte Sheeva es höflich auszudrücken, doch ihre Wut, über die Irrsinnigkeit dieser Grundsätze, war kaum zu übersehen. Ich nickte stumm.

„Hast du noch irgendwelche Fragen?", versuchte ich das Gespräch auf ein anderes Thema zu lenken und hoffte, dass Sheeva sich ebenso darauf einließ. Nun wieder etwas entspannter, trank sie unter sanftem Lächeln den letzten Rest ihres Rotweins aus.

„Für heute habe ich nur noch eine Frage", setzte sie an. „Wo kann ich schlafen?"

# Kapitel 11
*Amal*

*D*„*ämon der Hölle, ich rufe dich, empfange meine Fragen. Erscheine mir im fahlen Licht, um meine Befehle zu tragen. Sei gutgesinnt mir, von Anfang bis End, denn ich bin der, der dich beim Namen kennt. Amal, du mächtiger Höllenfürst und Legionär der dunklen Seelen, ich rufe dich, mir im Guten zu erscheinen und nicht von den Lebenden zu nehmen. Und nun komm zu mir, in den Kreis des Bann, und zeige dich mir, dass ich dich sehen kann!"*

Dunkle Materie durchzog schlagartig meinen Körper, während sich das wollüstige Fleisch der Dämonin auf meinem Schoß vor Lust hin und her bewegte. Über die ungehörige Störung zornig knurrend, bohrte ich meine scharfen Krallen in das dunkle Holz, des mit weichem Leder bezogenen Sessels, auf dem ich saß. Ein weiterer Fluss aus düster wallendem Jenseits ergoss sich über mir und vermischte sich mit der heiß kochenden Glut in meinen Venen.

Nicht ahnend, dass ich kurz davor stand, durch Menschenhand in die Welt der Sterblichen gerufen zu werden, setzte die schaurig schöne Schlangendämonin ihren Ritt auf mir fort. Lüstern züngelte sie mit gespaltener Zunge gierig über meine Haut, indes ihr Becken in schlängelnden Bewegungen über meinen Unterleib kreiste. Sofort entglitt mir ein animalisches Grollen. Besitzergreifend packte ich kurzerhand ihre glatten Pobacken und ignorierte mit Nachdruck den telepathischen Ruf des lebensmüden Menschen. Rhythmisch führte ich ihr Becken immer wieder vor und zurück, auf und nieder und fühlte, wie sich die angestaute Lava in mir zielsicher dem Ausbruch näherte. Scharf zischend ließ die Schlangenfrau wollüstig ihre spitzen Zähne in meinen Hals gleiten, wippte mit ihrem Gesäß kraftvoll und schamlos auf meinem Schoß und versetzte mir so eine weitere Welle der Lust.

„Ja, so ist es gut", raunte ich ihr mit düsterer Stimme entgegen, während ich vom Rausch der Lust vollends benebelt war.

*„Amal, Dämon der Finsternis, ich beschwöre dich, mir deine Gestalt zu offenbaren und mich anzuhören!"* Zähnefletschend versuchte ich dem stärker werdenden Druck, aus schwarzrotem Jenseitsnebel, zu entfliehen und mich auf die bevorstehende Befriedigung zwischen meinen Lenden zu konzentrieren. Doch der allmählich stärker werdende Schmerz, meiner sich mineralisierenden Knochen, machte dieses Vorhaben fast unmöglich. Immer wieder zog mein Geist mich von innen nach oben, als wolle er meinem erhitzten Körper auch ohne Gliedmaßen entschwinden. Was natürlich nur bedingt möglich war. Sicherlich konnte der Geist eines Dämons vorab auf Reisen gehen, doch das wäre mit höllischen Schmerzen verbunden. Denn Körper und Geist bildeten eine Einheit, ganz gleich, wie viel Raum dazwischen lag. Einen vorausschauenden Geist konnte man also getrost mit einer Folter auf der Streckbank vergleichen. Kein sonderlich einladender Gedanke, wie man sich vorstellen kann.

*„Amal, Dämon der Hölle, ich befehle dir zum letzten Mal, nimm deinen Platz im magischen Dreieck der Lichter ein und zeige dich mir!"*, hagelte es mittlerweile böse grollend in meinem Schädel und ließ mich schmerzlich aufkeuchen. Sosehr mein Unterleib auch vor Verlangen zuckte und mir lustvolle Gefühle schenkte, so war es mir doch nicht möglich, dauerhaft gegen eine Beschwörung anzukämpfen. Ganz zu schweigen von den dadurch selbst auferlegten Qualen.

Außer mir vor Zorn brüllte ich lauthals los, stieß die noch immer vor Lust stöhnende Dämonin von mir und zwang mich dazu, mich dem dunklen Schleier der Jenseitsmagie hinzugeben. *Bringen wir es hinter uns.*

Schnell wie ein Tornado hüllte mich finsterer Rauch ein, nagte wie tausend Piranhas an meiner Haut und zog mich unverzüglich in seinen Bann. Einen einzigen Wimpernschlag lang konnte ich noch das überraschte Gesicht meiner am Boden kauernden Gespielin erblicken, ehe ich im nächsten Moment bereits von einem grellen Licht heimgesucht wurde und mich in der sterblichen Welt wiederfand.

Schutz vor der noch immer vorherrschenden Abendsonne suchend und nicht wissend, wo ich mich befand, ließ ich die warme Energie des Jenseits durch mich fließen und erschuf mir einen schwarzen Bademantel samt Sonnenbrille. „Heiliges Kanonenrohr!", hörte ich plötzlich jemanden entsetzt aufrufen und sofort war meine Aufmerksamkeit geweckt.

„Wer bist du, Wicht?", knurrte ich hasserfüllt in Richtung des blonden Mannes zu meiner Linken und wäre ihm am liebsten an die Kehle gesprungen. Doch dieses gewiss genüssliche Vergnügen wurde mir unweigerlich verwehrt. In sanftem Blau schimmerte vor mir das beinahe unsichtbare Kraftfeld eines Bannkreises – oder in diesem Falle Dreiecks – und ließ mir nur begrenzten Spielraum.

„Du wagst es, mich zu dieser teuflischen Zeit zu rufen, mich in der Sonne zu schmoren und mich mit deinen Nichtigkeiten zu langweilen? Wagst es, mich um mein Wohl zu bringen und aus dem Schoß einer Göttin zu reißen? Und als wäre das nicht bereits genug Hohn, sperrst du mich außerdem noch in ein mickriges, stinkendes Dreieck aus Duftkerzen. Hast du eigentlich eine Ahnung, welch grausame Strafe dich dafür erwartet?", fluchte ich und schlug wütend gegen die blau flackernde Wand aus akzeptabel errichteter und dennoch leicht unsicherer Magie. *Das wird gewiss noch spaßig werden*, dachte ich und lächelte finster in mich hinein.

„Tut mir leid, dass ich euch offensichtlich in einer so prekären Lage gestört habe, doch ich brauche eure Hilfe", stammelte der Blondschopf, während er unsicher zwischen meinem geöffneten Bademantel und meinem Gesicht hin und her sah. Wissend, was ihn beschäftigte, folgte ich seinem nervösen Blick und sah sogleich voller Stolz auf mein noch immer deutlich erregtes Gemächt.

„Imponierend, nicht wahr?", brummte ich ihm lieblich entgegen, ehe ich schwungvoll meine Hüften kreisen ließ, um ihm weiter die Röte auf die bleichen Wangen zu treiben. Allein durch diese simple Geste begann die blau schimmernde Barriere um mich herum, erneut zu flackern.

„Oh mein Freund, dein Wille ist nicht besonders stark, oder?",
säuselte ich gekonnt einschüchternd und spürte, wie die
Unsicherheit des Menschen schlagartig in die Höhe schoss.
Doch zu meinem Bedauern hielt dieser Zustand nicht lange vor.
„Rede nicht, wenn du nicht gefragt wirst, Dämon!", schnauzte
der Jüngling bitter, ehe er sich in seinem eigenen Schutzkreis
aufrichtete und einen zweiten, unsichtbaren Kreis um sich zog.
Das Schwert, das er dafür benutzte, war ein altertümliches
Unikat aus Silber und hatte seine besten Zeiten bereits hinter
sich. Doch in diesem Moment verhalf es ihm zu einem Funken
mehr Sicherheit. *Noch!*
„Amal, ich habe dich gerufen, weil du etwas für mich erledigen
sollst."
„Schau an", konterte ich amüsiert, indes ich mich erstmals im
Raum umsah. Die eng beieinanderliegenden Wände des
Gebäudes wirkten auf mich alt, wie die einer Ruine, doch
besaßen sie im Gegensatz dazu moderne Fenster. Vorhänge
suchte man auf Grund der viel zu niedrigen Deckenhöhe
vergeblich, weshalb ich direkt auf die menschenübersäten
Straßen von Manhattan blicken konnte. *Rush Hour!*
Schnell gelangweilt, vom Trubel des Feierabendverkehrs, ließ
ich meinen Blick weiter umherschweifen und stieß sofort auf
eine abgenutzte Theke. *Ist dieses Miniaturformat von einer
Küche etwa die einzige Möglichkeit für diesen armen Wicht, sich
etwas Essbares herzustellen? Wie bedauernswert.* Ein wenig
verwundert darüber, dass sich in der Wohnung rein gar nichts
Stilvolles befand, sah ich zur anderen Seite des Zimmers und
wurde sogleich positiv überrascht. „Mmh", knurrte ich verzückt
und wusste intuitiv, dass meine Pupillen begierig in
leuchtendem Rot aufblitzten.
*Was für ein Prachtstück von Frau*, dachte ich unsittlich,
während meine hungrigen Augen ihre überaus großzügigen
Kurven begutachteten. *Du könntest die schändliche Tat deines
Freundes durchaus wieder gutmachen.*
„Genau deshalb bist du hier, Dämon", unterbrach der törichte
Wurm meine aufkeimenden schlüpfrigen Gedanken und ließ
mich neugierig aufhorchen.

„Ist das wirklich dein Wunsch?", raunte ich ihm düster entgegen und wirbelte hastig herum. Erschrocken über den deutlich spürbaren Luftzug, der sich leise durch die sanft leuchtende Barriere zwischen uns schlich, taumelte der nach Anis und Kümmel müffelnde Kerl bedrohlich nahe an seine Schutzgrenze. *Weiter so, nur immer schön weiter, Bürschchen.*

„Mein Wunsch ist, dass sie mich liebt. Mach, dass sie mich vergöttert! Sie muss ihren Freund verlassen und soll ab sofort nur noch mir gehören! Dieser idiotische Möchtegern-Bodybuilder hat sie einfach nicht verdient und ich kann es nicht länger ertragen, sie in seinen Armen zu sehen, während er sie nur verarscht. Ich verzehre mich schon so lange nach ihr und jetzt und hier ist endlich die Zeit gekommen, dass sie den bekommt, der sie zu schätzen weiß. Also mach, dass sie nur noch mir gehört. Bitte!", jammerte der Spund widerlich und ließ mich unverzüglich die Stirn runzeln. Erneut blickte ich auf die spärlich bekleidete Frau, die noch immer bewusstlos auf der heruntergekommenen Couch lag, ehe ich mich wieder dem Lüstling widmete.

„Deshalb zerrst du mich aus meinem Reich? Um einer betäubten Schlampe deinen Willen aufzudrängen?", fragte ich interessiert und fand allmählich Gefallen an seinem Spiel.

„Ja", war alles, was er unter wehleidigem Schmachten in ihre Richtung herausbrachte, wodurch sein Bannzauber erneut ins Wanken geriet. *Diese Gefühlsduselei werde ich noch für mich nutzen können.*

„Was springt für mich dabei heraus", fragte ich mit überheblichem Blick, während ich beiläufig die verwendeten Utensilien seines Beschwörungszaubers prüfte. *Rote Kerzen für die Liebe, die Energie und den Mut. Orange und Braun für dein Durchsetzungsvermögen und deine Konzentration – du hättest lieber neue Kerzen statt fast abgebrannter benutzen sollen – und natürlich Schwarz und Weiß, um das Böse abzuwenden und die Reinheit hervorzuheben. Deine Hausaufgaben hast du gemacht, wenn auch nicht sonderlich gründlich*, dachte ich und suchte vergebens nach einer Schale mit Blut, mit der er den magischen

Zirkel hätte versiegeln sollen. *Umso besser für mich. So langsam wird es hier drinnen ein wenig stickig.*

Noch immer auf eine Antwort wartend, starrte ich den sichtlich grübelnden Mann zu meiner Linken an. „Nun, wenn sich für mich daraus kein Vorteil ergibt, wirst du weiter um ihre Liebe kämpfen müssen. Was vermutlich vergebens sein wird, nachdem du sie fast ins Koma katapultiert hast", sprach ich mit ruhiger Stimme, und begutachtete gelangweilt meine scharfen Klauen.

Alarmiert schossen die Augen des Menschen zwischen mir und seiner Angebeteten hin und her. „Was meinst du mit Koma?", verlangte er zu wissen und war sichtlich verunsichert, ob er den prüfenden Schritt in ihre Richtung wagen sollte. Er wusste, dass er seinen eigenen Schutz dafür einbüßen musste.

„Ich kann den Äther, der an ihren trockenen Schleimhäuten haftet, deutlich riechen und dir versichern, dass es für gewöhnlich nur der Hälfte davon bedarf, um einen Menschen schlafen zu legen", versuchte ich ihn weiter zu beunruhigen und unser Gespräch in eine emotionale Richtung zu lenken. Panisch riss er daraufhin die Augen auf und suchte verzweifelt nach einer Lösung, die ihm offenbar nicht einfiel.

„Ihrem langsamen Puls nach zu urteilen, wird sie höchstens noch ein paar Minuten als deine vermeintliche Freundin unter uns weilen, aber das hast du sicher mit einkalkuliert", setzte ich noch einen nach und lächelte ihn so freundlich es mir möglich war an. *Gut so, Amal, wiege ihn in Sicherheit!*

„Du lügst, Dämon. Du versuchst mich zu kontrollieren und zu manipulieren, aber das werde ich nicht zulassen, hörst du? Ich gebe hier die Befehle und ich verlange von dir, dass du sie zu meiner Geliebten machst, und zwar sofort und ohne eine Gegenleistung!", kreischte der geplagte Verehrer plötzlich hysterisch los, als er seine Möglichkeiten immer weiter schwinden sah und sich mit ängstlich prüfendem Blick davon überzeugte, dass die Frau noch atmete.

„Du hättest dich eben besser vorbereiten sollen. Kein Dämon der Unterwelt wird dir einen Gefallen tun, ohne selbst als Sieger daraus hervorzugehen. Wenn du mir also nichts anzubieten hast, würde ich jetzt gern wieder meinen eigenen Bettgeschichten frönen", entgegnete ich ihm unbeeindruckt und spürte, wie der Gedanke an die geschmeidige Schlangendämonin mein Gemächt erneut anschwellen ließ.

„In Ordnung, was willst du?", drang es daraufhin hektisch in meine Ohren, untermalt vom leisen Röcheln der hübschen Menschenfrau.

„Nur ein wenig Luft, mein Freund. Lass dir gesagt sein, dass sich ein Dreieck nur bedingt für eine Beschwörung eignet, wenn man nicht genau weiß, wie lange sich diese hinziehen wird. Dämonen werden zuweilen übellaunig und kompromisslos, wenn sie sich eingeengt fühlen."

„Du willst, dass ich dich freilasse? Meinst du, ich bin total bescheuert? Du bist ein Fürst der Hölle, ein seelenfressender Dämon und du denkst, dass ich dich in mein Heim lasse und Gefahr laufe, dafür zu sterben?", schoss es mir augenblicklich wie Hagel entgegen, doch ich zeigte keinerlei Regung, sondern starrte den Mädchenfänger ungeniert an.

„Und schon wieder liegst du falsch. Wer auch immer dich wissen lassen hat, dass ich ein Fürst sei, war ein Dummkopf. Ich bin lediglich ein Abgesandter der Hölle, der einem Großfürsten untertan ist und die Drecksarbeit erledigt. Denkst du allen Ernstes, dass ein schwacher Geist wie du auch nur eine Chance gegen einen Fürsten hätte? Dazu bedarf es schon eines großen Magiers oder zumindest der Macht professioneller Okkultisten. Es tut mir leid, dass ich es nicht anders auszudrücken vermag, aber du, mein Freund, bist weder das eine noch das andere. Allerhöchstens ein zweitklassiger Straßenzauberer, doch keinesfalls ein würdiger Dämonenbeschwörer", klärte ich ihn auf und untermalte meine kleine Parodie mit theatralisch schwenkenden Händen. *Und nun kommen wir zum angenehmen Teil – Wecken wir den bösen Dämon!*

Zornig darüber, dass ich ihn nicht ernst nahm, klammerte er sich an seinem alten Schwert fest und knirschte mit den Zähnen. „Ich habe dich immerhin in meine Welt geholt und sicher eingesperrt. Sag du mir also nicht, dass ich keine Macht über dich hätte!", konterte er mit verletztem Stolz, während ich erfreut lächelnd einen Schritt näher an die Barriere trat und ihn eindringlich ansah.

„Du hast dich nur einer Zauberformel bedient, ohne zu wissen, was du tust. Andernfalls hättest du vorausgesehen, dass deine sogenannte Macht allmählich ihren Glanz verliert", spottete ich weiter und sah zufrieden lächelnd auf die orange-braune Kerze, die kurz davorstand, ihr Lebenslicht zu verlieren.

„Verdammt", murmelte der Dummkopf leise und überlegte krampfhaft, was zu tun war. Ich hingegen übte mich in Geduld, denn ich wusste, dass seine mentale Kraft allein nicht ausreichte, um mich noch lange in diesem Gefängnis einzusperren. Es war also nur eine Frage der Zeit, bis ich meine Freiheit wiedererlangte.

„Die weiße Kerze! Sie wird die Rolle der orange-braunen übernehmen. Das ist möglich!"

„Gewiss wird sie das", lachte ich finster, verschränkte meine Finger ineinander und ließ sie unter leichtem Gegendruck hörbar knacken. Unsicher blickte mich der Tölpel an, denn ihm schwante nichts Gutes. „Buh!", grollte ich ihm mit düsterer Stimme entgegen und lachte hämisch, als er erschrocken und unüberlegt zurückwich. Unverzüglich fiel sein Kreis in sich zusammen und von Todesangst erfüllt, griff er hilfesuchend nach dem alten Schwert zu seinen Füßen.

„Nein, nein, nein!", schrie er hysterisch auf, wirbelte ziellos durch den Raum und sah immer wieder mit prüfendem Blick auf die schimmernde Barriere um mich herum.

„Da-da-dada, da-dada-dada-dada", summte ich die Melodie von Chopins Trauermarsch und ließ hörbar meinen Nacken knacken. *Nur noch einen Augenblick, mein Freund, und du kannst mir zeigen, wie viel Macht wirklich in dir steckt.*

Hektisch rannte der Schwachkopf zu seiner selbst ernannten Geliebten, augenmerklich in der Hoffnung, sich zusammen mit ihr aus dem Staub machen zu können. Unbeholfen zerrte er an den Armen der Frau, bis sie hörbar auf den Boden krachte, doch mangelte es ihm an Muskelkraft, um ihren wohlgeformten schlaffen Körper von hier fortzuschaffen. Ebenso wie seine Konzentration auf meinen Bannkreis ins Wanken geriet.

Lautlos entschwand die dünne Barriere um mich herum und wehte mir sofort den betörenden Duft von zarter Weiblichkeit entgegen. Sinnenfreudig schloss ich für einen Augenblick die Augen und genoss das zarte Kribbeln zwischen meinen Beinen, ehe ich mich auf den Weg machte, diesem Schwachsinnigen eine Lektion zu erteilen.

„Heilige Scheiße, nein! Verschwinde und geh dahin zurück, wo du hergekommen bist, Dämon! Ich befehle es dir", stammelte der Mensch in einem weiteren Anflug von Panik, indes er vor meinem sich langsam nähernden Körper zurückwich.

„Als hättest du auch nur den Hauch einer Chance mit deinen Floskeln", lachte ich finster, machte eine leichte Handbewegung in seine Richtung und wirbelte ihn spielerisch durch die Luft. Erschrocken schrie der Wicht auf, ehe er unter lautem Scheppern vor mir gegen das alte Mauergestein prallte und schließlich zu Boden sank. *Anfänger.*

Sich den sichtlich dröhnenden Kopf haltend, versuchte sich der Mann wieder aufzurichten, ging jedoch erneut zu Boden. „Verdammt, tut das weh", jammerte er und schüttelte benommen sein Haupt.

„Das nennst du Schmerzen? Dies ist nichts im Vergleich zu der Pein, die ein Dämon bei einer Beschwörung verspürt", knurrte ich wütend, packte ihn an der Kehle und zwang ihn wieder in die Senkrechte. Keuchend baumelte der Taugenichts nun an meiner ausgestreckten Hand und rang nach Luft. Zornig fletschte ich die Zähne und starrte ihn finster an. Angstschweiß rann an seinem leicht lädierten Kopf herab, als er vergebens versuchte meine Klauen von seinem Hals zu lösen.

„Lass mich los", drang es beschwerlich zwischen seinen Lippen hervor, doch ich dachte nicht daran, ihn zu verschonen. Unter fiesem Grinsen führte ich meinen Zeigefinger über seine blasse Gesichtshaut und überlegte, welchen Teil seiner erbärmlichen Menschenhülle ich zuerst verstümmeln sollte.

„Du wirst dir noch wünschen, dass du mich nie gerufen hättest", prophezeite ich ihm und presste meinen Nagel tief in seine Epidermis. Lautes, von Leid geplagtes Gejaule durchzog sofort den spärlich eingerichteten Raum und legte sich wie Balsam auf meine geschundene Seele. Von der Qual des Menschen beflügelt, schöpfte ich neue Energie aus dem Jenseits, konzentrierte mich auf die Form eines Silberdolches und führte ihn mittels mentaler Kraft neben den rot glühenden Schädel des selbst ernannten Playboys. Panisch riss dieser unter leisem Glucksen die Augen auf, indes sich das kühle Metall langsam aber sicher seinem Augapfel näherte. *Zuerst werde ich deinen gierigen Blick stehlen, mir dann dein verzweifelt liebendes Herz einverleiben und zu guter Letzt deine Seele in die Hölle zerren*, dachte ich finster, ehe mich ein leises Rascheln schlagartig innehalten ließ.

*Das Mädchen*, schoss es mir sofort durch den Kopf, woraufhin ich unverzüglich meinen Griff vom Hals des Mannes löste und er erneut lautstark zu Boden krachte. Da ich wusste, dass diese armselige Gestalt eines Menschen, nicht im Geringsten eine Bedrohung für mich war, gönnte ich ihm noch ein wenig von seiner kostbaren Lebenszeit und widmete mich der hübschen Brünetten vor seinem provisorisch errichteten Couch-Bett.

„So zart und rein, voll makelloser Schönheit", hauchte ich der noch immer schlafenden und sich dennoch allmählich regenden Unbekannten entgegen, während ich mich langsam zu ihr herunterbeugte und zärtlich meine scharfen Krallen über ihre entblößte Schulter gleiten ließ. Ihre Haut war weich wie Seide und reagierte sofort auf meine einfühlsame Berührung, weshalb ich mich zu einem genüsslichen Raunen hinreißen ließ.

„Mmh, welch wunderbarer Anblick für meine düsteren Augen", säuselte ich vor mich hin und sah genüsslich dabei zu, wie sich die einstellende Gänsehaut auf ihrem Arm immer weiter ausbreitete. „Consurgo", wisperte ich leise und verspürte sofort ein sanftes Prickeln der Vorfreude in mir. Kaum hatten die Worte des Erwachens meinen Mund verlassen und meine Finger ihren hübschen Kopf berührt, begann sich die junge Frau sofort deutlicher zu regen. Einen tiefen Atemzug später, griff sie sich bereits benommen an die Stirn und versuchte sich vorsichtig aufzusetzen.

„Wo bin ich?", stammelte sie orientierungslos und bemühte sich, mit ihren müden Augen, den Raum zu erkunden.

„Nathalie, lauf! Verschwinde von hier!"

Animalisch knurrend wirbelte ich zu dem brüllenden Jüngling herum, der sich offenbar schneller erholte, als ich angenommen hatte. Ungeschickt fuchtelte er mit seinem Säbel vor meiner Nase herum, in dem aussichtslosen Unterfangen, mir damit Schaden zufügen zu wollen. Doch was konnte so ein bisschen Blech schon bei mir anrichten? Demonstrativ langte ich nach der glänzenden Klinge, zog sie ruckartig in meine Richtung und entwaffnete meinen Widersacher schneller als ihm lieb war.

„Ich bitte dich. Damit willst du dich mir stellen? Das nenne ich ein Schwert", spuckte ich große Töne und erschuf mittels meiner Gedanken aus dem zuvor gefertigten Dolch innerhalb weniger Sekunden ein Prachtexemplar aus geschmiedetem Eisen. Zahlreiche Ornamente, die den langen Schaft des Säbels zierten, funkelten in der untergehenden Sonne wie Tausende Diamanten, während sich ein schwarz-roter Fluss aus Jenseitsenergie wie ein Rinnsal aus Blut über die breite Silberklinge schlängelte. Zutiefst erschrocken wankte der Geistlose zurück.

„Josh?", hörte ich die liebliche Melodie einer Frauenstimme hinter mir fragen und reflexartig drehte ich mich zu ihr um. Zauberhaft braune Augen und sinnliche erdbeerrote Lippen, umrahmt vom Haselnussbraun ihrer weich fallenden Haare, ließen mir für einen kurzen Moment den Atem stocken. Sie hingegen schrie hysterisch auf, als sie mich sah. So viel zum Thema erster Eindruck! *Reiß dich zusammen, Amal. Sie ist nur ein Mensch und kann dir nicht das bieten, was du brauchst!*

Ängstlich versuchte sie vor mir zurückzuweichen, krabbelte rücklings auf die Couch zurück und presste ihre schmalen Schultern gegen das kühle Gestein hinter sich. „Oh mein Gott, oh mein Gott!", war alles, was sie kreischend hervorbrachte, während ich mich ihr langsam näherte. Das Schwert noch immer fest im Griff, blieb ich vor dem Müllhaufen aus beigefarbenem Stoff, zerschlissenen Sitzkissen und leicht ramponierten Lehnen stehen. Vorsichtig tastete ich mich mit der Klinge voran, um ihr das Haar aus dem Gesicht zu streichen.

Das Schwert direkt vor Augen, wimmerte sie wehleidig. Schutz suchend zog sie daraufhin ihre Knie fest an die üppige Brust und schlang ihre Arme um den Oberkörper. „Bitte tu mir nichts. Bitte!", flehte sie mich an, indessen sie angstgelähmt immer wieder auf meinen Bademantel starrte. Wissend, dass es neben dem Schwert in meiner Hand auch meine freizügige Männlichkeit war, die sie verängstigte, lächelte ich zufrieden und wölbte mein Gemächt noch ein wenig mehr nach vorn. Ich wäre einfach kein Dämon gewesen, wenn es mich interessiert hätte, was sie dachte. In dieser Welt war es gewiss nicht üblich, einer Fremden auf diese Weise gegenüberzutreten, doch ich schämte mich nicht für das, was ich hatte. Im Gegenteil: Ich hatte allen Grund stolz darauf zu sein.

„Oh Gott, bitte lassen Sie mich in Ruhe. Josh, hilf mir doch!", wisperte sie ihrem vermeintlichen Helden entgegen, was mich verächtlich schnauben ließ.

„Meine Teuerste, von ihm würde ich gewiss keine Hilfe erwarten, denn er war es, der mich überhaupt erst hierher beschwor. Ebenso wie er es auch war, der euch betäubt hatte und in seine bemitleidenswerte Behausung verschleppte", konfrontierte ich sie mit der ungeschönten Realität, während Josh lauthals brüllend einen erneuten verzweifelten Ansturm auf mich vornahm. Ohne die Frau aus den Augen zu lassen, machte ich eine kleine kreisende Handbewegung in seine Richtung und schmetterte ihm einen Ball aus Jenseitsenergie entgegen, der ihn sofort außer Gefecht setzte.

„Heiliges Stück Scheiße, was zum Teufel bist du?", jaulte die Frau nun eine Tonlage höher auf, schlug sich jedoch anschließend unverzüglich die Hände vor den Mund und erstickte so den darauf folgenden Schrei sofort im Keim. *Schlaues Mädchen.*

Unzählige Tränen der Verzweiflung ergossen sich kurzerhand über ihr hübsches Gesicht, während sie wie paralysiert auf Joshs reglosen Körper starrte. Mein persönliches Excalibur auf sie gerichtet und den nun von Schlangen gefesselten und von rot lodernden Flammen umgebenen Lüstling am Boden wissend, durchfuhr mich ein wohliger Schauer der Zufriedenheit.

„Du wirst ihn doch wohl nicht gern haben, oder? Immerhin hast du doch bereits einen Freund namens Max", konfrontierte ich sie mit meiner gespielten Neugier, trat einen Schritt auf sie zu und entledigte mich der störenden Brillengläser vor meinen Augen. Ängstlich und beinahe wie in Trance rappelte sie sich auf und tastete sich vorsichtig an der Wand entlang, um die vermeintlich rettende Wohnungstür anzusteuern. „Solange du mir keinen Grund gibst, Herzchen, werden die kleinen Biester ihm kein Haar krümmen, das verspreche ich dir", säuselte ich mit rot glühenden Augen und schritt ebenso auf sie zu, bis ich unmittelbar vor ihr stand. Die Spitze der silbernen Klinge leicht gegen ihren Kehlkopf gedrückt und vom hektischen Atmen und dem verzückenden Beben ihrer Brüste wie hypnotisiert, ließ ich das Schwert vorsichtig über ihre zarte Haut, in ihren spärlich bedeckten Ausschnitt gleiten. Leise wimmernd, und wie Espenlaub zitternd, schloss sie die Augen, während ich mich an ihrer raumeinhüllenden Angst und den Schwingungen ihres Körpers ergötzte.

„Fürchte nicht mich, der sich nur an deinem Anblick erfreut, sondern den, der dich zu seiner persönlichen Lustsklavin machen wollte", säuselte ich bitter, erhaschte kurz einen Blick auf Joshs betäubten Körper und fuhr schließlich langsam mit dem Schwert weiter abwärts. *Nimm sie dir, Amal. Es würde einen Bruchteil von deiner gestohlenen Zeit wiedergutmachen und deine gierigen Lenden befriedigen!*

Widerstandslos löste sich der erste Schmuckknopf von Nathalies Oberteil, als das scharfe Metall zart über den halb transparenten schwarzen Stoff glitt. Ein Knopf nach dem anderen sprang unter leisem Reißen seitlich hinfort, legte somit ihre üppige Weiblichkeit immer weiter offen vor mir dar und brachte mein sonst so erbarmungsloses Herz spürbar in Wallung.

„Wenn du nicht meinen Körper willst, warum machst du dann solche Sachen mit mir?", unterbrach mich die Frau plötzlich mit zitternder Stimme und instinktiv hielt ich inne. Eindringlich sah ich ihr in die tränenunterlaufenen Augen, riskierte einen letzten Blick auf ihren blutroten Spitzen-BH und zog, ohne zu überlegen, das Schwert wieder an mich. Ihr tief in die braunen Augen blickend, trat ich näher an sie heran. Ihre Atmung ging keuchend und ihr Herz galoppierte wie ein wild gewordenes Pferd hinter ihrer Brust. Kleine Schweißperlen bahnten sich sanft einen Weg über ihre makellose Haut. Tief sog ich ihren betörenden Duft in mich ein und spürte, wie das Verlangen nach ihr immer weiter wuchs. *Tu es, Amal! Nimm sie dir und erfreue dich an ihrem Menschenfleisch*, forderte meine innere Stimme mich immer wieder auf, doch ich dachte nicht daran, zu gehorchen.

Warum ich nicht auf der Stelle meinen Trieben nachgab und sie zu den Schandtaten missbrauchte, wonach mir gerade der Sinn stand? Ich hatte keine Ahnung, doch offensichtlich war es ein Wink des Schicksals, dass jetzt weder der richtige Ort, noch die richtige Zeit dafür war.

*„Amal, wo zum Henker steckst du?"*, hörte ich mit einem Mal die Stimme meines Meisters nach mir rufen und schluckte schwer, als die unsichtbare Hand seiner Macht nach mir griff.

*„Orcus, Fürst der Finsternis, Gebieter meiner Seele, ich erhöre euer Befehl und Begehr"*, antwortete ich knapp und vermied es bewusst, ihm zu sagen, wo ich mich befand. Es konnte mir nicht zum Vorteil sein, ihm mitzuteilen, dass ich von einem Tunichtgut heraufbeschworen worden war, der es nicht fertiggebracht hatte, mich zurück in die Verdammnis zu schicken. *Wenn mir nicht schnell etwas einfällt, sitze ich vorerst in der Menschenwelt fest und ich weiß nicht, wie lange ich dann meine Begierde noch zügeln kann.*

Wenn ich so darüber nachdachte, hätte Orcus mich mit Leichtigkeit zurückholen können. Doch dies würde nicht ohne Gegenleistung geschehen. *Verdammter Tölpel von Mensch.*

*Warum hast du mich nicht einfach im Schoß der Dämonin gelassen? Es wäre alles so viel einfacher!* Natürlich hätte ich die Frau als Orcus Trophäe ausliefern können, doch dann hätte ich selbst auf sie verzichten müssen. Es war also keine wirklich gute Idee, wenn ich sie mir eines Tages selbst zu eigen machen wollte. Angestrengt starrte ich die hübsche Brünette an und grübelte nach einer Lösung.

„Hast du schon mal einen Dämon beschworen?", sprach ich meinen flüchtigen Gedanken laut aus und erntete einen irritierten Blick.

„Was? Nein!", stammelte Nathalie verwirrt und versuchte ungeschickt ihre entkleidete Brust zu bedecken.

„Es ist ganz einfach", antwortete ich ermutigend, packte sie am Arm und zerrte sie hastig hinter mir her. *„Amal, ich will, dass du dich in meinen Gemächern einfindest. Wir müssen über den Naphul reden!",* hörte ich Orcus düstere Stimme erneut durch meinen Kopf hallen und presste die Zähne fest aufeinander. Ich hasste Zeitdruck.

„Verflixt nochmal", knurrte ich unter aufkeimendem Zorn und begab mich zielstrebig in das schmale Dreieck, in dem ich zuvor heraufbeschworen worden war. Hastig erschuf ich, zu den bereits vorhandenen Kerzen, noch zwei weitere aus schwarz-roter Jenseitsenergie.

„Du wirst jetzt eine Bannung vornehmen, verstanden? Andernfalls hänge ich hier bis zum Sonnenuntergang fest und dafür habe ich wahrlich keine Zeit."

Hörbar schluckend starrte mich Nathalie an und zeigte mir durch ein kaum hörbares, „Hm, hm", dass sie verstanden hatte.

„Gut", sagte ich zügig, hielt ihre zitternde Hand fest im Griff und machte mich bereit. „Lass dir einen Spruch einfallen, der wie ein Ritual klingt. Was genau du dabei sagst, ist relativ belanglos, solange du die Worte Verbannung und Hölle verwendest. Andernfalls schickst du mich vielleicht auf die Bahamas. Danach das Ganze einfach mit Blut besiegeln und schon hast du es geschafft. In Ordnung?" Stumm nickte sie mir zu und noch immer ihre Hand in meinen glühenden Fingern haltend, sah ich ihr tief in die Augen und konzentrierte mich auf das, was gleich folgen würde – Schmerzen.

„Ähm, ich weiß nicht so recht was ich sagen soll. Vielleicht so etwas wie: ‚Dämon, ich verbanne dich zurück in die Hölle‘?", drang es mehr fragend als befehlend aus ihrer zarten Kehle, doch es reichte aus, um die lodernde Glut des Jenseits unter meinen Füßen zu entfachen. *Das nenn ich einen starken Willen!* Dunkle Materie umnebelte unverzüglich meinen Geist, der mich sogleich bereitwillig nach unten zog und spürbar an meinen Knochen nagte. Doch ich zögerte und hielt angestrengt dem steigenden Druck entgegen. Das wohltuende Kribbeln ihrer Hände war angenehm beruhigend auf meiner erhitzten Haut und ich weigerte mich fast, mich ihnen zu entziehen. Sie hingegen versuchte ängstlich ihre Finger aus meinem festen Griff zu befreien, denn der Sog in die Hölle war für sie wohl ebenso deutlich zu spüren, wie für mich.

Obgleich sie natürlich keinesfalls wissen konnte, dass sie mich begleiten würde, wenn unsere Körper weiterhin in Kontakt stünden, während ich meine Seele vom düsteren Jenseits umgarnen ließ.

„Lass mich los! Bitte! Ich will das nicht! Oh bitte, lass mich doch endlich gehen", flehte mich Nathalie herzzerreißend an und zerrte immer weiter verzweifelt an ihren dünnen Ärmchen. Ein Meer aus hoffnungslosen Tränen ergoss sich daraufhin auf ihren leicht geröteten Wangen und ließ mich schmerzlich die Zähne zusammenpressen. *Verflucht, Amal, was ist nur mit dir los? Zerr sie in den Abgrund und zwing sie deine Untergebene zu werden, wie es einem finsteren Dämon gebührt!*

Ohne weiter Zeit zu verlieren, zog ich sie unter lautem Jauchzen besitzergreifend an mich und ließ mich noch einmal von ihrem sinnlichen Duft nach Lotusblüte betören. Noch ehe sie sichs versah, umschlang mein rechter Arm ihre schmale Taille, während sich die scharfe Kralle meines linken Zeigefingers unter die weiche Haut an ihrem Handgelenk bohrte. Schmerzlich keuchte Nathalie auf, als ihre Sinne den winzig kleinen Riss und das daraus austretende Blut bemerkten, welches ich genüsslich stöhnend sofort von ihrer sanft pulsierenden Wunde leckte. Liebestoll führte ich meine bebenden Lippen daraufhin über den kaum sichtbaren Kratzer und schenkte ihm einen flüchtigen Kuss.

„Wir werden uns wiedersehen", hauchte ich ihr leise entgegen, löste widerwillig meine teils verkrampften Finger von ihrem mittlerweile erstarrten Körper und ließ mich endlich in den warmen Schoß des Jenseits gleiten.

# Kapitel 12
*Sheeva*

Gähnend streckte ich meine verschlafenen Glieder aus und ließ mich geschmeidig auf die andere Seite des großen Bettes rollen. Zärtlich liebkoste dabei die schwarze Seide des Bettbezuges meine nackten Oberschenkel und entlockte mir ein verzücktes Kichern. Ich hatte wahrhaft königlich geschlafen, obgleich des Nachts hin und wieder ein leises Wimmern meine Träume unterbrochen hatte. Doch ich war einfach zu müde gewesen, um danach zu sehen.

Entspannt rollte ich mich auf den Rücken, ließ meine Arme seitlich wie zwei Flügel auf und ab gleiten und genoss das sanfte Streicheln des Stoffes unter mir. „Himmlisch", jauchzte ich verzückt und schloss zutiefst entspannt die Augen.

Ohne es zu wollen, hatte ich sofort das Bild einer jungen, gut aussehenden Frau vor Augen, die verängstigt auf dem Boden kauerte und sich die offenbar schmerzenden Handgelenke rieb. Erschrocken riss ich die Lider wieder nach oben und setzte mich ein wenig auf. *Was zum Teufel war das denn?*

Ein leises Klopfen ließ meinen ohnehin rasenden Puls noch einmal anschnellen und mich überrascht zu der schweren Eichentür am Ende des Raumes blicken. „Sheeva?", drang das gedämpfte Grollen von Duncans männlich rauer Stimme durch das dicke Holz und ich atmete erleichtert auf. Langsam sank ich wieder in die unzähligen Kissen auf meinem Bett. „Verdammt, jag mir doch nicht so einen Schrecken ein", murmelte ich leise, musste jedoch sofort über meine eigene Schreckhaftigkeit schmunzeln.

*Irgendwie ist hier unten alles anders*, stellte ich resigniert fest, denn zu Hause hätte man mich mit einem leichten Klopfen nie so leicht aus dem Takt gebracht. *Zu Hause habe ich auch nicht solch sonderbare Tagträume!* Erneut klopfte es vorsichtig gegen die große Tür und ich atmete ein weiteres Mal tief durch. „Komm rein, ich bin wach", rief ich Duncan zu, während ich die weiche Bettdecke näher an meine Brust zog und es mir halb sitzend am Kopfende gemütlich machte.

Unter leisem Knarren öffnete sich kurz darauf die schwere Pforte zum Schlafzimmer des Kriegers, und ohne einen Laut zu machen, trat er ein. Sein durchdringender Blick war sofort prüfend auf mich gerichtet und sogleich schlich ein sanfter Schauer über meine entblößten Arme. Langsamen Schrittes kam Duncan zielsicher auf mich zu. „Ich hoffe, du hast gut geschlafen", setzte er charmant an, ehe er zu den dichten roten Vorhängen zu meiner Rechten stiefelte, um sie aufzuziehen. *Ob er jede Frau, die halb nackt in seinem Bett liegt, so begrüßt?*

„Danke, es war wirklich traumhaft, auch wenn ich auf der Couch sicher genauso gut geschlafen hätte. Ich hoffe, deine Nacht war ebenso erholsam", entgegnete ich ihm zurückhaltend und fühlte, wie das schlechte Gewissen an mir nagte. Immer wieder hatte ich ihm beteuert, dass es mir nichts ausmachen würde, den Gästeschlafplatz zu benutzen, doch Duncan hatte ganz Gentleman darauf bestanden, dass ich die Nacht in seinem Bett verbrachte. Natürlich ohne ihn.

„Es war erholsam genug, um den Tag zu ertragen", antwortete er ruhig auf meine Frage, während er nachdenklich aus dem Fenster starrte. *Fenster? Wozu braucht er ein Fenster in seinem Schlafzimmer, wenn wir uns doch Tausende Kilometer unter der Erde befinden?* Neugierig setzte ich mich weiter auf und reckte meinen Hals nach oben, doch ohne Erfolg. *Wie Sie sehen, sehen Sie nichts.*

„Du solltest allmählich aufstehen. Wir haben einen anstrengenden Tag vor uns. Wenn du so weit bist, komm einfach in die Küche. Das Frühstück wird dann fertig sein", wandte er sich nun wieder mir zu, zuckte kaum sichtbar mit seinen Mundwinkeln und verließ den Raum, so leise, wie er hereingekommen war. *Warum entdecke ich immer nur ein großes Rätsel, wenn ich dich ansehe, Duncan McClary?*

Nachdem die Tür wieder ins Schloss gefallen war, schlug ich den luftigen Traum einer Decke zur Seite und schwang mich widerwillig aus dem gemütlichen Bett. Weich fiel sofort der dünne Stoff meines spitzenbesetzten Seidennachthemdes an mir herab und ich lächelte zufrieden, als der bezaubernde Hauch von Nichts im Spiegelbild meiner selbst auftauchte. Ehrfürchtig glitten meine Finger über das schwarze Negligé, das meine Kurven in besonderem Maß zur Geltung brachte und nun bedauerlicherweise wieder meiner Alltagskleidung weichen musste. *Verdammt!* Doch ich wollte nicht schon am frühen Morgen Trübsal blasen, also machte ich mich auf, um mich zu erfrischen.

Mit nackten Füßen über das schwarze Parkett aus feinstem Ebenholz flitzend, erreichte ich schnell das geräumige Bad des Kriegers. Feinster Marmor, wohin das Auge sah, verziert mit ornamentbehangenen Armaturen aus Silber. Alles wirkte so harmonisch, wenngleich auch düster wie ein dunkles Königreich. Doch ich kam nicht umhin, mir einzugestehen, dass es mir dauerhaft gefallen könnte. *Vergiss es, Sheeva. Er ist ein Dämon, ein Krieger der Unterwelt und keinesfalls der Schwiegersohn, den sich deine Mutter für dich wünscht!*

Neugierig betrat ich den spärlich beleuchteten Raum und sah mich um. An den Wänden hingen blutrote Kerzen, mit silbernen Ornamentverzierungen, die das Bad in sanftem Licht erhellten und eine beruhigende Wärme ausstrahlten. Zu meiner Linken befand sich eine aus schwarzem Marmor gefertigte Kommode, auf der eine Vielzahl weißer Handtücher lag, gefolgt von einem stilvollen Örtchen, zum Entledigen. Zu meiner Rechten füllte ein großzügig geschnittener Waschtisch den Raum, der mit hübschen Verschnörkelungen verziert war und oberhalb in einen gigantischen Spiegel auslief. *Wow, der lässt mit Sicherheit jedes Frauenherz höher schlagen.*

Ja, auch mir zog er vor Erstaunen die Kinnlade herunter. Doch das bei weitem Atemberaubendste in diesem Bad war die elfenbeinfarbene Wanne in der Mitte des Raumes. Gehalten von einem geschwungenen Silbergestell aus verschnörkelten Herzen, bestückt mit altertümlichen Silberarmaturen, die auf Hochglanz poliert waren, wirkte sie auf mich wie ein antikes Stück aus der Barockzeit. *Nochmal, wow!*

Zufrieden lächelnd ließ ich den feinen Zwirn des Nachtkleides an mir herabgleiten und stieg kurzerhand in die bereits gefüllte

Wanne. Warum sich längst Wasser darin befand, erwägte ich gar nicht erst zu fragen, denn nach dem gestrigen Tag hatte ich viel zu schnell erkennen müssen, dass so einiges in Duncans Zuhause durch Magie hervorgerufen wurde. Genüsslich sank ich in den warmen Schoß des Schaumbades und schloss die Augen. *Kann ein Tag noch schöner beginnen?*

Plötzlich durchdrang hysterisches Geschrei meine Ohren, gefolgt vom Bild der ängstlich davonlaufenden brünetten Frau aus meinem Traum. Panisch drehte sie sich immer wieder herum, um ihren Verfolger im Auge zu behalten. Um wen es sich dabei handelte, konnte ich nicht erkennen, denn erneut war ich verwirrt hochgeschreckt. „Verflucht nochmal, was soll das?", fragte ich meinen Verstand, der gewiss eine Antwort darauf wusste, doch in mir blieb es stumm. Irritiert rutschte ich wieder tiefer in die Wanne und tauchte meinen Kopf kurzerhand unter Wasser.

*Ich muss herausfinden, was diese skurrilen Tagträume zu bedeuten haben und wer diese Frau ist. Vielleicht kann Duncan mir ja etwas dazu sagen.*

Nachdem ich meine Haare gewaschen und mich, laut der Uhr auf der Kommode, weitere zwanzig Minuten in der Wanne entspannt hatte, ohne noch einmal von bösen Träumen verfolgt zu werden, stieg ich aus und trocknete mich ab. Wohlig weich schmiegte sich das rote Badetuch um meinen nackten Körper, während ich der üblichen morgendlichen Zahnpflege nachging und anschließend das hübsche Marmorbad hinter mir ließ. Wieder im Schlafzimmer angekommen, fiel mir sofort der mit rotem Samt bezogene Holzstuhl auf, auf dem akkurat gefaltet ein paar Sachen lagen, die offensichtlich für mich gedacht waren. *War der vorhin auch schon da?*

Neugierig untersuchte ich den großen Wäschehaufen und lächelte zufrieden, als ich eine intakte schwarze Lederhose und ein bordeauxrotes, spitzenbesetztes und mit Schnürungen verziertes Oberteil in meinen Händen hielt. „Duncan, du kleines Schlitzohr. Wenn das nicht sexy ist. Aber verdammt, ich steh drauf!", murmelte ich verzückt lächelnd, derweil ich bereits die ebenso erotische schwarze Spitzenwäsche anzog. „Du hast wirklich an alles gedacht, hm?"

Nachdem auch der letzte Knopf der Hose geschlossen und die Schnürung meines Tops zurechtgerückt war, wagte ich einen Schritt in Richtung Schlafzimmerfenster. „Da brat mir doch einer nen Storch", stammelte ich leise, presste ungläubig Hände und Nase gegen das Fensterglas und versuchte alles zu erfassen, was sich vor mir offenbarte. Wie auf einem Gipfel, von dem man hinunter ins Tal blicken konnte, sah ich in der Nähe des Bergfußes zu meiner Linken ein kleines Dorf. Es war umzäunt von riesigen klippenartigen Felsen aus schwarzem Lavagestein, das durch die sanften Strahlen der rot glühenden Sonne in ein zauberhaftes Licht gerückt wurde und es wie eine kleine Stadt in den Rockys aussehen ließ. *Rote Sonne? Wie um alles in der Welt kann man hier die Sonne sehen?*

Unzählige Kreaturen in Miniaturformat liefen hektisch vor winzigen Gesteinshütten umher, die wie kleine nostalgische Bürogebäude aussahen, während andere, offenbar höherrangigere Dämonen, auf für mich undefinierbaren Tieren ritten und allem Anschein nach Befehle erteilten. Wie groß die Bewohner dieser kleinen Stadt in Wirklichkeit waren, konnte ich nicht genau einschätzen, denn ich befand mich eindeutig zu weit von ihnen entfernt, doch ich vermutete, dass sie wohl in etwa Menschengröße besaßen.

Verwundert darüber, dass die Unterwelt augenscheinlich ebenso geordnete Verhältnisse hatte wie wir Menschen, ließ ich meinen Blick weiter umherschweifen. Rings um dieses kleine Dorf führten diverse Wege zu kleinen Höhlen und diese nach oben hin wiederum zu weiteren höhlenartigen Behausungen. *Sieht aus wie ein Höhlenmenschen-Viertel*, dachte ich schmunzelnd und richtete meinen Blick noch ein wenig mehr nach oben. Plötzlich entdeckte ich ein paar deutlich größere Wesen mit Flügeln, die langsam ihre Runden am Himmel drehten.

„Heilige Scheiße, sind das etwa Drachen?", fragte ich skeptisch in den Raum und presste meine Nase noch ein wenig fester gegen die warme Scheibe des Fensters, um mir dieses wundersame Bild einzuprägen.

„Bist du dann fertig?", erklang es mit einem Mal leise raunend hinter mir und ich erschrak fürchterlich. Die Hand schützend gegen meine Brust gepresst, taumelte ich zurück und blickte entsetzt in Duncans amüsierte Augen. „Wie ich sehe, hast du Arkonia entdeckt."

„Ar–was?", stammelte ich nach Luft ringend und setzte mich kurzerhand wieder auf das weiche Bett.

„Arkonia, Sheeva. Es ist, wenn man es so ausdrücken will, die Geburtsstätte der Krieger und das Reich des Hohen Rates. Siehst du das etwas größere Gewölbe, das unmittelbar an den Fluss Acheron grenzt? Dort bilden sie die Krieger aus, befehligen sie und erschaffen Regeln oder Strafen", sagte Duncan ein wenig verbitterter und ließ die Knochen seiner geballten Faust leise knacken. Unser gestriges Gespräch über die verbotene Liebe zu Befana im Gedächtnis, sah ich mitfühlend seine mir zugewandte Rückseite an und startete kurzerhand den Versuch, ihn ein wenig abzulenken.

„Diese Kreaturen dort", begann ich und deutete auf die geflügelten Dämonen. „Was sind das für Wesen? Etwa Drachen?" Nachdem Duncan einen kurzen Blick auf mich erhascht hatte, folgte er meinem ausgestreckten Arm und entspannte sich sogleich sichtbar.

„Sie sind den menschlichen Vorstellungen eines Drachen sehr ähnlich, ja. Es sind Drakonier und sogenannte Flügeldämonen. Ihre Aufgabe ist es, Arkonia aus der Luft zu bewachen, da es in letzter Zeit immer wieder Geistlose gab, die den Hohen Rat stürzen wollten."

Nachdenklich ließ ich meinen Blick über sein Gesicht schweifen. „Würdest du es befürworten?", platzte es gleich darauf ungehalten aus mir heraus, woraufhin ich sofort einen bösen Blick erntete.

„Außerdem eignen sich Drakonier hervorragend als Transportmittel oder gar als Kriegswaffe. Man sollte sie also nicht unterschätzen!", war alles, was ich als Antwort bekam, ehe Duncan sich aufmachte, um wieder in die Küche zu gehen.

„Der Kaffee ist noch warm. Du solltest dich beeilen, wenn du ihn so magst!"

Das ließ ich mir nicht zweimal sagen. *Ich habe alle Zeit der Welt, Duncan McClary und werde schon noch herausfinden, was du vor mir zu verbergen versuchst.* Ohne unsere Diskussion fortzuführen, und natürlich mit der Aussicht eine wohltuende Tasse schwarzen Goldes zu bekommen, folgte ich ihm mit schnellen Schritten.

„Setz dich, wir sollten uns unterhalten", wurde ich unmittelbar nach Betreten der Küche etwas ernster von Duncan in Empfang genommen und fühlte sofort nach dem kräftig pulsierenden Herz in meiner Brust. Den Blick starr auf die Tasse in seiner Hand gerichtet, schob er auch mir einen dampfenden Pott hin, während ich achtsam auf dem Stuhl ihm gegenüber Platz nahm. Was ihn in diesem winzigen Augenblick, zwischen Schlafzimmer und Küche, dermaßen verstimmt hatte, wusste ich nicht, doch ich würde es sicher bald in Erfahrung bringen. Angespannt sah ich ihn an.

„Hunger?", presste Duncan knapp hervor, ehe sich vor mir ein durch Magie erschaffenes Gedeck aus Brötchen, Butter, Marmelade und Käse aufbaute und mir das Wasser im Mund zusammenlaufen ließ.

„Danke", entgegnete ich mit nachdrücklicher Freundlichkeit, musterte die große Leere seiner Tischhälfte und hielt kurz inne. „Isst du nichts?", erklang es neugierig aus meinem Mund, in dem sich gleich darauf ein großer Schluck Kaffee verteilte. *Mmh. Ein wenig stark zwar, aber dennoch gut.*

„Du solltest ein paar Dinge wissen, bevor wir nachher unsere Reise zum Hohen Rat antreten." *Und du, Mister Unterweltkrieger-Macho, musst nicht auf meine Frage reagieren. Warum auch,* dachte ich mürrisch, schnitt frustriert das vor mir liegende, kross gebackene Brötchen in zwei Hälften und verzierte es sogleich mit einem Löffel Marmelade. Hungrig nahm ich einen großen Bissen und genoss das angenehm weiche Gefühl auf meiner Zunge, als sich die klebrige Masse aus zerkleinerten Erdbeeren in meinem Mund verteilte.

„Mmh, ist die gut. Woher weißt du nur, wie so etwas schmecken muss, wenn du offenbar selbst kein Frühstück zu dir nimmst?", plapperte ich mit vollem Mund drauflos und schob mir erneut die luftig gebackene Teigware zwischen die Zähne. Lautes Knuspern durchdrang die erdrückende Stille des Raumes, während ich genüsslich einen Happen nach dem anderen zu mir nahm und am Ende alles mit einem weiteren Schluck Kaffee hinunterspülte.

Prüfenden Blickes verfolgte Duncan jede meiner Bewegungen und lächelte unmerklich. „Schön, dass es dir schmeckt", drang es leise raunend zwischen seinen Lippen hervor, ehe er sie ebenso zu der schwarzen Tasse in seiner Hand führte und trank.

„Du hast mir meine Frage nicht beantwortet", war nun ich es, die nicht auf sein Gerede einging, demonstrativ wartend meine Ellenbogen auf den Tisch stützte und die Hände verschränkte.

„Und du siehst in Leder und Spitze wahrlich gut aus. Ich hoffe, meine kleine Zusammenstellung gefällt dir", konterte Duncan schelmisch grinsend und brachte meine steife, provokante Haltung ein wenig ins Wanken.

„Ähm, ja. Danke", war alles, was ich verwundert hervorbrachte, ehe ich mich nachdenklich am heißen Pott meines Getränkes festklammerte.

„Sieh es mir bitte nach, Sheeva, wenn ich zuweilen etwas forsch mit dir umgehe. Ich bin es einfach nicht gewohnt, vierundzwanzig Stunden mit einem Menschen zu verbringen und mich seinen Gepflogenheiten dauerhaft anzupassen", entschuldigte sich Duncan überraschend bei mir und ich nickte verstehend. Natürlich war es für ihn eine Umstellung, mich den ganzen Tag um sich zu haben und nicht seinem gewohnten Tagesablauf nachgehen zu können. Doch ich hatte es mir wahrlich nicht ausgesucht, Trägerin eines Mals und offenbar auch ein Teil dieser wundersamen Hölle zu sein.

„Ich weiß, dass auch du lieber woanders wärst, als hier im Schlund des Jenseits, doch es ist der einzige Weg, dir deine Bestimmung näherzubringen", las Duncan in meiner Mimik und Gestik wieder einmal wie aus einem Buch und sah mich eindringlich an.

Nun auch die zweite Hälfte des Brötchens verspeisend, lehnte ich mich ein wenig entspannter zurück. „Was war es, das du mir über den Hohen Rat sagen wolltest?", griff ich unser Gespräch wieder auf und wartete gespannt auf seine Antwort.

„Der Hohe Rat, genau", murmelte Duncan vor sich hin, als wäre er mit seinen Gedanken bereits woanders gewesen. „Das Wichtigste, was ich dir ans Herz legen kann, ist, nicht zu sprechen, solange du nicht dazu aufgefordert wirst. Sie dulden keinen Ungehorsam. Auch nicht von einer Auserwählten", predigte er, während sich sein Blick tief in meine Augen bohrte. „Verstanden. Was noch?", wollte ich wissen und rutschte nervös auf meinem Stuhl hin und her.

„Versuche, dir so viele Informationen wie möglich von dem einzuprägen, was sie dir erzählen. Es könnte von großer Bedeutung für uns alle sein", setzte Duncan seine Unterredung fort und befand sich offensichtlich schon wieder abseits unseres Gesprächsweges. Sein Gesicht in tiefe Grübelfalten gelegt, ballte er immer wieder die Fäuste und ließ seine Augen gedankenverloren von einer Seite des Raumes zur anderen wandern. *Was ist nur heute mit ihm los?*

„Ist alles in Ordnung bei dir?", erkundigte ich mich bei ihm, doch er reagierte nicht. „Duncan?", versuchte ich es erneut und etwas deutlicher, woraufhin er mich überrascht ansah.

„Hast du etwas gesagt?"

Prüfend musterte ich ihn von oben bis unten, doch konnte ich nichts an ihm feststellen, was seine wundersame Art erklären konnte. „Ich wollte wissen, ob bei dir alles in Ordnung ist. Du wirkst abwesend und nicht richtig bei der Sache. Ist es wegen Befana?", riet ich, doch Duncan schüttelte den Kopf. „Okay, was ist dann mit dir los?", ließ ich nicht locker.

„Es ist nur ... mein Schützling ist gestern nicht wie gewohnt in den Schutz der Unterwelt zurückgekehrt, was mich vermuten lässt, dass sie noch immer in deiner Welt umherwandelt. Und wenn dem so ist, hoffe ich, dass sie einen sicheren Unterschlupf gefunden hat. Andernfalls wird sie, so wie ich sie kenne, nicht mehr existieren."

Erschüttert über Duncans Worte, schnürte sich mir plötzlich die Kehle zu und ließ mich lautstark husten. *Sagte er gerade, dass sie nicht mehr existieren würde?* Ich hatte keine Ahnung, von wem er sprach und was genau geschah, wenn eine Kreatur der Unterwelt nicht bei Sonnenaufgang wieder zurück ins Jenseits kehrte, doch es hörte sich meiner Meinung nach nicht sonderlich gut an.

„Verdammt, ich hätte ihr diesen Auftrag nicht geben dürfen. Sie ist einfach noch nicht bereit dafür", machte Duncan seinem quälenden Gewissen Luft und schlug verzweifelt mit der Faust auf den Tisch. Mitfühlend tastete ich nach seinem Arm.

„Hey, es wird schon alles gut sein. Warte ab, heute Nacht wird sie unversehrt heimkehren", versuchte ich ihn aufzumuntern, doch offensichtlich hatte ich versagt.

„Du verstehst das nicht, Sheeva", murmelte Duncan, ehe er seinen Kopf resigniert in den Nacken fallen ließ und tief durchatmete.

„Dann erklär es mir", schlug ich vor und hoffte überraschenderweise, dass er sich mir endlich offenbaren würde.

Unter genervtem Schnaufen richtete Duncan sich wieder auf. „Also schön. Wenn ein Dämonenkrieger einen Schützling hat, so ist er für diesen verantwortlich, solange er oder sie in die Kriegerschaft eingewiesen wird. Kommt es dann vor, dass eben dieser Schützling auf Abwege gerät, so ist der Krieger ebenfalls dafür verantwortlich, ob er etwas dafür kann oder nicht. Und sollte ein Schützling unter der Obhut eines Kriegers sein Leben lassen, so wird es der Krieger sein, der dafür bestraft wird."

Knallhart schmetterten seine Worte mir ins Gesicht und schlagartig schnürte sich mir der Magen zu. *Was ist dieser Dämonenkrieger-Quatsch nur für ein scheiß Job?* Wenn man mich fragte, mussten die Geschöpfe der Unterwelt vollkommen hirnrissig sein, denn kein normaler Mensch hätte je solch unsinnige Regeln erfunden.

„Doch das ist es nicht, was mich so quält", setzte Duncan etwas gefasster nach. „Es ist mir egal, wenn ich für diese Unachtsamkeit bestraft werde und es ist mir auch egal, wenn ich den Rest meines Seins als Geächteter herumlaufen muss. Doch ich könnte niemals damit leben, wenn ihr etwas zugestoßen ist. Sie ist noch ein Kind und mir einer Schwester gleich. Sie wollte von mir lernen, damit sie eines Tages ebenso stolz durch Astaroth schreiten kann wie ich. Und sie wollte Gutes tun. Niemand ihrer Artgenossen hat sie deshalb ernstgenommen. Sie wurde eher verspottet als geachtet und war wie eine Gefangene in ihrer eigenen Welt. Und ich habe sie dort herausholen und ihr eine bessere Möglichkeit offenbaren wollen, damit sie eines Tages ihre wahre Bestimmung findet. War das denn so falsch?"

Nein, es war keinesfalls falsch und das bisher Edelmutigste, was ich von Duncan gehört hatte. Wenn man dachte, dass Dämonen oder andere Kreaturen der Unterwelt, nur Böses im Schilde führten und keinesfalls so etwas wie ein Gewissen hatten, so war Duncan das beste Beispiel dafür, dass es auch anders ging. *Es ergeht den Geschöpfen der Nacht wohl ebenso wie den Menschen. Manche sind unberechenbar klug und andere wiederum unberechenbar dumm.* Manche von ihnen waren gut, während andere nur glücklich wurden, wenn ihnen der Teufel im Nacken hockte.

„McClary", brummte plötzlich eine düstere Stimme vor dem Haus und sofort stellten sich meine Nackenhaare alarmierend auf.

„Wer ...?" Ohne Vorwarnung erhob sich Duncan in rasantem Tempo von seinem Stuhl, presste mir seinen warmen Finger auf die Lippen, um mich zum Schweigen zu bringen, und lauschte gespannt dem Treiben vor der Tür. „McClary, ich komme im Auftrag des Fürsten Orcus, um dir eine Botschaft zu überbringen", brummte das finstere Geschöpf erneut und jagte mir einen Schauer nach dem anderen durch den Körper. Noch nie hatte ich eine so düstere Stimme gehört und auch Duncan schien sie nicht sonderlich zu gefallen. Angespannt überlegte er, was zu tun war.

*„Du wirst jetzt aufstehen, mir im Gleichschritt folgen und dich, entgegen meiner Route, ins Wohnzimmer begeben. Dort wirst du dich so lange nicht vom Fleck rühren, bis ich dich wieder dazu auffordere. Ebenso wirst du keinen Laut von dir geben, bis ich dir wieder erlaube, zu reden und deiner eigenen Sicherheit zuliebe wirst du dieses Haus unter keinen Umständen ohne mich verlassen. Hast du verstanden?"*, appellierte Duncan eindringlich an meine Vernunft, während ich von der wachsenden Angst in mir und der Tatsache, dass er in Gedanken mit mir sprechen konnte, beinahe wie gelähmt war. Ich nickte stumm. Kaum hatte er meine lautlose Antwort erhalten, nahm Duncan mich auch schon bei der Hand und schritt im Takt meiner Füße neben mir her. Nahe der Tür ließ er mich schließlich los, sah mich ein letztes Mal entschuldigend an und stiefelte weiter den Flur entlang.

Ich erreichte unterdessen die samtige Couch des Wohnzimmers. Vorsichtig nahm ich in geduckter Haltung darauf Platz, zog die Beine eng an den Oberkörper und wartete gespannt auf das, was folgen sollte.

„Was will dein Herr von mir, Callius?", hörte ich Duncan plötzlich in ungewohntem Akzent sprechen, und spürte, wie die Anspannung im Raum deutlich zunahm.

„Reden!", war alles, was von außen durch die dicke Tür drang, doch es steckte so viel Macht in diesem einen Wort, dass sogar die Tassen auf dem Tisch bedrohlich vibrierten. Erschrocken drückte ich meine zitternden Hände vor den Mund, um nicht panisch aufzuschreien und auch Duncan schien alles andere als entspannt zu sein. Eisige Kälte durchflutete unverzüglich den Raum und ließ mich unmerklich zittern.

„Orcus hat noch nie jemanden geschickt, wenn er einfach nur reden wollte", setzte Duncan skeptisch nach, indes er mit der einen Hand vorsichtig nach dem Türknauf griff und mit der anderen einen leuchtend roten Ball aus Magie formte. In Windeseile und ohne sich umzudrehen, warf er diesen hinter sich, sodass das erloschene Feuer des Kamins sogleich wieder strahlend loderte und bald darauf abermals wohlige Wärme spendete. Dankbar für diese nette Geste, versuchte ich mich weiterhin ruhig zu verhalten, wie Duncan es mir angeraten hatte. Doch das war leichter gesagt als getan.

Mit jeder seiner Bewegungen schlug mir das Herz bis zum Hals. Das aufsteigende Adrenalin in meinen Adern raubte mir immer mehr die Luft zum Atmen. Wie ein nasser Sandsack legte sich die lähmende Ungewissheit auf meinen Brustkorb und machte mir von Minute zu Minute mehr zu schaffen. Ich wusste nicht wer oder was dort vor der Tür stand, doch ich wusste, es war riesig und angsteinflößend. *Und gewiss auch tödlich!* Zumindest ließ es der große Schatten hinter dem verhangenen Fenster erahnen.

„Wirst du mir jetzt die Tür öffnen und mir ein offenes Ohr schenken, oder muss ich dich dazu zwingen", knurrte die Kreatur zornig, während ich, dank des leicht transparenten Vorhangs, den sich aufrichtenden Schatten des gehörnten und mit Stacheln bepackten Monsters sah. Es hatte eine gewisse Ähnlichkeit mit einem Minotaurus, obgleich man ihn, dank der kräftigen Stacheln auf dem Rücken, auch in die Kategorie der Urzeittiere hätte stecken können. Als Duncan schließlich sichtlich angespannt und mit nun dunkler Magie bewaffnet war, öffnete er vorsichtig die Tür und brachte so meine Atmung vollends ins Stocken. Kräftig wummerte mein Herz hinter dem viel zu engen Brustkorb, während sich mein Magen immer weiter zusammenschnürte und kaum noch Platz zum Leben ließ. Immer wieder zuckten weiße Blitze in mein Sichtfeld und ich befürchtete, dass ich einer Ohnmacht ziemlich nahe stand, wenn ich mich nicht endlich beruhigen würde.

Dröhnendes Knurren drang in mein Ohr und kaum war der Spalt der Tür weit genug geöffnet, packte auch schon eine dicke behaarte Pranke nach Duncans Kragen und zerrte ihn vor die Tür. Wieder wollte ich laut losschreien, doch jeglicher Laut blieb mir in der viel zu trockenen Kehle stecken, als beinahe zeitgleich ein lautes Scheppern und ein weiteres hasserfülltes Grollen ins Innere des Hauses drangen. Schwer atmend griff ich mir an die Brust. Die beiden Höllenkreaturen gaben sich offenbar einem spektakulären Kampf hin, weshalb sie meinem dahingleitenden Körper keine weitere Beachtung schenkten.

*„Beruhige dich, Sheeva!"*, hallte plötzlich Duncans Stimme leicht verzerrt in meinem Kopf, doch es half nichts. Immer weiter zog mich das unsichtbare Band um meinen Brustkorb nach unten und ließ mich nach dem dringend benötigten Sauerstoff ringen, während das zornige Getöse wilder Tiere weiter meinen Verstand benebelte.

*„Relaxatio!"*, hörte ich Duncan nunmehr in meinem Geiste sagen, doch dieses Mal vernahm ich seine Stimme nur noch als ein leises Summen. Kaum hatte das Wort sich in meinem Inneren entfaltet, durchströmte mich auch schon ein Fluss aus wärmender Energie, der mich erleichtert aufkeuchen ließ und den dringend benötigten Sauerstoff unverzüglich zu meinen Lungen transportierte. *Verdammte Scheiße, ich will das auch können!*

Dann wurde es dunkel um mich herum.

# Kapitel 13
## *Befana*

„Duncan? Sheeva? Seid ihr da?" Vorsichtig betrat ich das steinerne Haus meines Verbündeten und ahnte nichts Gutes. Dass die massive Haustür sperrangelweit offen stand und einzig ein leichter Überlagerungszauber in der Luft lag, den man gewöhnlich nur benutzte, um etwas zu verstecken, deutete ganz darauf hin, dass irgendetwas geschehen war. Duncan hatte noch nie achtlos sein Heim verlassen und sämtliche Kreaturen der Hölle quasi dazu eingeladen, seine Bleibe zu verwüsten. Wenngleich es ihnen wahrscheinlich nicht gelungen wäre, da für gewöhnlich ein Schleier aus Sicherheitsmagie über dem Haus lag, der Fremden den Zutritt verweigerte. Dass es mir gestattet war, seine Bleibe ohne zu fragen zu betreten, hatte ich immer als eine große Ehre empfunden. „Duncan?", versuchte ich es wieder, erwartete aber instinktiv keinerlei Antwort. *Verdammt, wo steckst du?*
Ein sanftes Rascheln zu meiner Rechten ließ mich sofort aufhorchen. Reflexartig und mit eisig blauer Magie bewaffnet, drehte ich mich danach um. „Verflucht, Sheeva!", drang es entsetzt aus meiner Kehle und sofort erlosch der glitzernde Ball in meiner Hand. „Was tust du denn hier? Wo ist Duncan?", verlangte ich unverzüglich zu wissen, doch Sheeva war offensichtlich außerstande mir zu antworten. Nur langsam bewegte sich ihr Körper in die Senkrechte und ihren Augen nach zu urteilen, hatte sie gut und gerne ein paar Stunden geschlafen. *Duncan verschwindet, während sein Schützling auf der Couch ruht? Das stinkt gewaltig!*
„Sheeva, wo ist Duncan", setzte ich energischer nach und half ihr kurzerhand, sich aufzurichten. „Be-Befana?", stammelte sie ungläubig, während sie mich in Zeitlupe musterte und sich gleich darauf an die anscheinend schmerzende Stirn griff.
*Duncan, du verfluchter Hund!* Prüfend nahm ich Sheevas Gesicht zwischen meine Hände und sah ihr eindringlich in die Augen. Ihre blauen Pupillen umgab ein kaum sichtbarer, flackernder gelber Ring, der mir jedoch deutlich aufzeigte, dass

sie unter einen Entspannungszauber gesetzt wurde. „Wer war das, Sheeva? Hat Duncan dich etwa eingeschläfert?", fragte ich hektisch und zwang sie, mich anzusehen. *Verfluchter Relaxatio-Zauber. Warum verhalten sich seine Opfer nur immer wie Junkies?*

Sanft ließ ich einen Hauch meiner eisigen Magie von meinen Fingerspitzen in ihre Schläfen fließen und bewirkte damit, dass Sheeva sich schlagartig munterer fühlte. „Befana, Gott sei Dank, du bist es und nicht dieses Untier!" *Untier?*

Ihren himmlischen Gruß ignorierend, zog ich Sheevas Gesicht näher an das meine und funkelte sie nun mit finsterem Blick an. Ich hatte verdammt nochmal keine Zeit für solche Mätzchen. „Von welchem Untier sprichst du?", wollte ich unter bedrohlichem Zischen wissen, doch die aufsteigende Panik in ihren Augen ließ mich sofort innehalten. Als mir bewusst wurde, wie es sich für sie anfühlen musste, in den unnachgiebigen Fängen eines Dämons zu sein, zog ich mich langsam ein Stück zurück. Es war gewiss nicht einfach für einen Menschen, die Gepflogenheiten der Hölle zu verinnerlichen und sich diesen anzupassen, doch auch wir sahen die Sterblichen eher selten in unserem Reich. „Hör zu, Sheeva, du musst mir jetzt sagen, wer diese Kreatur war. Ich muss wissen, was geschehen ist, sonst kann ich weder dir noch Duncan helfen!"

Tief durchatmend lehnte Sheeva sich im Schneidersitz in den weichen Samt zurück, schloss für einen Augenblick die Lider und begann zu erzählen. „Es ging alles so schnell. Duncan hatte gerade Frühstück vorbereitet, als es plötzlich an der Tür klopfte und irgendein Wesen nach ihm verlangte. Ich konnte es nur schemenhaft erkennen und ich erinnere mich auch nicht mehr an seinen Namen, doch ich weiß genau, was für eine schreckliche Angst es mir eingejagt hat. Es sah aus wie ein mit Stacheln besetzter Stier, dessen behaarte Klauen wirklich riesig waren und der eine Stimme besaß, die jedem das Blut in den Adern gefrieren lässt. Dieses eisige Grollen werde ich mein Lebtag nicht mehr vergessen."

Von Angst gepackt begann Sheeva plötzlich ein wenig zu zittern, während sie verzweifelt ihre Arme um die angewinkelten Beine legte und den Kopf zwischen ihren Knien vergrub. Ich konnte ihr nachfühlen, denn obgleich ihre Informationen spärlich waren, so gab es doch nur einen, der solch Auswirkungen auf einen hatte, ohne dass man ihm wirklich Auge in Auge gegenüberstand. *Callius!*

„In Ordnung, Sheeva. Wir müssen hier verschwinden, und zwar sofort!", befahl ich und ergriff kurzerhand ihren Oberarm, um sie zum Aufstehen zu zwingen. Doch ohne sich auch nur ein Stück in meine Richtung zu bewegen, entzog sie sich mir und starrte mich entgeistert an. „Nein, ich kann hier nicht fortgehen, ich muss auf Duncan warten. Ich hatte ihm versprochen, dass ich das Haus nicht ohne ihn verlasse und für gewöhnlich halte ich meine Versprechen", sprach Sheeva trotzig und lockte unverzüglich ein leises Knurren aus mir heraus. „Ich habe keine Zeit für so ein kindisches Gehabe. Es ist mir egal, ob du Duncan dein Ehrenwort gegeben hast. Fakt ist, dass er nicht hier ist, um dich zu beschützen und du auf dich allein gestellt bist, wenn ich verschwinde. Es ist mir schleierhaft, weshalb Duncans Zauber Callius von dir ferngehalten hat und vielleicht war es einfach nur nicht der richtige Zeitpunkt für ihn, dich als seine Beute mitzunehmen, doch ich verwette meinen Hintern darauf, dass es nicht das letzte Mal war, dass du ihn hier gesehen hast. Er wird wiederkommen und dann sollten wir verschwunden sein. Es sei denn, dir liegt etwas daran, seine oder die Sklavin seines geliebten Herrn zu werden!", schlug ich ihr die gnadenlose Realität mitten ins Gesicht und sah, wie sich mit jedem meiner Worte die blanke Angst in ihren Augen spiegelte. Sofort packte ich die Gelegenheit beim Schopfe, nahm erneut ihre Hand und zerrte sie auf die Beine. „In Ordnung, ich komme mit, aber nur wenn du mir sagst, wo du mich hinbringst", stammelte Sheeva, während sie ungeschickt hinter mir her stolperte und kurz darauf mit mir das Haus verließ. *Diese Frage habe ich mir auch gerade gestellt, Mädchen. Vielleicht bringe ich dich zu Raym. Er hat mehr Erfahrung mit jungen Menschen und eventuell auch*

*Informationen über Duncans Aufenthaltsort. Er wird wissen, was genau jetzt zu tun ist.* Doch wenn ich wirklich diesen Weg einschlug, riskierte ich einem höherrangigen Dämon über den Weg zu laufen und das durfte unter keinen Umständen passieren. Zumindest nicht, bevor wir beim Hohen Rat waren.

Vor dem Haus angekommen, blieb mir unverzüglich die Luft weg und ich stoppte abrupt, sodass Sheeva unsanft mit meinem Rücken kollidierte. „Hey, kannst du denn nicht aufpassen?" Nein, das konnte ich nicht, da ich am Ende des lang gezogenen Weges vor mir, der direkt auf Duncans Haus zuführte, eine unförmige Gestalt ausgemacht hatte, die sich zielstrebig auf uns zubewegte. „Scheiße, verdammte!", fluchte ich leise und schlich, mit dem Rücken voran und Sheeva hinter mir wissend, langsam am Haus entlang. „Sprich jetzt nicht und setz einfach deinen Hintern in Bewegung!", wies ich sie an und drängte nachdrücklich in ihre Richtung. *Wenn wir es schaffen unentdeckt zu bleiben, können wir den schmalen Weg hinterm Haus nutzen, um in meinem Reich Zuflucht zu suchen. Danach werden wir weitersehen,* dachte ich, schob Sheeva weiter voran und ließ die Kreatur vor uns nicht aus den Augen. Sie war zu weit weg, als dass ich hätte erkennen können, um wen es sich handelte, doch als wir uns zusehends der seitlichen Begrenzung des Hauses näherten und es nur noch ein Katzensprung bis zur erlösenden Hauswand und dem dahinter liegenden Felsweg war, verließ uns plötzlich das Glück.

„Lauf!", presste ich resigniert hervor, denn ich erkannte schnell, dass die Kreatur ihr Tempo drastisch erhöhte. Offenbar war unser Plan nicht lange unentdeckt geblieben. „Was soll ich?", entgegnete Sheeva mir stumpfsinnig und ich fragte mich beiläufig, ob sie wirklich die war, wofür Duncan sie hielt. „Du sollst laufen, verdammt nochmal", fauchte ich sie raubtierhaft an und stieß sie auf den schmalen, steinigen Weg, der uns nun als einziger Fluchtweg blieb.

Meinem Blick auf die Kreatur folgend, tat Sheeva endlich, was ihr aufgetragen wurde, und nahm unverzüglich ihre Beine in die Hand, während ich geduldig auf das Monster wartete. *Komm schon, du kleiner Bastard. Zeig dich mir!*

Als hätte es mein Bitten erhört, rannte das Geschöpf der Hölle sofort schneller auf mich zu und sogleich lichtete sich das zunächst verschwommene Bild zu einer dreiköpfigen Hyäne. *Kyra!* „Verdammt bis in die Hölle, kann nicht einmal etwas glattlaufen?"

Verächtlich schnaubend setzte nun auch ich mich in Bewegung, um Sheeva zu folgen. Diese hatte bereits einige Meter gut gemacht und befand sich mittlerweile kurz vor der Lichtung, die zum *Berg der Schreie* führte. Doch in Anbetracht der uns folgenden Gefahr wusste ich, dass ihre Menschenbeine sie niemals schnell genug tragen würden, um besagten Hügel zu erreichen. *Probleme! Warum habe immer ich das Glück?*

Ohne weiter darüber nachzudenken, suchte ich nach der geschmeidigen Stimme in meinem Inneren und machte mich bereit für meine Verwandlung. Unverzüglich drang mir ein leises Schnurren entgegen, gepaart mit der wohligen Wärme der Steppensonne, die sogleich mein Herz erwärmte. Leises, bengalisches Fauchen machte sich breit und ich lächelte zufrieden, während meine Füße mich weiter über den felsigen Untergrund trugen. Animalisches, kaum wahrnehmbares Knurren erklang plötzlich aus meiner rauen Kehle, als meine Knochen sich unter leicht schmerzhaftem Ziehen veränderten. Die Muskeln meiner Arme dehnten sich aus und wurden kräftiger, während meine Organe sich an ihre zugehörige Position schoben und meine Beine allmählich einen rhythmisch federnden Takt einnahmen.

Ich spürte, wie mein Oberkörper mich immer weiter nach unten zog und meine geschärften Sinne sich auf die Umgebung einstellten.

Leises Keuchen drang in meine sensiblen Ohren, gefolgt vom Schlagen eines wild pochenden Herzens und umgarnt vom betörenden Duft der Angst. Tief sog ich Sheevas liebliches Aroma in mich ein und wusste, dass ich ihren Geruch nur unter extrem schlechten Bedingungen wieder vergessen würde.

Erneut verspürte ich ein sanftes Reißen in meinem Körper, das mir einen Vorgeschmack auf den verlängerten, grazilen Knochenbau gab, den ich gleich haben würde und nur ein lautes katzenartiges Brüllen später, war es geschehen. Ich hatte mich verwandelt.

Noch immer war ich dicht auf Sheevas Fersen, doch von nun an würden meine geschmeidigen und durchaus muskulösen Pfoten sie spielend leicht einholen. Ich riskierte einen Blick nach hinten. Die Hyäne hatte ebenso ein paar Meter gutgemacht, und wenn ich nicht schnell etwas unternahm, würde sie uns gewiss bald eingeholt haben. Unverzüglich schlug ich meine scharfen Krallen in den festen Boden unter mir, stieß mich kraftvoll ab und hechtete Sheeva nach. Sie hatte einen kurzen Stopp an der Lichtung eingelegt und schien sich unsicher zu sein, welchen Weg sie einschlagen sollte, doch diese Entscheidung nahm ich ihr gerne ab.

Ohne einen Laut von mir zu geben, öffnete ich mein Maul, packte mit meinen langen Zähnen nach dem festen, schwarzen Leder ihrer Hose und schleuderte sie ohne Vorwarnung durch die Luft. Hysterisch schrie Sheeva auf und wusste nicht ,wie ihr geschah, als sie nur einen Wimpernschlag später auf meinem Rücken landete. Vom deutlich spürbaren Gewicht etwas in die Knie gezwungen, rappelte ich mich ein paar Sekunden später wieder auf und stand anschließend abermals fest auf meinen Pfoten. Als ich jedoch gerade wieder durchstarten wollte, um uns in Sicherheit zu bringen, kam Sheevas Panik uns in die Quere. Außer sich vor Angst und nicht wissend, dass ich mich im Körper der Raubkatze befand, auf der sie saß, schlug sie wie von Sinnen auf meinen Schädel ein und trat verzweifelt gegen meine Läufe. Sofort durchzog ein ziehender Schmerz meine Schultern, gefolgt vom rhythmischen Pochen an meinen Schläfen, doch ich dachte nicht daran, sie gehen zu lassen und fauchte sie stattdessen drohend an. Mein Ziel fest vor Augen, sprintete ich weiter in Richtung des Berges der Schreie, denn obgleich ich zuvor nicht sicher wusste, wohin wir gehen sollten, umso sicherer war ich mir jetzt.

Zwei erneute, nun deutlich festere Schläge auf meinen Hinterkopf folgten und ließen mich sogleich geplagt aufkeuchen. Auch wenn ich versuchte, das aufkeimende leichte Flackern vor meinen Augen durch gezielte Kopfbewegungen abzuschütteln, half es nicht viel. Und so büßte ich, durch die Attacken meines Schützlings ins Taumeln gebracht, unweigerlich an Geschwindigkeit ein und sorgte ohne es zu wollen dafür, dass Kyra eine echte Chance hatte, uns einzuholen. „Verdammt, Sheeva, hör endlich auf damit, wenn du nicht als Katzenfutter enden willst", schnaubte ich wütend, doch es war bereits zu spät.

Ein reißendes Stechen bildete sich an meinem Hinterlauf, während ich abrupt zurückgerissen wurde und samt Sheeva unsanft zu Boden krachte. Nun seitlich über den felsigen Untergrund schlitternd, bemühte ich mich, schnell wieder Halt unter die Pfoten zu bekommen und mein Gewicht von Sheevas eingeklemmtem Bein zu befördern, doch es gelang mir mehr schlecht als recht. Als wir kurz darauf endlich am zerklüfteten Fuß des Berges stoppten, war es ausgerechnet Kyra, die mich durch ihr wütendes Zerren an meiner Pranke von Sheevas leise rasselnder Brust holte. Zornig knurrend sah ich den dicken Haufen aus zotteligem Fell an, wie er hektisch an meinem Lauf nagte, während ich mit der Wendigkeit einer Schlange meinen Oberkörper aufrichtete und nach ihrer linken Kehle schnappte. Zu meinem Bedauern verfehlte ich sie um Haaresbreite.

Durch meine Attacke in Rage gebracht, jauchzte nun auch Kyra animalisch auf, ließ das aufgerissene Maul ihres Kopfes nach vorn schnellen und hatte entschieden mehr Glück, als sie mich an meiner Schulter erwischte. Vom unverzüglich einsetzenden, durchdringenden Wundschmerz geplagt, stürzte ich mit dem knurrenden Fauchen einer Raubkatze auf sie, drängte sie mit dem Rücken voran zum Felsen und prallte schließlich mit voller Wucht gegen das harte Gestein. Ohne ihr eine weitere Möglichkeit zu geben, mich festzusetzen, packten meine Zähne sofort nach ihrem kräftigen Hals in der Mitte und drückten zu. „Was willst du, Kyra? Etwa das Menschenmädchen?", keifte ich geschwollen und übte zeitgleich ein wenig mehr Druck auf ihren Schlund aus. Nach Luft ringend und mit den lang behaarten Beinen strampelnd, versuchte Kyra sich zu befreien. Vergeblich schlug sie dabei mit ihren beiden verbleibenden, jedoch leicht verkümmerten Köpfen nach mir aus, um mich zu beißen, doch ich ließ nicht locker.

„Wer schickt dich? Callius? Spielst du jetzt seinen Lakai? Ich dachte, du wärst klüger, Kyra!", brummte ich gereizt, presste meine Pranken gegen die beiden schmaleren Hälse und hielt sie so in sicherem Abstand zu mir.

Ich hasste es, einen Dämonenschüler unterdrücken zu müssen und in ihrem Fall tat es mir besonders in der Seele weh, da wir einst eine gute Verbindung zueinander hatten. Wir waren uns nicht immer so feindlich gesinnt, wie heute. Doch nachdem die höhere Garde wieder einmal viel zu junge und naive Dämonen befehligte, für sie die Drecksarbeit zu erledigen, hatte unsere einst gute Beziehung einen anderen Weg eingeschlagen. *Wie konnte uns das nur passieren? Ich habe doch stets nur das Beste für dich gewollt!*

Kyra hatte in der Vergangenheit, ebenso wie Duncans Schützling, vor der Wahl gestanden, wie wir ein Krieger zu werden, doch sie hatte sich, warum auch immer, dagegen entschieden und den übleren Weg gewählt. *Törichtes Kind eines Steppenwolfs! Hättest du doch nur auf mich gehört und dich uns angeschlossen.*

„Befana, Schwester, lass mich los und höre mich an. Ich werde es dir erklären, dir beweisen, dass ich es gut meine und keine bösen Absichten hege. Vertrau mir, Schwester und gib mich frei", versuchte Kyra mich unter rauchigem Japsen einzuwickeln, doch ich kannte sie zu gut, um ihr dieses Schauspiel abzukaufen. „Erkläre es deinem Sklaventreiber und sende ihm Grüße von mir", schnaubte ich verächtlich, ehe ich meinen Kopf zur Seite riss, ihn gleich darauf wieder zurückschnellen ließ und Kyras Schädel lautstark gegen das harte Gestein schmetterte. Unverzüglich sackte sie bewusstlos in sich zusammen, doch erst als auch das letzte Auge der beiden anderen Schädel geschlossen war, ließ ich sie los. „Du hast dir dein eigenes Grab geschaufelt, Mädchen. Versuche nie wieder mich ebenso dort hineinzuziehen und wage es nicht noch einmal, mich Schwester zu nennen", war alles, was ich ihr entgegen fauchte, ehe ich mich leicht humpelnd an Sheevas Seite begab.

Große blaue Augen starrten mich entsetzt an und schienen nicht recht zu wissen, wie ihnen geschah. Ich versuchte mich in einem sanften Lächeln, doch als die Angst weiter Besitz von Sheevas ohnehin schon panischem Blick ergriff, zog ich meine Lefzen wieder ein Stück nach unten. *Richtig, meine Reißzähne sind gebleckt, wenn ich versuche zu lächeln!*

„Bef-Befana, bist du das?", stammelte Sheeva zögerlich und rutschte langsam zurück, bis der Fuß des Berges stützend ihren Rücken berührte. Vorsichtig tastete sie nach dem schwarzen Gestein, in dem Versuch sich langsam aufzurichten und ihr offensichtlich verletztes Bein so gut es eben ging zu belasten. Doch ihrem schmerzgeplagten Gesicht nach zu urteilen, wollte ihr dies nicht so recht gelingen. Mitfühlend sah ich auf ihre zerschlissene Lederhose, die unterhalb des Knies in breiten Fetzen an ihr herabhing. Prüfend richtete ich meine Nase darauf aus und sog witternd ihren lieblichen Geruch in mich ein. Ich roch Angst, Unsicherheit und Pein, doch konnte ich fast kein Blut ausmachen. *Gut! Wenn ich ihre Wunde kaum wahrnehmen kann, dann wird es Kyra oder einem anderen Dämon ebenso wenig gelingen.* Eindringlich musterte ich die Haut ihres Schienbeins. Zu meiner Erleichterung hatte Sheeva, bis auf ein paar Abschürfungen keine gravierenden Schäden vorzuweisen. Da ich jedoch wusste, dass Kyra nicht lange in ihrem jetzigen Zustand verweilen würde, tat ich das einzig Vernünftige, was mir in diesem Moment einfiel.

Sachte ging ich vor der jungen Frau zu Boden, versuchte meine ebenfalls schmerzende Hinterhand unter mich zu bringen und mich, trotz des noch immer vorherrschenden Stechens in meiner Schulter, entspannt vor ihr niederzulegen. Beschwichtigend senkte ich meinen Kopf nach unten und legte ihn auf meinen Vorderpfoten ab. „Steig auf meinen Rücken, Sheeva! Wir müssen von hier verschwinden, solange die zottelige Bestie ihren Schönheitsschlaf pflegt. Wenn wir erst in Sicherheit sind, bleibt noch genügend Zeit, dir alles zu erklären!", hielt ich Sheeva an, mir zu vertrauen und zu meiner

Verwunderung ließ sie mich nicht ein zweites Mal darum bitten. Mühsam humpelnd bewegte sich Sheeva auf mich zu und tastete zaghaft nach dem kurzen, blauen Fell, das meinen schlanken, muskulösen Körper umhüllte. Unsicher suchte sie mit ihrem verletzten Bein nach Halt und bemühte sich, das andere Bein vorsichtig über mich hinweg zu schwingen. Zaghaft und zweifelnd, ob sie das Richtige tat, ließ sie sich schließlich auf mir nieder und atmete hörbar erleichtert auf. „Gut so, Mädchen. Sobald wir an unserem Ziel angekommen sind, werde ich mich um deine Verletzung kümmern, das verspreche ich dir. Doch in diesem Moment ist es das Wichtigste, dieser fürchterlichen Kreatur den Rücken zu kehren und dich von hier fortzuschaffen!" Und so rappelte ich mich langsam auf und machte mich auf den Weg zu unserem Versteck. *Berg der Schreie, wir kommen!*

# Kapitel 14
## _Dämon_

"Civerus, wo ist Amal, dieser Hundesohn?", knurrte ich den mickrigen Dämon zu meiner Linken finster an, während ich ungeduldig mit meinen Krallen auf den massiven Holztisch vor mir trommelte. Ich hasste es, warten zu müssen. Umso mehr, wenn es um so etwas Wichtiges ging, wie einen abtrünnigen Krieger. "Meister, es ist mir schleierhaft, weshalb sich dieser Dämon noch nicht eingefunden hat. Soll ich jemanden aussenden, ihn zu suchen?", krächzte der gehörnte, affenartige Dämon heiser, doch ich winkte ab, als etwas hinter ihm meine Aufmerksamkeit erregte. Wütend presste ich zeitgleich die Zähne zusammen und ballte meine Fäuste, als im Türrahmen meiner Kammer der bereits verschollen geglaubte Dämon auftauchte. "Orcus, ihr habt nach mir gerufen", sprach der Feuerdämon leise zu mir, während er reumütig seinen Kopf senkte und den Blick nur unmerklich in meine Richtung lenkte. "Civerus!", hallte daraufhin meine düstere Stimme lautstark durch die große Halle und sofort heftete sich ein grün funkelndes Augenpaar auf mein Gesicht. "Lass uns allein und sorge dafür, dass uns niemand stört!", setzte ich unverzüglich nach, ballte meine Faust noch ein wenig fester und ließ meine Knochen hörbar knacken. Kaum hatten meine Worte den Affen erreicht, tat dieser, ohne zu zögern, was ihm aufgetragen wurde und verschwand nach draußen. Amal jedoch stand weiterhin reglos zwischen Tür und Angel. Offensichtlich erwartete auch er einen Befehl von mir. _Schlaues Kerlchen!_ "Komm her und setz dich! Wir müssen über deine Schwester reden", maulte ich ihn lediglich an, denn obgleich ich ihm für seine Unpünktlichkeit liebend gern eine Lektion erteilt hätte, so gab es doch weit größere Probleme als das.

Zögernd durchquerte Amal die weitläufige Kammer aus schwarz-rotem Lavagestein, deren Wände maskenhaft von geschundenen Seelen erzählten und mich in düsteren Zeiten zufrieden stimmen sollten. Doch die Zeiten waren rau und brüchig. Viel zu undurchsichtig und wechselhaft. Zurzeit konnte kaum etwas meine abgrundtiefe Seele berühren.

Nachdem Amal mir gegenüber Platz genommen hatte und ich meine Fäuste wieder flach auf die Tischplatte gleiten ließ, entspannte auch er sich sichtlich. „Sag mir, Amal, was weißt du über den Fluss der Seelen?", begann ich unverzüglich unser Gespräch wieder aufzunehmen und ließ zwei gefüllte Weinkelche vor uns erscheinen. Prüfend sah Amal mich an und lehnte sich langsam in seinem Stuhl zurück.

„Du hast mich hergebeten, um mein Wissen über Acheron zu testen?", fragte der dunkelhaarige Dämon vorsichtig, doch als ich nicht antwortete und ihn stattdessen tiefgründig ansah, fuhr er fort. „Nun ja, Acheron ist der Fluss der Seelen, der die Geister der dahingeschiedenen Sterblichen in die Unterwelt befördert", klärte Amal mich kurz und knapp auf, ehe nun er mich durchdringend musterte. „Verzeiht mir, Orcus, wenn ich euer Handeln hinterfrage, doch warum soll ich euch mit Wissen langweilen, das bereits seit Tausenden von Jahren in euch wohnt?"

Meinen Mundwinkel leicht nach oben ziehend, griff ich nach meinem Kelch und nahm einen großen Schluck des blutroten Weines. Zart liebkoste das volle Aroma meine Geschmacksknospen und ließ mich für den Bruchteil einer Sekunde den Hauch von Liebe spüren. Doch mein kaltes Herz verwandelte die aufkeimende Wärme in mir sofort wieder in totes Ödland. Die Stirn in zornige Falten gelegt, stellte ich meinen Becher kraftvoll wieder auf den Tisch, sodass etwas von dem bittersüßen Getränk überschwappte und das dunkle Holz mit einem feuchten Film benetzte. „Acheron trocknet aus, mein Freund", knurrte ich düster, fuhr mit meiner Fingerspitze über die spärliche, nasse Stelle neben dem Kelch, sog die kaum wahrnehmbare Feuchtigkeit in mich auf und ließ sie anschließend, in einem dünnen Strahl aus meiner Fingerkuppe wieder in das metallene Trinkgefäß fließen.

„Was soll das heißen, Orcus? Acheron durchströmt unser Tal wie eh und je, ich habe es selbst gesehen!", konterte Amal protestierend und trank seinen Kelch in einem Zug leer.

„Wann bist du denn zuletzt bei Acheron gewesen? Ich für meinen Teil war erst vor wenigen Stunden dort und konnte mich selbst davon überzeugen, dass er an Kraft eingebüßt hat." Irritiert sah mich der Feuerdämon an und stellte seinen Kelch kurzerhand wieder auf den Tisch. „Wie kann dies geschehen? Acheron existiert seit Abermillionen Jahren und noch zu keiner Zeit hat es einen Moment gegeben, wo er in Gefahr schwebte", sprach Amal das aus, was auch mir bei dieser Kunde durch den Kopf gegangen war. Und obgleich ich es mit eigenen Augen gesehen hatte, so sträubte sich ein gewisser Teil in mir immer noch dagegen, es wahrzuhaben.

„Offensichtlich sind die Menschen immer mehr daran interessiert, ihr Gewissen reinzuwaschen und ein besseres Leben zu führen. Was wiederum mehr Seelen in den Himmel bringt, anstatt uns zu nähren", begann ich meine Vermutung laut auszusprechen, während ich Amal durchdringend anstarrte. „Hast du eine Erklärung dafür?"

Die Augen weit aufgerissen, schluckte Amal schwer. „Nein, Orcus, das habe ich leider nicht", stammelte er und wich meinem Blick instinktiv aus. „Aber ich frage mich, was meine Schwester damit zu tun hat? Du wolltest mit mir über sie reden."

Die Hände nun wieder zu Fäusten geballt, lehnte ich mich unter lautem Knarren in meinem Herrscherstuhl zurück und sah ihn prüfend an. „Deine Schwester ist, wie du ja weißt, einer der Torwächter in Astaroth. Und wie dir ebenfalls bekannt sein dürfte, ist es einem Wächter untersagt, eine Vereinigung, ganz gleich welcher Art, mit einem anderen Krieger einzugehen. Dummerweise hält deine andere Hälfte offenbar nichts von den Regeln hier in Astaroth, weshalb ich leider gezwungen war, etwas zu unternehmen." Nur schwer konnte ich die innere Befriedigung verbergen, die mir der Schmerz in Amals Gesicht bescherte, doch so sehr es mir auch missfiel, ich unterdrückte das aufkeimende Schmunzeln auf meinem Gesicht, so gut es ging.

Amal hingegen schien unsicher zu sein, was er von meinen Vorwürfen halten sollte, denn obgleich er seiner Schwester nicht sonderlich ähnelte, so hatte er offenbar dennoch ein Gespür für sie. „Meine Schwester würde niemals achtlos die Regeln des Hohen Rates brechen. Und auch wenn wir uns allein schon durch unsere Elemente unterscheiden und wenig Kontakt zueinander pflegen, so weiß ich doch, dass sie immer diejenige war, die darauf bestanden hat, dass es nichts Wichtigeres gibt, als sich den Gesetzen zu fügen. Weshalb sollte sie also so töricht sein und ihr Leben für einen Moment der Lust aufs Spiel setzen?", richtete Amal seine Frage nun an mich und schien durchweg angespannter zu werden. *Bingo. Jetzt habe ich dich dort, wo ich dich brauche.* „Der Naphul, Amal. Er hat sie umgarnt und gefügig gemacht", hielt ich ihm bewusst die wichtigsten Fakten unter die Nase und erntete sofort ein kehliges Knurren. Glühend rote Augen hefteten sich auf mich und starrten mich hasserfüllt an. Doch ich wusste, dass der Groll nicht mir galt und so ließ ich ihn gewähren. „Ich habe bereits jemanden ausgesandt, den Lustknaben ins Verlies zu stecken, wo er seiner gerechten Strafe zugeführt werden wird", setzte ich gleich darauf nach und spürte intuitiv, dass es Amal keinerlei Befriedigung verschaffte. Er sprudelte beinahe über vor Zorn und wünschte sich gewiss, dem Naphul persönlich zu begegnen und ihn zur Rechenschaft zu ziehen. Doch zuerst musste Amal etwas für mich erledigen.

„Was ist mit meiner Schwester? Wird sie auch ins Verlies gebracht?", verlangte der Dämon von mir zu wissen und ich lächelte bittersüß. „Mach dir um sie keine Sorgen. Sie ist bisher verschont geblieben. Allerdings solltest du sie aufspüren und sie anhalten, sich zu überlegen, welches Leben sie in Zukunft führen möchte. Sollte sie weiterhin als Krieger fungieren wollen, wird sie ebenso wie der Naphul für ihre Taten büßen müssen. Wenn sie allerdings in Erwägung zieht, sich mir anzuschließen und für das Bestehen des Acheron zu kämpfen, bin ich bereit, ihr ein Leben in meiner Knechtschaft zu schenken und sie vor dem Tode zu bewahren."

Mit nun panischem Blick sah Amal mich an. Ich konnte die Verzweiflung deutlich in seinen noch immer rot glühenden Augen sehen und seine ängstlichen Gedanken buchstäblich auf meiner Zunge schmecken. „Es liegt also in meiner Hand, ob sie leben wird oder dem Tode geweiht ist, richtig? Scheitere ich, so scheitert auch sie", erkundigte sich Amal mit brüchiger Stimme bei mir und ich nickte stumm.

„Geh nun, Amal und unterbreite ihr mein Angebot. Ich erwarte dich dann alsbald mit froher Kunde zurück!"

# Kapitel 15
## *Fizzle*

„**L**asst mich los, ihr verdammten Idioten! Wisst ihr denn nicht, wer ich bin? Ich werde euch und eurer gesamten Sippschaft die Krätze an den Hals wünschen. Einen Clopper hat noch keiner in den Kerker gezwungen. Nehmt mir diese verdammten Zauberhandschellen ab und kämpft wie echte Männer, ihr Waschlappen!"

Die Hände verbunden, hing ich an den dicken Pranken der beiden Dämonen, die mich trugen, und versuchte mich mit meinen umherbaumelnden Beinen zu befreien. „Verdammte Zwergenfüße. Wer um alles in der Welt hat so eine verfluchte Scheiße erfunden?", keifte ich bitter und startete einen erneuten hilflosen Versuch, die beiden Riesen außer Gefecht zu setzen. Vom ausbleibenden Erfolg jedoch schnell verstimmt, ließ ich mich kurzerhand hängen und sah mich resigniert in meiner Umgebung um.

Wir befanden uns auf einem lang gezogenen Gang, umgeben von tiefschwarzem Gestein. Tausende knapp bemessene Gefängniszellen flogen an mir vorbei und einzig die kleinen, leuchtenden Rinnsale aus heißer Lava, die sich wie unzählige kleine Flüsse an den Felswänden entlangschlängelte, erhellten ein wenig unseren Weg. Wie eine Feuerwand unterstützten sie die dicken Eisentore zwischen den einzelnen Arrestplätzen unnachgiebig in ihrer Mission – die Gefangenen an einer Flucht zu hindern.

Der Boden der Zellen war ebenso mit brodelnden Lavaflüssen versehen, und einzig der darüber liegende Metallrost schützte die Insassen davor, bei lebendigem Leibe gegrillt zu werden. Gewiss hatte es in den zurückliegenden Jahren einige Dummköpfe gegeben, die sich trotz der offensichtlichen Gefahren einen Weg durch Wand oder Boden graben wollten, doch hatten sie dafür auch schnell ihre Quittung erhalten. Es war also unmöglich, den Fängen des Verlieses zu entkommen.

Tief seufzend schwenkte ich meinen Kopf nach rechts und wartete darauf, wieder in meine Behausung geworfen zu werden. Man hatte mich dort zuvor aus tiefem Schlaf gerissen und zu meiner ersten Anhörung geschliffen, bei der ich mich rechtfertigen sollte, weshalb ich die Frechheit besessen hatte, einen hochrangigen Dämon zu bestehlen. Meine Ehrlichkeit, dass ich nur meine Familie ernähren und ihr ein besseres Leben ermöglichen wollte, hatte dabei niemanden interessiert. Auch auf meinem Antrag hin, dass ich doch eigentlich durch Menschenhand gefangen wurde und demzufolge ein Recht darauf hatte, in deren Welt verurteilt zu werden, hatte man mir kein Gehör geschenkt. „Dämonen waren und sind einfach nur stinkende Vollidioten!", murmelte ich leise vor mich hin und erntete sogleich einen kräftigen Schlag auf den Schädel. Unverzüglich wurde es dunkel um mich herum.

Als ich allmählich wieder zu Sinnen kam, befand ich mich mit dem Gesicht voran auf dem Boden liegend, den Schädel voll plagender Schmerzen und den beißenden Geruch des Feuers in der Nase. „Fizzle. Hey, du Tunichtgut, wach auf!" *Halt die Klappe, du Schwachmat, ich will schlafen!*

„Fizzle, komm schon, bevor du uns noch alle umbringst", predigte das sanfte Grollen wieder und zwang mich erneut meine Lider anzuheben. „Verdammt, lass mich in Ruhe, du stinkender Vierbeiner!", konterte ich genervt, als plötzlich alles ganz schnell ging. Wie aus dem Nichts schoss mit einem Mal ein brennender Schmerz in mein Gesicht, gefolgt von stickigem Rauch unterhalb meines Kinns. Alarmiert schoss ich nach oben und musste mit Erschrecken feststellen, dass mein Bart brannte. Wie verrückt schlug ich mir selbst ins Gesicht, zerrte und rupfte an den hell lodernden Haaren, um die Flammen von meiner Haut fernzuhalten, doch es half nichts. „Hier rüber!", hörte ich die Stimme wieder sagen und noch immer wild um mich schlagend, taumelte ich ohne es bewusst zu tun, zum Rand der Zelle. Noch ehe ich michs versah, wurde ich auch schon abrupt nach hinten gerissen, herumgewirbelt und in Sekundenschnelle meiner Qualen entledigt. Rußiger Qualm stieg zeitgleich vor mir auf, während das scharfe Brennen an meinem Kinn langsam nachließ.

Erleichtert sank ich zu Boden und tastete hektisch nach den verbliebenen Stoppeln unterhalb meines Mundes, nur um feststellen zu müssen, dass sich die Pflege der letzten Jahrtausende innerhalb eines Augenblickes in Luft aufgelöst hatte. „Verfluchte blutsaugende, schleimige, Echsenkrötenaugen fressende, stinkende, arschkriechende, verlauste, hirnamputierte Zombies einer pestverseuchten, ziegenbärtigen Kreuzotterspinnenhure. Habt ihr eine Ahnung davon, wie lange ein Gnom für so einen Prachtbart braucht? Jahrhunderte, nein, sogar mehrere Jahrtausende muss er sich die Wolle stehen lassen? Was bin ich denn jetzt noch? Ein einfacher Zwerg! Ein Nichts! Ein Niemand! Ein Gnom meines Standes kann nicht ohne seinen Bart existieren, ihr klabusterbeerenzüchtenden Mutantenärsche!", fluchte ich aufgebracht, ehe ich mich deprimiert gegen das kalte Gestänge hinter mir lehnte. „Mein schöner Bart", winselte ich wieder und tastete in meiner Verzweiflung erneut nach den mickrigen Stoppeln an meinem Hals. Ich fühlte, wie sich mein Unmut schlagartig in tiefe Trauer verwandelte, denn für einen herrschenden Gnom gab es nichts Schlimmeres, als das Zeichen seines Wohlstandes zu verlieren und sich wie ein Bettler zu fühlen. Und die Tatsache, dass ein Gnom für gewöhnlich nur einmal im Leben die benötigte Zeit besaß, um seine Haarpracht in angemessener Länge wachsen zu lassen, machte das Ganze auch nicht einfacher.

„Reiß dich zusammen, Fizz und komm wieder auf die Beine. Ein paar Haare sind nicht alles im Leben!" *Verdammt ich kenne diese Stimme irgendwoher! Doch woher nur?*

Zornig darüber, dass ich von keinem verstanden geschweige denn ernstgenommen wurde, drehte ich mich mit bösem Blick um. Überrascht blickte ich sofort in zwei bernsteingelbe Augen, die umrahmt vom schulterlangen schwarzen Haar unverzüglich das Bild in meinem Kopf ergaben, nach dem ich eben noch gesucht hatte.

„Du? Hier? Da laust mich doch der Affe!", schrie ich unter verrücktem Gelächter laut auf und glaubte meinen Augen nicht trauen zu können. „Haha, dass ich das noch erleben darf! Der

Henker persönlich im Verlies von Astaroth. Wie um alles in der Welt hast du denn das geschafft?", setzte ich sofort lachend nach und machte es mir unverzüglich in der Nähe der Gitterstäbe bequem – Weit genug weg jedoch, damit mich der Krieger mit seinen langen Armen nicht erreichen konnte.

„Lach du nur, Zwerg, dich erwartet das gleiche Schicksal wie mich", grummelte der Naphul bitter und entfernte sich von mir, um es sich auf seiner Pritsche gemütlich zu machen.

„Das gleiche Schicksal? Ich glaube kaum. Mich erwarten ein paar Jahre in diesem Drecksloch, doch bei dir? Was hast du gemacht, hm? Es bedarf doch schon einigen schlimmen Dingen, ehe man einen Krieger ins Verlies steckt!", stichelte ich lachend und rückte ein wenig vor, um ihn besser sehen zu können. Der Naphul hingegen sah mich nur unbeeindruckt an und rührte sich keinen Zentimeter. „Wahrscheinlich hast du nicht genug aufgepasst und zu viele Dämonen durchs Höllentor in die Welt der Sterblichen gelassen, hm?" Keine Reaktion. „Oder du hast deinem Schützling falsche Werte vermittelt, oder ihn gar auf die falsche Fährte geschickt?" Noch immer keine wirkliche Reaktion. Einzig der Blick hatte sich ein wenig verändert. *Ich komme der Sache näher.* „Vielleicht hast du ihn auch auf einen deiner Streifzüge verloren. Wenn möglich noch in der Menschenwelt", kicherte ich übertrieben und entlockte dem Krieger zum ersten Mal ein zorniges Knurren. Obgleich ich nun Ruhe hätte geben können, lockte eine innere Stimme mich immer weiter. Es musste noch wesentlich mehr vorgefallen sein, da er seine Gefühle viel zu stark unterdrückte. „Hm, was könntest du noch getan haben", murmelte ich leise und griff mir nachdenklich an den nicht mehr vorhandenen Bart. *Verflucht!* Dann schoss es mir wie ein Blitz durch den Schädel und ich lächelte finster. „Nein, so dumm kannst du nicht sein, oder?", sprach ich leise mehr zu mir selbst und erhob mich langsam. Vorsichtig umklammerten meine kleinen Finger die dicken Stäbe vor mir, während ich den Naphul nicht mehr aus den Augen ließ und ihn durchdringend anstarrte, als würde in seinen Augen alles geschrieben stehen. Immer kehliger wurde unterdessen sein düsteres Knurren, während ich noch immer amüsiert lächelte.

Als ich jedoch bemerkte, dass sich seine Pupillen zu einem leuchtenden Rot färbten und mir indirekt die Bestätigung gaben, dass ich mit meiner unausgesprochenen Vermutung goldrichtig lag, zog es mir vor Entsetzen die Kinnlade herunter. „Du hast die Winterschlampe wirklich flachgelegt?" Wie eine Rakete schoss der Krieger plötzlich nach vorn, und noch ehe ich hätte reagieren können, packte er auch schon nach meiner Kehle und zog mich nach oben. Von der dringend benötigten Luftzufuhr rapide abgeschnitten, röchelte ich leise unter seinem viel zu starken Druck an meinem Hals. Wie eine Marionette baumelte ich sogleich an seinem ausgestreckten Arm und konnte selbst mit meinen spitzen Fingernägeln nichts bei ihm ausrichten. „Lass. Mich. Los, verdammt!", versuchte ich ihm zu drohen, doch kaum hatten meine kläglichen Worte ihn erreicht, würgte er mich auch schon fester. Erneut keuchte ich atemlos auf und krächzte unmerklich, während seine leuchtenden Augen mich zu durchbohren schienen.

„Zügele deine Zunge, du armseliger Wicht!", presste er mir grollend entgegen, während ich abermals nach seinen Klauen griff, um den Druck an meinem Hals zu minimieren. „Hör auf, Duncan. Hör. Auf. Bitte!", stammelte ich kraftlos und schlug geschwächt auf seine Unterarme, die sich jedoch nicht einen Zentimeter rührten. Hasserfüllt sah mich der Krieger an und fletschte die Zähne. „Nenn mir nur einen Grund, warum ich dich verschonen sollte! Ich tue der Hölle noch einen Gefallen, wenn ich dich auf der Stelle eliminiere und niemand mehr dein hässliches Gesicht sehen muss."

Etliche kleine Sterne bildeten sich vor meinen Augen. Ich wusste, dass Duncan mich getrost umbringen konnte, sobald ich erst einmal ohnmächtig war, ebenso wie ich wusste, dass es niemanden interessieren würde, wenn ich kurzerhand um die Ecke gebracht wurde. Also sammelte ich noch einmal meine letzten Kraftreserven und zog an seinen Fingern. Zu meiner Überraschung lockerte sich sein Griff, wenn auch nur unmerklich, doch es reichte, um einen letzten Satz zu bilden.

„Ich kann dir helfen, dein Gewissen zu entlasten und Sheeva wie versprochen zurückzubringen!" *Bitte hab was für sie übrig. Bitte!*

Ohne Vorwarnung drückte Duncan wieder fester zu, zog mich soweit es die Stäbe zuließen an sich heran und starrte von Zorn erfüllt in meine schlackernden Augen. „Ich hoffe, du weißt, was ich mit dir mache, wenn du mich anlügst", knurrte er finster, löste seinen Griff von meiner Kehle und ließ mich unter lautem Krachen zu Boden fallen.

Hörbar nach Luft ringend, kroch ich sofort ein paar Meter zurück und atmete tief ein und aus. Ich musste unbedingt die drohende Ohnmacht abwenden, denn ich wollte keinesfalls noch mehr Haare einbüßen, wenn ich erneut auf den unheildrohenden Lavaboden fiel. „Verdammt, warum musst du mich immer so quälen? Hat dir deine Wolfsmutter denn wirklich nichts Vernünftiges beigebracht?", schnaubte ich verächtlich, während ich sanft meinen Kehlkopf massierte.

Noch immer von tiefer Wut erfüllt, starrte Duncan mich an und wartete offensichtlich auf ein paar weise Worte. Doch was sollte ich ihm sagen? Dass ich für ihn einen Tunnel ins Verderben grabe oder die Zellentür sprenge? Dass ich mich tot stelle, um an die Schlüssel des Wärters zu kommen, dessen Partner mir dann eine überzieht und mich ins Koma befördert? *Denk nach, Fizzle! Du hast ihm versprochen zu helfen, also lass dir gefälligst etwas einfallen. Andernfalls überleg dir schon mal einen guten Spruch für deinen Grabstein!*

„Also? Was hast du mir anzubieten?", fragte Duncan mit rauer Stimme und musterte mich eindringlich.

„Nun ja, das Einfachste wäre doch, wenn ich für dich aussage. Ich könnte bestätigen, dass zwischen dir und der Winterschl... Winterdämonin nichts gelaufen ist. Die Anklage wäre nichtig, du würdest freigesprochen und könntest dich wieder deinen Aufgaben widmen", versuchte ich ihn von meinem spontanen Plan zu überzeugen, doch Duncan schien nicht sonderlich begeistert zu sein.

„Das ist alles? Dafür habe ich dein Leben verschont?", brummte der Krieger leise und biss nachdrücklich die Zähne zusammen.

„Auf die Schnelle, ja! Ich mein, was erwartest du? Die Zelle hindert uns am Zaubern, die Lava an einem Ausbruch und die Wärter haben auch stets ein Auge auf uns. Wie soll man sich zur Freiheit verhelfen, wenn beinahe alle Wege ins Fegefeuer führen?"

Nachdenklich sah Duncan sich im Raum um und rümpfte missmutig die Nase. Er wusste, dass ich Recht hatte und eine Flucht so aussichtslos war, wie eine Menschenseele aus dem Acheron zu befreien. War man einmal gefangen, gab es kein Zurück mehr. Verzweiflung zeichnete sich auf seinem Gesicht ab, ehe er sich tief seufzend mit den Händen durchs Haar fuhr.

„Schön, lass uns deinen *Plan* ausprobieren. Es kann ja nicht mehr schlimmer kommen. Aber ich warne dich, ein falsches Wort, und ich reiße dir vor dem hohen Gericht deinen hässlichen Schädel vom Stamm!"

Amüsiert über seine durchaus ernstzunehmenden Drohungen, nickte ich stumm und freute mich schon darauf, endlich wieder frei zu sein.

Ja, ich wäre nicht Fizzle Clopper, wenn ich nicht noch eine List in petto hätte, die auch mir zur Freiheit verhelfen würde.

# Kapitel 16
*Sheeva*

**V**orsichtig stieg ich vom Rücken der Dämonenkatze und schleppte mich mühsam auf den großen Felsen, der unmittelbar vor dem baufälligen kleinen Haus lag, vor dem wir uns nun befanden. Nur zaghaft brachte ich es fertig, mich auf dem harten Gestein niederzulassen, denn der stechende Schmerz in meinem Bein wurde von Minute zu Minute stärker. Befana, die noch immer das grazile Antlitz eines blau gefärbten Jaguars hatte, erhob sich nur langsam, ehe sie zögernd ein paar Schritte auf mich zuschritt. Ihr blau schimmerndes Fell glänzte wie weiche Seide, während ihre Bewegungen raubtierhaft und edel zugleich waren. Sanft sahen mich ihre azurblauen Opale an, ehe sie sich knapp vor mir auf ihre Hinterpfoten setzte und betrübt auf meine zerschlissene Hose starrte. „Wie es aussieht, ist dein Bein nur geprellt und nicht gebrochen", murmelte sie leise, während sie ihre samtig weiche Schnauze vorsichtig über die abgeschürfte Haut an meinem Knöchel gleiten ließ. *Sie sieht aus wie der Wolf im Schafspelz*, dachte ich schmunzelnd, während Befana mit ihrer rauen Zunge sanft über meine Wunde leckte und anschließend ihren Kopf wie eine übergroße, verschmuste Katze an meinem Bein rieb. Sofort durchzog ein elektrisierendes Prickeln meinen Körper und verwundert über die plötzliche Kälte an meinem Fuß, sah ich genauer hin. Ein funkelnd blauer Ball aus Magie, der offensichtlich zur Kühlung diente, hatte sich wie aus dem Nichts im Maul der Winterdämonin geformt. Zaghaft hielt sie ihn zwischen ihren scharfen Reißzähnen verborgen und ließ ihn immer wieder in schlängelnden Bewegungen über die schmerzende Stelle meines Beines gleiten. Fasziniert von diesem einzigartigen Anblick, gepaart mit der Macht ihrer Ausstrahlung, konnte ich nicht anders, als die Dämonin ungeniert anzustarren. „Hast du eigentlich eine Ahnung, wie schön du bist?", hauchte ich leise und ergötzte mich am Anblick ihres perfekt geformten Körpers, der in der roten Sonne des Jenseits magisch schimmerte.

Überrascht riss Befana daraufhin ihren Kopf zur Seite, ließ den durch Zauberhand erschaffenen Ball verpuffen und starrte mich an. „Ist alles in Ordnung?", erkundigte sie sich sofort bei mir und ich lächelte nickend.

„Ich, ähm, habe mich nur gerade gefragt, ob es dich stören würde, wenn ich kurz dein Fell berühre. Du bist so einzigartig schön, dass ich es kaum in Worte fassen kann. Noch nie habe ich einen Jaguar gesehen, der so voller Perfektion ist. Ich meine, die Anordnung deines akkurat verlaufenden Musters, der fantastische Körperbau, dein makelloses Gesicht, mit den wahnsinnig spitzen Zähnen und im Kontrast die Sanftheit deiner Pfoten, deiner Lefzen, deines Wesens. Das ist wahrlich atemberaubend", stammelte ich und konnte mich einfach nicht an ihr sattsehen. Langsam zog Befana ihre Mundwinkel nach oben und ließ mich ihre Reißzähne sehen. Und obgleich ich mich noch Minuten zuvor durch diese sicherlich gutmütige Geste zu Tode geängstigt hatte, vertraute ich jetzt auf die Sanftheit ihrer Augen, die mir überaus deutlich signalisierten, dass keinerlei Gefahr für mich drohte. *Du lernst doch noch dazu, Sheeva!*

Plötzlich ertönte ein tiefes Knurren um uns herum und von augenblicklicher Panik gepackt, sah ich mich hektisch um. *Nichts zu sehen. Verdammt, was war das?* Erneut knurrte und fauchte es, und obwohl meine Augen noch immer nichts erblickten, so wusste Befana augenscheinlich genau, woher das raubtierhafte Geräusch kam. *Oh bitte, lass es nicht wieder diese grässliche Hyäne sein*, schoss es mir sofort durch den Kopf, während ich überaus angespannt, und mit fühlbar rasendem Puls in Befanas Richtung starrte. Ihr Körper hatte sich in eine einzige gerade Linie verwandelt, während sie wie eine versteinerte Statue mit prüfendem Blick in das um uns herrschende Baumwerk spähte und darauf lauerte, dass die andere Kreatur sich ihr zeigte. Nun fauchte auch Befana katzenhaft und noch immer ihrem Blick folgend, sah jetzt auch ich, welch neues Unheil uns gegenüberstand.

Ein schwarzer Panther, ähnlich muskulös gebaut wie Befana und geschmückt mit dem gleichen seidigen Fell, starrte uns mit weit aufgerissenem Maul finster an. *Heilige Scheiße, wo versteckt der diese riesigen, messerscharfen Zähne?* Durchdringend huschte der feuerrote Blick der Raubkatze in hektischem Takt zwischen mir und der Jaguar-Frau hin und her. Offenbar überlegte das Tier, wie es am besten vorgehen sollte, da es augenscheinlich mit nur einem Opfer gerechnet hatte. Auf lautlosen Tatzen näherte es sich uns und sofort begann Befana lauthals zu knurren. Prüfend sah der Panther ihr in die Augen, während er sich ihr nun seitlich näherte, um sie offensichtlich von allen Seiten betrachten zu können. Wie angewurzelt beobachtete ich das Schauspiel zweier sich musternder Raubtiere von meinem Felsen aus und wusste nicht, ob ich fasziniert oder zu Tode erschrocken sein sollte. *Bleib einfach ruhig sitzen und gib keinen Laut von dir*, dachte ich und bemerkte, dass auch Befana sich sichtlich beruhigte. Den Blick noch immer zielsicher auf sie gerichtet, zog das Panthermännchen weiter seine Kreise um sie, während er mit bebenden Nüstern ihren Geruch witterte.

*Heilige Maria, Mutter Gottes! Das nenn ich mal Männlichkeit!*

Mit weit aufgerissenen Augen starrte ich plötzlich auf das Hinterteil des Panthers und als hätte er meinen verblüfften Blick bemerkt, ließ er seinen Kopf sofort zu mir herumschnellen. Unverzüglich setzte der ohnehin viel zu schnelle Schlag meines Herzens aus und nahm mir augenblicklich die Luft zum Atmen. In rasantem Tempo schnürte sich mir der Magen zu und hinterließ einzig einen Fluss aus bitterer Übelkeit. Ich schluckte schwer, als die glühenden Augen des Panthers mich aus winzigen Schlitzen musterten, als hätten sie ihre Beute nun fest im Visier und die gefletschten Zähne des Tieres mir immer wieder veranschaulichten, wie gefährlich die Situation wirklich war. Doch obgleich ich mich bereits zwischen seinen scharfen Hauern sah, machte er keine Anstalten sich mir zu nähern.

Befana hingegen schien deutlich angetan von ihm, denn ohne mir auch nur einen prüfenden Blick zu schenken, rieb sie ihren mächtigen Kopf zärtlich an der Schulter des Panthers. Sofort war sein Fokus nicht mehr auf mich gerichtet, doch anstatt

Befanas liebevolle Geste zu erwidern, huschten seine roten Augen nur für den Bruchteil einer Sekunde zu ihr. Ohne Vorwarnung wandte er sich gleich darauf erneut zu mir um, ehe er sich kraftvoll mit den Hinterbeinen abstieß und sogleich einen großen Satz in meine Richtung machte. Schockiert schrie ich auf und riss wie in Zeitlupe meine Hand vors Gesicht, um es zu schützen, während meine geschundenen Beine ziellos versuchten, zurückzuweichen. Doch es funktionierte nicht. Mit meinem verletzten Bein am kantigen Felsgestein hängen bleibend, verlor ich plötzlich das Gleichgewicht und fiel nach hinten. Gequält keuchte ich auf, während der Panther nur unweit neben mir wieder landete und von dort schnurstracks zum Eingang des Hauses lief. Ich hingegen hatte an diesem Punkt wohl meinen ersten Schock erlitten, denn ich war unfähig mich noch einen Zentimeter zu rühren.

„Was hast du getan, du Idiot? Komm her und hilf mir gefälligst, sie ins Haus zu tragen!", hörte ich Befanas melodische Stimme nun über mir erklingen und entdeckte gleich darauf ihren warmherzigen Blick. *Warum hat sie sich zurück verwandelt?* Meine Sicht verengte sich und hüllte meine Umgebung in einen seichten, grauen Nebel. Wohlige Wärme durchflutete meinen geschundenen Körper und hüllte ihn wie in eine unsichtbare Decke. Genüsslich schloss ich die Augen. „Verdammt nochmal, Amal, beweg endlich deinen Arsch und fass mit an!", knurrte Befana nun genervter und ließ mich für einen kurzen Moment wieder die Lider öffnen. Rot leuchtende Augen starrten mich sogleich teilnahmslos an, ehe sich meine Sicht erneut verdunkelte. *Amal?*

Zu meiner Verwunderung griff gleich darauf eine Hand nach meinen brennenden Beinen, gefolgt von einer weiteren Hand, die sich zielsicher unter meinen Rücken schob und unterhalb meiner Achseln zum Liegen kam. Einen kurzen Ruck später fühlte ich, wie mein schlaffer Körper nach oben befördert und ich gleich darauf davongetragen wurde. *Wo bringt ihr mich hin? Und was ist das für ein bezaubernder Geruch nach Cranberries und Schokolade?*, fragte ich ohne meine Lippen zu bewegen und bemühte mich krampfhaft, erneut meine Lider anzuheben.

Doch die alles ummantelnde Müdigkeit in mir, verbot mir jegliche Regung und so fügte ich mich ihr und gab mich der beruhigenden Dunkelheit hin.

„Sheeva? Kannst du mich hören?" Nur langsam fanden meine Sinne zurück an ihren Platz. „Hey, Kleines, wach auf!", drang erneut Befanas liebliche Stimme in mein Ohr und kurzerhand versuchte ich mich, darauf zu konzentrieren. „Lass es uns zusammen versuchen!", raunte plötzlich eine düstere Männerstimme über mir und ich erschauerte leicht. Angenehm wohlige Wärme durchflutete kurz darauf meine Arme, zog sich in sanft kreisenden Bahnen bis hoch zu meiner Schulter und legte sich schließlich beruhigend auf mein Schlüsselbein. Als dann vollkommen unerwartet ein Schleier aus kühlem Eis meine Stirn berührte, sog ich zischend die so dringend benötigte Luft in meine Lungen und hustete sofort lautstark, als sich der feine Staub des Jenseits an meine Lungenhärchen heftete. In einem Anflug von Panik riss ich die Lider nach oben und bäumte meinen Oberkörper auf. „Was ... was ist passiert? Wo bin ich?", wisperte ich verwirrt und versuchte mich zu orientieren.

Wir befanden uns in einem kleinen, alt wirkenden Haus. Es war nicht im Geringsten so groß wie das von Duncan, allerdings machte ich schnell einen ähnlichen Grundriss aus. Ebenso wie bei dem Wächter, bei dem ich mich eigentlich aufhalten sollte, fand man auf den ersten Blick auch hier alles, was man brauchte. Eine Küche, ein Wohnzimmer und einen Flur, von dem aus man offensichtlich noch in andere Räume vordringen konnte. Allerdings war es hier bei Weitem nicht so komfortabel eingerichtet und so lag ich, statt auf einer bequemen Couch, halb liegend auf einer Ottomane, die offenbar seit vielen Jahren als eine Art Raumteiler zwischen Wohnzimmer und Küche benutzt wurde. *Wo zum Teufel bin ich hier?*

Befana, die nun wieder in ihrer gewohnt echsenartigen Gestalt neben mir stand, sah mich freundlich lächelnd an und legte mir beschwichtigend ihre Hand auf die Schulter. „Alles in Ordnung, Sheeva. Wir sind in Sicherheit." *In Sicherheit?* „Was ist mit dem Panther, der mich angreifen wollte?", schoss es in leicht ängstlichem Unterton aus mir heraus und sofort trat eine weitere Person in mein Sichtfeld.

„Ich habe Sie keinesfalls angegriffen, sondern lediglich einen übermütigen Sprung vollzogen", drangen die düster raunenden Worte des Mannes zu meiner Rechten in mein Ohr, gefolgt von feurig roten Augen, auf einem markant männlichen Gesicht. Lässig fuhr sich der junge Mann mit der Hand durch sein kurzes schwarz-braunes Haar und sah mich prüfend an. *Das sind die Augen des Panthers!*

Ich erkannte sie sofort, denn sie hatten sich im Moment der einschneidenden Todesangst tief in meine Erinnerung gegraben und würden mich sicher auch nicht so schnell wieder verlassen. Duncans gelb leuchtenden Blick hatte ich für ganze drei Jahre nicht vergessen können und ich hoffte, dass es mir bei diesem Kerl nicht genauso erging.

Meine innerliche Angst offenbar zur Kenntnis nehmend, schürzte der Jüngling entnervt die Lippen und zog sich wieder zurück. Befana, die noch immer dicht bei mir stand, strich mir unterdessen leicht über die Schulter. „Fürchte dich nicht vor ihm. Amal ist in der Regel harmlos." *Mich nicht fürchten?* Er war als Panther in einem Satz auf mich zugesprungen, hatte die Zähne gefletscht und uns angeknurrt, als gäbe es kein Morgen mehr und ich sollte mich nicht fürchten?

Tief durchatmend versuchte ich ihrem Wunsch zu entsprechen, und mich ein wenig zu beruhigen. „Mach dir keine Sorgen. Wir werden uns um dein Bein kümmern und unverzüglich zu Raym aufbrechen, sobald du wieder laufen kannst. Danach versuche ich herauszufinden, was dieses ganze Theater mit Kyra sollte und vor allem was mit Duncan passiert ist! Es wird alles wieder gut werden, versprochen", sprach Befana beruhigend leise mit mir, doch konnte sie mein Unbehagen nicht gänzlich auslöschen.

Als gleich darauf ein leises Knurren den Raum erfüllte, klingelten sofort wieder meine Alarmglocken. Instinktiv sah ich zu dem jungen Mann hinüber, der mit geballten Fäusten am anderen Ende des Wohnzimmers stand und unter Zornesfalten zu uns herüber sah. „Du wirst dieses schmierige Stück

Wolfsscheiße nicht wiedersehen!", knurrte Amal finster und ließ seine Finger hörbar knacken.

„Was meinst du damit? Weißt du etwa, wo Duncan sich aufhält?", schoss Befana mit entsetztem Blick zurück und sah ihren Gegenüber durchdringend an. Amal hingegen antwortete nicht, sondern fletschte nur grimmig seine Zähne, doch Befana ließ nicht locker. „Amal, du sagst mir jetzt sofort, was du über Duncans Verschwinden weißt, oder ..."

„Oder was, Schwesterherz? Willst du dann einen weiteren deiner Grundsätze verraten und vielleicht einem Mitglied der Familie Schaden zufügen? Reicht es nicht aus, dass du dich dazu herabgelassen hast, mit diesem widerlichen Möchtegern-Krieger eine Verbindung einzugehen, obwohl es gegen alle Regeln von Astaroth verstößt? Du hast alles verraten, woran du jemals geglaubt hast, Befana. Hast dein Leben aufs Spiel gesetzt, nur um einen kurzen Moment der Lust zu empfinden. Ich erkenne dich nicht wieder, das bist nicht du! Und wenn Orcus sich nicht großherzig dazu entschieden hätte, dir die Chance zu geben, dich in seiner Knechtschaft als würdig zu erweisen, säßest du jetzt ebenso im Verlies und würdest auf deine Schuldzusprechung warten", brüllte Amal los und ließ mich erstaunt die Augen aufreißen. *Amal ist Befanas Bruder? Die beiden haben so gar keine Ähnlichkeit miteinander.* Und hatte er gerade indirekt angedeutet, dass Duncan im Verlies saß? *Dort hat McClary doch auch Fizzle hinbringen lassen! Aber wer ist dieser Orcus?*

„Du wagst es, über mich urteilen zu wollen? Ausgerechnet du? Wer hat sich denn gegen die Familie gestellt, um sich einem abtrünnigen Leben hinzugeben? Wer ist denn zur Gilde der Höllenfürsten gereist, um dort sein unwirkliches Glück zu suchen, nur um feststellen zu müssen, dass man mehr als nur skrupellos und von Grund auf böse sein muss, um dort überleben zu können? Du, Amal! Und ebenso warst du es auch, der just seine eigene Schwester hintergangen und einen unbarmherzigen Pakt mit dem Teufel geschlossen hat. Schmeiß nicht mit Steinen nach mir, wenn du keine Ahnung hast! Duncan und ich haben nie etwas Unsittliches getan und wer immer etwas anderes behauptet ist ein Lügner! Sag deinem *Orcus*, dass er sich seine Knechtschaft sonst wo hinschieben kann. Lieber werde ich unschuldig für etwas verurteilt, das mein Herz erwärmt hätte, als den Rest meines Lebens in ewiger Herzlosigkeit und Kälte zu verbringen!"

Ohne ihren heftigen Streit fortführen zu wollen, wandte sich Befana wütend von ihrem Bruder ab und stürzte, die funkelnd blauen Augen vollends mit angestauten Tränen überschwemmt, schnellen Schrittes nach draußen. Sofort schlug mein Herz einen Takt schneller, während sich mein Brustkorb schlagartig zusammenzog und der alleseinnehmende Schmerz des Mitgefühls nach mir langte. Ohne zu zögern, versuchte ich meine Beine von der Ottomane zu hieven, um ihr nachzueilen und meinen Trost zu spenden. Als jedoch meine Füße gerade den Boden erreichten und ich mich gleich darauf kräftig abstoßen wollte, um aufzustehen, sackte ich kraftlos zusammen. Unverzüglich fiel ich zu Boden, keuchte schmerzerfüllt auf und griff mir ans Fußgelenk. Ohne zu zögern, eilte plötzlich Amal unerwartet schnell an meine Seite, um mir wieder auf die schmale Ottomane zu helfen. „Was zum Teufel tun Sie da? Ihr Knöchel ist gebrochen und muss erst noch behandelt werden. Wenn Sie ihn bis dahin nicht ruhigstellen, wird die Genesung weit länger benötigen als ohnehin schon!"

Aus einer Mischung aus Wut, Angst und Verzweiflung sah ich Befanas Bruder an und nicht wissend, was ich jetzt tun sollte, zog ich schützend die Beine an meinen Oberkörper und jaulte erneut laut auf. „Verdammt nochmal, wie zum Henker ist das nur passiert?", brummte ich zornig und streckte reflexartig meine Glieder wieder aus. Verzweifelt blickte ich an mir herab. Ich erinnerte mich daran, dass mein Bein bei der Flucht vor der Hyäne und dem anschließenden Sturz zwar verletzt worden war, ich jedoch im Anschluss noch halbwegs laufen konnte. Ebenso wie Befanas Worte, dass mein Fuß nur geprellt sei, noch deutlich in meinen Ohren erklangen. *Ich muss mir den Bruch bei der unnützen Flucht vor ihm zugezogen haben*, dachte ich und starrte auf den dunkelhaarigen Mann vor mir.

„Hören Sie, ich kann verstehen, dass Sie Befana helfen wollen, doch ohne Ihr Bein werden Sie nicht weit kommen. Wir sollten uns also zunächst darum kümmern", sprach Amal nun etwas ruhiger, während er sich offensichtlich zwang, mir ein leichtes Lächeln zu schenken.

Mir hingegen war alles andere als zum Lachen zumute. Prüfend ließ ich meinen Blick nach draußen gleiten, um nach Befana Ausschau zu halten, doch konnte ich sie nirgends entdecken. Ein mulmiges Gefühl machte sich in mir breit und den sich sammelnden dicken Kloß in meinem Hals hinunterschluckend, wand ich mich schließlich wieder dem Panther in Männergestalt zu.

„Sie ist längst über alle Berge, um sich abzureagieren. Aber keine Angst, sie beruhigt sich schon wieder. Und wenn sie sich erst mit dem Gedanken an Orcus angefreundet hat, wird sie uns gewiss wieder mit ihrer Anwesenheit beehren. Bis dahin sollten wir einfach das Beste aus dieser auch für mich merkwürdigen Situation machen", raunte Amal nachdenklich, schenkte mir nun ein deutlich ernsteres Lächeln und widmete sich gleich darauf meinem Fußgelenk.

„Das kann jetzt ein wenig wehtun", fügte er leise murmelnd hinzu, ehe er vorsichtig nach meinem Schuhwerk tastete, um meinen spürbar geschwollenen Fuß daraus zu befreien.

„Au, au, verdammt, langsam", stammelte ich von Schmerz geplagt und presste mit Nachdruck meine Zähne aufeinander. Kaum hatte sich der Schuh vom Fuß gelöst, machte Amal sich auch schon an meinem Strumpf zu schaffen, den er, ohne mir weiter Qualen zu bescheren, gleich darauf vorsichtig abstreifte. Überraschend sanft ließ er anschließend seine Finger über meinen nun sichtlich geschwollenen Knöchel gleiten und sofort durchzog ein heißes Kribbeln meine Haut. Irritiert von der aufsteigenden Wärme zuckte ich kurz zusammen und als hätte er damit gerechnet, hielt Amals zweite Hand unverzüglich meinen Unterschenkel fest in Schach. „Versuchen Sie sich zu entspannen, ansonsten könnte es ein wenig unangenehm werden", wies Amal mich an, schloss hoch konzentriert seine

Augen und erschuf in Sekundenschnelle einen Ball aus Jenseitsmagie.

Nicht erstaunt, dass auch er diese Fähigkeit besaß, sondern eher durch die Tatsache, dass sein Zauber mir ein wahres Farbwechselspiel bot, traute ich meinen Augen kaum. Wie ein kleiner Feuerball schwebte seine magische Kugel über meinem verletzten Gelenk und hüllte es in angenehme Wärme, vermischte sich dort mit einem Hauch aus weiß-blauem Nebel, der ein sanft kühlendes Prickeln durch meinen Fuß zog, um anschließend in einem satten Violett zu erstrahlen. Verzückt von dieser wahrlich atemberaubenden Darbietung, jauchzte ich leise. Unverzüglich machte sich die Kugel auf den Weg, umkreiste unter elektrisierendem Kribbeln meinen Knöchel und schien an einem unsichtbaren Band zu ziehen, das den aufkommenden Stichen nach zu urteilen, direkt mit meinen Knochen verankert war. Überrascht von dem sich steigernden Schmerz, brummte ich leise und presste meine Finger fest in das alte Leder unter mir. „Entspannen Sie sich, sonst wird es nur schlimmer!", befahl Amal wieder, doch das war leichter gesagt als getan. Immer wieder zerrte die Kugel an meinem Gelenk, um es in die richtige Position zu bringen, während plötzlich ein starkes Hämmern von meinem Kopf Besitz ergriff und mich qualvoll aufkeuchen ließ.

Mit Nachdruck die Augen schließend, biss ich mir voller Verzweiflung auf die Unterlippe und versuchte die Pein zu ertragen und meine verkrampften Muskeln zu lockern. Doch das unsichtbare Band in meinem Inneren zog unweigerlich weiter an meinen Knochen und trieb mir unaufhaltsam die Tränen in die Augen. Das warme Wasser deutlich auf meinen Wangen spürend und den unnachgiebigen Druck an meinem Knöchel kaum noch aushaltend, riss ich die Lider wieder nach oben und stöhnte gequält auf. Ohne darüber nachzudenken, ließ ich meine Hand nach vorne schnellen, packte nach Amals Schulter und bohrte, in der Hoffnung meiner Pein etwas Luft machen zu können, meine Fingernägel unter festem Druck in seine Haut. Wütendes Knurren drang mir gleich darauf entgegen, während der Dämon mich voller Zorn anstarrte.

Noch immer keuchte ich malträtiert, während Amals grimmige Miene sich beim Anblick meines schmerzverzerrten Gesichts sichtlich ein wenig milderte. Krampfhaft hechelnd presste ich die verbrauchte Luft aus meinen Lungen, um gleich darauf unter scharfem Zischen wieder einzuatmen. Ich wusste, wenn diese magische Folter nicht gleich vorbei wäre, würde mich mein Kreislauf erneut in die Knie zwingen und das wollte ich tunlichst vermeiden.

Mit entschlossenem und dennoch auch leicht skeptischem Blick griff Amal plötzlich mit seiner rechten Hand nach meinem Oberschenkel. Zwischen Schmerz und Entsetzen hin und hergerissen, sah ich überrascht auf seine Finger, aus denen sogleich Rinnsale aus glühend heißer Energie flossen. Warm und verlockend drangen sie in meine Haut ein, und noch ehe ich mich hätte dagegen wehren können, bahnten sie sich auch schon ihren Weg in meine Mitte. Wie ein Feuersturm wirbelte schlagartig eine lodernde Glut aus lüsternen Gefühlen in meinem Unterleib und von plötzlicher Sehnsucht und Verlangen gepackt, stöhnte ich lauthals auf. Aller Schmerz und jegliche Qual waren mit einem Schlag vergessen und nur die unbändige Gier nach lustvoll zuckendem Fleisch blieb zurück. Erneut drang ein Fluss aus sengender Jenseitsenergie in meinen Schenkel und liebkoste frohlockend meine heiß pulsierende Scham. Erregt schmiss ich meinen Kopf in den Nacken und zog zärtlich kratzend meine Fingernägel über Amals Oberarm. Schamlos bäumte ich ihm meinen Oberkörper entgegen und wünschte mir nichts sehnlicher, als dass er mich berührte. Doch ehe ich mich ihm weiter unsittlich darbieten konnte, zog er auch schon seine Hand zurück.

Schlagartig war nichts mehr von der lodernden Lava zu spüren, die eben noch meine empfindsamsten Stellen verzückt hatte und einzig meine viel zu schnelle Atmung, gepaart mit dem lautstarken Trommeln meines rasenden Herzens blieb zurück.

Den Oberkörper noch immer nach vorn gewölbt und mit hechelnder Atmung benebelt an die Decke starrend, wurde ich langsam wieder Herr meiner Sinne und ohne es zu wollen, stellte sich sofort ein tiefes Gefühl der Scham bei mir ein.

Ich fürchtete mich davor, Amal nach meinem frivolen Benehmen in die Augen schauen zu müssen und so begab ich mich nur zaghaft wieder in meine sitzende Position. Zu meiner Überraschung war von Befanas Bruder auf den ersten Blick nichts zu sehen und auch die wundersame magische Kugel an meinem Knöchel war verschwunden. Unsicher, ob mein Gelenk bereits geheilt war, wagte ich eine leicht kreisende Bewegung und lächelte, als sie mir problemlos gelang. Erneut wippte ich mit dem Fuß auf und ab, und als auch dies ohne weiteres funktionierte, seufzte ich erleichtert.

„Du kannst ... Sie können ihn wieder voll belasten, wenn Sie wollen", hörte ich plötzlich ein leises Raunen vom Ende des Wohnzimmers zu mir herüber dringen und schlagartig schoss mir die warme Schamesröte in den Kopf.

Mit dem Rücken zu mir gewandt, stand Amal vor dem großen Fenster am anderen Ende des Raumes, die linke Hand zur Faust geballt gegen die Wand gelehnt und den Blick der hell leuchtenden Jenseitssonne gewidmet. Langsam senkte sich sein Haupt und er atmete tief durch. „Es tut mir leid, dass ich Ihnen zu nahe getreten bin. Doch bei all Ihrem Schmerz und Ihren Qualen, sah ich es als einzige Möglichkeit, Sie mit einem Schlag zu entspannen und Ihnen jede weitere Folter zu ersparen. Ich wünschte, ich hätte Ihnen wie meine Schwester zu einer schmerzfreien Heilung verhelfen können, zumal ich nicht ganz unschuldig an Ihrer Lage bin. Doch leider wurde nur ihr diese Kraft zuteil. Vielleicht können Sie es mir irgendwann nachsehen!", murmelte Amal von Vorwürfen geplagt und trat gleich darauf zielstrebig seinen Rückzug Richtung Flur an.

Nicht wissend, wie ich mit meiner inneren Zerrissenheit umgehen sollte, presste ich nachdenklich meine Lippen zusammen. Zweifelsohne fühlte ich mich ausgenutzt und in gewisser Weise bedrängt und willenlos gemacht, immerhin hatte er dafür gesorgt, dass ich mich ihm ohne weiteres hingab. Doch tief in meinem Inneren wusste ich, dass er es nicht mit dem Ziel getan hatte, mich verführen zu wollen, sondern er einzig um meine Gesundheit besorgt gewesen war. Konnte man ihm das zum Vorwurf machen?

Entgegen meinem inneren Drang, ihn einfach ziehen zu lassen und die vorangegangene Situation so schnell wie möglich zu verdrängen, ließ ich meine Beine kurzerhand zu Boden gleiten und versuchte aufzustehen.

„Bitte warten Sie!", rief ich ihm nach und sofort hielt er inne. „Ich weiß, dass Sie es nicht mit böswilligen Absichten getan haben und zum Teufel ja, ich schäme mich in Grund und Boden, dass ich mich wie eine rollige Katze vor Ihnen gerekelt habe, aber das Wichtigste ist doch, dass es seinen Zweck erfüllt hat, oder nicht?"

Irritiert sah Amal mich über seine Schulter hinweg an und musterte mich prüfend. Offenbar hatte er mit einer anderen Reaktion gerechnet, doch immerhin hörte er mir zu. *Vielleicht sollte ich die Gunst der Stunde nutzen und ihn auch über seine Schwester aufklären.*

Vorsichtig setzte ich einen Fuß vor den nächsten und geriet leicht ins Taumeln. Doch ehe Amal sich wieder gänzlich zu mir gedreht und auch nur einen Schritt in meine Richtung gemacht hatte, erhielt ich mein Gleichgewicht wieder. Zufrieden lächelnd sah ich ihn an und atmete tief durch. „Hören Sie, es ist gewiss keine Normalität, sich beim ersten Aufeinandertreffen auf diese Art und Weise zu begegnen, doch was ist hier unten schon normal? Meiner Meinung nach nicht sonderlich viel. Also lassen Sie uns diesen Vorfall einfach vergessen, okay?", setzte ich ernsthaft nach und streckte ihm als Zeichen meiner Dankbarkeit und Versöhnung, meine Hand entgegen. „Danke, dass Sie mir geholfen haben. Und bitte nennen Sie mich Sheeva!"

Mir tief in die Augen schauend, kam Amal sogleich mit ruhigen Schritten auf mich zu, ergriff vorsichtig meine Hand und führte sie zaghaft an seine Lippen, um sie zu küssen. Vor Spannung die Luft anhaltend, genoss ich das darauf folgende Kribbeln unter meiner Haut, ehe ich ihm beschämt in die Augen sah. „Angenehm, Sheeva. Wie ich in Astaroth gerufen werde, ist dir ja bereits bekannt", raunte er mir bittersüß entgegen und ließ seine Lippen erneut über meinen Handrücken gleiten. Sinnesfreudig schloss er die Augen, während er den Duft meiner Haut tief in sich aufsog und dabei verschmitzt lächelte. „Noch nie hat mir jemand freiwillig verraten, wie er heißt", schnurrte er beinahe katzenhaft, ehe er mich aus lodernd roten Augen durchdringend anstarrte. „Wenn ich dir einen guten Tipp geben darf, so hüte deinen Namen in Zukunft wie ein Neugeborenes. In den falschen Händen könnte es sonst dein Todesurteil sein."

Ich schluckte schwer, denn obwohl ich seine Anwesenheit, trotz der noch immer vorherrschenden Angst stetig mehr genoss, so hatte ich mich bisher keinesfalls an seine glühenden Augen gewöhnen können. *Meinen Namen? Was ist so wichtig an meinem Namen? Und wer hat verdammt nochmal solch gefährliche, blutrünstige Augen*, schwirrte es sogleich in meinem Kopf herum und ließ mich leicht zittern. Allein der Gedanke, an die zuvor durch ihn drohende Gefahr, brachte mich bereits wieder aus dem Lot und so wich ich seinem Blick aus. Mein Unbehagen offenbar deutlich spürend, trat Amal sofort einen Schritt näher, sodass ich die Hitze seines dämonischen Körpers deutlich vor meiner Brust fühlen konnte. Stockend atmete ich aus und sah dabei zu, wie er meine zitternde Hand sanft auf mein Dekolleté legte.

„Wie kommt eigentlich ein Mensch, der sich noch bester Gesundheit erfreut, in die tiefen Abgründe der Hölle? Wurdest du etwa von einem Dämon geraubt, vor dem du jetzt zu fliehen versuchst?", fragte Amal schelmisch lächelnd und gab mir wieder etwas mehr Freiraum. „Wenn dem so ist, kann ich gern versuchen dich freizukaufen", säuselte er süffisant, während seine Augen bedrohlich funkelten.

„Nein, ähm, ich wurde nicht verschleppt", stammelte ich, trat einen Schritt zurück und wandte mich von ihm ab, um langsamen Fußes auf die Küche am anderen Ende des Hauses zuzugehen.

*Bring mehr Raum zwischen euch, Sheeva! Er ist ein gefährliches Raubtier und du solltest nicht mit ihm spielen!* Das hatte schon meine Mutter immer gesagt, als ich noch ein Kind war: *„Finger weg von fremden Tieren. Sie könnten sie dir abbeißen!"*

Und bei Amal konnte ich mir das durchaus vorstellen.

„Sie ist eine der Auserwählten und in deinem eigenen Interesse rate ich dir, sie in Ruhe zu lassen!", erklang plötzlich die leicht gereizte, melodische Stimme von Amals Schwester in meinem Ohr und überaus erleichtert atmete ich einmal tief durch. „Befana, du bist zurück!", drang es gleich darauf erfreut aus meiner Kehle, während ich vorsichtig an ihre Seite eilte, um sie zu umarmen.

„Ist ja gut, ist ja gut. Was hast du mit ihr gemacht, Amal? Sie ist ja vollkommen verstört!", schnaubte die Winterdämonin knurrig, ehe sie mich ein wenig von sich schob, um mich ansehen zu können.

„Er hat nur mein Bein geheilt, sonst nichts", stammelte ich nervös und schenkte Amal einen peinlich berührten Seitenblick.

Skeptisch musterte Befana mich von oben bis unten, ehe sie ihre Nase einen kurzen Moment witternd in meine Richtung hielt. „Nein, er hat nicht einfach nur dein Bein geheilt, es ist noch etwas anderes geschehen. Du riechst anders. Nach ihm!"

Von ihrem Wissen leicht schockiert, versuchte ich mir etwas einfallen zu lassen, das sie eventuell davon überzeugen konnte, es einfach gut sein zu lassen.

„Nun ja, nachdem du vorhin so zügig aufgebrochen warst, wollte ich dir nacheilen, doch kam ich auf Grund meines gebrochenen Knöchels nicht sonderlich weit. Ich war gestürzt und dein Bruder hatte mir lediglich wieder hoch geholfen. Wahrscheinlich klebt sein Geruch deshalb noch an meiner Kleidung", versuchte ich so nah an der Wahrheit zu bleiben, wie nur möglich und einzig die kleine erotische Spannung zwischen Amal und mir unausgesprochen zu lassen. Ich wollte keinesfalls noch einmal vor Scham im Erdboden versinken, also hielt ich es für das Beste, wenn sie von dem kleinen Zwischenfall nichts wusste.

Noch immer sah Befana ungläubig zwischen mir und ihrem Bruder hin und her, doch dieser zuckte nur mit den Schultern, als wäre er sich keiner Schuld bewusst. Unter lautlosem Nicken nahm sie meine Geschichte schließlich ohne weiteren Kommentar zur Kenntnis. „Schön, wenn es deinem Bein also wieder besser geht, dann sollten wir uns langsam auf den Weg machen. Bis zu Raym ist es noch ein weiter Fußmarsch, wenn wir den Umweg über die Berge nehmen."

Einen letzten Blick auf ihren Bruder richtend, trat Befana zielstrebig auf die altertümliche Haustür zu, um unsere Reise fortzusetzen. „Bef, warte", rief Amal ihr nach, doch außer, dass sie für den Bruchteil einer Sekunde stehenblieb, zeigte sie keinerlei Regung und ging weiter. „Befana, bitte!", drang es nun flehend aus seinem Mund und dieses Mal stoppte sie.

„Was willst du noch, Amal? Hast du noch etwas gefunden, womit du mich demütigen kannst?", fragte sie schnippisch und ballte wütend ihre Fäuste.

„Nein!", antwortete Amal ruhig, „Ich wollte mich nur versichern, dass du dir Orcus Angebot noch einmal durch den Kopf hast gehen lassen. Denn ich hatte gehofft, dass du nicht so töricht bist, dein Leben zu verschwenden, wenn sich eine Tür des Auswegs vor dir öffnet. Ganz gleich, was sich dahinter verbirgt."

Verblüfft, dass Amal es offenbar noch immer nicht verstanden hatte, geschweige denn klug genug war, die Wahrheit zu erkennen, sah ich ihn entsetzt an. Befana knurrte unterdessen nur leise, ehe sie anschließend endgültig nach draußen verschwand. Verständnislos in Amals Richtung blickend, schüttelte ich den Kopf.

„Du tust ihr Unrecht, wenn du glaubst, dass sie einen Fehler begangen hat. Der Fehler liegt allein in eurem System, das die Liebe zwischen zwei sich aufopfernden Kriegern verbietet, einzig auf der Grundlage von schwachsinnigen Begründungen. Duncan und Befana haben sich nichts zu Schulden kommen lassen. Ich kann das bezeugen, denn ich habe sie zusammen gesehen! Es gibt also keinerlei Grund für deine Schwester, weshalb sie irgendjemandem Knechtschaft huldigen sollte. Vielleicht kannst auch du das irgendwann erkennen, Amal und ihr eines Tages wieder guten Gewissens in die Augen sehen", verteidigte ich meine Verbündete, sah den muskulösen Mann mit bittendem Blick an und verschwand daraufhin, ohne mich noch einmal umzudrehen.

Kapitel 17
*Dämon*

Dunkle, alles ummantelnde Nacht, so weit meine alten, düsteren Augen reichten. Ich war lange nicht mehr hier gewesen und hatte für gewöhnlich auch keinen Grund dazu. *Wozu hat man Lakaien, die einem die Arbeit abnehmen können!* Beim Gedanken an die tausenden unterwürfigen Hunde, die täglich um nichts anderes bedacht waren, als mir zu dienen, lächelte ich zufrieden. Doch um diese Mission weiter voranzuführen, musste ich mich mit dem heutigen Tag bereits zum dritten Mal dazu herablassen, selbst Hand anzulegen und mich in die Welt der Sterblichen zu begeben. Die Zeit lief einfach zu schnell gegen uns.

Prüfend sah ich mich in meiner Umgebung um. Der Mond schien hell auf das dunkle Wasser des Meeres. Seicht wiegten sich die Wellen hin und her und es wirkte fast, als wollten sie die angrenzenden alten Fabrikgebäude nach und nach in die Tiefe ziehen, um sie vor dem weiteren Verfall zu bewahren. Die verlassenen Gebäude des Piers hatten in dem letzten Jahrhundert wahrlich schon bessere Tage gesehen, doch obgleich mein letzter Besuch schon mehrere Monate zurücklag, so hatte ich sie doch genau so in Erinnerung.

Ein leises Knacken ließ mich aufhorchen. Ich wusste, dass er hier war, ganz in meiner Nähe. Wusste, dass er wie üblich Angst hatte, denn ich konnte seinen adrenalingetränkten Schweiß deutlich riechen. *Bittersüß, so wie ich es mag!*

Als ich noch jung war, hätte mich sein Duft sofort auf die Palme gebracht und ich hätte nichts unversucht gelassen, diesen armen Tropf mit in die Unterwelt zu ziehen und ihn dort über Jahre hinweg zu foltern und für meine Zwecke zu missbrauchen. Doch ich war müde von alledem. Sollten andere daran ihren Spaß haben. Für mich hatte oberste Priorität, dass die Geschäfte liefen. Und die liefen zurzeit mehr als schlecht.

*Es gibt einfach zu wenige Dummköpfe, die es noch wagen, einen Dämon zu beschwören.* Und die wenigen, die es noch taten, waren nicht töricht genug, die Zeremonie nur halbherzig zu beenden und den Dämon nicht wieder nach Astaroth zu schicken. Die Jugend von heute machte immer mehr ihre Hausaufgaben, was es uns Kreaturen der Unterwelt erschwerte, das Ungleichgewicht der Welt aufrechtzuerhalten. *Wenn heutzutage wenigstens noch jemand einen Krieg anzetteln würde*, dachte ich missmutig und schwenkte meinen Kopf nach rechts. Etwas bewegte sich dort und erregte meine Aufmerksamkeit. „Guten Abend, alter Freund. Ich hoffe, du bringst mir gute Neuigkeiten", raunte ich düster und spähte mit meinen glühenden Augen in Richtung des schemenhaften Schattens vor mir. Der Mensch, der mich vor einem knappen Dreivierteljahr das erste Mal beschworen hatte, zählte bei weitem nicht zu den Gewieftesten, obgleich er dennoch clever genug war, sich das einzufordern, was ihm beliebte. Und zu meiner Überraschung hatte er bei seinen bisherigen Wünschen und Gegenangeboten bislang keinen Fehler gemacht. *Mal abgesehen davon, sich mit mir einzulassen*, dachte ich innerlich lachend und erinnerte mich sofort an unser erstes Aufeinandertreffen.

Vom ersten Moment an wusste ich, dass dieser Mann ein elender Dummkopf war, der seine Wünsche zwar geschickt in Worte fasste und mir wenig Spielraum ließ eine passende Gegenleistung einzufordern, doch war sein Charakter auch mit Schwäche besudelt, sodass ich über kurz oder lang doch das bekam, wonach mir der Sinn stand.

So hatte es sich vor ein paar Monaten schließlich zugetragen, dass er etwas vorschlug, das ihn für gewöhnlich das Leben gekostet hätte – er wollte mir die Freiheit schenken und den schützenden Bannkreis, der mich stets im Zaum hielt, dauerhaft auflösen. Ich möchte anmerken, dass er einzig ein paar wertlose Bedürfnisse zu befriedigen versuchte und es erstrebte, dem allseits umworbenen Glück ein Stück weit näher zu kommen. Natürlich hätte ihn jeder normal denkende Mensch zu Recht als vollkommen wahnsinnig betitelt. Doch warum sollte ausgerechnet ich ihm aufzeigen, was für ein Schwachkopf er doch war, wenn sich mir durch seinen jämmerlichen Verstand schlagartig Tausende von

Möglichkeiten eröffnet hatten, die mein persönliches Streben nach Macht überaus greifbar machten.

Um diesen für mich durchaus nützlichen Freiraum zu erhalten, hatte ich natürlich seinen Deal akzeptieren müssen, was mir bei seinen lausigen Bedingungen alles andere als schwerfiel. Immerhin hatte niemand zuvor je versucht, sich mit mir auf eine Seite zu schlagen. Kein Sterblicher hatte mir jemals auch nur indirekt angeboten mein Diener zu sein und als mein persönlicher Handlanger im Diesseits zu agieren. Einzig für die Gewissheit, ihn vor körperlichen Schäden zu bewahren, sobald ich nicht mehr unter seinem Bann stand und nur für den lächerlichen Wunsch, dass er von Krankheiten, Sorgen und Alterung zukünftig verschont bliebe und ihn von Jahr zu Jahr ein wenig mehr Wohlstand heimsuchte. *Was für ein armseliges Begehren.*

„Guten Abend Fürst ...“

„Was habe ich dir zu meinem Namen gesagt?“, knurrte ich bitter, ohne den Menschling ausreden zu lassen und ließ meine Knochen bedrohlich knacken. In diesen Momenten bereute ich es, ihm Unversehrtheit zugesichert zu haben, doch ich konnte warten. Irgendwann würde er einen Fehler machen, mir mehr Freiheiten einräumen, und dann würde ich zur Stelle sein. *Notfalls sende ich ein paar Dämonen nach ihm aus, die für mich die Arbeit erledigen*, dachte ich zynisch und entspannte mich wieder.

„Natürlich, tut mir leid, Herr. Ich wollte euch keinesfalls in Gefahr bringen und jemandem euren Namen verraten“, drang es sogleich aus der Kehle des Mannes, der ohne zu zögern unterwürfig seinen Kopf senkte. Diese entschuldigende Geste zufrieden lächelnd annehmend, trat ich ein paar Schritte auf ihn zu. Sofort beflügelte sein bittersüßer Geruch nach Angst erneut meine Nasenflügel und unter schwerem Schlucken, sog ich den Duft tief in mich ein. „Lass dir versichern, dass es nicht die Gefahr einer erneuten Bannung durch Menschenhand ist, die mich beunruhigt. Es gibt weit schlimmere Dinge, die ein Dämon ertragen kann. Doch nun spanne mich nicht weiter auf die Folter und nenne mir den Grund, warum du mich gerufen hast?", verlangte ich unter genüsslichem Grunzen zu wissen und schloss, seinen Geruch tief in meinen Nüstern wissend, die Augen. Grausame Bilder von blutüberströmter Haut, gepaart mit dem würzigen Geschmack des menschlichen Lebenssaftes und dem beißend süßen Geruch des Todes, durchzogen unweigerlich meinen Schädel und ich erschauerte sinnesfreudig. *Nur einmal meine Klauen in seinen Körper schlagen und mich am warmen Fluss seines Inneren laben*, dachte ich und spürte, wie sich mein Brustkorb immer schmerzlicher zusammenzog. Von Pein durchflutet, presste ich meine Kiefer hörbar zusammen. Ich musste meine Gedanken unter Kontrolle bekommen und durfte kein Risiko eingehen! Meine Lider öffneten sich wieder und zum Vorschein kam der blonde Mann, den ich im Wahn bereits das ein oder andere Mal gedanklich zerstückelt und anschließend in meinen Armen ausbluten lassen hatte.

„Herr, ich habe getan, was ihr mir aufgetragen hattet. Der von mir beschworene Ork hat erfolgreich die Stadt eingenommen. Es ist ihm gelungen, sich anzupassen und nun in neuer Gestalt alles für die Apokalypse vorzubereiten. Die zwei weiteren Dämonen, die ich rief, waren allerdings nicht stark genug, dem Sonnenaufgang zu trotzen und haben zu meinem Bedauern ihr Dasein verloren. Es war kein schöner Anblick, wie ihr euch denken könnt, doch ich hatte euch versprochen, alles genau so zu vollziehen, wie ihr es mir aufgetragen habt. Ich konnte doch nicht wissen, was mit ihnen geschieht", jammerte der Mensch schwach und erzürnt über diese Charakterlosigkeit, brummte ich leise. „Mach dir um diese Taugenichtse keine Gedanken. Wenn sie in deiner Welt nicht lebensfähig sind, waren sie auch vorher zu nichts zu gebrauchen. Es ist also kein Verlust für meine Welt, sondern eher noch eine Bereicherung. Was ist schon ein einziger Dämon, im Vergleich zu der Macht, die wir mit den anderen Kreaturen erzielen können. Folge weiter deinem Weg, die Wesen der Unterwelt zu beschwören und lass sie auch in Zukunft unter keinen Umständen zurück. Verbanne sie nicht nach Astaroth, sondern schenke ihnen, ebenso wie mir, die Freiheit. Solange du unter meinem Kommando agierst und das Amulett der stillen Schreie trägst, wird keiner von ihnen dir etwas antun. Darauf hast du mein Wort!"

Die leicht zitternde Hand auf das silberne Amulett an seinem Hals gelegt, verbeugte sich der Erdling ehrfürchtig und ließ mich erneut überheblich den Kopf heben. „War das alles, weshalb du mich hergebeten hast?", fragte ich düster raunend und sah herablassend auf ihn nieder. Mit eingeschüchtertem Blick in meine Richtung schauend, erhob sich der Mensch vorsichtig und rang sichtlich um mehr Fassung. „Nein Herr. Ich befürchte, dass einer eurer Krieger eine Ratte im Höllensystem wittert. Ich habe ihn beobachtet, wie er mit einem Menschenmädchen sprach. Er sagte etwas von einem Schlupfloch und dass immer mehr Dämonen die Hölle verließen, ohne dass die Krieger etwas davon wüssten. Kurz darauf ist er mit ihr durch das Porta Inferna geschritten. Ich habe den Wächter zuvor noch nicht gesehen und einzig seine Glyphen am Oberkörper haben ihn als Diener des Tores verraten. Ebenso ist mir die Frau, die ihn begleitete, unbekannt. Zu meinem Bedauern ist es mir bisher trotz intensiver Bemühungen leider noch nicht gelungen, herauszufinden, wer die beiden sind. Doch eins weiß ich mit Sicherheit, nämlich dass das Mädchen keine normale Sterbliche ist. Sie trug ein Mal auf ihrer Haut, das beim Eintritt ins Jenseits golden schimmerte und da ich noch nie etwas Vergleichbares gesehen habe, gehe ich davon aus, dass sie eine von euch ist", stammelte der Mann unsicher und mit jedem seiner Worte wuchs der Zorn in mir.

Ich wusste, dass das Mädchen keine Dämonin war, da Wächter sich für gewöhnlich nicht mit ihnen abgaben. Und auch das erwähnte glühende Mal sprach deutlich dagegen. Es gab prinzipiell nur eine plausible Erklärung, warum ein Wächter ein Erdenkind in die Hölle überführen würde – das Gleichgewicht der Welt war aus den Fugen geraten.

Nicht, dass es außerhalb meiner Absichten stand, genau diesen Zustand weiter voranzutreiben. Immerhin lag es mehr als nur in meinem Interesse, den Kreaturen der Unterwelt mehr Spielraum zu schenken und mir im selben Atemzug mehr Macht zu verleihen. Ich war geradewegs dafür geboren worden, der neue Herrscher über die Welt zu werden und die Menschheit zu meinen Zwecken zu missbrauchen. Doch waren erst einmal die Wächter Astaroths im Spiel, machte es die Sache komplizierter. Sie waren erschaffen worden, um das Tor der Hölle zu bewachen, die wenigen Auserwählten vor dem Tode zu schützen und mit ihrer Hilfe die Balance zwischen Himmel und Hölle aufrechtzuerhalten. Unter ihren Argusaugen weitere Dämonen in die sterbliche Welt zu schleusen und dafür zu sorgen, dass diese bis zur Apokalypse unentdeckt blieben, damit sie anschließend Angst und Schrecken unter den Menschen verbreiten konnten, würde nicht leicht werden. Doch das Böse musste zurück in die Gegenwart gebracht werden. Die Menschen mussten wieder an Sünde und Tugend glauben und die Geschöpfe der Nacht vor dem Untergang bewahrt werden. Wir durften nicht zulassen, dass die zwanghaft heile Welt der Menschen, das Jenseits immer weiter in den Abgrund stürzte.

„Sag mir, mein Freund, wie sah der Wächter aus, den du meinst, gesehen zu haben?"

Irritiert, dass ich offenbar an seinen Worten zweifelte, sah der Mensch hektisch hin und her. „Er war groß und behaart, Herr. Er wirkte wie eine Mischung aus Grizzly-Bär und Hirsch, eine recht sonderbare und auffällige Gestalt. Die Frau hingegen war unscheinbar. Hübsch, ja, doch so normal wie jede andere ansehnliche Frau auch. Soweit ich es erkennen konnte, trug sie einen Blitz zwischen ihren Brüsten", stotterte mein Verbündeter leise, und ich fühlte wie sein Herzschlag, beim Gedanken an die Frau, rapide anstieg. „So normal, wie jede andere, soso", sprach ich ihm nach, während ich ihn eindringlich musterte. Der Mann hingegen wurde sofort von einer leichten Schamesröte gezeichnet, die mir sichtbar aufzeigte, dass er mehr als nur angetan von der Frau gewesen war. *Verlogener Bastard!*

„Nun, wenn es nichts weiter zu berichten gibt, werde ich mich darum kümmern, dass wir unsere Arbeit ungehindert weiterführen können. Tu du unterdessen das, was du am besten kannst und besorge mir mehr Untertanen in deiner

Welt", befahl ich in nun deutlich strengerem Ton, ließ eine Liste mit Dämonennamen in seiner bleichen Hand erscheinen und wandte mich von ihm ab, um mich auf den Weg in die Hölle zu machen.

„Warte, Herr! Es gibt da noch eine Sache, worüber ich mit euch sprechen muss", platzte es hektisch aus dem Schwachkopf heraus und den Sog des Jenseits bereits tief in mir spürend, hielt ich ein letztes Mal widerwillig inne. „Was gibt es noch, Mensch?", brummte ich unter aufkeimendem Schmerz in meinen Knochen, und ballte die Hände nachdrücklich zu festen Fäusten. *Wage es nicht, auch nur den Hauch einer Forderung an mich zu stellen, für den Nonsens an Informationen, für die du mich gerufen hast!*

„Herr, es gibt da jemanden, der mir sehr am Herzen liegt. Wir arbeiten bereits seit einigen Jahren zusammen, doch bisher gab es nichts als kollegiale Freundschaft zwischen uns. Das möchte ich gern ändern und ich hatte gehofft, dass Ihr mir helfen könntet, sie für mich empfänglich zu machen. Sie ist wirklich eine atemberaubende Frau, Herr, und ich will sie keinesfalls zu etwas zwingen, doch einem kleinen Schubs in die richtige Richtung, bin ich nicht abgeneigt."

Das Gesicht grimmig verzogen und die Zähne gebleckt, wirbelte ich herum und packte nach dem unbedeckten Hals des Jünglings. Erschrocken sah er mich an und wusste nicht, wie ihm geschah. „Sei froh, dass ich dir mein Wort gab, dich am Leben zu lassen, Mensch. Und sofern du zukünftig nicht mehr als ein paar Floskeln für mich parat hast, fordere nie wieder einen solchen Wunsch von mir ein! Und jetzt entschuldige, ich habe mich mit wichtigeren Dingen zu befassen, als mit deiner unerfüllten Liebe", knurrte ich bitter, stieß ihn unsanft von mir, sodass er irritiert zu Boden stolperte, und ließ mich sogleich vollends vom warmen Strom des Jenseits mitreißen.

Kapitel 18
*Sheeva*

T„retet ein, Dämonin des Winters und beehrt uns mit eurer und der Anwesenheit eures Schützlings", hörte ich eine angenehm raunende Stimme sagen, ehe eine weiß gekleidete Gestalt in mein Blickfeld trat und mich überrascht aufblicken ließ.

Vor uns stand eine Kreatur der Unterwelt, gar keine Frage, obgleich sie dank ihrer weichen Gesichtskonturen, dem aschblonden langen Haar und dem leichten Lächeln mehr menschliche Züge besaß, als ich zuvor vermutet hatte. Die Statur des offensichtlich männlichen Wesens konnte man getrost als schlank bezeichnen, die auf Grund seiner übermenschlichen Größe allerdings ein wenig knochig wirkte. Die ebenso dürren Finger, die uns einladend die Richtung aufzeigten, in die wir gehen sollten, ragten nur zur Hälfte aus seiner schneeweißen Robe hervor und ließen es so wirken, als wäre er für seine Kleidung etwas zu klein geraten.

Fest griff Befana nach meiner Hand und zog mich hinter sich her. Meine Augen nicht von dem hochgewachsenen Mann abwenden könnend, schluckte ich schwer, als wir kurz darauf an ihm vorbei, in den nächsten Raum gingen. *Warum erinnert er mich nur an ein zum Leben erwecktes Bildnis eines rassistischen Richters?*

Fragend sah der Mann mich an, während er hinter uns die Tür schloss. *Ach bitte, kann denn hier wirklich jeder meine Gedanken lesen?*

Sein angedeutetes Lächeln gab mir prompt die Antwort auf meine unausgesprochene Frage.

„Komm schon, Sheeva, wir haben keine Zeit zu verlieren. Der Hohe Rat wartet nicht gerne und wir sind bereits spät dran!", zischte Befana leise in meine Richtung, ehe sie einen kurzen Blick in des Mannes Gesicht erhaschte und mich schließlich weiter hinter sich herzog. *Sie hat Recht. Duncan wollte bereits am frühen Morgen mit mir zum Hohen Rat gehen, damit ich endlich die Antworten bekomme, nach denen ich schon so lange suche. Verdammt, ich hoffe, der Rat stört sich nicht daran, dass ich mit seiner dämonischen Freundin komme, anstatt mit ihm.*

Befanas eigentliches Vorhaben, mich zu Raym zu bringen, war nach kurzer Überlegung durch sie verworfen worden, denn sie hatte es für klüger gehalten, zunächst den Hohen Rat zu kontaktieren, um nach dem weiteren Werdegang zu fragen. Und natürlich nach dem Verbleib von Duncan.

Die erstaunliche Schönheit der Umgebung in mich aufsaugend, stolperte ich weiter hinter Befana her und genoss die teils malerischen Eindrücke des in Weiß gehaltenen felsigen Ganges, durch den wir hasteten. Etliche künstlerische Gebilde, umrahmt von Lava getränkten Rinnsalen, begleiteten unseren Weg und zeigten mir die offenbar schönen Seiten Astaroths auf. Es waren Zeichnungen zu sehen, die den Fluss der Seelen zeigten und die schemenhaft schwimmenden Umrisse verstorbener Menschen abbildeten. Eigentlich kein schöner Anblick, doch das zufriedene Lächeln auf ihren Gesichtern, das von innerem Frieden zeugte und Wohlergehen, stimmte einen fröhlich.

Auf der anderen Seite des Ganges waren Zeichnungen von Drakoniern zu sehen, die voller Freude in der Luft tanzten und, ohne jegliche Angst vor Gefahr, den Dingen nachgehen konnten, die sie glücklich machten. Skulpturen von Gargoyles, die versteinert an Dächern diverser kirchenartiger Gebäude klebten, schmückten den steinigen Boden, auf dem wir liefen, doch brachten sie mir, beim Gedanken an den kürzlich überstandenen Angriff, leider keine Begeisterung und ließen mich stattdessen erschaudern. Zu guter Letzt gab es aber doch noch etwas Ansehnliches, denn kurz vor Ende des Ganges fiel mir ein Kunstgebilde von Kriegern ins Auge, die zusammen mit anderen, jünger wirkenden Wesen in einer riesigen Halle standen, die Schwerter demonstrativ gen Himmel erhoben.

Den Blick von diesem letzten Kunstwerk nicht abwenden könnend, prallte ich ein wenig unsanft gegen Befanas Rücken, als diese plötzlich stehenblieb. Ungehindert starrte ich jedoch weiter auf die Traube von kunstvoll dargestellten Dämonen zu meiner Linken.

*Wow, das sind ganz schön viele höllische Kreaturen. Ob das die Wächter des Portals sind? Und ist der schwarzhaarige muskulöse Mann im Vordergrund vielleicht sogar Duncan?*

Augenblicklich verspürte ich einen weichen Stoff an meiner rechten Hand und drehte mich erschrocken um. Unverzüglich erblickte ich den übergroßen Mann, direkt an meiner Seite und von seiner viel zu auffälligen Nähe sichtlich irritiert, schluckte ich schwer und versuchte das rasant einsetzende Trommeln meines Herzens, wieder unter Kontrolle zu bekommen. Der Mann hingegen zeigte keinerlei Regung und starrte nur geradewegs auf das Gemälde.

„Dies sind die Wächter des Porta Inferna, zusammen mit ihren Schützlingen. Du wirst gewiss schon mit einigen von ihnen Bekanntschaft geschlossen haben", raunte der Riese neben mir bittersüß und doch auch düster wie ein wolkenbehangener Nachthimmel, sodass ein kräftiger Schauer durch meine Knochen zog.

Seine Anwesenheit mit Nachdruck zu ignorieren versuchend, heftete ich meine Augen wieder auf das Gemälde. Prüfend kniff ich die Augen zusammen, um mir eine bessere Sicht zu verschaffen und tatsächlich erkannte ich kurz darauf Befana, die zusammen mit einer katzenartigen Frau direkt neben Duncan und seinem gefiederten Schützling stand.

„Verdammte Scheiße, ist das ein Phönix?", sprach ich meine verblüfften Gedanken ungewollt laut aus und schlug mir gleich darauf strafend die Hände vor den Mund. Der scharfe Blick der erzürnten Winterdämonin neben mir bohrte sich unverzüglich tief in mein Inneres, während der Mann zu meiner Rechten kommentarlos nach der Türklinke griff, um sie zu öffnen.

„Wartet hier, ich werde den Hohen Rat informieren, dass ihr bereit seid, empfangen zu werden", raunte der Mann ein letztes Mal, ehe er in die nächste Kammer verschwand.

„Bist du von allen guten Geistern verlassen? In den Katakomben des Hohen Rates kannst du dich nicht so geistlos benehmen, Sheeva. Nicht einmal in Gedanken. Deine Geistesgüter sind hier so schutzlos, wie ein neugeborenes Baby, hüte also deine Zunge und die Schauspiele in deinem

Kopf! Um deines eigenen Seins willen", appellierte die Dämonin mit Nachdruck an mich und ich konnte nicht anders, als unwillkürlich zu zittern.

Unter leisem Knarren öffnete sich erneut die Tür, doch dieses Mal trat niemand heraus, um uns hineinzubitten. „Lass mich reden und antworte nur, wenn du darum gebeten wirst", wies Befana mich ein letztes Mal an, ehe sie meine Hand noch fester packte und anschließend ohne Umschweife in die benachbarte Kammer trat. Der Raum, in dem wir uns nun befanden, war um einiges größer als der langgezogene Gang zuvor und ringsherum an den weißen Wänden mit goldenen Ornamenten verziert. Es gab mehrere Fenster, durch die man, wie auch in Duncans Heim, ins Tal blicken konnte und die den ohnehin hellen Raum in ein angenehm sanftes Licht rückten. Zu meiner Linken stand ein in Gold und Silber gehaltener Tisch mit fünf Stühlen, während sich zu meiner Rechten lediglich eine hell schimmernde Wand befand, an der eine Galerie von Bildern angrenzte. *Wozu diese Wand wohl gut sein mag? Ob es überhaupt eine Wand ist*, dachte ich und versuchte allein durch meinen prüfenden Blick herauszufinden, woher dieses geheimnisvolle Leuchten darauf kam.

Klappernde Absätze erregten plötzlich meine Aufmerksamkeit und ohne zu zögern, drehte ich mich danach um. Ein Mann, so um die zwei Meter hoch, ummantelt mit einer weißen ornamentbesetzten Kutte, trat ruhigen Schrittes auf uns zu. Sofort breitete sich ein mulmiges Gefühl in mir aus und mein Herz geriet ins Stolpern. Doch ehe ich mir weiter Gedanken über diese gigantische Kreatur machen konnte, zog Befanas Hand mich bereits nach unten. Ebenso wie sie sollte auch ich mich verbeugen, und dem Wesen eine besondere Ehrerbietung geben. Verwundert über diese Geste und dennoch gewillt, mich diesen fremden Ritualen zu fügen, beugte ich mich tief nach unten und presste instinktiv meine rechte Hand auf die Brust, um meinen Ausschnitt zu verbergen. Sicher war sicher.

Ich ertappte mich dabei, wie ich sogar einen kleinen Knicks machte und andächtig meinen Kopf zum Gruße senkte, wie man es aus den alten Königsfilmen kannte, und musste innerlich schmunzeln, als wir uns kurz darauf wieder erhoben. Zu meinem Bedauern ließ es sich dabei nicht vermeiden, dass ich auf die plötzlich viel zu nahen Füße meines Gegenüber blickte und verwundert die Augen aufriss. *Hufe? Verdammt, ich hätte schwören können, dass es Absätze sind!*

Überrascht, dass der Mann vor mir offensichtlich ein Huftier war, erhob ich mich mäßig weiter. Das leicht faltige Gesicht, das umrahmt vom grauen schulterlangen Haar ein wenig verbittert auf mich wirkte, lächelte sanft, während zwei leuchtend grüne Augen mich von oben bis unten musterten. Hastig versuchte ich den dicken Kloß in meinem Hals hinunterzuschlucken, doch gelang mir dies nur mit sehr viel Mühe. Lauthals pochte der große Muskel hinter meiner Brust und ich konnte förmlich spüren, wie er das Blut durch meine Venen pumpte. Nervös spielte ich am Saum meines Spitzenshirts herum, während der Alte langsam seine Finger nach meinem Gesicht ausstreckte, um es zu berühren. Zaghaft und doch genau wissend, was er tat, strich der Mann mir sachte das Haar zur Seite und blickte prüfend auf meinen Hals. Als er dort offenbar nicht fand, wonach er suchte, begutachtete er auch noch die andere Seite, doch auch dort wurde er nicht fündig. Langsam ließ er daraufhin seinen Zeigefinger tiefer an mir hinabgleiten, den Blick stets prüfend auf meiner Haut. Nachdenklich fuhr er mir über die Oberarme und drehte seinen Kopf bedächtig hin und her, um besser sehen zu können, doch führte seine Suche noch immer nicht zum Ziel.

Als er schließlich mit seinen langen weichen Fingerspitzen über mein Dekolleté strich und dort meinen Ausschnitt minimal beiseite schob, konnte ich nicht anders, als die warme Luft des Jenseits zischend durch meine Zähne zu ziehen. Unsicher blickte ich ihn mit zusammengebissenen Zähnen an und krallte mich krampfhaft am Saum meines Oberteiles fest, um nicht die Beherrschung zu verlieren. Mein pulsierender Herzschlag raste vor Anspannung, während das feste Band um meinen Brustkorb sich immer weiter zuschnürte und mich kurzatmig zurückließ. Ich wusste nicht, ob ich lauthals protestieren oder es einfach so hinnehmen sollte, dass er mich betatschte, also versuchte ich einen klaren Gedanken zu fassen und mich, entgegen Befanas Anweisungen, nur ein wenig zur Wehr zu setzen.

Da ich insgeheim vermutete, dass diese Leibesvisitation der Findung meines Mals diente, tat ich das einzig Logische in dieser Situation. „Suchen Sie das hier?", fragte ich leise, erhob meine linke Hand und drehte mein Handgelenk zielsicher in Richtung des alten Mannes. Befana, die in meiner Bewegung offenbar etwas anderes vermutet hatte, packte sofort mit ihren kalten Fingern nach meinem Arm und presste ihn nachdrücklich wieder nach unten. „Wirst du dich wohl benehmen!", zischte sie mit glühenden Augen, doch ehe sie ihre Schimpftirade fortsetzen konnte, löste der Mann auch schon ihren Griff von mir.

„Beruhige dich, mein Kind. Es liegt in der Natur des Menschen, die Dinge auszusprechen, die auf der Hand liegen", wandte er sich an die zornige Dämonin und sofort entspannte sie sich sichtlich und nickte beipflichtend.

„Jawohl, Kominus, ich verstehe!"

*Kominus*, dachte ich fragend und erneut erntete ich ein leichtes Lächeln. „Das ist mein Name, Kind und ich bin einer der Ältesten des Hohen Rates in Astaroth", erwiderte er auf meine unausgesprochene Frage, während er mein Handgelenk zielstrebig in seine Richtung zog, um es zu untersuchen. Langsam drehte er es herum, bis er die Mondsichel nebst Eiskristall und Abendstern deutlich sehen und bedächtig mit seinem Daumen darüber streichen konnte. Kaum hatten seine Finger mein Mal berührt, glühte es auch schon in funkelndem Gelb, Blau und Weiß und ich traute meinen Augen nicht. Noch nie hatte ich es in solch einer Pracht erstrahlen, ja beinahe glühen sehen – was mir umso mehr verdeutlichte, dass ich es zwar schon viele Jahre mit mir herumtrug, aber dennoch fast gar nichts darüber wusste.

„Du hast wahrlich ausgeprägte Glyphen, mein Kind. Es steckt viel Potenzial und Kraft in dir", murmelte der Mann nachdenklich, ehe er mit durchdringendem Blick prüfend in meine verwirrten Augen sah. Vorsichtig streckte er seine Hand nach mir aus und legte sie sachte auf meine Stirn, woraufhin mich unverzüglich ein prickelnder Fluss aus Magie durchströmte und mich willenlos die Lider schließen ließ.

*Heiliger ... grausiger Strohsack! Was tut er da?*

Für mich unverständliche Worte murmelnd, strich Kominus immer wieder sachte über meinen Handrücken und bescherte mir dort ein angenehmes Prickeln nach dem anderen. Nur einen Wimpernschlag später zog er sich jedoch wieder ein Stück zurück. „Und wie ich sehe, hast du keinerlei Ahnung, zu was du alles fähig bist!" Verblüfft ließ ich meine Augenlider nach oben schnellen und starrte den Mann des Hohen Rates entgeistert an.

*Warum, in Teufels Namen, sprechen hier alle in Rätseln mit mir? Kann denn nicht einer mal Tacheles reden und mich aufklären?*

„Komm mein Kind, ich werde dir etwas zeigen", wies Kominus mich gleich darauf an, ihm zu folgen und ohne weiter unausgesprochene Fragen zu stellen, tat ich, was er verlangte. Zielsicher schritt der Greis voran, geradewegs auf die schimmernde Wand zu, und sofort durchzog ein kühler Schauer meinen Oberkörper. Ich wusste nicht, was mich erwartete, wusste nicht, ob es mir gefallen würde, was er mir zeigte, doch konnte ich mich auch nicht gegen seinen Wunsch wehren. Es hätte mindestens eine Person in diesem Raum gegeben, die mich sofort lynchen würde.

Die in sanftem Weiß flackernde Wand mit erstaunten Augen musternd, formte ich ein lautloses: „Wow!". Noch nie hatte ich so etwas Schönes gesehen. Das Gemäuer war schlicht und ohne jede Art von Gemälden versehen. Prinzipiell war es nur eine einfache weiße Wand, doch das leichte Schimmern und Funkeln, als würden auf ihr Tausende Diamanten ruhen, machten sie zu etwas Besonderem.

„Nur zu, mein Kind, komm her und sieh sie dir an."

Zaghaft ergriff ich die ausgestreckte Hand des alten Mannes, der mich unverzüglich näher an sich zog und mich kurz darauf vor sich positionierte. „Was siehst du?", fragte er gespannt, doch so sehr ich das mit Magie besetzte Gestein auch untersuchte, ich konnte nichts Aufregendes erkennen.

„Ich, ähm, es tut mir leid, da ist nichts." Energisch griff der Mann daraufhin nach meinem Handgelenk und brachte meine Glyphen unweigerlich zum Schwingen, ehe er mir mit der anderen Hand leicht gegen die Schulter stupste. „Konzentriere dich auf deine innere Stimme. Höre auf die Dämonin in dir und sag mir, was du siehst", verlangte er wieder und abermals ließ ich meine Augen über die leuchtende Wand vor mir gleiten. *Verdammt nochmal, da ist nichts! Und von welcher inneren Stimme redet er?*

Die, die mir bereits seit Stunden befahl, wieder nach Hause zu gehen, um dort die Menschen vor dem Bösen zu bewahren? Die Stimme, die meinem Herzen seit Stunden Schmerzen bereitete und danach verlangte, dass ich meinen kranken Vater besuchte? *Wahrscheinlich spricht er von der Stimme, die einfach nur schreiend davonlaufen will! Wo zur Hölle ist Duncan, wenn man ihn braucht und warum zum Teufel beschuldigt mich dieser kuttenbehangene Riese, eine Dämonin zu sein?*

Mit einem Mal durchzog ein heißes Band meinen Brustkorb und von der unerwarteten Hitze sichtlich überrumpelt, griff ich reflexartig nach meiner bebenden Brust, keuchte leise auf und taumelte unmerklich zurück. Kominus, der noch immer dicht hinter mir stand, presste sofort stützend seine große Hand auf meinen Rücken und hinderte mich daran, dass ich mich weiter zurückzog. „Ich sagte: Konzentration! Sag mir endlich, was du siehst, was du fühlst", drängte er mich wieder und abermals kniff ich die Lider zusammen und musterte das sanfte Leuchten vor mir. Und dann sah ich es.

Wie ein langsam wachsendes Fenster verwandelte sich das seichte Schimmern der Wand in eine transparente Öffnung, die anscheinend eine andere Welt vor mir verbarg.

Okay, es war in Wirklichkeit eher wie ein Raum oder das Spiegelbild eines Raumes. *Meines Raumes?* Ungläubig starrte ich mit großen Augen auf das schillernde Gestein und trat, ohne es bewusst zu tun, einen Schritt näher. „Das kann doch unmöglich ...", wisperte ich und musterte jeden noch so kleinen Winkel meines vermeintlichen Kinderzimmers.

Mein Bett stand wie damals in der linken Ecke vor dem Fenster. Ihm gegenüber mein Kleiderschrank und angrenzend daran ein schmaler Schreibtisch mit allerlei Utensilien darauf. „Warum um alles in der Welt zeigt mir diese Wand mein altes Zimmer?", murmelte ich leise und wurde gleich darauf durch Kominus näher herangeschoben.

„Du musst deinen Geist weiter ausbreiten, Sheeva. Schärfe deine Sinne, nutze deine Fähigkeiten, höre auf dein Innerstes. Der Spiegel deiner Seele gibt dir alle Antworten, die du suchst. Du musst nur die richtigen Fragen stellen und darfst deine Augen nicht vor dem Wesentlichen verschließen."

Nicht wissend, was genau er mir sagen wollte, ging ich einen kurzen Moment in mich, schloss meine Lider und atmete tief durch. *In Ordnung, Sheeva, dann zeig mal, was in dir steckt!*

Als ich meine Augen wieder öffnete, war das Zimmer verschwunden. Dafür reihten sich nun sechs mir unbekannte Personen auf einem weitläufigen Platz im Kreis aneinander. Ihre Gesichter waren sichtlich angespannt, während sie lauernd in die Dunkelheit starrten. Auf wen oder was genau sie warteten, erschloss sich mir nicht, doch als hinter ihnen plötzlich ein gleißendes Licht erstrahlte und eine junge Frau quasi aus dem Nichts erschien, glaubte ich meinen Augen nicht trauen zu können. „Oh. Mein. Gott!", rief ich schockiert aus und schlug mir entsetzt die Hand vors Gesicht. Mit weit aufgerissenen Augen starrte ich die junge Brünette an, die sich ungefähr in meinem Alter befand und wie das Ebenbild meiner dreißig Jahre jüngeren Mutter aussah. „MOM?", quiekte ich fassungslos und spürte, wie sich eine beengende Wärme in mir ausbreitete.

Theatralisch schwenkte sie unterdessen ihre Hände im Kreis, die sogleich mit einem kraftvoll leuchtenden, türkisen Schleier bedeckt waren. Wie ein Tornado wirbelte sie um die kleine Gruppe aus Männern und Frauen, und sofort begann der rote Staub des Jenseits, angereichert mit dem türkisen Nebel in ihren Händen, wie eine magische Schutzwand zu schimmern. Offensichtlich wollte sie irgendwen oder irgendetwas von sich und der Gruppe fernhalten. Als ich mir gerade die Frage stellen wollte, was genau dort vor sich ging beziehungsweise weshalb meine Mutter augenscheinlich dazu befähigt war, mit Magie zu jonglieren, wechselte schlagartig die Szene und ein neuer Bildfetzen durchzog die glänzende Wand vor mir.

Tote, wohin meine Augen reichten. Menschen, ebenso wie Kreaturen der Unterwelt zierten den blutbesudelten Boden vor mir und ließen mich kräftig schlucken. Es schien ein fürchterliches Gemetzel gegeben zu haben, denn überall lagen beschmutzte Gegenstände und Waffen herum, die offenbar den Menschen zur Abwehr gedient hatten. Dem entgegen klebte auf ihrer Kleidung eine zähe Masse, wie ich sie schon einmal in Astaroth ausgemacht hatte. „Meine Welt wurde von den Dämonen angegriffen? Aber warum? Und vor allem wann?"

Offenbar zufrieden mit mir, begann Kominus zu lächeln. „Das, mein Kind, ist eine gute Frage. Was du gesehen hast, waren die Auserwählten einer längst vergangenen Zeit. Sie wurden erschaffen, um im Falle eines Ungleichgewichts der Welten, die nötige Ordnung wiederherzustellen. Jeder von ihnen lebt auf einem anderen Kontinent und sollte es sich zutragen, dass das Gleichgewicht zwischen deiner Welt und Astaroth ins Wanken gerät, würden sie dafür Sorge tragen, dass das Chaos von den Straßen verschwindet", erklärte Kominus mir ruhig, doch mein verwirrter Kopf konnte ihm nicht folgen.

„Ich verstehe nicht ganz. Soll das heißen, dass es in der Vergangenheit bereits Kämpfe zwischen den Kreaturen der Unterwelt und uns Menschen gegeben hat?", fragte ich ungläubig und hielt mir sofort vor Augen, dass ich eindeutig meine Mutter in dieser Ansammlung von Menschen ausgemacht hatte und solch ein Massaker bisher in keinem Geschichtsbuch aufgetaucht war.

„Genau das heißt es, mein Kind. Obgleich die Kriege, aus Sicht von euch Menschen, nicht durch Dämonen ausgetragen wurden, sondern vielmehr von gierigen Machthabern. Es waren stets Konflikte zwischen Menschen, die das Blutvergießen hervorbrachten. Zumindest für die, die nicht sehen können, dass auch noch eine andere Welt existiert. Da du jedoch eine der Auserwählten bist, siehst du der Realität stets ins Auge."

Allmählich fügte sich das Puzzle zusammen. „Das heißt also, dass die vergangenen Schlachten und Weltkriege von Dämonen und Menschen geführt worden sind, jedoch den meisten Sterblichen im tatsächlichen Ausmaß verborgen blieben und solche Dinge wie Atombomben, die alles dem Erdboden gleichmachten, das epische Finale waren?", fragte ich erschüttert. Dieser Gedanke erfreute mich keinesfalls.

„Kluges Mädchen. Doch nun konzentriere dich wieder auf die Wand. Sie hält noch so einige Informationen für dich bereit!"

*Wo bin ich da nur reingeraten?*

Abermals verschwammen die Bilder vor meinen Augen und ich fand mich an einem neuen Ort wieder. Unverzüglich erblickte ich das brünette Haar meiner verjüngten Mutter. Mit dem Rücken zu mir gewandt, schritt sie langsam durch eine Art Höhle. Umgeben von schwarz-rotem Lavagestein, erkannte ich schnell, dass sie sich in Astaroth befand. Selbstbewusst marschierte sie über den staubigen Untergrund, ehe sie kurz darauf stehenblieb und an ein großes Tor klopfte. Entgegen meiner Erwartung handelte es sich dabei keinesfalls um das Porta Inferna, sondern vielmehr um eine Verbindung zu einer düsteren Kammer.

Ein Spalt bildete sich, als die Pforte sich langsam öffnete und rot funkelnde Augen das dahinter verborgene Schwarz unmerklich erhellten. Das unsichtbar straffe Band, das sich in den letzten Minuten mehr und mehr um meinen Hals gelegt hatte, verengte sich schlagartig, als sich meiner Mutter riesige Klauen einladend entgegenstreckten. Mit hoch erhobenem Kopf folgte sie der Einladung des Dämons und begab sich mit ihm in sein Gemach. Unverzüglich waren sie von weiblichen Dämonen umgeben, die lasziv um sie herumtänzelten und sie zu bekehren versuchten. Doch meine Mutter dachte nicht daran, sich um den Finger wickeln zu lassen, ballte energisch ihre Fäuste und biss die Zähne fest zusammen. Nur einen winzigen Augenblick später befand sie sich offenbar in einer hitzigen Diskussion mit dem gehörnten Dämon links neben ihr, der sie, zu meiner Überraschung, mit einer kräftigen Ohrfeige zu maßregeln versuchte.

Am Boden kauernd, und die Hand auf das schmerzverzerrte Gesicht gepresst, streifte ihr Blick urplötzlich den meinen. Durch den gleich darauf einsetzenden scharfen Stich in meiner Brust aufkeuchend, schwand meine Konzentration deutlich und ohne etwas dagegen tun zu können, riss das Geflecht aus wirren Bildern sofort ab. Ein letztes Mal flackerte noch ein kaum erkennbares Bild meiner Mutter auf, die auf einem roten Seidentuch lag und genüsslich die Lider geschlossen hielt, ehe das Gebilde aus scheinbar alten Erinnerungen vollends zusammenbrach.

Das Gesehene in meinem Kopf zu verarbeiten versuchend, ließ ich meine Augen von einer Seite zur nächsten springen. *Das kann doch alles nur ein schlechter Scherz sein! Was um alles in der Welt hatte meine Mutter in Astaroth zu suchen?*

Und warum ließ sie sich mit solchen Geschöpfen ein, wenn sie es doch war, die mir als Kind nie Glauben schenken wollte, sobald ich von dubiosen Sichtungen und Zeichen berichtete.

Die Zähne unter leisem Knirschen fest zusammengepresst, und das Gesicht angespannt in Falten gelegt, starrte ich abermals auf die Glitzerwand und konzentrierte mich, den lückenhaften Film wieder aufzunehmen. Es dauerte nur ein paar Sekunden, und ich erblickte abermals meine Mutter, wie sie entspannt in unserem einstigen Zuhause auf der Couch saß und zärtlich über ihren Bauch strich. Wie viel Zeit zwischen ihrem nervenaufreibenden Aufenthalt in Astaroth und dieser nun wesentlich ruhigeren Szene vergangen war, konnte ich nicht sagen, doch offenbar hatte es ausgereicht, um meiner Mom einen fußballgroßen Bauch zu verpassen. Überrascht riss ich die Augen auf, während sie ihre Finger immer wieder unter liebevollem Lächeln über die gespannte, entblößte Haut oberhalb ihres Schoßes gleiten ließ.

Als hätte es nur darauf gewartet, dass mein Blick die schützende Hülle ihrer Rundung streifte, vernahm ich plötzlich eine sanfte Bewegung des Babys. Wie von einer inneren Macht getrieben, streckte ich unter lautstarkem Herzklopfen meine

Hand danach aus und schluckte schwer, denn das alles ging mir doch näher als ich mir eingestehen wollte. So sehr ich mich jedoch bemühte, die pralle Kugel meiner Mutter mit meinen Fingerspitzen zu liebkosen, ich kam einfach nicht an sie heran. „Was zum Teufel?"

Wie in einer Schraubzwinge hielten mich Kominus Klauen an Ort und Stelle und zogen sich immer weiter zu, je mehr ich mich bewegte. „Verflucht, lass mich los", schnaufte ich wütend und riss an meinem Arm. Sollte er Hoher Rat oder von mir aus auch Hoher Priester sein: Ich erlaubte weder ihm noch irgendjemandem sonst, mich dermaßen grob anzufassen.

„Beruhige dich und ich werde dich gehenlassen", murmelte der Dämon leise hinter mir, umfasste meine Oberarme jedoch noch intensiver. Ich stöhnte schmerzgeplagt und wand meinen Oberkörper gequält hin und her. Immer wieder streiften meine Augen dabei kurzzeitig die Wand vor mir, von der aus mich meine Mutter mit flehendem Blick ansah. In ihren Armen hielt sie nun ein nacktes, blutverschmiertes Kind, dessen geschlossene Augen wild flatterten und mir aufzeigten, dass es ihm offenbar nicht gutging. Ohne Vorwarnung riss es mit einem Mal die Lider nach oben und starrte mich aus leuchtend blauen Augen wehleidig an. Erschrocken über diesen Anblick, quiekte ich lauthals los und zog sogleich noch fester an meinen Oberarmen. Mein Herz raste und pumpte bittersüßes Adrenalin durch meine Adern. Ich spürte, wie sich in mir ein immenser Druck aufbaute, spürte, wie meine Lungen nach Sauerstoff schrien, und kam auch nicht drum herum, zu bemerken, dass sich die Farbe meiner Male in ein leuchtendes Türkis verwandelt hatte.

Ein zartes Prickeln glitt unter meine Haut und ließ mich zischend die um mich herrschende staubige Luft einsaugen. Hastig wurde ich daraufhin von Kominus herumgewirbelt, sodass ich ihm direkt in die rot funkelnden Augen blicken konnte. Zu meiner Verwunderung erfüllte mich keinerlei Angst mehr, vor seinem oder gar Befanas rasendem Zorn. Vielmehr legte sich eine angenehm beruhigende Wärme auf meinen Brustkorb. Als würde ich einem uralten Instinkt folgen müssen, konzentrierte ich mich voll und ganz auf meine Mitte und schloss die Augen.

„Mädchen, es ist zu früh. Öffne die Lider!", befahl der alte Dämon, doch ich hatte keine Lust mehr, mir all die rätselhaften Befehle anzuhören. Zu schön durchströmte mich mein warm pulsierendes Blut, zu weich umhüllte mich ein sanfter Nebel, der sich wie eine schützende Decke um mich legte. Ich fühlte mich beinahe schwerelos und wollte nichts anderes, als mich diesem wunderbaren Gefühl hingeben, doch wieder riss mich Kominus aus meinen Gedanken. „Sheeva, öffne die Augen. Du kannst es nicht kontrollieren. Dir fehlt die Erfahrung."

*Warum meinen eigentlich immer alle, mir sagen zu müssen, was ich zu tun oder zu lassen habe?*

„Ich bin alt genug, um diese Entscheidung allein zu treffen", drang es in überraschend grollendem Ton aus meiner Kehle, während ich meine Lider instinktiv wieder nach oben schnellen ließ. Tief sah ich in des Dämons rote Augen, in denen sich nun zusätzlich ein intensiv leuchtendes Türkisblau spiegelte.

„Dummes Menschenkind! Du bist von Dummheit gezeichnet, wenn du glaubst, mit Dingen spielen zu können, von denen du keine Ahnung hast", brüllte Kominus mich zornig an, packte meine Schultern und begann mich wie wild zu schütteln. Reflexartig bleckte ich meine Zähne, stieß ein markerschütterndes Grollen aus und Kominus voll ungezügelter Wut von mir. Kaum hatten meine Handflächen seinen Brustkorb berührt, drang unverzüglich ein bläulicher Schimmer aus meinen Fingern, der den Obersten direkt an die gegenüberliegende Wand katapultierte. Schockiert riss ich die Augen auf und taumelte unweigerlich ein paar Schritte zurück. Befana, die augenscheinlich ebenso irritiert war wie ich, eilte sofort zu ihrem Mentor, um ihm zu helfen.

Ich hingegen wollte keine Sekunde länger in seiner Nähe bleiben. Sein Groll gegen mich war gewiss mächtig. „Tut mir leid", war alles, was ich kleinlaut hervorbrachte, ehe ich hektisch zur Tür hinausflüchtete.

Nun doch wieder von Angst erfüllt, rannte ich so schnell ich konnte durch die hellen Räume, bis hin zum rettenden Tor, durch das Befana und ich zuvor gekommen waren. Die höllische Stätte des Rates hinter mir lassend, sah ich mich verzweifelt um. Weit und breit nur Höllenland, das angrenzend an die Berge sowie im Tal ein wenig dämonische Zivilisation aufwies.

Wohin sollte ich gehen und was würde mich dort erwarten? Ich wusste, welchen Weg Befana und ich genommen hatten, um hierher zu gelangen, doch wollte ich diesen Weg auch für mein Verschwinden wählen? Sie würden gewiss zuerst in dieser Richtung nach mir suchen.

Ohne weiter darüber nachzudenken, entschied ich mich für einen schmalen Weg, der von einigem Geröll gezeichnet war. Er sah beschwerlich aus und ich hoffte, dass mich niemand für so verrückt halten würde, ihn genommen zu haben. Im Eiltempo sprintete ich über den versteinerten Lavaboden, sprang hier und da über einen größer geratenen Stein und versuchte so viele Abzweigungen wie nur möglich zu nehmen, um meine Spuren zu verwischen.

Da meine Kondition jedoch irgendwann bis an ihre Grenzen ausgeschöpft war, zwang ich mich, einen Moment Pause zu machen. Während ich angestrengt die staubige Luft des Jenseits in meine Lungen presste, sah ich mich prüfend um. *Irgendwoher kenne ich das hier doch*, dachte ich keuchend und kniff musternd meine Augen zusammen. *Ist das dort vorn etwa ...?*

Vorsichtig schritt ich über die zu meinen Füßen liegenden Gesteinsbrocken, geradewegs auf den vor mir befindlichen Durchgang mit den imposant emporragenden Felsen zu. Ich hatte den Ausgang aus dieser Hölle gefunden, obgleich ich nicht wusste, ob mir das behilflich oder eher hinderlich sein würde.

Misstrauisch schnellten meine Pupillen nach oben, indes ich unter angestrengt ruhigem Atmen leise den bekannten Höllengang entlanglief. Zu meiner Erleichterung waren heute keine versteinerten Dämonen zu sehen, die mir gefährlich werden konnten, und so schlich ich langsam weiter, bis ich das Porta Inferna schließlich direkt vor Augen hatte.

Bedrohlich funkelte es mich mit seinem schwarzen Holz an, auf dem jedoch nicht wie erwartet eine Überzahl an verdammten Seelen glänzte, sondern vielmehr eine Art Engel düster auf mich herabblickte, als würde er mich warnen wollen, zurück ins Leben zu gehen. *Dieser Ort ist wirklich mehr als sonderbar,* dachte ich, schluckte schwer und musste absurderweise an Duncan denken. *Verdammt, wo steckt dieser Kerl nur? Wie um alles in der Welt soll ich aus diesem Loch entfliehen können, wenn ich nicht einmal den Spruch für das Portal kenne?*

Die Stirn krausgezogen und nachdenklich die Fingerspitzen gegen den Kopf gepresst, grübelte ich, welche Worte Duncan bei unserem Eintritt gewählt hatte. Sie waren lateinisch, soviel wusste ich, doch half mir das keinesfalls weiter.

„Denk nach, Sheeva. Fizzle hatte dir doch gesagt, welche Bedeutung der Spruch hat." *Was war das nur?*

„Vielleicht sollte ich es einfach versuchen", murmelte ich leise, räusperte mich kurz und ließ die warme Luft des Jenseits tief in meine Lungen fließen.

„Portal der Hölle, öffne dich für mich, und entlasse meine Seele zurück auf die Erde?" Gespannt starrte ich auf das Höllentor, doch es passierte nichts. „Verflucht", entwich es mir sogleich etwas lauter und sofort bemerkte ich ein leises Kratzen hinter mir. *Nein, bitte nicht jetzt!*

Zaghaft ließ ich meinen Blick nach oben wandern. Ich wusste, dass ich den letzten Gargoyle-Angriff nur durch die Hilfe von Duncan und Fizzle überlebt hatte und meine Chancen, auch dieses Mal heil aus der Sache herauszukommen, schwindend gering waren. Erneut kratzte es, als ob man scharfes Metall über Gestein zöge, was mich unweigerlich erschaudern ließ. Doch so sehr ich mich auch bemühte, so konnte ich keinerlei Regung über mir ausmachen.

Um mir einen Überblick über das Geschehen hinter mir zu verschaffen, wandte ich vorsichtig meinen Kopf um. Als ich jedoch unverzüglich in zwei rot glühende Augen blickte, schrie ich erschrocken auf, wirbelte herum und fand mich unlängst mit dem Rücken an der Pforte wieder. Kaum hatte sich das schwere Holz des Portals gegen meine Haut gepresst, durchströmte mich ein ungewohnt intensives Gefühl der Macht. Doch den Grund meiner innerlichen Angst direkt vor Augen, verschleierte sich jeder noch so winzige Gedanke der Überlegenheit in mir.

Die Gestalt, dessen Äußeres wie eine Mischung aus Raubkatze und knochig verunstaltetem Zombie aussah, kam unter tiefem Grollen weiter auf mich zu und ließ mich nach Luft ringen. „Heilige Scheiße, was bist du denn für ein Vieh?", murmelte ich vor mich hin und tastete instinktiv nach meiner Beretta. *Mist, verdammter!*

Wissend, dass meine Waffe noch in Duncans Bett unter dem Kopfkissen lag, schürzte ich grimmig die Lippen. Abermals knurrte die Höllenkreatur vor mir und fletschte bedrohlich die Zähne. *Denk nach, Sheeva, du hast doch nicht das erste Mal mit abnormalen Kreaturen zu tun. Was würde Duncan jetzt tun?*

Schlagartig erinnerte ich mich an das prickelnde Gefühl in meinem Rücken und die Macht, die von dem Portal ausging. Wie von einer inneren Kraft getrieben, konzentrierte ich mich intuitiv auf meine Mitte, ließ meine Finger sachte über das energiegetränkte Holz des Tores gleiten und erlaubte der Magie des Jenseits, tief in mich einzudringen.

Heiß wie Lava durchflutete sie meinen Körper und beraubte mich von einer Sekunde zur anderen des lebensnotwendigen Sauerstoffs. Wie von Zauberhand drückte sie mein Kreuz durch, woraufhin ich mich, wie eine Marionette am seidenen Faden, aufrichtete und alles in mir zu vibrieren begann.

Ich keuchte zufrieden, denn je mehr ich die Jenseitsenergie in mich fließen ließ, desto mutiger wurde ich.

Wenngleich ich auch nicht genau wusste, was Kominus Worte, auf die Dämonin in mir zu hören, bedeuten sollten, so verspürte ich doch in diesem Moment den Drang danach, genau das zu tun. Ich wollte das Gute in mir zurückdrängen, denn immerhin befand ich mich keinesfalls an einem Ort der Güte, wollte meine böse Seite auskosten und auf meine innere Stimme hören. Und so wies ich jeden Gedanken an fürchterliche Kreaturen zurück, ließ mich in den um mich herrschenden warmen Energiefluss Astaroths fallen und nutzte die bittersüße Macht des Portals für meine Zwecke.

Was auch immer plötzlich in meinem Inneren ablief, es war ein berauschendes Gefühl. Hastig schnellten meine Lider nach oben, als ich das krächzende Geschrei der Höllenkreatur vernahm und sah, wie sie wütend auf mich zu rannte. Ohne darüber nachzudenken, erhob ich meine rechte Hand, richtete sie auf das Untier und staunte nicht schlecht, als plötzlich ein gleißend türkises Licht aus meinen Fingern strömte.

Überrascht und dennoch zufrieden lächelnd schüttelte ich mein Handgelenk aus und sah begeistert dabei zu, wie sich die türkisflammende Masse in Bewegung setzte und kurz darauf gegen den Rumpf des Monsters prallte. Ein lautes Jaulen durchzog meine Ohren, während das pelzige Vieh an die gegenüberliegende Wand katapultiert wurde.

„Wow", war alles, was mir entwich, während ich neugierig meine Handflächen begutachtete. Doch obgleich sie eben noch bedrohlich geflackert und diesem Höllenmonster hörbare Schmerzen zugefügt hatten, so sahen sie in jenem Augenblick vollkommen normal aus. „Was zum Teufel war das eben?"

Erneut startete die Zombie-Raubkatze einen Versuch, nach mir zu schnappen, und noch ehe ich ihren Angriff wirklich realisiert hatte und ihr erneut Magie hätte entgegensetzen können, rammte sie auch schon ihren massigen Körper gegen meine Schulter. Sofort wurde ich herumgerissen und fand mich unlängst am Boden wieder. Die große Pranke des Tieres langte nach mir, und ohne weiter Zeit zu verlieren, rollte ich mich zur Seite und versuchte wieder aufzustehen. Die scharfen Krallen verfehlten mich nur um Haaresbreite und ich wusste, wenn ich nicht sofort wieder auf die Beine käme, hätte ich keine Chance mehr, und das Biest würde mich kurzerhand aufschlitzen.

Kräftig packte ich nach seinem Hals, als es abermals seine Fänge nach mir ausstreckte, und suchte verzweifelt nach dem berauschenden Gefühl der Magie in mir. Nur zaghaft zog sich ein sanftes Kribbeln von meinen Zehen bis in meine Fingerspitzen, wo sich kurz darauf ein leuchtend blauer Blitz scharf in die pelzige Haut meines Angreifers bohrte. Schmerzerfüllt begann die Raubkatze zu kreischen, doch ich dachte nicht daran, sie entfliehen zu lassen. Wut, gepaart mit einem Hauch von Panik blitzten in den Augen des Dämons auf, und zeigten mir unmissverständlich, dass ich jetzt keinen Fehler machen durfte. An der Grenze zwischen Angst und Zorn war ein Gegner stets am gefährlichsten.

Fest biss ich die Zähne zusammen und konzentrierte mich auf meine neu erlangte Kraft. Ich versuchte allen Groll, den ich aufbringen konnte, in mir zu sammeln, versuchte an grauenvolle Taten zu denken, mich vom Bösen einhüllen zu lassen und all meinen Groll in meine Magie fließen zu lassen. *Es scheint zu funktionieren!*

Immer strahlender glühte mein Mal in einem funkelnden Türkis und ließ die Kreatur mit jedem meiner boshaften Gedanken mehr leiden. Ihr Schreien zog sich mir bis ins Mark und ich erschauderte.

Plötzlich durchbohrte eine gewaltige Kraft meinen Körper und überrascht von dem leicht schmerzhaften Ziehen in mir, keuchte ich leise auf. *Das Portal hinter mir bewegt sich?*

Schlagartig von intensiver Magie durchflutet, löste sich mein Griff von der Kehle der Katze und ohne etwas dagegen tun zu können, taumelte ich zur Seite. Verwirrt darüber, was hier gerade geschah, versuchte ich irgendwo Halt zu finden, doch war es bereits zu spät. Dumpf schlug ich mit meinem Hinterteil auf dem staubigen Boden auf und konnte nicht anders, als lauthals zu husten und vor Schmerz leise aufzustöhnen.

Vorsichtig tasteten meine Finger umher, denn ich wollte schnellstens wieder auf die Beine kommen, doch ergriff ich nichts, außer etwas Weichem, Haarigem. Erschrocken zog ich meine Hand wieder an mich und flüchtete in die andere Richtung.

Das gleißend helle Licht, das eben noch so schlagartig den Höllengang durchflutet hatte, verblasste und vermischte sich zu einem düsteren Mitternachtsblau. Irritiert blickte ich mich in der Umgebung um, nur um festzustellen, dass ich mich wieder in Boston befand. *Ich bin zurück?*

Hastig sah ich zum Portal. Die Höllenkatze war verschwunden. Stattdessen befand sich nun ein gehörnter Dämon, mit haarigen behuften Beinen auf der Schwelle zum Untergrund und sah mich grimmig an. *Heilige Scheiße!*

Ängstlich stieß ich mich mit den Beinen ab, um weiter aus seiner Reichweite zu gelangen, doch zu meiner Verwunderung machte er keine Anstalten, mir zu folgen, sondern wandte sich kurzerhand wieder von mir ab und folgte seinem Weg nach Astaroth. Langsam bildete sich ein seichter roter Nebel, der mir aufzeigte, dass das Portal bereit war, sich zu schließen. Erleichtert atmete ich auf. *Gott sei Dank!*

„Sheeva." Erschrocken riss ich die Augen auf und lauschte der sanften Stimme, die plötzlich durch meinen Kopf hallte. *„Sheeva, komm mit mir!"*

Entgeistert blickte ich auf das Porta Inferna, das fast vollständig verschlossen war. Schnell erkannte ich, dass der gehufte Dämon nicht allein durch das Portal geschritten war, sondern sich noch eine Frau an seiner Seite befand. Brünett gewelltes Haar, welches von ein paar silbrigen Strähnen durchzogen war. Grün-braune Augen, die voller Wehmut entschuldigend auf mich herabblickten, und sinnliche Lippen, die unter sanftem Zittern ein leichtes Lächeln formten. *Was zum Teufel?*

Ohne nachzudenken, sprang ich so schnell ich konnte auf und hastete zum Portal zurück, um zu verhindern, dass es sich schloss. Doch es war bereits zu spät. Immer weiter verdichtete sich die durchsichtige, rot schimmernde Wand vor mir, zu dem bekannten ebenholzfarbenen Tor und ließ pure Verzweiflung in mir aufsteigen. Geistesabwesend startete ich den irrsinnigen Versuch, gegen die magische Barriere zu schlagen, doch brachte es nichts als Schmerzen in meine Hand.

Traurig sah mich die Frau mit feuchten Augen an, die Finger von innen fest gegen das Höllentor gepresst. *„Tut mir leid, Sheeva. Es tut mir alles so leid!"*

## Kapitel 19
### *Sheeva*

„Komm zurück", rief ich irritiert aus und wusste nicht, wie mir gerade geschah. Wie versteinert starrte ich auf das schwere schwarze Holz des Portals vor mir. Unfähig, auch nur einen klaren Gedanken zu fassen, musterte ich die massive Tür mit ihren geschundenen Seelen. Gequält schleppten sie sich über das uralte Gestein Astaroths, um ihren Geist dem Teufel zu opfern. Die Seelenfresser der Unterwelt schienen mich indessen auszulachen, und mich ihrer allumfänglichen Häme aussetzen zu wollen. Missbilligend verzog ich mein Gesicht und entdeckte kurzerhand eine einzelne Person auf dem Tor, offenbar eine Frau, die sich leicht abseits stehend an die Brust griff und irgendwie traurig wirkte. Mich überkam sofort das Gefühl, sie zu kennen und so musste ich unweigerlich an meine Mutter denken. Ein schmerzlicher Stich durchfuhr meinen Brustkorb und raubte mir schlagartig die Luft zum Atmen. Wütend und zugleich auch verzweifelt schlug ich kraftvoll mit beiden Händen gegen die massive Pforte und spürte, wie meine innerliche Zerrissenheit fortwährend meine Augen mit Tränen füllte.

„Verdammt nochmal, mach diese beschissene Tür wieder auf und komm zurück!" Ich fühlte, wie mein Herz sich krampfhaft zusammenzog und ein eisiger Schauer dem nächsten folgte. Mein Körper zitterte und mein Schädel brummte, bei dem Gedanken, dass es offensichtlich eine tiefere Verbindung zwischen meiner Mutter und all den Höllengestalten gab.

Tränen der Hoffnungslosigkeit rannen über mein Gesicht und ich schluckte schwer. Abermals schlug ich mit meinen Fäusten gegen das unnachgiebige Tor, doch es rührte sich keinen Zentimeter.

„Komm doch zurück, Mom. Bitte! Erklär es mir. Ich will es doch nur verstehen", schluchzte ich aufgebracht, während sich in mir das Gefühl breitmachte, mit all meinem angestauten Frust allein dazustehen und mich ihm niemals entledigen zu können. Kraftlos sank ich zu Boden.

***

„Sheeva? Bist du das?", murmelte plötzlich jemand schräg hinter mir und ließ mich erschrocken herumfahren. Mein Blick war verschwommen und ich konnte nur schemenhaft eine großgewachsene Gestalt ausmachen, die jedoch eine gewisse Ähnlichkeit mit John hatte.

„Sheeva! Ist alles in Ordnung? Was tust du hier?" fragte mich mein Kollege erneut, während er beherzt nach meinem Oberkörper griff, um mich wieder aufzurichten. Noch immer verwirrt und gedanklich abwesend erhob ich mich nur mühsam und schlang sofort schützend meine Arme um meinen Körper. Mein Herz raste wie ein Tornado hinter meiner Brust, bei dem Gedanken, dass meine Mutter von einem Dämon entführt worden sein könnte. Sofort machte sich Übelkeit in mir breit. *Warum sollte ich mit ihr mitgehen? Hat es vielleicht etwas mit dem zu tun, was ich beim Hohen Rat auf der schimmernden Wand sah?*

Oder gar mit den Geschehnissen danach? War meine Mutter deshalb nach Astaroth gebracht worden, um meine Taten, Kominus gegenüber, auszubügeln? *Was zur Hölle wird hier gespielt?*

Prüfend sah John mich von oben bis unten an, ehe sein Blick hektisch die Umgebung musterte. „Wir sollten gehen, Sheeva", murmelte er und schob mich leicht zur Seite. Unter verwundertem Blinzeln sah ich ihn an. „Gehen? Wohin gehen? Ich muss zurück und ihr helfen. Ich kann hier nicht weg!", stammelte ich und versuchte mich aus seinem Griff zu winden.

„Sheeva, du kannst keinesfalls hierbleiben, okay? Hier sind Dinge am Werk, die du nicht verstehst. Glaub mir, wir müssen hier weg. Unser Leben hängt davon ab", versuchte er es nun eindringlicher, packte fest nach meinem Oberarm und zog mich beiseite. Schlagartig war ich wieder bei Sinnen, entriss mich ihm und taumelte zurück.

Prüfend sah nun auch ich mich in der Umgebung um, doch konnte ich nichts Sonderbares entdecken. Einzig ein entferntes leises Brummen war zu hören. „Was war das?", murmelte ich mehr zu mir selbst und lauschte in die Dunkelheit.

„Das würdest du nicht verstehen, okay? Bitte komm mit mir. Du musst mir vertrauen!" Mit flehendem Blick sah John mich an und aus seiner viel zu schnellen Atmung, dem leichten Zittern auf seinen Lippen und der überaus angespannten Haltung las ich, dass er genau wusste, was hier vor sich ging und welch Gefahr in den angrenzenden Gebüschen lauerte.

„Was hast du getan, John? Du wirst mir auf der Stelle sagen, was hier los ist, verstanden?"

Abermals drang ein tiefes Knurren zu uns herüber, doch war es dieses Mal nicht mehr allzu weit entfernt. John schluckte schwer, streckte unter zerknirschtem Gesicht seine Hand nach mir aus und flehte mich sichtlich an, nicht weiter nachzuhaken sondern einfach zu verschwinden, doch ich dachte nicht daran.

„Was auch immer dort auf uns lauert, ich bezweifle, dass es hier etwas verloren hat, also sag mir, verdammt nochmal, was hier gespielt wird. Sofort!", schrie ich nun, denn allmählich schnürte sich auch mir die Kehle zu. Dem tiefen Grollen nach zu urteilen, konnte sich die Kreatur, die meiner Meinung nach höllischen Ursprungs war, nur noch wenige Meter von uns entfernt befinden, und ich hatte keine große Lust, Bekanntschaft mit ihr zu machen. Zumindest nicht unbewaffnet.

„Ich hab Scheiße gebaut, Sheeva, okay? Ich hab mit Mächten gespielt, die ich lieber hätte ruhen lassen sollen, hab mich auf Kreaturen eingelassen, die deiner Vorstellungskraft nicht mächtig sind und die mir nun nach dem Leben trachten, obwohl ich dieses beschissene Amulett trage, das mich bisher vor ihnen schützte. Es ist mir schleierhaft, weshalb alles aus den Fugen geraten ist, doch ich bitte dich nun ein letztes Mal, Sheeva, komm mit mir. Für Erklärungen ist später noch Zeit. Jetzt ist es wichtig, hier zu verschwinden!"

Verschwinden, das klang plötzlich so vernünftig in meinen Ohren, doch ehe ich einen Versuch zur Fluch hätte starten können, sprang auch schon eine großgewachsene Gestalt vor uns auf den Schotterweg. Sie hätte durchaus Ähnlichkeit zu einem kahlköpfigen Menschen besessen, wären da nicht ein übergroßer Kopf, eine schlangenartige Zunge und düstere Dämonenaugen gewesen. Ganz zu schweigen von den klauenartigen Fingern und der ledrigen Haut.

Erschrocken über sein plötzliches Auftreten, wich ich ein paar Schritte zurück. Tief bohrte sich indes das seelenlose Schwarz seiner Augen in meine Seele, die weit weniger angreifbar schien als die von John. Dieser griff sich sofort schmerzerfüllt an den Schädel, als der Dämon ihn mit seinem furchteinflößenden Blick strafte. Unweigerlich taumelte John zur Seite und krümmte sich leicht nach vorn, als müsse er sich jeden Moment übergeben. *Heilige Scheiße. Fügt er ihm gerade mental Schaden zu?*

Geschmeidig wie eine Raubkatze schlich der Dämon sogleich um John herum, während er immer wieder mit seiner langen Zunge umherzüngelte und anscheinend nach ihm zu tasten versuchte. Angestrengt zwang sich John auf den Beinen zu bleiben, derweil er immer wieder vergeblich sein Medaillon berührte. „Verschwinde, du elender Bastard. Dein Herr hat mir geschworen, dass ihr mich in Frieden lasst. Geh, zieh von dannen und richte anderorts Unheil an, wie es dir bestimmt ist", fluchte John, doch die Kreatur, die ihn offensichtlich nicht verstand, da sie immer wieder fragend den Kopf schief legte, dachte nicht daran, sich zu entfernen. Schnell wie ein Blitz schlug sie stattdessen mit ihren Klauen nach Johns Taille, verfehlte ihn nur knapp und riss ihm kurzerhand das Hosenbein auf.

Ein Rinnsal roten Blutes floss unverzüglich über Johns entblößtes Bein, doch kaum hatte er wirklich realisieren können, dass er verletzt worden war, wetzte der Dämon auch schon erneut seine Krallen. In rasantem Tempo ließ die Höllenkreatur ihre reptilienartige Zunge nach vorn schnellen, die John sofort hörbar ins Gesicht peitschte. Schmerzerfüllt schrie dieser auf und griff sich panisch an die Wange, denn dort, wo das Monster ihn eben noch so unsanft berührt hatte, zierte nun ein grün flammendes Brandmal seine Haut. Die Augen vor Angst weit aufgerissen, taumelte John ein paar

Schritte nach hinten. Abermals stieß die Kreatur einen kreischenden Schrei aus und ließ ihre Zunge vorschnellen. Wie ein Lasso wickelte sie sich sofort um seinen Hals. Hörbar nach Luft ringend, versuchte John sich von dem Reptilienorgan zu befreien, doch setzte das Monster unverzüglich wieder seine mentale Kraft bei ihm ein, um John an seinen Taten zu hindern und ihm abermals Schmerzen in den Kopf zu pflanzen. Ruckartig zog das Untier ihn daraufhin an sich, sodass John ihm nun direkt in das aufgesperrte Maul blicken musste, ehe es von neuem seine langen Krallen in ihn schlug. John krümmte sich vor Qualen und ich schluckte schwer, als ein leises „Lauf, Sheeva" seiner Kehle entwich.

Panisch blickte ich mich um, auf der Suche nach einer brauchbaren Waffe, mit der ich mich dem Dämon entgegenstellen konnte, doch einzig die umherliegenden Steine des Schotterweges waren in greifbarer Nähe. „Hey, du hässliches Vieh. Lass meinen Kollegen los, sonst endest du als Katzenfutter!", brüllte ich dem Ungetüm entgegen, obgleich ich mir nicht sonderlich viel davon versprach, da es unserer Sprache offenbar nicht mächtig war. Mühelos hob das Monster indes meinen Kollegen in die Höhe, und wissend, dass es nichts Gutes sein würde, was es vorhatte, griff ich mir den nächstbesten größeren Stein und schmetterte ihn auf den großgewachsenen Körper der Kreatur. Reflexartig schnellte der Kopf des Dämons zu mir herum und sofort bewaffnete ich mich mit zwei weiteren Gesteinsbrocken, um sie ihm notfalls gegen den Schädel zu schlagen, sollte er nun mich angreifen wollen. Ein wütendes Fauchen drang in meine Richtung, ehe John hörbar zu Boden stürzte und ich nun die volle Aufmerksamkeit des Untieres besaß. Mit gebleckten Zähnen schritt es langsam auf mich zu und beobachtete jede meiner Bewegungen kritisch.

Mein Herzschlag setzte für eine gefühlte Ewigkeit aus, ehe es wieder lautstark hinter meiner Brust zu klopfen begann. *Verflucht, Sheeva, was denkst du dir nur immer bei deinen unüberlegten Taten?*

Hektisch schnellten meine Augen von einer Seite zur anderen. Mir musste unbedingt etwas einfallen, andernfalls würde mich dieses Vieh ebenso eiskalt erwischen wie John.

Unter tiefem Knurren näherte es sich mir weiter, doch mir blieben einzig die zwei Steine in meiner Hand. *Denk nach, verdammt. Denk nach!*

Plötzlich schoss es mir wie ein Geistesblitz durch den Kopf. *Das Portal!* Ein hastiger Blick über meine Schulter zeigte mir, dass es sich nur wenige Meter hinter mir befand und ich durchaus Chancen hatte, es mit wenigen Schritten zu erreichen. Abermals drehte ich meinen Kopf um, und musste mit Erschrecken feststellen, dass die Höllenkreatur mein Vorhaben offenbar durchschaut hatte, denn nun begann sie zu rennen. Ohne weiter darüber nachzudenken, ob mein Plan gelingen konnte, setzte auch ich mich in Bewegung und hastete zum Portal zurück. Ich wusste, dass es nur eine Möglichkeit gab, diesem Untier zu entkommen, denn wie mich die unzähligen Dokumentationen des Animal Channels gelehrt hatten, schlug man in der Tierwelt stets Haken, um dem Feind zu entgehen.

Animalisches Fauchen erklang hinter mir, doch so sehr mir die Angst auch in den Knochen steckte, ich durfte jetzt keinesfalls aufgeben.

Angespannt biss ich die Zähne zusammen, stieß mich noch einmal kräftig mit den Beinen ab und änderte abermals meine Richtung, um dem Untier auszuweichen. Das Portal bereits in greifbarer Nähe sehend, wurde ich unerwartet zu Boden gerissen und verspürte schlagartig ein scharfes Reißen an meinem Oberschenkel. Schmerzerfüllt schrie ich auf und rollte mich instinktiv zur Seite ab. Ehe ich einmal tief durchatmen konnte, wurde ich auch schon grob an meinem Oberarm gepackt und gleich darauf durch die Luft gewirbelt. Irritiert öffnete ich die Hände, ließ die Steine fallen und versuchte meinen Kopf zu schützen, als ich nur einen Wimpernschlag später mit dem Rücken auf dem steinigen Boden aufschlug und noch einen guten Meter weit rutschte. Ein gequältes Keuchen entglitt meiner Kehle und verwundert sah ich mich nach dem Monster der Unterwelt um.

Die Stirn in tiefe Zornesfalten gelegt und die scharfen Zähne gebleckt, bäumte es sich nur knapp über mir auf und verdeutlichte mir so seinen innerlich gehegten Groll gegen mich. Panisch rappelte ich mich auf, und suchte hektisch den Boden nach den Steinen ab, doch obgleich sie nur wenige Zentimeter neben mir lagen, ich hatte keine Chance mehr, sie zu erreichen.

Unter lautem Geschrei drückte mich das Untier zu Boden, während sich seine Krallen scharf wie Rasierklingen tief in meinen Hals bohrten und mich hörbar nach Luft schnappen ließen. Seinen Körper fest auf meinem Unterleib spürend, war es mir kaum noch möglich, mich zu bewegen. Doch ich durfte nicht aufgeben, andernfalls würde ich mich auf bestem Wege nach Astaroth befinden. Jedoch keinesfalls mehr als Auserwählte, sondern eher als Seelenfutter für den Teufel.

Mit all meiner verbliebenen Kraft versuchte ich mich vom Boden abzustoßen und mich der Kreatur zu entledigen, doch sofort drückte das Monstrum noch fester zu. Meine Sicht verschwamm für einen Augenblick. Geistesgegenwärtig glitten meine Hände über den groben Schotter unter mir, auf der Suche nach den Gesteinsbrocken, doch es schien ein aussichtsloses Unterfangen zu sein. Abermals verdichtete der schwarze Nebel der sich anbahnenden Ohnmacht meine Sicht und einzig die raue Kälte, die plötzlich meine Handflächen durchflutete, ließ einen Hauch von Hoffnung in mir aufflammen. Intuitiv riss ich meinen linken Arm nach oben und schlug ihn in Richtung des Dämons über mir, der unverzüglich aufschrie und zur Seite taumelte. *Das ist deine Gelegenheit, Sheeva, also komm gefälligst auf die Beine!*

Nur mühsam brachte ich meinen Körper wieder in eine aufrechte Position, was nicht zuletzt daran lag, dass mein Oberschenkel sichtbar verletzt war und meine Hose fortwährend von meinem Blut getränkt wurde. „Scheiße, verdammte", fluchte ich, sah mich jedoch gleich wieder nach dem Dämon um. Auch er schien sich wieder gefangen zu haben, doch zeichnete ihn nun ebenso eine blutende Wunde am Kopf. Zähnefletschend begutachtete er seine in tiefes Rot gefärbte

Hand, während zäher Speichel aus seinem Mund tropfte. *Da ist wohl jemand ziemlich wütend.*

Vorsichtig humpelte ich Richtung Portal, den Blick stets auf die Kreatur gerichtet, die mich offensichtlich wieder ins Auge gefasst hatte. Ich musste mich beeilen, wenn ich das Blatt noch wenden wollte.

Mein verletztes Bein mehr schlecht als recht hinter mir herziehend, erreichte ich nur schmerzlich die Schwelle des Portals. Hoffnungsvoll griff ich nach der schweren Pforte. *Bitte, lass die Magie noch vorhanden sein. Bitte, bitte, bitte!*

Der sich nähernden Gefahr ins Auge blickend, versuchte ich mich krampfhaft auf meine Mitte zu konzentrieren, doch es passierte nichts. „Komm schon, lass mich jetzt nicht hängen", flehte ich, doch noch immer war nicht das Geringste in mir zu spüren.

Der vor Wut rasende Dämon preschte auf mich zu, denn offensichtlich durchschaute er mein Vorhaben. Hektisch suchte ich mit meinen Fingern das Tor zur Hölle ab, in dem Versuch, die passende Stelle zu finden, doch noch immer regte sich nichts in mir.

„Die Aasgeier sollen dich fressen und von deiner kranken Seele nichts übrig lassen", schrie ich dem bereits viel zu nahen Dämon entgegen, ehe ich den in meiner rechten Hand befindlichen Stein geradewegs in seine Richtung schmiss, um mir ein paar Sekunden Zeit zu verschaffen. Doch das Untier schüttelte sich nur leicht und bewegte sich sogleich weiter auf mich zu. „Verflucht bis in die Hölle sollst du sein, du Ausgeburt des Satans. Ich bin eine Auserwählte Astaroths und du wirst meine Seele niemals bekommen", drang es mit einem Mal grollend aus meiner Kehle und schlagartig schoss ein warmes Prickeln durch meinen Körper. Gerade als ich dazu ansetzte, auch den verbliebenen Stein der linken Hand in Richtung des Dämons zu werfen, bemerkte ich das intensive Glühen meiner Glyphen. Schlagartig vom Gefühl der alles einnehmenden Jenseitsenergie durchflutet, ließ ich mich innerlich fallen und bestaunte das magisch flackernde Türkis an meinem Handgelenk.

Das eintönige Grau des Gesteinsbrockens verwandelte sich noch während des Fluges in eine strahlend blaue Flamme. Als der Dämon daraufhin oberhalb des Brustbeines vom magiegetränkten Stein getroffen wurde, keuchte er lautstark auf. Nun sah er mich irritiert an, denn offensichtlich wusste er nicht, wie ihm plötzlich geschah. Verwundert kratzte er sich die schwelende Masse vom Oberkörper, ehe er nachdenklich zwischen mir und seinem geschundenen Brustkorb hin und hersah. Noch immer stand ihm der Zorn tief ins Gesicht geschrieben, während mir das bedrohliche Zucken seiner angespannten Muskeln den Puls weiter in die Höhe trieb. Immer wieder ließ der Dämon seinen Kopf in kreisenden Bewegungen von einer Seite zur anderen gleiten, indes er seine mit Krallen bestückten Finger unter hörbarem Knacken lockerte.

Meine Atmung ging viel zu schnell und ich hatte Mühe, mich zu beruhigen und so krallte ich mich verzweifelt am dunklen Holz des Portals fest, und war auf alles gefasst, als der Dämon mit großen Schritten auf mich zukam.

In meinem Inneren brodelte es wie in einem Vulkan und ich hoffte inständig, dass mich meine neu erlangten Kräfte nicht sofort wieder verlassen würden. Pausenlos starrte ich auf das Mal an meinem Handgelenk, welches noch immer in sattem Türkis erstrahlte und meine Hoffnung auf einen Sieg deutlich stärkte. Der Dämon bäumte sich indes in seiner vollen Größe vor mir auf und schien mich plötzlich auf gewisse Weise anzulächeln. Gleich darauf verzog sich sein Gesicht jedoch zu einer hässlichen Fratze und er sprang auf mich zu. Nur noch Sekunden lagen zwischen seinen scharfen gebleckten Zähnen, den ausgefahrenen spitzen Krallen, der grün aufblitzenden Schlangenzunge und meiner teils unbedeckten Haut. Ich wusste, dass er mir unsagbare Schmerzen zufügen würde, sollte er mich erwischen. Ebenso wie ich wusste, dass John das Dessert auf seinem Speiseplan sein würde, wenn ich nicht endlich etwas unternahm. Und so tat ich, was ich tun musste. Gerade als die ledrigen Finger des Dämons sich um meine Kehle legten und im Begriff waren sich tief in mich zu bohren, um mir wahrscheinlich die Kehle herauszureißen, durchfuhr mich abermals die sengende Hitze Astaroths.

Ohne etwas dagegen tun zu können, schloss ich die Augen und ließ mich von der alleseinnehmenden Magie führen. Wie brennende Lava kroch sie durch meine Venen und schließlich auch meine viel zu trockene Kehle hinauf. Mit dem Gefühl innerlich verbrennen zu müssen, riss ich meine Lider erschrocken wieder nach oben. Der Dämon fauchte und fletschte die Zähne, während sich seine zweite klauenartige Hand fest in meine Schulter bohrte und mich zu zerreißen drohte. Ich hätte lauthals schreien sollen, doch zu meiner Überraschung verspürte ich kaum einen Schmerz. Der Blick des Höllengeschöpfes war hasserfüllt und mordlüstern, und dennoch war das Einzige, was mich in diesem Moment ängstigte, der Anblick meiner selbst in seinen Pupillen.

Türkise Flammen loderten in meinen Augen, indes mein einst so hübsches Gesicht wie das einer gefährlichen Dämonin grinste. Unzählige Glyphen zeichneten sich auf meiner Haut ab und ließen mich verwundert blinzeln. Ich erkannte mich selbst kaum wieder und dennoch legte sich nach und nach ein Gefühl von innerer Zufriedenheit in mich.

Im Seitenblick entdeckte ich John, der sich noch immer vor Schmerzen krümmte, jedoch allmählich wieder auf die Beine kam. *„Beende es, Sheeva"*, ertönte plötzlich eine Stimme in meinem Kopf, und obgleich ich nicht wusste, wer in jenem Moment zu mir gesprochen hatte, so war mir dennoch klar, dass er oder sie Recht hatte.

Mit Nachdruck krallte sich meine linke Hand an der knochigen Hüfte des Dämons fest, während die Finger meiner rechten Hand zielstrebig nach seiner entblößten Brust griffen. Unverzüglich begann die Kreatur zu schnaufen, denn die in leuchtendem Blau lodernden Flammen, die sich augenblicklich in die Haut oberhalb seines Herzens bohrten, schienen ihn keinesfalls unbeeindruckt zu lassen. Mühsam versuchte das Untier dagegen anzukämpfen und mir weiter die Luft zum Atmen zu nehmen, doch die Energie, die immer intensiver aus meinen Fingern strömte, war allem Anschein nach zu mächtig, als dass er ihr noch lange etwas entgegensetzen konnte.

Der Dämon keuchte und murmelte mir unverständliche Worte entgegen, doch ich dachte nicht daran, jetzt locker zu lassen. Abgrundtiefer Zorn bildete sich in meinem Inneren und schuf offenbar eine weitere Grundlage für meine Zauberkraft.

Die Gedanken frei von positivem Einfluss, zwang ich mich, an all die unheilvollen Dinge zu denken, die mir in Astaroth zugestoßen waren. Immer kräftiger griffen meine Finger nach des Dämons Herz und ließen ihm kaum noch Spielraum. Der Schmerz stand ihm deutlich in das runzelige Gesicht geschrieben, indes seine Krallen sich immer mehr von mir lösten. Das mittlerweile rote Glühen seiner Augen verblasste allmählich, was für mich ein eindeutiges Zeichen war, dass er nicht mehr lange unter uns weilen würde.

„Grüß mir die Hölle, du Mistvieh", knurrte ich leise, drückte ein letztes Mal kräftig zu und beobachtete beeindruckt, wie sich der blau schimmernde, magische Nebel bedrohlich in seine Haut fraß und den Dämon schließlich zu Fall brachte.

Sofort war ich von rotem Dunst umgeben und einzig der schwefelhaltige Geruch des Monsters, erinnerte noch an dessen vorherige Existenz.

„Heilige Maria, Mutter Gottes!", stammelte John plötzlich unweit neben mir, während er mich schockiert musterte. „Du ... du ... wie kannst du ...?" Meine Atmung ging schnell und mein Herz raste hinter meinem Brustkorb, während die Flammen auf meinen Handflächen nach und nach verpufften.

„Oh mein Gott. Sheeva, was hast du getan?", fragte John abermals, doch ich hatte zu viel mit mir selbst zu tun, als ihm zu antworten. „Ist alles in Ordnung mit dir?" Ich atmete einmal tief durch, um mich zu beruhigen und schloss meine Lider.

„Lass uns von hier verschwinden, okay?", murmelte ich leise, während ich schmerzerfüllt nach meinem Oberschenkel und meiner Schulter tastete. *Verdammt, dieses Drecksvieh hat mich doch schlimmer erwischt als gedacht.*

„Aber Sheeva, du hast gerade einen Dämonensöldner zur Hölle geschickt. Wie zum Teufel ist das möglich und was war verdammt nochmal mit deinen Augen und Händen los?"

„Ich weiß es nicht, okay? Es ist viel passiert in letzter Zeit und ich will einfach nur nach Hause", entgegnete ich gequält und setzte mich unter hörbarem Stöhnen mühsam in Bewegung.

Johns Blick war noch immer skeptisch auf mich gerichtet, doch die Tatsache, dass ich ihm gerade das Leben gerettet und sichtbar mit Schmerzen zu kämpfen hatte, ließen ihn wohl vorerst zustimmen, diesen Ort schnell hinter uns zu lassen.

Es waren nur wenige Kilometer, die John und ich mit dem Auto zurücklegen mussten, doch mir kam es vor, als würden wir eine Ewigkeit nur im Kreis fahren. Dunkel zogen die Schatten der Nacht an uns vorbei und ließen mir immer wieder die Augen zufallen. Ich war erschöpft und hatte bereits vor Antritt unserer Fahrt darauf bestanden, dass John mich nach Hause brachte, damit ich meine Wunden pflegen und mir ein wenig Schlaf gönnen konnte. Doch zu meinem Bedauern war er diesem Wunsch leider nicht nachgekommen. Stattdessen hatte er es für besser gehalten, dass ich mit zu ihm nach Hause fuhr, um diese Nacht, nach allem, was geschehen war, nicht allein verbringen zu müssen.

*Na großartig!*

Vorsichtig versuchte ich meine Sitzposition ein wenig zu verlagern, denn der Schmerz in meinem Oberschenkel wurde von Minute zu Minute unerträglicher. Zischend sog ich die klare Nachtluft ein, als ich mich nur wenige Zentimeter nach rechts zum Fenster drehte.

„Alles okay bei dir? Wir haben es gleich geschafft."

Dankbar für seine Fürsorge, nickte ich ihm zu. Am liebsten hätte ich jedoch lauthals aufgeschrien und mir die heiß brennende Wunde aus dem Körper gerissen, doch was hätte das genützt?

Nach weiteren drei Kilometern fuhren wir plötzlich auf einen spärlich beleuchteten Parkplatz, der allem Anschein nach zu einem altertümlichen Loft gehörte. Ich hatte keine Ahnung, ob John wirklich in diesem jahrzehntealten Gebäude wohnte, doch falls dem so war, konnte ich mir nicht erklären weshalb. Sicher, die Stelle beim *BEA* war keinesfalls die bestbezahlteste in Boston, doch gewiss konnte er sich weit mehr leisten, als diese schauerliche Behausung.

„Wir sind da", beantwortete John sogleich meine unausgesprochene Frage und ließ mich resignierend die Lider senken. *Warum habe ich mir nicht einfach ein Taxi gerufen*, fragte ich mich im Stillen, während ich John mühsam humpelnd ins Innere des Gebäudes folgte.

Zu meiner Überraschung sah es hier drinnen jedoch weit weniger grausig aus als draußen, weshalb sich das enge Band, was sich vor Betreten seiner Wohnung um meinen Bauch geschnürt hatte, langsam löste.

„Nett hier", entglitt es leise meiner trockenen Kehle, indes ich mich müde umsah. Die meisten Möbel hatten bereits ein paar Jahre auf dem Buckel und waren in hellem, auf Hochglanz poliertem Holz gehalten. Gewiss hätte ich sie an seiner Stelle bereits durch etwas Moderneres ersetzt, denn sie entsprachen rein gar nicht meinem Geschmack. Dennoch passten sie irgendwie perfekt zu Johns Stil, der ebenso nichts von Moderichtlinien hielt.

Die hellen, leicht ausgeblichenen Gardinen, die vor den großen Fenstern hingen, hätten jedoch mal wieder etwas Wasser vertragen können und so rümpfte ich leicht angewidert die Nase. Lampen der zurückliegenden Jahrzehnte, und Bilder längst vergangener Zeiten zierten den Rest des Raumes und abgerundet mit ein paar Pflanzen und unzähligen Kerzen, konnte ich mich doch einigermaßen mit diesem Wohnzimmer arrangieren.

„Bitte setz dich. Ich hole etwas, um deine Wunden zu säubern. Möchtest du vielleicht ein Wasser haben? Oder lieber einen Kaffee oder Tee?", erkundigte John sich höflich bei mir, doch ich schüttelte nur meinen Kopf und lehnte dankend ab. „Wie du willst", murmelte John und verschwand kurz darauf im nächsten Raum, der allem Anschein nach das Bad war. Ich hingegen versuchte es mir halbwegs auf seiner beige-braunen Couch gemütlich zu machen, was jedoch an meiner massiven

Oberschenkelverletzung und den daraus resultierenden Schmerzen scheiterte. „Verflucht nochmal, tut das weh", jammerte ich, während ich mit zusammengebissenen Zähnen den von Blut durchtränkten Druckverband beiseiteschob und die darunter befindliche, leuchtend rote Wunde untersuchte. Mindestens fünf Zentimeter lang und gut einen Zentimeter tief klaffte meine Haut auseinander, was auf Grund der Intensität ohne Zweifel etwas für die Notaufnahme gewesen wäre. Doch was hätte ich denen sagen sollen, woher diese Verletzung stammte, geschweige denn weshalb sie in sattem Rot mit einem Hauch von Türkis leuchtete?

„Da bin ich wieder. Ein Baumwolltuch, warmes Wasser, etwas Jod und neues Verbandszeug. Brauchen wir sonst noch etwas?", fragte John, während er sich neben die Couch kniete und seine Habseligkeiten darauf ausbreitete.

„Ein Arzt und ein Whiskey wären jetzt nicht schlecht", antwortete ich mit einem gepressten Lächeln auf den Lippen und begann bereits den Verband aufzuschneiden.

„Heiliger Dreck auf Toast! Was hat dieses Vieh nur mit dir gemacht?", erklang Johns Stimme mit einem Mal viel zu hysterisch, während er mit weit aufgerissenen Augen die Seite meines entblößten Oberschenkels musterte. „Wenn es nicht so irrsinnig klingen würde, könnte man meinen es hätte dich gebissen", fügte er sogleich hinzu und begutachtete akribisch jeden noch so kleinen Abdruck auf meiner Haut.

„Was tut das zur Sache? Es hat mich verletzt und dafür seine gerechte Strafe erhalten", maulte ich und machte mich bereits daran zu schaffen, die Wunde zu säubern. Zischend sog ich die warme Luft ein, die um uns herrschte und presste mit Nachdruck meine verbliebenen Finger in den weichen Stoff des Sofas, um mich vom stechenden Schmerz abzulenken, der mich sogleich durchfuhr. John hingegen schien indes in Gedanken verfallen zu sein, ehe er, ohne ein weiteres Wort zu sagen, aufsprang und durch das Wohnzimmer eilte. Irritiert sah ich ihm nach, indes er sich an einem Bücherregal zu schaffen machte und offensichtlich etwas suchte. „Da ist es. Ich wusste doch, dass ich dieses Zahnmuster schon mal irgendwo gesehen hatte." Eilig trat John wieder an meine Seite, setzte sich zu mir und durchblätterte ein altertümlich wirkendes, dickes Buch, das in schwarzes Leder gebunden war.

„Was hast du da?", fragte ich erstaunt, während ich mit der Binde eine Lage nach der anderen fest um mein Bein wickelte.

„Das *Dämonia Curatio. Ein Heilbuch für Dämonenangriffe.* Sehr nützlich", stammelte John geistesabwesend und ließ sich nicht von seiner Suche abhalten. *Ein Heilbuch für Dämonenangriffe? Wozu um alles in der Welt braucht er so etwas?*

„Da haben wir es. Es war ein Moluk, Sheeva!", platzte es plötzlich aus meinem Kollegen heraus, während er zufrieden grinsend mit dem Zeigefinger auf einen mittelgroßen Dämon zeigte, der dem Vieh, welches uns am Pier angegriffen hatte, durchaus ähnlich sah.

„Es war ein was?" Noch immer konnte ich ihm nicht wirklich folgen und die Tatsache, dass er mir vorhin gestanden hatte, sich in irgendwelche boshaften Dinge verwickelt zu haben, ließ meine Skepsis ihm gegenüber wachsen.

„Das Ding vorhin, es war ein Moluk, hier steht es. Ein Moluk ist ein sehr hinterlistiger Dämon, der seinem potenziellen Opfer zunächst als menschliche Gestalt erscheint und sich sein Vertrauen erschleicht. Lässt man den Moluk jedoch zu nah an sich herankommen, wandelt sich sein Wesen schlagartig in eine Mischung aus Giftschlange und Greif, wobei die Menschengestalt erhalten bleibt. Der Moluk kann einen auf vielerlei Art angreifen, jedoch ist der Biss dieses Dämons am gefährlichsten. Wurde man von den scharfen Zähnen eines Moluks verletzt, wird man zunächst feststellen, dass die Wundheilung gestört ist und sich die Blutung kaum stoppen lässt. Zudem befindet sich im Zahninneren dieser Höllenkreatur eine Art Giftdepot, welches durch den Biss in das Opfer übergeht. Gut zu erkennen ist diese Intoxikation durch eine leuchtend rote Färbung der Wunde. Erste Vergiftungserscheinungen zeigen sich durch eine blasse Haut, einen trockenen Mund sowie Hitze- und Kälteschauer. Bei fortschreitendem Verlauf treten später unkontrolliertes Zittern, Schwitzen als auch Halluzinationen auf. Wird die

Bissverletzung eines Moluks nicht binnen zwei Stunden durch einen Heiler behandelt, tritt der Tod ein", las John konzentriert vor, wobei er bei jedem seiner Worte immer leiser wurde und schwer schluckte. *Na klasse. Wo soll ich denn jetzt bitte schön einen verdammten Heiler auftreiben?*

## Kapitel 20
### *Amal*

Schwarze Materie griff nach meinem Inneren und begann zunächst sanft an mir zu ziehen. Der Geschmack von Schwefel und würzigem Räucherwerk machte sich in mir breit und ich stöhnte leise auf. *Verdammte Menschen. Vergeht denn nicht mal eine Nacht, in der sie mich nicht rufen?*

Ich war es leid, immer wieder durch die Dimensionen gezogen zu werden, war es leid, die hirnlosen Wünsche der Sterblichen erfüllen zu müssen, um ihnen im Gegenzug ein Stück ihrer Seele zu beschmutzen, damit sie nach ihrem Ableben als Gefangene in Astaroth dienen durften.

In Zeiten von unglücklichen Erdenbürgern, die verzweifelt nach Glück, Ruhm und Zufriedenheit griffen – ganz gleich, ob sie dafür einen Bund mit dem Teufel eingehen mussten – wurde mein tägliches Sinnen nach Ruhe und Einsamkeit beinahe unerträglich.

*„Amal, Legionär der verlorenen Seelen, ich beschwöre dich, meinem Ruf zu folgen, und zu gehorchen meinen Befehlen. Zeige dich mir, mit all deiner Macht, doch durchbrich nicht den Bann des Kreises, der über mich wacht.*

„Oh bitte, ist das dein Ernst, du Schwachkopf?", maulte ich, sah an die Decke meiner Kammer und verspürte sogleich ein unsanftes Reißen an meiner Aura. Zielstrebig zog es mich nach oben und ließ mich knurrend die Zähne fletschen. Scharf bohrte sich der Schmerz meiner sich mineralisierenden Knochen in meinen Schädel und vernebelte meinen Verstand. *Wie ich diesen Scheiß hasse!* Ich hasste es wirklich, wenn ein dümmlicher Mensch die Dreistigkeit besaß, einen Dämon zu beschwören, ohne zu wissen, womit dieser gerade beschäftigt war. Doch tröstete mich auch die Gewissheit, dass die Sterblichen zu gekommener Zeit viel größere Pein erleiden würden als ich in jenem Moment. *Auch ihr müsst mal ins Gras beißen und dann werde ich zur Stelle sein!*

Warm ergoss sich die Energie Astaroths über mir, durchflutete meine Venen und hielt sich an meiner verdorbenen Seele fest, während ich mich von ihr tragen ließ, und darauf wartete, dass ich die sterbliche Welt betrat.

„Da bist du ja endlich, Dämon. Du musst mir helfen, es bleibt nicht mehr viel Zeit", schrie plötzlich jemand panisch vor mir und wissend, dass ich diese Stimme von irgendwoher kannte, riss ich meine Lider nach oben.

„Was zum Teufel? Du stinkender Lurch wagst es, mich abermals zu rufen, wagst es, mich erneut zu stören, nachdem ich dich beim letzten Mal beinahe zur Hölle befördert hätte? Bist du ernsthaft dumm genug, zu glauben, dass ich dich dieses Mal verschone, du ranziges Stück Dreck? Deine Barriere wird bei jenem erbärmlichen Versuch einer Dämonenbeschwörung ebenso wenig halten, wie bei unserem letzten Aufeinandertreffen. Ich kann bereits jetzt deine Angst schmecken", grollte ich zornig und ballte meine Hände zu festen Fäusten. Doch so sehr ich mich auch über die Unverfrorenheit dieses Menschen ärgerte, so lachte ich auch innerlich, denn das Gefühl des bevorstehenden Triumphes ließ sich nicht leugnen.

„Amal, lass die Vergangenheit ruhen und uns auf das Hier und Jetzt konzentrieren. Bitte hilf mir ... ihr. Sie hat keine Chance ohne dich", stammelte der Blondschopf wirr und ließ mich skeptisch die Umgebung mustern. Wie bereits damals in Manhattan war seine Behausung mehr als spärlich eingerichtet. Und doch war es nicht sein Lebensstil, der mich heute verächtlich schnauben ließ.

„Du bist ja noch erbärmlicher als ich dachte", knurrte ich, als ich unweit neben mir auf die abgewrackte Couch blickte und dort, genau wie bei unserer letzten Begegnung, eine bewusstlose Frau vorfand.

„Was willst du dieses Mal, hm? Hegst du abermals den Wunsch sie zu deinem Weib zu machen? Oder willst du sie nur zwischen deinen Lenden wissen? Mach schnell, ich hab nicht ewig Zeit."

Geringschätzig wandte ich mich von der Frau ab und wartete entnervt auf den Befehl des Menschen. Ich wollte es einfach nur hinter mich bringen und schnellstmöglich wieder nach Astaroth zurückkehren.

„Weder noch, Amal. Ich hätte dich nicht einmal gerufen, wenn sie mich nicht mehrfach darum gebeten hätte", stammelte der Mann und ließ mich skeptisch die Stirn runzeln.

„Sie hat dich darum gebeten?", sprach ich ihm nach, ehe ich mich erneut zu der noch immer bewusstlosen Frau umdrehte. *Warum sollte sie diesen Nichtsnutz darum bitten, einen Dämon zu beschwören und sich dann schlafen legen?* Erst jetzt betrachtete ich sie genauer. Die Frau, die mit dem Gesicht von mir abgewandt auf der Couch lag, besaß eine schlanke Statur, die von ihrer eng anliegenden Kleidung perfekt hervorgehoben wurde. Seidig glänzendes braunes Haar umspielte ihre schmalen Schultern, während an ihrem Oberschenkel eine dicke, mit frischem Blut durchnässte Binde von einer tiefen Wunde zeugte. Es war nicht ersichtlich, was genau ihr zugestoßen war, doch es schien sie sehr geschwächt zu haben.

Ein leises klägliches Wimmern drang in mein Ohr, gefolgt von einem leichten unkontrollierten Zittern. Ich wusste nicht warum, doch in mir wuchs das Gefühl, ihr schon einmal begegnet zu sein. „Wer ist sie und weshalb solltest du mich rufen?", fragte ich meinen Beschwörer und versuchte mir ein genaueres Bild von der Frau zu machen, indem ich bis an den Rand meines Bannkreises schritt.

„Es tut nichts zur Sache, wer sie ist, Amal. Wichtig ist nur, ob du ihr helfen kannst, wie sie es mir versicherte. Sie verlangte ausdrücklich nach dir, auch wenn mir nicht klar ist wieso", entgegnete mir der Mann und ließ mich keinen Augenblick aus den Augen.

„Ich bin ein Dämon, kein Heiler. Das sollte dir bekannt sein, John. Ebenso wie du wissen solltest, dass keine meiner Dienstleistungen umsonst ist. Was auch immer diese Frau dazu bewegt hat, mich rufen zu lassen, wird seinen Preis haben", zischte ich bitter und funkelte den sterblichen Dummkopf böse an. Dieser nickte nur, ließ jedoch keine weiteren Emotionen zu. *Gut, du hast offensichtlich dazugelernt.*

„Also, sagst du mir jetzt, wobei sie sich diese Wunde zugezogen hat?", versuchte ich es erneut und wurde sofort hellhörig, als die junge Frau leise zu husten begann und sich ein wenig regte. *Komm schon, Püppchen, dreh dich um. Zeig Daddy dein hübsches Gesicht.*

„Sie wurde von einem Moluk angegriffen", antwortete der Mann im Schutzkreis leise, ehe er besorgt auf die Brünette blickte. Mein Blick huschte ebenso über die Frau, doch heftete sich mein Augenmerk nun wieder auf ihre Wunde. *Rot leuchtende Wundränder. Wieso ist mir das entgangen?*

„Wann wurde sie gebissen?", erkundigte ich mich abermals, während ich nervös an der schimmernden Barriere vor mir entlanglief, um mehr von ihr sehen zu können. *Sie zittert bereits, scheint wegen der vermeintlich trockenen Kehle husten zu müssen und ihre Handflächen sind von Schweiß gezeichnet. Tja, mein Guter, wenn du nicht bald mit der Sprache rausrückst, ist es mit ihr vorbei.*

„Etwas mehr als eine Stunde. Sie hat viel Überredungskunst aufbringen müssen, dass ich dich rufe. Und nach unserer letzten Begegnung wirst du wohl verstehen, dass ich dir noch immer nicht über den Weg traue", schnaubte der Kerl zu meiner Rechten verächtlich und verzog abwertend das Gesicht. *Gut so. Du bist wohl doch nicht ganz so unterbelichtet, wie ich dachte.*

„Ich gehe stark in der Annahme, dass du weißt, dass das Gift ihr nach spätestens zwei Stunden den Garaus macht. Folglich bleibt nicht mehr viel Zeit, solltest du sie retten wollen. Daraus resultiert natürlich, dass du meine Barriere lösen und mich zu ihr lassen musst, was für dich allerdings auch ein gewisses Risiko birgt. Zudem läufst du gleichzeitig Gefahr, dass ich dir nicht helfe und stattdessen auf ihren Tod warte, um anschließend ihre verstorbene Seele in die Hölle zu verschleppen. Was jedoch so oder so passieren wird, sollte sie von uns gehen. Immerhin hat sie durch dich einen Pakt mit einem Dämon geschlossen", säuselte ich selbstgefällig und rieb mir bereits die krallenbesetzten Hände. *Eine Gespielin wird mir gewiss nützlich sein.*

„Du Dreckschwein wirst deine Finger von ihr lassen", brüllte John sogleich voller Hass in meine Richtung, doch ich lachte nur, denn was konnte er mir schon anhaben.

„Keine Berührung, keine Heilung, oder wie immer du es nennen willst."

„Es muss anders gehen. Lass dir gefälligst was einfallen. Wozu bist du ein Dämon, wenn du solch eine Hürde nicht umgehen kannst", zischte mein Beschwörer wieder und schien sichtlich nervöser zu werden.

„Befreie ihn, John, und lass ihn zu mir kommen. Bitte", krächzte plötzlich eine heisere Stimme in meine Richtung, die allem Anschein nach von der Frau kam, die sich nun mühsam zu uns herumdrehte und mir endlich ihre Identität offenbarte.

„Sheeva? Was zum Teufel hast du hier zu suchen?", platzte es entrüsteter aus mir heraus, als ich es vorgehabt hatte. Verstört sah John zwischen uns beiden hin und her und war anscheinend verblüfft darüber, dass wir uns wirklich kannten. Langsam versuchte Sheeva sich indessen aufzurappeln, doch brach sie unverzüglich und laut hustend wieder zusammen. Unter halb geöffneten Lidern sah sie auf ihre Handfläche und obgleich sie es zu verstecken versuchte, so konnte ich doch ganz genau das Rot ihres ausgeworfenen Blutes erkennen.

„Bleib liegen, in Ordnung? Ich werde dir helfen, es ist noch nicht zu spät", versuchte ich sie zu beruhigen, ehe ich mich augenblicklich wieder dem ängstlichen Mann im benachbarten Schutzkreis widmete. „Und du senke den Bannkreis. Sofort!", funkelte ich John an, doch der hechelte nur aufgeregt und schien sich vor Angst nicht mehr rühren zu können. „Nimm den verdammten Bann von dem Kreis, oder willst du, dass sie vor deinen Augen stirbt?", schrie ich und schlug wütend gegen die schimmernde Barriere vor mir. Ich mochte ja ein Dämon sein, ein Seelenfänger sogar, den es eigentlich hätte erfreuen sollen, wenn dies gequälte Mädchen endlich seinen Geist freigab, doch irgendetwas in mir hinderte mich daran, sie diesem Schicksal zu überlassen. *Was genau hast du nur an dir, dass ich dich abermals deiner Wunden entledigen und dich vor dem Tod bewahren will?*

Panisch huschte Johns Blick wieder zwischen uns hin und her. Er schien genau abzuwägen, was er tun sollte, doch dafür blieb keine Zeit mehr.

„Sie hustet bereits Blut, du hirnverbrannter Idiot. Weißt du, was das heißt? Das Gift hat sich in ihrem Körper ausgebreitet und beginnt ihre Organe zu verseuchen. Es frisst sich durch ihre Leber, ihren Magen, ihre Lungen und später auch durch ihr Herz. Sie wird innerlich verbluten und elendig zu Grunde gehen. Und warum? Warum John? Wie zum Teufel kommt ein Moluk in eure Welt? Warum zur Hölle ist er nicht in Astaroth, wo er hingehört? Niemand beschwört einen Moluk, niemand beschwört einen Dämon seines Kalibers. Sie wird elendig krepieren, John, und ich verwette meinen Dämonenarsch darauf, dass du etwas damit zu tun hast", fluchte ich und spürte deutlich die Macht der Jenseitsenergie in mir aufsteigen. Heiß brannte das Feuer hinter meiner Brust und suchte sich seinen Weg durch meine Venen. Der Zorn auf diesen Menschen, der mit Mächten spielte, die er keinesfalls beherrschen konnte, war unermesslich groß und mein Missfallen, dass er Sheeva in seine Machenschaften verwickelt hatte, stand mir gewiss deutlich ins Gesicht geschrieben.

Ein leises Röcheln erklang aus ihrer Richtung und ließ mich nur noch angespannter werden. „Lass mich verdammt nochmal hier raus, du elende Kakerlake. Hörst du denn nicht, dass sie kaum noch Luft bekommt? Siehst du nicht, dass es bereits mit ihr zu Ende geht? Weshalb rufst du mich in deine Welt, wenn ich doch nur sinnlos herumstehe? Wovor hast du Angst? Du kauerst doch in deinem beschissenen Schutzkreis. Ich könnte lediglich ihr gefährlich werden, du armseliger Schwachkopf", brüllte ich kehlig und deutete mit meinem Zeigefinger auf die sichtbar geschwächte Hülle, die einst einer starken Frau gehörte.

Das schaurige Atemgeräusch, vom hilflosen Versuch nicht zu ersticken, erreichte mich und mit dem unerwarteten Gefühl von Panik in mir, starrte ich Sheeva direkt an. Braune Augen, die aus winzigen Schlitzen buchstäblich nach mir griffen, ein schmerzverzerrtes Gesicht, das bemitleidenswerter nicht sein konnte und zitternde Lippen, die ein lautloses „Sorry" formten. Ich wusste, dass es zu Ende ging, wusste, dass ihr Stündlein geschlagen hatte, ebenso wie mir klar war, dass es nichts gab, was ich jetzt noch für sie tun konnte. Sheeva würde sterben und eine Sklavin Astaroths werden.

## Kapitel 21
*Sheeva*

Dunkelheit umhüllte mich mit gierigen Fängen. Wie in eine Decke geschlungen schmiegte sie sich eng um meine geschundene Seele und befreite mich Stück für Stück von meiner Pein. Das Keuchen in meiner Brust verstummte, während die reißenden Schmerzen in meinem Bein vom heftigen Pulsieren in meinem Kopf überlagert wurden. Kein klarer Gedanke durchdrang mehr meinen Geist. Ein letztes beschwerliches Husten entwich meiner Kehle, ehe ich in den erlösenden Zustand der Schwerelosigkeit abdriftete. *Wo bin ich und was ist passiert? Amal? John? Seid ihr hier irgendwo?*

Sanft strich mir daraufhin jemand übers Haar und ich zuckte zusammen. *Verflucht, was war das?* „Ich habe keine Ahnung, wer du bist, aber wenn du mich nochmal anfasst, reiße ich dir deinen Arm ab", fluchte ich erschrocken, doch erklang nicht ein Wort in meinen Ohren. *Was soll dieser Mist? Kann mal jemand das Licht anmachen? Mir wird das allmählich zu suspekt!*

Mit dem irritierenden Gefühl, beobachtet zu werden, und einer schlagartig vorhandenen unsichtbaren Wärme um mich herum öffnete ich vorsichtig meine Lider. Zarte, freundlich lächelnde Lippen lösten sich von mir und erlaubten mir recht schnell, den Blick auf zwei liebevolle, in leuchtendem Bernsteingelb funkelnde Augen zu richten. Sanft strich dabei das rabenschwarze Haar des Kriegers über meine Wangen und trieb mir augenblicklich die Schamesröte ins Gesicht. „Duncan?", quiekte ich beinahe entsetzt auf und hielt angespannt die Luft an.

„Hm, du riechst so gut", säuselte er mir leise entgegen und bedachte mich erneut mit einem zärtlichen Kuss. Sofort durchströmte sein heißes Feuer meinen Körper und ließ mich irritiert und zugleich auch verzückt aufkeuchen.

„Was zum Teufel tust du da, Duncan?", verlangte ich zu wissen, während unsere Lippen zu einem weiteren heißen Kuss verschmolzen und mich atemlos zurückließen. *Verdammt, Sheeva, was soll das werden?*

„Ich werde dich nach allen Künsten verwöhnen, Schätzchen", brummte es lüstern über mir, doch lag nun eine gewisse List in der plötzlich viel zu charmanten Stimme. Ruckartig schnellten meine Lider nach oben, und entsetzt über das Bild, das sich mir nun darbot, stieß ich den muskulösen Körper des Dämons von mir. Es war nicht mehr der Krieger der Unterwelt, der mir einen lustvollen Schauer durch Mark und Bein getrieben hatte, sondern vielmehr ein Incubus in trügerischer Gestalt, der mich zu umgarnen versuchte.

„Funumai?", kreischte ich erschüttert los und versuchte rücklings von dem Bett zu flüchten, auf dem ich mich befand. Schelmisch grinsend kam der Dämon mit der gebräunten Haut wieder auf mich zu, während sein dunkelbraunes, weich fallendes kurzes Haar seine sinnlich funkelnden, haselnussbraunen Augen perfekt zur Geltung brachte. Das lodernde Feuer Astaroths stand in seinem Blick, indes er sich in geschmeidigen Bewegungen weiter auf mich zubewegte. Abermals versuchte ich vor ihm zu fliehen, doch zu meiner Verwunderung war ich bisher keinen Zentimeter vorwärtsgekommen. Einzig das seidige Laken unter mir hatte sich in sanften Wellen leicht hin und her geschoben, doch ließ es nicht zu, dass ich entkam.

Wie sanfte Schlingen wanden sich die Enden des glänzenden Stoffes kurz darauf um meine Handgelenke, derweil sie meine Knöchel fester umschlossen. Langsam und dennoch bestimmend zogen sie meine Glieder zum Bettende. Wie in den Fängen eines Marionettenspielers glitt mein Körper zurück aufs Bett und ließ meinen Puls sofort drastisch in die Höhe schnellen. Panik machte sich in mir breit, denn mit ausgebreiteten Gliedmaßen und auf dem Rücken liegend, war ich fortan ein gefundenes Fressen für den Dämon.

„Verdammtes Dreckschwein, was willst du von mir?", keuchte ich und zog energisch an meinen Fesseln, doch sie gaben nicht nach.

„Das fragst du mich noch, hübsches Menschenkind?", schwärmte Funumai bittersüß, während er seine klauenartige Hand viel zu zärtlich über meinen Oberschenkel gleiten ließ. *Lass dir was einfallen, Sheeva, andernfalls wird er dich gleich in die Abgründe Astaroths befördern.* Wütend biss ich die Zähne zusammen und versuchte mich zu konzentrieren, indes der Incubus sich weiter an mir empor schlängelte. Angewidert schluckte ich die in mir aufsteigende Übelkeit hinunter, während das sanfte Pulsieren zwischen meinen Lenden mir deutlich aufzeigte, dass der Dämon sich nach meinem bebenden Körper verzehrte. Was ich jedoch keinesfalls von mir behaupten konnte, obgleich der muskulöse Körper des Dämons nicht unansehnlich war. Ich wusste jedoch nur zu gut, dass es einzig eine gut modellierte Hülle war, hinter der er sich versteckte.

„Verrate mir, wie ich hierhergekommen bin, Funumai. Hast du mich entführt?", versuchte ich ihn in seinem Vorhaben zu unterbrechen, denn jede Ablenkung konnte mir in dieser Situation hilfreich sein.

„Ich entführe keine Frauen in die Zwischenwelt. Die Dimension der sterbenden Seelen beschreitet jeder für sich allein. Ich entspringe nur den Fantasien manch einer Sterbenden, um ihr den Leidensweg angenehmer zu gestalten. Besser man kommt glücklich in die Hölle, dann erwarten einen nur halb so viel Qualen. Der Teufel hat nämlich auch seine Vorlieben, weißt du", knurrte Funumai wollüstig, ehe er seine Zunge gierig über meinen Hals zog, um von mir zu kosten. Mein Herz schlug mir sofort bis zur Kehle und am liebsten hätte ich vor Ekel laut aufgeschrien, doch hätte es den Dämon gewiss nur noch mehr angestachelt, sich meine Hilflosigkeit einzuvernehmen.

„Die Dimension der sterbenden Seelen? Was für eine Scheiße geht hier eigentlich vor sich?", fragte ich mehr mich selbst, doch erhielt ich sogleich eine Antwort.

„Du bist im Begriff zu sterben, Püppchen. Es bedarf nur noch einem Hauch an Zeit, ehe du für immer in die Abgründe Astaroths gezogen wirst und dort den Rest deines Seins als Sklavin verbringst. Doch fürchte dich nicht, du wirst gewiss

Spaß mit uns haben." Begierig presste der Dämon seine nach Rauch schmeckenden Lippen auf die meinen und ließ mich angewidert die Augen schließen. „Bitte erfülle mir einen letzten Wunsch, ehe es mit mir zu Ende geht", drang es angestrengt aus meiner eingeschnürten Kehle und sofort wurde ich vom einengenden Gewicht seines Körpers befreit.

„Was immer du wünschst, mein Kind", summte es plötzlich melodisch in meinen Ohren und abermals riss ich verwundert die Augen auf.

„Mom? Was zur Hölle ...? Wo ist er hin, verdammt nochmal?", schrie ich hysterisch auf, als unerwartet schnell das Antlitz meiner Mutter in mein Blickfeld trat. Hektisch sah ich mich nach dem erregten Dämon um, doch konnte ich nichts als einen sanft flackernden Kamin und eine rote Samtcouch um mich herum ausmachen. *Was bitte geht hier vor sich?*

„Beruhige dich, mein Schatz, alles ist gut. Konzentriere dich auf deine Kräfte, dann wird sich alles fügen. Glaube an das Gute, Sheeva, und lass dich von deiner Macht führen", sprach meine Mutter in Rätseln zu mir und verwundert zog ich die Stirn kraus. Ich hatte keinen blassen Schimmer, wie ich aus den Fängen Funumais entfliehen konnte, doch war ich auch glücklich darüber, ihm nicht weiter ausgeliefert zu sein.

Noch immer verwundert, über die plötzliche Wandlung des Schauplatzes, versuchte ich mich auf das Hier und Jetzt zu konzentrieren und wurde sofort von meinen Gefühlen überrannt. „Oh Gott, Mom, du hast ja keine Ahnung, wie froh ich bin, dich gesund und munter zu sehen", platzte es erleichtert aus mir heraus, woraufhin ich ihr unverzüglich um den Hals fiel.

„Was geht hier nur vor, bitte erklär es mir", schluchzte ich aufgelöst vor mich hin, als die vergangenen Jahre schlagartig an meinem inneren Auge vorbeizogen. Viel Zeit war ins Land gegangen, seit wir uns das letzte Mal begegnet waren. Unzählige Geburtstage hatten wir ohne einander gefeiert, etliche Abschlüsse ungewürdigt gelassen, geschweige denn hatten wir gewusst, wie es dem Anderen in all der Zeit ergangen war. Seit meinem Auszug, sprich seit meiner turbulenten Zeit als außergewöhnliche Teenagerin, waren wir uns ein- bis zweimal über den Weg gelaufen, doch hatten wir uns nie viel zu erzählen gehabt. Unsere familiäre Situation war einfach zu suspekt gewesen, als dass einer von uns es gewagt hätte, über die Vergangenheit zu sprechen. Geschweige denn war einer von uns mutig genug gewesen, den Anderen wieder in sein Leben zu lassen. Niemand wollte auch nur ansatzweise Gefahr laufen, abermals verletzt zu werden.

Warm liefen Tränen der Verzweiflung über meine Wangen und befreiten mich nach und nach des schweren Bandes, das sich eng um meinen Brustkorb geschnürt hatte. Meine Mutter hielt mich indessen fester denn je an sich gedrückt, und so gaben wir uns stumm unseren überschäumenden Emotionen hin und warteten geduldig auf deren Ende.

„Es tut mir so leid, Kind", durchbrach die erschöpft wirkende Frau in meinen Armen plötzlich das Schweigen und bedachte mich mit einem herzlichen Kuss auf die Stirn. „Ich habe das alles so nicht gewollt. Es lag immer nur in meinem Interesse, dich zu schützen. Du solltest diesen Weg des Schicksals nicht bestreiten müssen. Das war so nicht geplant. Oh Herr im Himmel, bitte vergib mir meine Sünden, und bestrafe nicht mein Fleisch und Blut für die Taten, die ich einst beging", sandte sie nun wirre Worte ins Reich Gottes, doch bezweifelte ich stark, dass er sie von Mutters jetzigem Standpunkt empfangen würde.

„Was redest du da? Ist alles in Ordnung, Mom?", fragte ich, während ich sie sanft ein Stück von mir wegschob. „Du siehst schwach aus. Kannst du mir sagen, was mit dir passiert ist? Oder weshalb wir hier sind?" *Und warum zur Hölle, hat ein Incubus versucht mich zu besteigen und mir etwas von meinem bevorstehenden Tod erzählt?*

„Ach, Sheeva, Schatz, wenn ich dir doch alles nur hätte ersparen können. Es wäre sicher ganz anders mit uns gekommen. Ich hätte dich niemals gehen lassen dürfen, hätte dir alles viel früher erklären müssen. Doch ich brachte es damals einfach nicht übers Herz, dich mit der Gewissheit zu quälen, dass du eine Auserwählte der Hölle bist. Oh, Baby, wenn ich es doch nur rückgängig machen könnte."

Der Schmerz ihrer in die Jahre gekommenen Seele stand ihr deutlich ins Gesicht geschrieben. Tiefe Furchen hatten sich auf ihrer einst makellosen Haut gebildet. Ihr Haar hing in langweiligen Strähnen an ihr herab, und kaum etwas zeugte mehr von der stolzen hübschen Frau, die sie einst war. Etwas hatte sie zerbrochen und ich war mir sicher, dass es nicht nur die verlorene Tochter war, die sie so gezeichnet hatte.

„Ist schon gut, Mom. Lass uns später darüber reden, okay? Doch nun sag mir bitte, weshalb wir hier sind. Was ist der Zweck von alledem? Wozu hat mich Duncan nach Astaroth bringen lassen und wie kommt es, dass ich mich gerade noch in Boston befand und nun plötzlich hier neben dir stehe?"

Entsetzt starrte meine Mutter mich plötzlich an und hielt sich den weit geöffneten Mund. Ein verräterisches feuchtes Glitzern trat in ihre Augen, und ehe ich michs versah, suchte sie auch schon meinen Körper nach irgendwelchen Blessuren ab.

„Du wurdest verletzt, nicht wahr? Eventuell angeschossen oder gar durch eine Stichwaffe verwundet?", fragte sie, während sie unaufhörlich jeden Zentimeter meiner Haut begutachtete.

„Eher von einem Moluk gebissen, Mom. Was jedoch nicht erklärt, weshalb ich nun durch Astaroth wandele und mich besser denn je fühle", entgegnete ich ihr und hoffte, endlich eine passende Antwort auf meine Frage zu bekommen.

„Oh, Sheeva, nein, warum gibst du dich ausgerechnet mit so einer Kreatur ab? Weißt du denn nicht, dass man einen Moluk nicht beschwört und sich lieber so weit als möglich von ihnen fernhält? Verflucht, wir brauchen einen Heiler, oder besser noch einen Seelenerwecker, denn offensichtlich bist du schon fast tot", schnaubte sie und suchte gedanklich bereits nach einer Lösung.

„Nein, Mom, ich weiß nicht, dass man sich von einem Moluk besser fernhält. Woher auch? Niemand hat mir beigebracht, wie man mit Dämonen umgeht, niemand hat mir etwas über Beschwörungen erzählt, geschweige denn mir aufgezeigt, dass sich ungeahnte Kräfte in mir verstecken, die ich jedoch kaum kontrollieren kann. Ich wurde als Kind belächelt, wurde als Erwachsene in diese Hölle verschleppt, ohne es wirklich gewollt zu haben, wurde mit Dingen konfrontiert, die bisher nicht einmal in meinen schlimmsten Träumen existierten und als wäre das alles nicht schon genug, stehst du nun mit mir in diesem Höllenloch und erklärst mir beiläufig, dass mein Leben nur noch einen Pfennig wert ist? Verdammt nochmal, ich versuche gewiss das alles zu verstehen, Mom, ja, ich gebe mir wirklich alle Mühe, doch komme ich allmählich auch an einen Punkt, wo mir all das zu viel wird. Ich will doch nur, dass einmal etwas normal in meinem Leben läuft. Warum soll ausgerechnet ich eine Auserwählte sein? Warum nicht jemand anderes? Warum soll ich dafür büßen, dass mein bescheuerter Kollege mit Dämonen Katz und Maus spielt? Bitte, Mom, erklär es mir!"

Resigniert schlug ich mir meine Hände vors Gesicht und atmete ein paarmal tief durch. Diese ganze Reise ging mir langsam an die Substanz und es war mir unmöglich abzusehen, wie lange ich dieses heillose Durcheinander noch ertragen konnte.

Stille breitete sich um mich herum aus und ich stutzte. Hatte ich doch wenigstens den Funken einer Reaktion von meiner Mutter erwartet. Zaghaft lugte ich durch meine Finger hindurch, ohne die Handflächen von meinem Gesicht zu entfernen. *Oh bitte, nicht schon wieder!*

Nur vorsichtig zog ich die Hände wieder nach unten und betrachtete die nach Schwefel stinkende Umgebung, in der ich mich nun befand. Schwarzes Lavagestein, überzogen mit rotgelbem Staub erstreckte sich vor mir zu einem riesigen Gebirge, welches mir irgendwie bekannt vorkam. Bilder von gequälten Seelen durchströmten schlagartig meinen Geist, gefolgt vom Abbild des heiß brennenden Acheron, der sie ins Reich der Toten führte. Ein eisiger Schauer durchfuhr mich, als die zurückliegenden Worte meiner Mutter mein Hirn umnebelten: *„Wir brauchen einen Seelenerwecker, denn offenbar bist du fast tot."*

War nun der Zeitpunkt gekommen? Hatte ich versagt und durch meine gutgemeinte Hilfe John gegenüber, mein Leben und meine Seele verspielt? Was würde aus mir werden, wenn dem wirklich so war? Würde ich wie prophezeit eine Sklavin der Unterwelt sein oder gar die Gespielin eines Höllenfürsten? Bei diesem letzten Gedanken drehte sich mir sofort der Magen um und ich hatte sichtlich Mühe, die aufsteigende Magensäure in meinem Inneren zu halten. Als ich beinahe zeitgleich einen sanften Druck auf meiner Schulter spürte, quiekte ich panisch los und fuhr erschrocken herum. Leicht nach hinten taumelnd, griff ich mir an die spürbar bebende Brust und versuchte das neu entstandene Bild vor mir zu erfassen.

„Beruhige dich, Sheeva, ich bin es bloß", redete der hochgewachsene Mann mit dem rabenschwarzen Haar beruhigend auf mich ein, indem er ergeben seine Hände nach oben riss und ebenfalls einen Schritt nach hinten wich.

„Du? Verdammte Scheiße, tu das ja nie wieder, hörst du? Jag mir nicht nochmal so einen Schrecken ein", schnaubte ich angewidert, während ich noch immer mit meinem beschleunigten Puls kämpfte und nach einer geeigneten Sitzmöglichkeit suchte. Ein leichtes Lächeln huschte indes über sein Gesicht, ehe er sich mir vorsichtig näherte.

„Wo kommst du eigentlich her beziehungsweise wo hast du die ganze Zeit über gesteckt, während ich mich durch diese verdammte Hölle gekämpft habe? Hattest du nicht versprochen, dass du mich hier heil wieder rausbringst?", fluchte ich und nahm auf einem etwas größer geratenen Lavastein Platz. *Und was ist das hier nur für ein seltsamer Ort? Es ist heiß und doch fühlt sich dieser Stein kalt wie Eis an. Überall um mich herum herrscht Dürre, doch neben diesem Stück Felsen wächst eine saftige Pusteblume. Warum zum Teufel ist hier nur alles so abgedreht skurril?*

„Es tut mir leid, Sheeva, dass ich dich in meinem Heim zurücklassen und sogar betäuben musste, doch ich hatte nicht riskieren können, dass dich dieser stinkende Satanssöldner in die Finger bekommt. Ich war kurz nach unserem Verschwinden ins Verlies gesteckt worden, da die Dämonenfürsten davon ausgegangen waren, dass Befana und ich die Gesetze Astaroths gebrochen hatten. Dank Fizzles Hilfe konnten wir das hohe

Gericht jedoch davon überzeugen, dass nichts Unrechtes geschehen war, weshalb ich nun wieder meinen Pflichten nachgehen kann. Ich werde dich, wie versprochen, wohlbehalten nach Hause bringen, sobald du alles Wissen vom Hohen Rat erhalten hast, was du für die Zukunft benötigst", sprach Duncan ruhig, ehe er sich nachdenklich zu mir setzte und ebenso wie ich auf das sanft schimmernde Weiß der Pusteblume starrte.

„Fizzle war auch bei dir? Wo ist er jetzt? Doch nicht immer noch im Verlies, oder?", erkundigte ich mich nach dem kleinen Gnom, obgleich ich mir nicht sicher war, weshalb es mich überhaupt interessierte, wie es ihm ging.

„Er ist okay, mehr brauchst du nicht zu wissen. Doch was ist mit dir? Du siehst schwach aus", stellte Duncan beiläufig fest und richtete nun seine ganze Aufmerksamkeit wieder auf mich.

„Mit mir? Tja, es scheint, als würdest du dein Versprechen nicht mehr einlösen können, denn offenbar werde ich wohl den Rest meines Seins in diesem übelriechenden Loch verbringen müssen", murmelte ich mehr zu mir selbst, während ich sachte nach der vor mir befindlichen Pflanze griff und sie behutsam aus dem staubigen Boden zog. *Was für ein sonderbares Ding du doch bist. Deine sterblichen Verwandten in meiner Welt haben nicht so eine magische Anziehungskraft auf mich.*

Ohne es sofort bemerkt zu haben, berührte Duncan mein Handgelenk und drehte es in seine Richtung. Prüfend ließ er seine Finger darüber wandern und wurde von einer Sekunde zur nächsten sichtlich angespannt. „Du hast Astaroth bereits verlassen, nicht wahr? Aber wie ist das nur möglich, ohne dass ein Krieger dich geführt hat?"

Überrascht, dass er dies augenscheinlich nur aus meinem unmerklich leuchtenden Mal gelesen hatte, musterte nun ich sein in tiefe Falten gelegtes und dennoch nicht weniger hübsches Gesicht.

„Ich habe keine Ahnung, ehrlich gesagt. Ein Dämon hatte mich angegriffen, und während ein weiteres Untier der Hölle zur gleichen Zeit meine Mutter ins Jenseits befördern wollte, hatte sich das Portal geöffnet und mir diese Möglichkeit offenbart.

Nur hat es mir nicht viel genützt, wie du siehst. Offenbar bin ich verdammt bis in alle Ewigkeit." Gedankenverloren berührte ich die leuchtenden Pollen der Blume in meiner Hand und genoss das leichte Kribbeln, das mir sogleich von ihnen entgegenströmte. Duncan schien schnell zu begreifen, was gerade in mir vorging und so strich er mir sanft über den Unterarm.

„Was auch immer in deiner Welt geschehen ist, und ganz gleich du in diesem Moment in der Seelendimension gefangen bist, es gibt immer einen Weg, seinem vermeintlichen Schicksal zu entfliehen. Benutze deinen Verstand, Sheeva, und lass das Offensichtliche nicht ungeachtet. Du hältst deine Bestimmung bereits in den Händen und musst nur den Schritt in die richtige Richtung wagen."

Verwirrt von seinen rätselhaften Worten starrte ich ihn an, woraufhin Duncan langsam meine Hände ergriff und sie bestimmt ein wenig nach oben führte. In angedeuteter Gebetshaltung hielt ich sie schließlich in Höhe meines Gesichtes vor mir, doch hatte ich nicht das Gefühl, dass ich ein Hilfegesuch gen Himmel schicken sollte, sondern vielmehr den Verdacht, dass es um etwas ganz anderes ging. Nachdenklich starrte ich das hübsch glitzernde Gewächs zwischen meinen Fingern an und suchte darin nach der verborgenen Antwort.

„La fleur du désir", hauchte Duncan mir leise ins Ohr und sofort fühlte ich ein angenehmes Kribbeln durch meinen Körper ziehen, das mich für einen kurzen Augenblick genüsslich die Lider senken ließ. *Die Blume der Wünsche*, dachte ich lächelnd und als hätte er meinem Geistesblitz zustimmen wollen, fuhr Duncan auch schon wieder fort.

„In eurer Welt blüht sie zu Tausenden und keiner weiß um ihre Bedeutung. Doch hier in Astaroth ist es ein Wink des Schicksals, wenn sie dir erscheint. Sie steht für den Anbeginn eines jeden ungeborenen Wunsches, Sheeva, für die Reinheit und Unberührtheit, die in jeder neu geborenen Seele schlummert. Die Magie dieser Pflanze verzaubert bereits Kinder, und obgleich ihnen die Tragweite der darin verborgenen Fähigkeit nicht bekannt ist, versetzt sie eure

Sprösslinge immer wieder in Erstaunen. Lass dich von ihrer Macht tragen, Sheeva, lass sie fliegen und befreie ihren Samen als auch deine Seele. Hab den Mut zu träumen, hab den Mut zu leben!"

Mit diesen letzten Worten hauchte er mir einen zärtlichen Kuss auf die Wange, der mich abermals vollends einnahm. Wie gern hätte ich mich am warm flackernden Feuer in meinem Herzen erfreut, doch durchbohrte schlagartig ein stechender Schmerz meinen Oberkörper. Mit vor Panik weit aufgerissenen Augen griff ich mir an die Brust, und ehe ich michs versah, sank ich bereits kraftlos zu Boden. Schlagartig konnte ich keinen klaren Gedanken mehr fassen, denn all meine Überlebensinstinkte waren geweckt. Ich keuchte schwerfällig, während mein Herz einen ungewohnten Rhythmus annahm. Wie eine außer Takt geratene Uhr pochte es still in mir, indes mich abermals ein scharfes Stechen durchzog und mich atemlos zurückließ. Heiße Tränen der Verzweiflung sammelten sich in meinen Augen, denn dem Tod offenbar schlagartig so nah zu sein, fühlte sich erschreckend beängstigend an.

„Fürchte dich nicht, mein Kind, es ist alles halb so schlimm", brummte es mit einem Mal hinter mir, doch war es nicht Duncan gewesen, der zu mir gesprochen hatte. Leise Schritte drangen in mein Ohr, indes ich mich schmerzlich auf dem mit Staub bedeckten Boden wand und mit meinem Leben kämpfte. Nur langsam trat der Fremde in mein Sichtfeld, doch auch nachdem ich dem Dämon direkt ins Antlitz schauen konnte, war es nicht die Furcht vor ihm, die mich erzittern ließ. Vielmehr spürte ich die stärker werdende Kälte auf meiner Haut, die sich immer weiter durch meinen Körper fraß.

„Was geschieht mit mir?", keuchte ich leise und versuchte krampfhaft gegen die zunehmende Müdigkeit anzukämpfen.

„Du stirbst", antwortete die düstere Kreatur vor mir besonnen, und mit einem leichten Lächeln auf den runzeligen Lippen, ehe sie sich auf einen magisch herbeigerufenen Stuhl setzte und mir beim Ableben zusah. Ich hustete lautstark, als immer mehr Schwefelstaub in meine Lungen drang und wie brennende Säure meine Kehle hinab kroch.

„Duncan, wo ist er?", verlangte ich mit letzter Kraft zu wissen, ehe mein geschwächter Leib niederglitt und ich mich nun auf der Seite liegend nur wenige Meter vor dem gehuften Dämon befand.

„Der Naphul? Soweit ich weiß, schmort er noch immer in seinem dreckigen Verlies und wartet auf seine Hinrichtung. Zerbrich dir wegen ihm nicht deinen hübschen Kopf, Kind, und genieß lieber die letzten Sekunden deines Seins. Danach wird deine Seele nämlich mir gehören", säuselte die Kreatur beinahe lieblich und voller Vorfreude, indes ich betäubt meine Lider schloss und auf das bevorstehende Ende wartete. Einzig ein sanftes Kribbeln durchzog noch meine Fingerspitzen und zeugte davon, dass noch ein Hauch von Leben in mir steckte.

„*La fleur du désir*", schoss es hastig durch meinen Kopf und mit dem Gefühl, etwas vergessen zu haben, zwang ich mich, einen letzten Blick auf meine erstarrte Hand zu richten. Noch immer hielt ich die Pusteblume fest zwischen meinen bleichen Fingern und noch immer wartete der schimmernde Samen darauf, dass man ihn in alle Winde verstreute. All meine Hoffnung lag in meinem vielleicht letzten Atemzug. Mein Herz schlug bereits viel zu langsam hinter meiner Brust und so versuchte ich meine verbliebenen Kraftreserven zu sammeln und mich auf diese eine letzte Mission zu konzentrieren. Schwach pochte es einmal in mir, während ich Luft holte. Eine einsame Träne bahnte sich ihren Weg über meine Wange und unmerklich stieß ich meinen Atem aus.

*Ich will leben*, dachte ich still, indes mein Herz zu seinem finalen Schlag ansetzte und schlussendlich verstummte.

## Kapitel 22
*Amal*

„Komm schon, komm schon. Geht das denn nicht ein bisschen schneller?"
„Halt verdammt nochmal die Klappe und lass mich meine Arbeit machen. Nur wegen dir ist sie überhaupt erst in dieser Zwischenwelt gefangen! Hättest du nicht so lange gezögert und getan was sie von dir verlangte, wären wir hier schon längst fertig", knurrte ich dem Menschen entgegen und versuchte abermals Sheeva zurückzuholen. Immer wieder ließ ich meine magiegetränkten Finger über ihren Körper wandern, doch konnte ich ihr inneres Licht kaum noch spüren. „Mach schon, Mädchen. Öffne deine Seele und lass mich dich nach Hause bringen", murmelte ich vor mich hin, während ich meinen Geist in die Unterwelt sandte, um nach ihr zu suchen. Nichts. „Nicht der Funke eines Lebenszeichens. Wo steckst du nur, Sheeva?"

Gerade als ich meine Magie zurückziehen und sie auf irdische Weise versuchen wollte zurückzuholen, griff plötzlich eine schwache Energie nach mir. *„Ich will leben!,* hallte es leise in meinem Kopf, ehe etwas unverhofft meine magisch entsandte Hand streifte. Ohne zu zögern, ließ ich meine Sinne tiefer in die Unterwelt schweifen, doch konnte ich Sheeva noch immer nicht ausfindig machen. Als jedoch mit einem Mal ein schwarz gehörnter Dämon mit lodernder Jenseitsmagie um sich schlug, wurde ich wachsam. Energisch riss er seine Hände gen Himmel, als wolle er etwas nach oben befördern und als mich daraufhin abermals ein schwaches *„... will leben!"* heimsuchte, fand ich endlich, wonach ich die ganze Zeit vergeblich gesucht hatte. „Sheeva!", platzte es beinahe erleichtert aus mir heraus und sofort näherte sich mein dämonischer Geist ihrer viel zu geschwächten Seele.

Der Dämon, der meine Anwesenheit unverzüglich registrierte, knurrte grimmig, indes er Sheevas Körper mit Hilfe der ihm von Astaroth verliehenen Kraft in die Senkrechte brachte. „Was hast du hier zu suchen, Amal?", fragte mein Gegenüber bitter, während er Sheeva vor sich in der Luft schweben ließ. Den Kopf im Nacken, die Glieder reglos von sich gestreckt, hing sie, wie eine Marionette am unsichtbaren Faden, nur wenige Meter von mir entfernt. Ihre Atmung ging bereits viel zu flach, und obgleich mir bewusst war, dass ich einem mächtigen Herrscher gegenüberstand, dem ich besser nicht in die Quere kam, so konnte ich nicht anders, als ihm den Grund meines Erscheinens ehrlich zu offenbaren.

„Ich bin ihretwegen hier. Sie hat mich um Hilfe gerufen", sprach ich ruhig, doch konnte ich die Anspannung in mir nicht leugnen.

„Du scherst dich um das Wohl einer Sterblichen?", schnaubte der Vorsitzende des Totenreiches verächtlich, indes er Sheevas beinahe leblosen Körper weiter in seine Richtung beförderte. *Verdammt, er will sie in seine Fänge ziehen. Wenn ich das nicht verhindere, gibt es für Sheeva kein Zurück mehr. Dann wird sie auf ewig in Astaroth gefangen sein.* Wissend, dass schnelles Handeln gefragt war, und mich der Dämon ausweiden würde, sollte ich in meinem Vorhaben scheitern, ließ ich unmerklich einen leuchtenden Ball Jenseitsenergie in meiner linken Hand erscheinen. Wie magische Spinnfäden suchten sie sich sofort ihren Weg zum Rücken der Frau, um sich dort mit ihrer langsam sterbenden Seele zu verbinden. Zornig fletschte der gehörnte Dämon daraufhin die Zähne und funkelte mich grimmig an. „Was denkst du, das du da tust, du Tölpel? Hast du überhaupt eine Ahnung, mit wem du dich hier anlegst? Bist du dir im Klaren darüber, was ich mit dir anstellen werde, wenn ich mich ihrer Seele bereichert habe?", fragte der Dämonenherrscher düster grollend, indes er energischer nach Sheevas Seele langte.

Mit zusammengepressten Zähnen versuchte ich, mich seiner deutlich spürbaren Kraft entgegenzustellen. Es raubte mir enorm viel Energie, doch hatte ich keine Wahl, wenn ich Sheevas Seele vor den tiefen Abgründen der Hölle bewahren wollte. *Warum tust du es überhaupt, Amal? Weshalb in Satans Namen solltest du ihr einen Gefallen schuldig sein? Sie ist ein Weib des Erdenreiches, ein wertloses Wesen, welches leicht zu ersetzen ist. Riskiere nicht deine Stellung im Jenseits, für jemanden, der nicht unter Deinesgleichen geboren wurde. Riskiere nicht dein Sein für eine Auserwählte!*

Abgelenkt von meinen wirren Gedanken, bemerkte ich viel zu spät, dass mein Gegner zum Angriff angesetzt und eine zähe Masse aus magischer Materie auf mich abgefeuert hatte. Unverhofft traf sie mich gleich darauf am Brustkorb und ließ mich unter schmerzlichem Keuchen zurücktaumeln. Noch ehe ich michs versah, fand sich mein Geist auch schon in der Menschenwelt wieder. Atemlos, vom viel zu schnellen Wechsel zwischen den Welten, begann ich zu husten.

„Was ist? Hast du sie gefunden, Dämon?", fragte John hysterisch keifend hinter mir, während ich benommen den Kopf schüttelte. „Sheeva", rief ich mir schnell ins Gedächtnis, indes meine Finger sich zu Fäusten ballten. Noch immer hielt ich die magischen Fäden fest in der Hand und hoffte inständig, dass sie weiterhin mit Sheevas Seele verbunden waren. Ohne Zeit zu verlieren, tauchte mein Geist abermals ins Reich der Unterwelt ein. Der zornige Dämonenherrscher, der Sheeva bereits mit seinen Klauen gepackt hatte und gerade dabei war ihren reglosen Körper über den staubig roten Boden Astaroths zu schleifen, stöhnte laut auf, als nun ich einen rot flackernden Ball Jenseitsmagie auf ihn warf. Sofort ließ er von Sheeva ab und drehte sich zu mir um. Hastig schoss ich einen zweiten energiegetränkten Ball auf ihn, gefolgt von einem heißen Feuerwall, der sich unverzüglich zwischen dem Legionenführer und der Frau emporschob. Eilig streckte ich meine Arme nach Sheeva aus, die noch immer besinnungslos auf dem Boden lag und kaum noch einen Atemzug von sich gab.

„Amal, du dreckiger Hundesohn, du wirst mich nicht um ihre Seele bringen. Das werde ich nicht dulden", grollte der gehörnte Dämon bitter, während ich die Feuerwand schützend um mich und Sheeva zog.

„Und ich werde nicht zulassen, dass man mich um meine Bezahlung bringt. Ich habe noch eine Aufgabe zu erfüllen und mich angemessen dafür entlohnen zu lassen. Obendrein ist ihre Seele noch nicht vom Körper befreit, weshalb es für dich keinen Grund gibt, hier zu sein und dich ihrer frühzeitig zu bereichern", grollte ich tief, in der Hoffnung, meinem Bestreben mehr Macht zu verleihen. Ich wusste, dass der Vorsitzende des Totenreiches Anspruch auf Sheevas Seele hatte, sollte sie in den kommenden Minuten versterben, weshalb es nun umso wichtiger war, sie endlich von hier fortzuschaffen. Energisch griff ich nach ihrem Oberkörper, verschränkte von hinten meine Hände vor ihrer Brust und zog sie fest an mich.

„Die Zeit ist reif für eine Entscheidung, Sheeva. Sterben, und für immer in Astaroth bleiben oder leben, und dein Schicksal selbst in die Hand nehmen, anstatt es deinem hirnverbrannten Menschenfreund zu überlassen. Auf was fällt deine Wahl?", fragte ich die bereits sterbende Hülle der Frau in meinen Armen, während ich einen Hauch Jenseitsenergie durch ihren Körper schickte, um ihr diese letzte Antwort zu entlocken. Ein deutliches Knurren drang sogleich durch die schützende Feuerwand vor mir, indes ich weiter auf Sheevas Entscheidung wartete.

Leise begann sie zu husten, ehe sie schwach mit den Wimpern klimperte. „Wo bin ich?", krächzte sie heiser, woraufhin ich abermals etwas Energie durch sie sandte.

„Leben oder sterben, Sheeva. Du musst dich entscheiden. Jetzt!", verlangte ich erneut zu wissen, denn es kostete mich enorm viel Kraft, die Schutzwand und Sheevas Leib am Leben zu halten.

„Das wirst du bereuen, Amal. Niemand widersetzt sich mir, niemand beraubt mich meiner Seelen und kommt ungeschoren davon", krakelte der Totenherrscher wutentbrannt, doch es war bereits zu spät.

„Leben", hauchte Sheeva mir kaum hörbar entgegen, doch sobald ihr Wunsch ausgesprochen war, setzte sich auch schon ein wahres Meer aus glitzernder Magie in Bewegung, um ihren letzten Willen zu erfüllen. Zu Tausenden durchströmten schlagartig winzige Blütenpollen Sheevas Körper und richteten sie scheinbar mühelos auf. Ein strahlend weißes Licht durchbrach gleich darauf meine Feuerbarriere, um unverzüglich Sheevas Brustkorb einzuhüllen. Ein lautes

Keuchen erklang, als Sheeva plötzlich den ersten tiefen Atemzug ihres neu erlangten Lebens in ihre Lungen presste und sich ihr Fleisch und Blut unweigerlich dem gleißenden Licht entgegenstreckten. Ich hatte Mühe, Sheeva weiterhin festzuhalten, was schließlich dazu führte, dass der Schutzkreis an Energie verlor. Bedrohlich begann die feurige Hülle zu flackern, indes der zornige Dämon außerhalb des Kreises immer wieder darauf einschlug. Wissend, dass es an der Zeit war, zu gehen, ergriff ich Sheevas Handgelenke fester und ließ mich von der sie umgebenden Kraft mitziehen. Ich spürte, wie ihr Körper nach oben gezogen wurde, und hörte recht bald auch die Stimme meines Beschwörers, der verzweifelt nach uns rief.

„Ich werde dich finden, Amal", rief der gehörnte Dämon hinter uns her, als schlussendlich der Schutzwall erlosch und er hilflos unseren sich mineralisierenden Leibern nachsah. „Niemand hintergeht mich, hörst du? Ich, Volac, werde dich aufspüren und in Stücke reißen. Du bist dem Untergang geweiht, Amal. Dämonen der Hölle versammelt euch und erwartet meine Befehle!", war alles, was ich noch von ihm vernahm, ehe ich samt Sheeva in die Welt der Sterblichen eindrang.

*Verflucht bis in die Hölle und zurück.* Das war alles andere als gut.

## Kapitel 23
*Sheeva*

**V**erschlafen blinzelnd öffnete ich meine Lider. Ich fühlte mich kraftlos und müde, ja irgendwie ausgelaugt. Wie in Zeitlupe bewegten sich meine trägen Glieder, während ich mich schlaftrunken auf die Seite drehte. Ein sanftes Streicheln glitt dabei an meiner Taille entlang, doch war ich zu entkräftet, um mich danach umzusehen. Nur mühsam konnte ich mich dazu durchringen, den Raum zu mustern, in dem ich mich befand. Ein rhythmisches Pulsieren zog sogleich durch meinen Schädel und ließ mich leise aufkeuchen. *Au, verdammt*, fluchte ich still in mich hinein, während ich sofort in meiner Bewegung innehielt. Zaghaft atmete ich ein paar Mal gezielt durch, ehe ich eine unverhoffte Bewegung zu meiner Rechten ausmachte. Mühselig wanderte mein Blick zur anderen Seite des Raumes, und so erkannte ich erst spät den übermüdet wirkenden Mann, der kaum noch Ähnlichkeit mit meinem einst kräftig gebauten Kollegen hatte.

„John?", krächzte ich heiser und griff mir an die brennende Kehle. Überaus langsam öffneten sich seine Augen, indes er seinen eingefallenen Oberkörper, unter scheinbaren Anstrengungen, aufrichtete.

„Willkommen zurück", murmelte er kaum hörbar, was mich nur noch mehr verwirrte.

„Zurück? Was ist passiert? Wie komme ich hierher und wo bin ich überhaupt?", fragte ich ihn, während ich mich abermals in dem abgewohnten Raum umsah.

„Du weißt weder wo du bist noch was geschehen ist? Interessant!", entgegnete mir John ein klein wenig wacher und rappelte sich nun vollends auf. *Steckt er etwa in einem Bannkreis fest?*

„Du befindest dich in meinem Zuhause, Sheeva. Wir hatten uns unten am Pier getroffen, wo wir von einem Dämon überrascht wurden. Ich habe dich dann hierher gebracht, um deine Wunden zu heilen. Du hast ganze drei Tage geschlafen,

Sheeva", erklärte mir John mit bedrückter Miene und senkte erschöpft seinen Kopf.

Angestrengt versuchte ich seinen Worten zu folgen, und daraus ein Bild in meinem Kopf zu projizieren, denn die letzten Stunden schienen wie ausgelöscht zu sein. Es war, als hätten die vergangenen Tage nie existiert.

Mitfühlend musterte ich John. Es tat mir leid, ihn so am Boden zu sehen, und am liebsten wäre ich zu ihm gegangen, um ihm Trost zu spenden, doch schien mich eine unsichtbare Kraft daran hindern zu wollen. Immer fester legte sich der unbekannte Druck um meine Taille und begann, langsam aber sicher, in einen leichten Schmerz überzugehen.

Ein leises Knurren erklang plötzlich hinter mir und ließ mich erschrocken herumfahren. Sofort funkelten mir zwei rot glühende Pupillen zornig entgegen. Reflexartig richtete ich meinen Oberkörper auf und binnen Sekunden von Bruchteilen war alles in mir auf eine Flucht eingestellt. Instinktiv stieß ich mich kraftvoll mit den Beinen von der Couch ab.

„Amal?", kreischte ich hysterisch auf, während ich nun panisch versuchte, mein Gleichgewicht zu halten. Doch es half nichts. Noch ehe ich michs versah, glitt mein Körper zu Boden. Vollkommen unerwartet schnellte augenblicklich Amals Arm nach vorn, und bevor ich wirklich realisieren konnte, was er vorhatte, packte er auch schon nach meinem Handgelenk und verhinderte so meinen bevorstehenden Aufprall. Mit weit aufgerissenen Augen und wild pochendem Herzen sah ich ihn an. Mühsam rang ich nach den richtigen Worten, indes er mich wieder langsam zu sich auf die Couch zog. Das wilde Feuer in seinen Pupillen verblasste allmählich, ehe sich ein zartes Lächeln auf seine Lippen legte. „Hi", hauchte er mir leise entgegen und bemühte sich, mir ein wenig mehr Raum auf dem viel zu schmalen Mobiliar zu geben. Mit Bedacht setzte er sich auf.

„Hey", erwiderte ich kaum hörbar, während ich mich krampfhaft zu erinnern versuchte, was in den vergangenen Stunden geschehen war. *Was macht er hier? Sollte er nicht in Astaroth seinem Dasein frönen?*

„Lass es langsam angehen, Sheeva. Dein Körper benötigt eine gewisse Zeit, um sich von der Reinkarnation zu erholen. Gewiss wird bald alles wieder beim Alten sein, doch fürs Erste solltest du dich etwas schonen."

Überrascht hielt ich in meiner Bewegung inne und starrte Amal verwundert an. „Meine Reinkarnation?", wiederholte ich voller Entsetzen, denn seine Worte klangen wie der blanke Hohn in meinen Ohren.

„Vor ein paar Tagen hast du aus Astaroth die Flucht ergriffen und bist direkt deinem dümmlichen Partner da drüben in die Arme gelaufen", begann Amal zu erzählen, als er meine Verwunderung sah. Doch kaum hatten die Worte seinen Mund verlassen, wurde er unverzüglich durch ein aufgebrachtes „Hey, was bildest du dir ein, Dämon?" unterbrochen. Sofort hefteten sich Amals nun wieder glühend rote Augen auf John, der noch immer in seinem magischen Kreis hockte.

„Schweig, du erbärmlicher Abfall eines Menschen! Ohne dich und deine hirnlose Dämonenbeschwörung würde Sheeva jetzt nicht in dieser Situation sein", fuhr Amal John barsch an, doch dieser dachte nicht daran, auf den Dämon zu hören, und setzte bereits zum verbalen Gegenschlag an. Ein fürchterliches Knacken, von zusammengepressten Knochen, drang daraufhin in meine Ohren und ließ mir einen eisigen Schauer über den Rücken gleiten. Gerade noch rechtzeitig registrierte auch John die drohende Gefahr, die in Amals Augen aufblitzte, ehe er sich sichtlich angewidert auf die Zunge biss und schwieg.

Amals Knurren verstummte und sofort galt seine ganze Aufmerksamkeit wieder mir. „Du wurdest, dank der Geistlosigkeit deines Partners, mit dem Gift eines Moluk infiziert, Sheeva. Es kann danach nur eine Sache von Minuten gewesen sein, ehe sich dein Zustand verschlechterte. Weshalb du schließlich ausgerechnet mich hast rufen lassen, ist mir schleierhaft, doch es spielt auch keine Rolle mehr. Es wäre nur von Vorteil gewesen, ich hätte mehr Zeit gehabt. Gewisse Komplikationen hätten dann umgangen werden können und du wärst nicht um ein Haar gestorben", murmelte Amal nachdenklich vor sich hin, während er erneut seine Fingerknochen bedrohlich knacken ließ.

Schockiert von seinen Worten, durchzog mit einem Mal ein wirrer Schleier aus flüchtigen Gedanken meinen brummenden Schädel und ich erinnerte mich dunkel an den kahlköpfigen Dämon, der John und mich am Pier angegriffen hatte. Weitere Erinnerungsfetzen an einen schmerzlichen Kampf mit ihm, dem darauf folgenden angenehmen Gefühl von prickelnder Magie in mir sowie einiger diffuser Träume durchfluteten meinen Geist und ließen mich fassungslos auf John blicken. Dessen Ausdruck blieb jedoch vollkommen leer. *Was, zum Teufel, geht hier vor sich?*

„Von welchen Komplikationen sprichst du?", verlangte ich kurzerhand von Amal zu wissen, während ich mich ein klein wenig aufrichtete, um ihn besser ansehen zu können.

„Du warst bereits in die Seelendimension Astaroths eingedrungen, Sheeva, und dem Totenherrscher schon so gut wie versprochen. Allerdings hattest du auch noch einen Wunsch offen", sprach Amal in Rätseln zu mir, doch regte sich überraschenderweise etwas in mir.

„La fleur du désir", murmelte ich leise vor mich hin, als mir die Erinnerung an die wundersame Höllen-Pusteblume in den Kopf stieg. „Duncan hatte mir von ihr erzählt", fügte ich weiter leise an und starrte irritiert auf das plötzlich einsetzende Kribbeln auf meinen Handflächen.

„Der Naphul war bei dir?", fragte Amal beinahe schockiert, während er nach meiner Hand griff und seine Finger prüfend über sie zog.

„Er war mit einem Mal da. Aber auch meine Mutter und diesen komischen Funumai sah ich in meinem Traum", erinnerte ich mich weiter und ließ grübelnd meinen Blick durch den Raum schweifen.

„Wann ist das geschehen?", grummelte es hörbar neben mir, indes Amal fester meine Hand umschloss und mich prüfend musterte.

„Duncan und ich sind ihm bereits vor einiger Zeit in Astaroth begegnet. Er war zu der Zeit mit einem gewissen Volac unterwegs gewesen", sprach ich kaum hörbar und mehr zu mir selbst, als weitere Geistesblitze durch meinen Kopf sausten. „Doch ich sah ihn auch danach noch einmal", erklärte ich gleich darauf etwas lauter. „Ich lag gefesselt auf einem Bett und Funumai hatte versucht mich zu bezirzen, kurz bevor ich dann meiner Mutter begegnete. Was für ein verrückter Traum", stammelte ich unter ansatzweisem Lächeln, während ich fassungslos meinen Kopf schüttelte. Ich war erleichtert, dass all dies nicht real gewesen war, denn als ich an die widerlichen Berührungen des schmierigen Dämons dachte, lief es mir sofort eiskalt den Rücken hinunter.

Gedankenvoll blickte ich zu Amal und entdeckte schnell, dass jede Faser seines Körpers bis aufs Äußerste angespannt war. „Es ist doch nur ein Traum gewesen, nicht wahr?", erkundigte ich mich eilig bei ihm, denn sein Griff an meinem Handgelenk wurde mit jedem meiner Worte schmerzhafter. Allmählich beschlich mich ein wahrlich ungutes Gefühl.

„Auf dem Weg in die Seelendimension begegnet man verschiedenen Gestalten, die uns das Sterben erleichtern sollen, Sheeva. Jedoch nicht immer sind es dabei die Abbildungen unserer geliebten Mitmenschen, sondern oftmals auch Dämonen, die gewisse Ängste in uns schüren wollen, indem sie tief verborgene Gelüste in einem entfachen."

„Wie bitte soll ich das verstehen?", fragte ich, denn zu meinem Bedauern schien mein Gehirn nach der Reinkarnation doch mehr Startschwierigkeiten zu haben, als bisher angenommen.

„Das heißt, dass es eine tiefere, oftmals nicht gleich erkennbare Verbindung zwischen Mensch und Dämon gibt, wenn solch Träume auftauchen", antwortete Amal ausdruckslos, ehe er meine Hand freigab, sich aufrichtete und durch den Raum schritt.

Verwundert sah ich ihm nach. „Willst du damit andeuten, dass ich insgeheim eine gewisse Sehnsucht nach Dämonen verspüre", platzte es entrüstet aus mir heraus, denn allein beim Gedanken an diese meist grausig entstellten Geschöpfe, wurde mir speiübel.

Amal hingegen sprach kein Wort mehr und starrte stattdessen mit geballten Fäusten aus dem Fenster. *Warum verhält er sich nur so merkwürdig?*

Hätte nicht die Tatsache im Raum gestanden, dass wir uns erst einmal in Astaroth begegnet waren, hätte ich ihn für eifersüchtig gehalten, doch das konnte natürlich keinesfalls der Grund seines kuriosen Handelns sein. Gewillt, mich nicht weiter davon verwirren zu lassen, ließ ich mich zurück aufs Sofa sinken. Diese ganzen Informationen von Reinkarnation, versteckten Gelüsten nach Monstern, bis hin zu einem Partner, von dem ich offenbar weit weniger wusste als gedacht, machten mir doch ziemlich zu schaffen.

Unentwegt hämmerte das neu erlangte Wissen auf mich ein und schien mein Gehirn nach und nach in eine schwammige Masse zu verwandeln. Mit dem Gefühl, dem zunehmenden Druck in meinem Schädel kaum noch gewachsen zu sein, schloss ich die Lider. *Wie, in Teufels Namen, konnte ich nur in diesen Mist hereingeraten?*

Doch was hatte ich als Kopfgeldjägerin für übernatürliche Wesen eigentlich erwartet? Hätte ich Normalität in meinem Leben gewollt, wären heute Menschen mein Ziel und nicht die unentdeckten Wesen unter uns. Resignierend strich ich mir mit den Händen übers Gesicht und ließ meinen Kopf erschöpft zur Seite fallen.

*John!* Mit leicht zusammengebissenen Zähnen sah ich meinen einst vertrauten Partner an. Ich hatte in der Vergangenheit nicht einen Tag an seiner Loyalität gezweifelt, doch heute sollte ich allem Anschein nach den Preis dafür bezahlen. *Vertraue niemandem außer dir selbst, Sheeva!*

Mir meine unausgesprochenen Fragen offenbar ansehend, straffte John seine Schultern, bedacht darauf, den schützenden Kreis um sich herum nicht zu berühren. Seine Angst vor Amal musste wahrlich groß sein. Ein deutlich hörbarer Seufzer erklang, ehe John mich nachdenklich ansah. Ich erkannte schnell, dass ihm die richtigen Worte fehlten, um sich mir zu erklären. Doch er hatte mein Mitleid nicht verdient, also ließ ich nicht locker.

„Warum John?", hauchte ich leise und spürte, wie sich das Band des Verrates um meinen Brustkorb schnürte und mir die Atmung erschwerte.

„Was soll ich dir sagen, Sheeva? Die Dämonenbeschwörungen waren eine gute Möglichkeit, mein Leben auf einfache Weise zu verbessern", antwortete John knapp und schien sich keiner Schuld bewusst zu sein. Ein fester Kloß bildete sich in meinem Hals, indes ich mich nun wieder vollends aufsetzte, um ihm direkt in die Augen sehen zu können.

„Zu welchem Preis, John? Geht dein Leben über das der Menschheit? Steht es dir deshalb zu, mit Mächten zu spielen, von denen du offenbar keine Ahnung hast? Verdammt John, wir jagen und bekämpfen diese Kreaturen. Unsere Aufgabe war es nie, sich mit ihnen zu verbünden, geschweige denn ihnen die Welt zu Füßen zu legen", antwortete ich gereizt, denn es wollte einfach nicht in meinen Kopf, weshalb er sich diesen düsteren Mitteln bedient hatte.

Anstatt jedoch einen Anflug von Reue zu zeigen, verwandelte sich Johns Gesicht, bei jeder meiner Silben, zu einer immer hässlicher werdenden Fratze. Angespannt richtete er sich in seinem Schutzkreis auf und schien mir insgeheim die Pest an den Hals zu wünschen.

„Du willst mich belehren, Sheeva, obwohl es deine wundersam magiegetränkten Hände waren, die den Moluk am Pier ins Jenseits beförderten? Du wagst es, über mich zu richten, obgleich es dein Wille war, mir diesen Dämon da drüben ins Haus zu holen? Verurteile nicht meine Taten, Sheeva, wenn du dich selbst ihrer Macht bedient hast, um deinen Arsch zu retten", knurrte John bitter und ballte energisch die Fäuste.

Überrascht sah ich ihn an und konnte seine Anschuldigungen, ebenso wie er meine Prinzipien verraten zu haben, kaum glauben. „Ich habe nur versucht, am Leben zu bleiben, nicht anderen zu schaden", murmelte ich leise und senkte betrübt den Kopf. Doch John hatte Recht, ich war kein Stück besser als er. Noch immer wusste ich nicht, was genau das Mal an meinem Handgelenk zu bedeuten hatte. Ebenso wie es mich zusehends mehr beunruhigte, plötzlich einen gewissen Teil an

Jenseitsenergie in mir zu tragen. „Verflucht, Sheeva, du hättest dem Hohen Rat mehr Aufmerksamkeit schenken sollen, anstatt ihn von dir zu weisen", summte ich leise und vergrub meinen Schädel gedankenverloren in meinen Handflächen.

„Du spotte noch einmal über mich, Sheeva. Bis du aufgetaucht bist, hatte ich die Dämonen im Griff, während du nicht mal dein eigenes Leben auf die Reihe bekommst. Keine dieser Kreaturen hatte mich bisher angegriffen. Es lief alles wie vereinbart, bis du aufgetaucht bist", klang es voller Hohn und Zorn aus Johns Mund und von meinen eigenen Problemen abgelenkt, realisierte ich viel zu langsam, welch Gefahr schlagartig in der Luft lag.

Noch ehe ich michs versah, war Amal an Johns Seite gehastet, wo er nun wutentbrannt auf dessen Schutzkreis einschlug. John, der offensichtlich ebenso wenig mit einem Angriff gerechnet hatte, taumelte erschrocken zurück und bemerkte zu spät, wie nahe er dabei seiner schützenden Barriere kam. In dem letzten Versuch, sein Gleichgewicht zu halten, ruderte John hektisch mit den Armen, doch es war bereits zu spät. In Sekunden Bruchteilen fiel der blau schimmernde Kreis, der John bisher schützend umgeben hatte, in sich zusammen und zurück blieb einzig der Geruch von Schwefel in meiner Nase.

Ohne Zeit zu verlieren, stürzte sich Amal auf meinen Kollegen. Fest packte er nach dessen Hals, woraufhin sogleich ein ersticktes Keuchen erklang. „Ich sollte dich unverzüglich nach Astaroth katapultieren", knurrte der Dämon und ließ mich abermals verwundert aufblicken. Was auch immer gerade in Amal vorging, und so sehr ich Johns Taten auch missbilligte, ich konnte nicht zulassen, dass Amal ihm etwas antat.

Ohne darüber nachzudenken, ob mein Vorhaben gelingen würde, stürmte ich auf Amal zu und riss ihn übermütig an seiner Schulter zurück. Zu meinem Bedauern hatte ich dabei nicht bedacht, dass mein Kreislauf alles andere als stabil war und so ließ es sich nicht vermeiden, dass ich gleich darauf nach hinten schwankte und mich unlängst am Boden wiederfand. Überrascht sah Amal mir in die weit aufgerissenen Augen und fletschte die Zähne. Ich konnte die Wildheit des Panthers in ihm deutlich sehen, doch ließ er sich nicht dazu hinreißen, ihn von der unsichtbaren Kette zu lösen.

„Bitte hör auf, Amal. Er ist es nicht wert", flehte ich den Dämon eindringlich an und hoffte, dass er meinen Wunsch respektieren würde. Doch einzig ein tiefes Grollen schallte mir entgegen.

„Du solltest auf sie hören, Amal. Lass ihn los. Sofort!" Das animalische Knurren, das plötzlich hinter mir erklang, ließ mich zutiefst erschrocken herumfahren.

„Duncan? Du bist hier?", stammelte ich leise vor mich hin, denn ich traute weder meinen Ohren noch meinen Augen. Seinen zornigen Blick von Amal abwendend, huschten Duncans Pupillen gleich darauf in meine Richtung. Ein erfreutes, sanftmütiges Lächeln umspielte seine Lippen, während er langsam auf mich zukam und sich zu mir hinabbeugte. „Ich hatte doch versprochen, dich zum Hohen Rat zu bringen, und dich im Anschluss daran, wohlbehalten in deine Welt zu begleiten. Leider konnte ich bisher weder das eine noch das andere einhalten. Das wird sich nun ändern, Sheeva, versprochen", hauchte Duncan mir zärtlich ins Ohr, indes er langsam seine Arme unter meinen geschwächten Körper schob und mich vorsichtig vom Boden aufhob. Dicht an ihn gepresst, wurde ich kurzerhand zurück zur Couch getragen. Heiß drang Duncans dämonische Hitze in meinen Leib und genüsslich nahm ich leise zischend seinen angenehmen Duft nach Wald und leichtem Rauch tief in mich auf.

„Hey, verdammt, was tust du da mit ihr? Lass sie in Ruhe!", brüllte Amal plötzlich mit fordernder Stimme, während er Duncan herausfordernd ansah. Ich spürte, wie der Krieger sich schlagartig versteifte und sich jeder Muskel an ihm anspannte.

„Ich habe keine Ahnung, was es dich angeht, Amal, doch ich rate dir, deinen Tonfall zu überdenken. Mögen wir uns auch nicht in Astaroth befinden, so ändert es doch nichts an dem Respekt, den du vor einem Portalwächter haben solltest", hielt Duncan dagegen, indes er mich vorsichtig auf das verschlissene Sofa entließ. Dankbar lächelte ich ihn an, denn ich hatte wahrlich das Gefühl, noch nicht wirklich wieder Herrin meines Körpers zu sein.

Kaum hatte Duncan sich davon überzeugt, dass es mir für den Augenblick gut ging, wandte er sich auch schon wieder um. Die Anspannung im Raum wuchs spürbar, denn offensichtlich dachte Amal nicht im Traum daran, dem Wächter irgendeine Ehrerbietung zu zollen. Hörbar ließ der Panther in Männergestalt seinen Nacken kreisen. „Du und dein irrsinniger Kriegerorden könnt mich mal mit eurem überheblichen Gehabe. Sheeva hat mich rufen lassen, damit ich ihr helfe. Ich habe sie nicht in diese Welt zurückgeholt, damit du ihre Genesung störst. Auch habe ich mich nicht mit Volac angelegt und meinen Arsch riskiert, danach tagelang an ihrer Seite gewacht und mir die schwachsinnigen Phrasen ihres dämonenbeschwörenden Kollegen angehört, nur damit du hier auftauchst und alles zunichtemachst. Geh wieder dorthin, woher du gekommen bist, Naphul. Dich braucht hier niemand!", knurrte Amal angriffslustig, indes er sich provokant neben mich stellte und Duncan grimmig ansah.

„Als würde dich ihr Wohlergehen interessieren, du abtrünniger Bastard. Dir geht es doch einzig um deinen ausstehenden Lohn", zischte Duncan zurück und hatte sichtlich Mühe, sich nicht auf Amals Niveau zu begeben.

Funkelndes Rot traf auf leuchtendes Bernsteingelb. Die beiden Männer waren in Rage, das war nicht mehr zu übersehen.

Doch weshalb erzürnte Amal die Anwesenheit des Kriegers so? Warum bedeutete es ihm so viel, dass ich wieder gesund wurde? War er doch in gewisser Weise eifersüchtig oder ging es ihm einzig um eine vermeintliche Belohnung, für meine Rettung, die er nicht teilen wollte?

Ich hatte keine Ahnung, um was es den beiden wirklich ging, doch es spielte in jenem Moment auch keine Rolle. Sie sollten mit ihrem Gezanke aufhören. Es fehlte mir einfach an Kraft, mich auf solch Kindereien einzulassen.

„Ich werde deine Anwesenheit nicht länger dulden", erklang es abermals in meinen Ohren, ehe Amal einen Schritt auf Duncan zuging und aggressiv die Zähne fletschte. Der Wächter knurrte nun ebenso gefährlich zurück, indes er lautstark seine Finger knacken ließ.

„Hört auf, Jungs, das bringt doch nichts", versuchte ich beschwichtigend auf die beiden einzureden, doch sie registrierten mich gar nicht. Hirnvernebelnd hatte der Zorn sich in ihre Schädel gefressen, um sie Stück für Stück in ihr Verderben zu treiben.

Hilfesuchend sah ich mich um. *Wo ist John?*

Ich entdeckte ihn gleich darauf am Boden liegend, nur unweit in einer Ecke. Er atmete noch, doch allem Anschein nach war er bewusstlos. *Verdammt*, dachte ich, doch rief ich mir im nächsten Moment ins Gedächtnis, dass ich von ihm wahrscheinlich sowieso keine Hilfe hätte erwarten können.

Die beiden Streithähne waren unterdessen ganz und gar aneinandergeraten, was sich anhand ihrer gegenseitigen Drohgebärden und körperlichen Rempeleien deutlich zeigte.

Ein hasserfülltes tiefes Grollen verwandelte den Raum schlagartig in einen dämonischen Kampfplatz. Heiße Flammen loderten über die Körper der beiden Kontrahenten, wohl in dem anschaulichen Bemühen, sich die gegenseitige Macht darzulegen. Beim Anblick ihrer angriffslustigen Haltung, und der zunehmenden Geräuschkulisse, wurde mir flau im Magen. Was würde wohl geschehen, wenn beide gänzlich die Kontrolle über sich verloren? Würde es einen Sieger oder gar zwei Verlierer geben? Und wo war mein Platz inmitten dieser Auseinandersetzung?

Je mehr ich darüber nachdachte, umso enger schnürte sich mir die Kehle zu. Mein Magen rebellierte lautstark, während mein Puls sich rapide beschleunigte. „Bitte hört auf", hörte ich mich erneut sagen, ehe ich langsam die Lider senkte, um mich etwas zu beruhigen. Doch noch immer beachteten sie mich nicht, sondern begannen stattdessen damit, sich gegenseitig an die Gurgel zu gehen und gefährlich die Zähne zu fletschen.

Eine bekannte Wärme durchflutete meinen mittlerweile bebenden Körper, während sich immer mehr Wut in mir breitmachte. Sollten sie ihren Groll in Astaroth ausfechten, anstatt die jämmerliche Behausung meines Kollegen zu verwüsten und meine ohnehin schon blank liegenden Nerven zu strapazieren. Ich keuchte schwer, während ich mich bemühte, meine kaum vorhandenen Kraftreserven zu mobilisieren. Ich fühlte, dass sich etwas in mir regte, obgleich ich auch noch sehr geschwächt von meiner Wiedergeburt war. Ein sanftes Kribbeln durchzog meinen Oberkörper, während ich mich aufrichtete und einen Schritt auf die beiden flammenden Raubtiere zuging.

„Duncan, Amal, so seid doch vernünftig", startete ich einen letzten Versuch, sie zu besänftigen. Ein kurzes Flackern blitzte in Duncans Augen auf, als ich zwischen die beiden und in sein Sichtfeld trat. Amal schien unterdessen vollkommen dämonisch zu werden, denn unerwartet schnell stieß er mich ein wenig unsanft zur Seite, sodass ich bäuchlings zurück auf die Couch fiel und gequält aufkeuchte.

Plötzlich ging alles ganz schnell. Rasendes Gebrüll drang in meine Ohren, gefolgt von einem lautstarken Krachen. Noch während ich versuchte, mich aufzurappeln, schepperte es erneut, doch dieses Mal hinter mir. Es schien, als würde der Kampf nun im gesamten Wohnzimmer stattfinden. „Verdammt, hört endlich auf", fauchte ich, während ich vergebens versuchte, mich wieder aufzurichten. Doch meine Gliedmaßen versagten geschwächt ihren Dienst.

Im Seitenblick entdeckte ich Duncan, der rasend vor Wut auf Amal einschlug, indes dieser, wie wild mit Jenseitsmagie um sich schmiss. *Magie, das ist es!* Ohne zu wissen, was genau ich tat, konzentrierte ich mich auf den beständig wachsenden Zorn in mir. Ein unmerklich spürbares Kribbeln legte sich unter meine Haut und ließ mich erleichtert aufatmen. Sanft zogen sich meine Mundwinkel zu einem zufriedenen Lächeln nach oben, derweil ich mich krampfhaft auf die ansteigende Hitze in meinem Körper zu konzentrieren versuchte. „Komm schon, komm schon. Lass das Böse durch deine Venen fließen und dich von der Magie der Hölle durchfluten, Sheeva", sprach ich mir selbst Mut zu, doch es schien nicht zu einhundert Prozent zu funktionieren. Das Mal an meinem Handgelenk leuchtete nur schwach und von der sonst alleseinnehmenden Macht in mir, war auch nichts zu spüren. *Was mache ich falsch?*

Zweifelnd sah ich in Richtung der beiden Rivalen, die noch immer kein Ende gefunden hatten. Übersät von schwarzer und roter Materie, preschten sie unzählige Male auf sich zu, schlugen derb in die um uns herrschenden Steinwänden ein und wischten sich das austretende Blut von den Lippen. Mein Herz raste im Galopp, denn allmählich beschlich auch mich die Angst, Opfer ihrer Zwietracht zu werden.

„Es reicht! Benehmt euch nicht wie die Tiere", grollte es plötzlich düster von der Eingangstür zu mir herüber, und ließ mich ängstlich herumfahren. Die Drohung und Macht, die in dieser weiblichen wenngleich auch finsteren Stimme lag, zog mir unverzüglich durch Mark und Bein und ließ mich sichtlich erzittern.

Zaghaft bewegte ich meinen Kopf und musterte die Person im Türrahmen von unten bis oben. „Oh. Mein. Gott!"

Das Trommeln von wilden Hufen, gepaart mit dem Stich einer spitzen Lanze, in einem verbitterten Kampf auf Leben und Tod, durchfuhr mich. Irritiert blinzelte ich durch meine zusammengekniffenen Lider, meinen trägen Oberkörper nur mühsam nach oben aufrichtend.

„Bist du es wirklich?", flüsterte ich kaum hörbar und streckte unbeholfen meine zitternde Hand aus. Mir wurde heiß und kalt, ich bebte vor Aufregung und kämpfte um mehr Sauerstoff in meinen Lungen, während die Übelkeit sich gierig durch meine Speiseröhre fraß. Stillschweigend setzte ich mich auf und schlang meine Hände um meinen Oberkörper. Nur unbewusst realisierte ich, dass Duncan sofort zur Tür eilte, um den Neuankömmling hereinzubitten, während Amal sich überraschenderweise zurückhielt.

„Sheeva", säuselte die Brünette nun ganz sanft, derweil sich das leuchtende Türkis in ihren Augen, sowie die blauen Flammen auf ihrem Körper, nach und nach zurückzogen. Ohne Zeit zu verlieren, eilte die Frau an meine Seite und schlang fest ihre warmen Arme um mich. Ich atmete keuchend aus. Noch immer zog sich das unsichtbare Band, welches sich viel zu eng um meinen Brustkorb geflochten hatte, weiter zu. Es fiel mir mit jeder Sekunde schwerer, zu atmen. Eine Hitzewelle jagte die nächste durch mich hindurch, während ich glaubte, gleich hyperventilieren zu müssen.

„Mom?", hauchte ich kaum hörbar in ihr Ohr und begann nun ebenso meine Arme um sie zu legen. Zaghaft drückte ich sie an mich und schloss die Augen. Eine einsame Träne bahnte sich ihren Weg über meine Wange. „Oh, Mom!", setzte ich wieder an und brach nun, zusammen mit ihr, vollends in Tränen aus. Schluchzend hielten wir uns gegenseitig fest, als drohten wir andernfalls zu zerfallen. Ich konnte nicht fassen, dass sie hier war. *Ist sie etwa ebenso wie ich aus Astaroth geflohen?* Oder war sie vielleicht gar nicht festgehalten worden und freiwillig in die Unterwelt gegangen?

Was auch immer es sein mochte, ich war glücklich, sie jetzt an meiner Seite zu haben. All die Trauer der vergangenen Jahre brach wie brodelnde Lava aus mir heraus, all die Sehnsucht und der Schmerz, den ich so oft hatte verdrängen müssen.

„Wie konntest du nur, Mom?", jammerte ich nur wenige Minuten später und schlug leicht mit den Händen gegen ihr Schulterblatt. „Warum hast du mich all die Jahre glauben lassen, dass ich verrückt sei? Warum?", setzte ich sofort nach und bohrte meine versteiften Finger fest in ihren Rücken. Gefangen zwischen Wut und Liebe, hin und hergerissen zwischen Verzweiflung und Erleichterung, wusste ich nicht, was ich tun sollte.

Meine Mutter hingegen sprach kein Wort zu mir. Einzig ein leises „Schhht" erklang zitternd in meinen Ohren. Offenbar fiel es auch ihr nicht leicht, sich der Vergangenheit zu stellen und so dauerte es eine ganze Weile, bis wir uns wieder gefangen hatten. Sanft schob mich meine Mutter schließlich von sich, nahm mein Gesicht zwischen ihre Finger und sah mich liebevoll an. „Oh, Sheeva, es tut mir alles so wahnsinnig leid. Es war nie meine Absicht gewesen, dir wehzutun. Niemals wollte ich dich von mir stoßen, dich vertreiben oder gar deinen Hass auf mich ziehen." Ein wenig unbeholfen wischte sie sich über ihre tränennasse Wange und sah beschämt zu Boden.

„Ich wünschte, dass ich die Vergangenheit ungeschehen machen könnte, mein Kind. Seit Jahren ersehne ich nichts mehr. Doch auch bei all den Möglichkeiten, die sich mir in den vergangenen Jahrzehnten ergaben, habe ich nie über die Macht verfügen können, dir ein besseres Leben zu schenken. Oh, wenn du mir doch nur eines Tages verzeihen könntest, was ich dir angetan habe", schluchzte sie herzzerreißend, während sie sich nun gänzlich von mir löste und den Versuch startete, sich aus meiner Gesellschaft zu stehlen. Sie wollte allem Anschein nach vor dem Schmerz davonlaufen, der sie innerlich plagte.

„Mom, nicht, bitte bleib!", platzte es aus mir heraus, indes ich schnell nach ihrem Handgelenk griff, um sie am Gehen zu hindern. Tränenschwer sah sie irritiert auf mich zurück. „Bitte erklär es mir, Mom. Ich will endlich die Wahrheit wissen. So viele merkwürdige Dinge sind in letzter Zeit geschehen und niemand ist bereit, mir Antworten zu geben. Ich werde mich bemühen, deine Beweggründe zu verstehen, doch dafür musst du dich mir öffnen", flehte ich mit brüchiger Stimme und sah sie eindringlich an.

Sichtlich mit sich hadernd, blickte sie sich nachdenklich um, wobei sie flüchtig Duncans Gesicht streifte. Der Wächter der Unterwelt nickte ihr ermutigend zu, denn offenbar wusste er, was sie vor mir zu verbergen versuchte. Ein tiefer Seufzer erklang, ehe sich meine Mutter wieder zu mir setzte.

„Ich weiß gar nicht, wo ich anfangen soll, Sheeva. So viel ist geschehen, so viel Leid über uns gezogen", seufzte sie, senkte den Blick und strich zärtlich über meinen Handrücken.

„Wie wäre es mit dem Anfang, Mom?", versuchte ich sie zu unterstützen, woraufhin sie mich dankbar anlächelte.

„Mein kleines, großes Mädchen. Wie habe ich mich doch nach dir gesehnt", begann sie zittrig, während sie immer wieder meine Hand streichelte. Gedankenverloren blickte sie ins Leere.

„Kinder sind die unberührten Geschöpfe des Himmels, Sheeva. Das Wertvollste auf Erden. Man ist gesegnet, wenn man dieses

Gottesgeschenk erhalten hat", stammelte sie und lächelte verträumt. „Jedoch wird nicht jedem das Glück einer Schwangerschaft zuteil, Sheeva. Egal, wie sehr man es sich auch wünscht", fuhr sie fort und sogleich wurde ihr Blick von Sorgenfalten getrübt.

„Ich war in der Blüte meines Lebens, hatte einen wunderbaren Mann an meiner Seite, eine nahezu perfekte Ehe geführt und war nie abtrünnig in meinem Glauben. Die Kirche war mein zweites Zuhause gewesen und ich hatte mich stets für die Gerechtigkeit der Schwachen eingesetzt, ja sogar meine eigenen Ziele und Wünsche zurückgesteckt, um Gutes zu tun. Und doch hat all diese christliche Liebe nichts gebracht", schwärmte sie, ehe sie abwertend schnaubte und resignierend den Kopf schüttelte.

„Seit einhundert Generationen ist unsere Familie mit dem Fluch der Kinderlosigkeit gezeichnet. Einhundert Generationen voll von Trauer, Hoffnungslosigkeit und Wut", murmelte meine Mutter mehr zu sich selbst, doch ich hatte jedes ihrer Worte genau verstanden.

„Aber Mom, wie ...?", setzte ich an, doch hielt ich abrupt inne, als ich das angestaute Tränenmeer in ihren Augen sah.

Entschuldigend blickte sie zu mir auf. „Wie konnte ich ein wunderbares Kind wie dich bekommen, Sheeva?", vervollständigte Mutter meinen Satz und lächelte schmerzlich.

„Ich habe, wie viele unserer Vorfahren auch, nach einer Möglichkeit gesucht, diesen Fluch zu umgehen. Dein Vater und ich ersehnten uns nichts mehr, als ein eigenes Kind. Es war der Schlüssel zu unserem perfekten Glück. Doch was wir auch unternommen hatten, nichts führte uns ans Ziel. Eines Tages war ich schließlich hinunter zum Pier gegangen. Die alte Kirche stand zu dem Zeitpunkt noch in vollem Prunk. Ich hatte sie an jenem Tag das letzte Mal betreten. Voller Wut und Hass, auf den, den ich einst angebetet hatte. All mein Flehen hatte er ungeachtet gelassen, all meine Hilfegesuche ignoriert. Ich war es leid gewesen, mich seinem unausgesprochenen Hohn auszusetzen", drang es nun etwas gefasster und mit leicht brummendem Unterton aus meiner Mutter, während sie meine Hände mittlerweile fest umschlossen hielt.

„An jenem Tag hatte er meinen ganzen Groll zu spüren bekommen. Ich hatte geflucht, öffentlich in der Kirche. Meine hasserfüllten Schreie waren durch die Kapelle gehallt und jeder der Anwesenden hatte meinen Zorn lauthals zu spüren bekommen, als meine wutentbrannten Worte von der Kapellendecke zu mir zurückhallten. Doch es war mir egal gewesen, was die Leute von mir dachten. Gott hatte mich verlassen, mich verraten und mir meinen Glauben an ihn genommen. Ich konnte nicht mehr zu ihm aufsehen und spürte nur noch Verachtung, wenn ich an ihn dachte", sprach sie überraschend gelassen und sah mich eindringlich an.

„Aber Mom ..."

„Nein, Sheeva! Er hat mir das Herz gebrochen", unterbrach sie mich abermals und das Funkeln in ihren Augen zeigte mir deutlich, dass sie mit diesem Thema bereits lange abgeschlossen hatte.

„Als ich jedoch am Tiefpunkt meines Lebens angekommen war, hatte sich mir plötzlich eine Möglichkeit offenbart, an die ich vorher nie gewagt hatte, zu denken. Ich war der Ansicht gewesen, sollte einem der liebe Gott nicht helfen können, so läge die Vermutung nahe, dass man einfach in den falschen Reihen geforscht hatte."

„Du hast einen Pakt mit dem Teufel geschlossen?", fragte ich mit weit aufgerissenen Augen und konnte kaum glauben, was meine Mutter mir allem Anschein nach gerade zu offenbaren versuchte.

Mit versteinerter Miene sah sie mich an, ehe sie ein kühles „Ja!" zwischen ihren Lippen hervorpresste.

„Ich hatte nicht geahnt, worauf ich mich einließ. Damals war es ein Hoffnungsschimmer gewesen, doch noch zu dem zu kommen, was ich so sehr ersehnte", sprach sie ruhig, ehe sie kurz innehielt und mich liebevoll anlächelte. „Es war das rettende Seil in der Not gewesen, wenn man es so will. Nachdem ich mich mit der Dämonologie beschäftigt und eine Kreatur der Hölle beschworen hatte, sollte mir mein Wunsch schließlich erfüllt und der jahrhundertelange Fluch endlich gebrochen werden."

„Jedoch nicht ohne eine Gegenleistung", riet ich und schlang geistesgegenwärtig meine Arme um mich. Alles in mir versteifte sich, bei dem Gedanken, dass meine Mutter einem Dämon hörig gewesen sein könnte, nur um ihre heile Welt mit einem Kind zu bereichern. Ich erschauderte, als mir die Bilder durch den Kopf zogen, die mich beim Hohen Rat heimgesucht hatten. Meine Mutter hatte auf roten Seidenkissen gelegen, die Lider lustvoll geschlossen. *Oh mein Gott, sie wird doch nicht ...*

Scharf brannte sich ein Schwall von Übelkeit in meine Kehle und ließ mich lautstark husten. „Ist alles in Ordnung, mein Kind?", erkundigte sich meine Mutter in einem Anflug von Besorgnis, doch ich winkte ab.

„Alles klar, ich ... wurde nur gerade an etwas erinnert. Eine Vision ... über dich", stotterte ich und spürte, wie sich das enge Band um meinen Brustkorb weiter zuschnürte.

„Du warst beim Hohen Rat?", erkundigte sich meine Mutter gleich darauf bei mir und ich nickte zustimmend. „Dann weißt du also Bescheid", stellte sie beschämt fest und senkte die Lider.

„Ich sah, wie du nach Astaroth gereist bist. Du hattest an die Pforte eines Dämons geklopft und dich zwischen lasziv tanzenden Kreaturen auf Seidenlaken geräkelt. Nur wenig später hattest du ein Baby in deinen Händen gehalten ..."

Ich war kaum noch fähig, zu atmen. Schmerzlich durchzog eine bittere Vorahnung meinen Körper und ließ mich schwer schlucken.

„Das war ich, nicht wahr, Mom? Ich bin das Neugeborene mit den flatternden Lidern. Ich bin die Frucht eines Dämons."

Bei diesen letzten Worten war es um mich geschehen. Ein heißes Kribbeln wirbelte wie ein Tornado durch meine Venen und ließ mich keuchend zurück. Meine Atmung ging stoßweise und plötzlich hatte ich das Gefühl, verbrennen zu müssen. Ich schrie innerlich, während ein leises Würgen schlagartig die um mich herrschende Stille durchzog und mich schmerzlich husten ließ. Wie von einer magischen Welle überrannt, klammerte ich mich krampfhaft am Polster der abgewetzten Couch fest. Unerwartet schnell schmiegte sich daraufhin ein warmer Arm um mich und überrascht hielt ich die Luft an.

„Du bist keine Höllenkreatur, Sheeva. Doch du hast Recht, ich war schwanger. Jedoch nicht mit dir." Entgeistert sah ich meine Mutter durch den verschwommenen Schleier, der über meinen Pupillen lag, an. *Hat sie gerade angedeutet, dass ich kein Einzelkind bin?*

„Natürlich hatte der Deal mit dem Fürsten der Unterwelt seinen Tribut gefordert. Zur damaligen Zeit herrschte viel Krieg auf der Erde, ausgelöst durch ein Ungleichgewicht der Welten. Aus diesen Feldzügen hatten sich jedoch nicht nur Verluste auf Seiten der Menschen, sondern auch innerhalb Astaroths ergeben, weshalb der Hohe Rat vor vielen Jahren bestrebt war, die Gilde der Portalwächter wieder zu stärken. Immerhin waren sie die Grenzgänger zwischen den Welten und dafür verantwortlich, dass dem Chaos Einhalt geboten wurde", erklärte meine Mutter, doch ich konnte mir keinen Reim darauf machen.

„Was hat das alles mit mir und deiner Schwangerschaft zu tun, Mom?", drängte ich sie, weiter zu erzählen, woraufhin sie sogleich fortfuhr.

„Ich hatte zu jener Zeit einfach den richtigen Wunsch geäußert, Sheeva. Mein Sehnen nach einem Kind stand im direkten Gleichgewicht mit den Bedürfnissen Astaroths, denn ein Krieger ist ebenso ein Nachkomme von Mensch und Dämon, wie auch die Auserwählten. Es ist einzig die Verteilung der Gene, die entscheidet, wo das Neugeborene überleben wird. Überwiegt der dämonische Anteil, so wird ein Wächter des Portals in Astaroth aufwachsen. Liegt der Anteil an menschlicher Genetik oberhalb des höllischen Wertes, ist ein Auserwählter geboren. Letztendlich werden beide ein Teil der Hölle sein. Entscheidend ist nur die Frage wann."

Entgeistert blickte ich ins Leere. Ich konnte kaum glauben, was ich gerade gehört hatte. Mir war noch nie so übel gewesen, wie jetzt in diesem Moment. Ich hätte lauthals schreien, weit wegrennen oder wild um mich schlagen können, doch ich saß einfach nur reglos da und starrte vor mich hin. Das alles war zu viel für meine neugeborene Seele. Mein Schädel dröhnte und ich hatte das Gefühl, dass es mich förmlich zu zerreißen drohte. Schützend presste ich meine Finger gegen die Schläfen, doch brachte dies natürlich keinerlei Linderung mit sich.

„Schatz, ist alles in Ordnung?", setzte meine Mutter vorsichtig an, doch ich war unfähig, ihren Worten weiter zu folgen.

„Hast du mit ihm geschlafen oder funktioniert das bei Dämonen nicht so?", erklang es geistesgegenwärtig aus meiner viel zu trockenen Kehle, die es mir kaum noch möglich machte, den mächtigen Kloß in meinem Hals hinunterzuschlucken.

„Oh Sheeva, es tut mir alles so leid. Bitte glaube mir, wenn ich könnte, dann ..."

Da es mir nun mehr unmöglich war, das Ende ihrer Antwort abzuwarten, stand ich hastig auf und eilte zur Tür. Ich musste hier, so schnell es ging, raus.

## Kapitel 24
*Duncan*

**Ü**berstürzt hastete Sheeva aus dem Gebäude. Offensichtlich gingen ihr die neuerlichen Erkenntnisse sehr nahe und auch ihre Mutter schien tief getroffen zu sein. Mit wehleidigem Blick sah sie mich an, woraufhin sofort ein deutliches Ziehen meine Magengegend durchzog und mir offenkundig aufzeigte, dass es mir nicht egal war, wie es ihnen ging. Missmutig biss ich die Zähne zusammen und atmete tief durch. *Verflucht nochmal, Duncan, reiß dich zusammen. Sie sind Menschen, du ein Wächter der Hölle. Es ist nicht das erste Mal, dass du mit ansehen musst, wie jemand Leid empfindet.*

Im Augenwinkel bemerkte ich Amal, der allem Anschein nach dazu ansetzte, sich zu Sheeva nach draußen begeben zu wollen. „Was hast du vor, Dämon?", fragte ich knurrend und spürte schlagartig das intensive Grollen des Wolfes in mir aufsteigen. Er hatte wieder Blut geleckt und ich keinerlei Probleme damit, ihn von der Kette zu lassen. Befanas Bruder und ich waren in der Vergangenheit nie so etwas wie Freunde gewesen. Allein die Tatsache, dass er die Winterdämonin mehr als einmal im Stich gelassen und ihre geschwisterliche Verbindung mit Füßen getreten hatte, ließen mich wütend aufknurren.

„Sheeva geht es offenbar schlecht, und ich werde mich nach ihrem Befinden erkundigen. Hast du etwas dagegen, Mischling?", spottete der Satansdiener griesgrämig lächelnd, während er sich bereits auf den Weg zur Tür machte.

„Falsch, Amal. Du wirst dich zurück nach Astaroth begeben, denn dort ist dein Platz. Sie braucht einen gewissenlosen, abtrünnigen Hund wie dich nicht, also verschwinde in dein Rattenloch und such dir ein paar Aasgeier zum Spielen." Kehlig erklang jedes einzelne Wort wie eine bittersüße Drohung, doch Amal schien nicht sonderlich interessiert. Hasserfüllt funkelten seine roten Augen mich an, woraufhin ich mich sofort in der Zeit zurückversetzt fühlte, kurz bevor Sheevas Mutter unseren Zwist gestört hatte.

Hastig durchzogen ihre zuvor angebrachten Worte meinen Schädel und ließen mich in meiner Rage innehalten. *Was zum Teufel soll das werden, Duncan? Du hast Sheeva versprochen, ihr beizustehen, solange es nötig ist. Lass diesen Tunichtgut von dannen ziehen und nimm dich den Problemen der Menschenfrau an, wie du es versprochen hattest.* Etwas verwirrt darüber, dass mein Innerstes nun doch wieder gewillt schien, das Leid der Sterblichen zu lindern, straffte ich entschlossen meine Schultern, warf Amal einen letzten missbilligenden Blick zu und wandte mich kurzerhand von ihm ab.

„Wo willst du hin, du Ausgeburt einer flohbehangenen Töle?", keifte der Dämon spottend hinter mir her, doch ich ließ mich nicht von meinem Weg abbringen. Auch Sheevas Mutter schien mir mit ihrem leichten Kopfnicken zustimmen zu wollen, dass ich das Richtige tat. „Bleib gefälligst stehen, du Bastard, wir tragen das jetzt aus!" Grob packten Amals Klauen nach meiner Schulter und bohrten sich schmerzlich in mein Fleisch. Scharf zischend sog ich sogleich den warmen Sauerstoff um uns ein, griff beherzt nach seiner Hand und riss sie von mir fort. Ohne ihm die Möglichkeit zu geben, sich zu befreien, wirbelte ich herum, bog seinen Arm zur Seite und zwang ihn schmerzlich in die Knie. Wütend schnaubend rang ich ihn zu Boden, verlagerte mein komplettes Gewicht auf seinen Leib und schlug seinen Schädel kurzerhand gegen den harten Untergrund. Amal grunzte schwer atmend, doch ich ließ nicht locker.

„Halte dich von uns fern, andernfalls sorge ich dafür, dass deine modrige Seele im Acheron baden geht", schallte es düster grollend aus mir heraus, indes ein magischer Ball aus roter Jenseitsenergie meine Hand verließ und unverzüglich in Amals Schädel explodierte. Sofort sackte dieser in sich zusammen und blieb mit geschlossenen Lidern liegen.

„Duncan, was tust du da? Bist du verrückt geworden", keifte es plötzlich lauthals hinter mir und ließ mich sofort herumfahren. „Befana!", entfuhr es mir erschrocken und ohne meinen Blick von ihr abzuwenden, erhob ich mich vorsichtig von ihrem Bruder. „Es ist schön, dich hier zu sehen", richtete ich mein

Wort besänftigend an sie, während ihr eisiger Blick abermals zwischen mir und Amal hin und her huschte.

„Was ist hier geschehen, Duncan?", verlangte sie von mir zu wissen und hatte sichtlich Mühe, ihr weiteres Handeln richtig abzuschätzen.

„Es tut nichts mehr zur Sache, Bef. Sorge, wenn er aufwacht, einfach dafür, dass er mir nicht mehr in die Quere kommt. Andernfalls wird er es bereuen." Mir meinen innerlichen Kampf ansehend, nickte sie nur stumm und eilte schließlich an mir vorbei, zu ihrem Bruder. Ich hingegen verlor keine Zeit mehr und begab mich nach draußen.

Kaum hatte ich die beschämende Behausung des Menschen hinter mir gelassen, suchte ich auch schon die Umgebung nach Sheeva ab. Inmitten des angrenzenden Parks, der mit seiner Vielzahl an Bäumen und Bänken zum längeren Verweilen einlud, fand ich sie schließlich. Zusammengekauert hockte sie vor einem dicken Baumstamm, die Arme fest um ihre Beine geschlungen und den Kopf betrübt nach unten gerichtet. Ein schmerzlicher Stich durchzog meinen Brustkorb und ließ mich tief einatmen. Erkennend, dass in mir etwas wirklich Seltsames vor sich ging, presste ich energisch die Zähne zusammen und ballte meine Hände zu Fäusten. Ich hatte keine Zeit für Gefühlsduseleien.

Mit langsamen Schritten bewegte ich mich auf Sheeva zu, denn ich wollte sie keinesfalls erschrecken, doch der Boden unter meinen Füßen kannte kein Erbarmen. Unter viel zu lautem Knirschen kündigte er meine Gesellschaft an und ließ Sheeva überrascht aufschauen. Sofort begegnete mir ihr tränenunterlaufener Blick. Ihre weich geschwungenen Lippen waren schmerzlich verzogen, ihre Atmung viel zu schleppend und sichtbar angestrengt. Schnell registrierte der Wolf in mir ihr wild galoppierendes Herz. Alles an ihrem schmalen Körper zitterte, und zeugte von tiefer Verletzlichkeit.

Ich schluckte schwer, bei diesem Anblick und hatte Mühe, meinen Blick nicht von ihr abzuwenden. *Hör zu, Duncan McClary, wenn du weiterhin solch ein verweichlichtes Verhalten an den Tag legst, wirst du nicht länger mein Rudelführer sein.*

*Also reiß dich zusammen und sei endlich wieder der Dämonenkrieger, zu dem du geboren wurdest,* knurrte der Wolf in mir plötzlich aus voller Kehle und lenkte mein Hirn sofort wieder in die richtige Bahn.

Zu meinem Bedauern musste ich zugeben, dass er Recht hatte. Immer, wenn ich mich in Sheevas Nähe befand, veränderte sich etwas in mir. Als Dämonenkrieger lagen einem Stärke, Macht und eine gewisse Unbarmherzigkeit im Blut, jedoch allein beim Anblick dieser geschundenen Menschenseele hätte ich all meine Bestimmungen sofort wieder vergessen können. Ein tiefes Seufzen ertönte, ehe ich für den Bruchteil einer Sekunde die Lider schloss und schließlich wieder neue Stärke fand. „Ist alles in Ordnung bei dir?", erkundigte ich mich nach Sheevas Befinden und streckte ihr meine helfende Hand entgegen. Sie zögerte. „Komm schon, Sheeva, du wirst dich verkühlen, wenn du weiterhin dort am Boden hockst", versuchte ich sie erneut zur Vernunft zu bewegen, doch noch immer schien sie nicht überzeugt zu sein.

„Hast du es gewusst, Duncan? Wusstest du, was ich bin und wozu ich fähig sein werde?" Diese Frage hätte ich erwarten sollen und doch traf sie mich so plötzlich, dass ich ins Stocken geriet. Einen tiefen Atemzug später fand auch ich mich am Boden sitzend wieder.

„Ja, ich wusste, dass etwas Besonderes in dir steckt, Sheeva", gab ich ehrlich zur Antwort und sah sie entschuldigend von der Seite an. Starr blickte sie wieder zu Boden und versuchte krampfhaft ihren bebenden Körper unter Kontrolle zu bekommen. „Es war mir jedoch nicht bestimmt, mit dir darüber zu sprechen", fügte ich ruhig hinzu, indes mein Blick sich auf ihre verkrampften Finger heftete.

„Und meine Bestimmung ist es nun, auf ewig eine Kreatur der Unterwelt zu sein?" Diese Worte schnitten sich wie ein Messer in mein Gehör, denn es lag so viel Schmerz, Bedauern und Leid darin, dass es mich bis tief ins Mark traf.

Unsere Blicke begegneten sich. Sheevas Aura flackerte unruhig vor meinem inneren Dämonenauge und ließ mich, dank ihrer offenbarten Emotionen, abermals wie in einem spannenden

Buch lesen. Tiefe Verzweiflung stand deutlich in ihren Augen. Sie wusste anscheinend nicht mehr, wer sie war, oder was sie vom Leben zu erwarten hatte. Ebenso wie sie nicht wusste, wem sie noch vertrauen konnte. Ihre Welt hatte sich von einem Moment auf den nächsten schlagartig verändert. Und obgleich Sheeva immer bewusst gewesen war, dass sie anders war als der Rest der Menschheit, so hatte sie offenbar die Tragweite von alledem nie wirklich abschätzen können.

Tröstend tasteten sich meine Finger zu Sheevas Rücken. Ich wusste nicht, wie ich ihr sonst mein Bedauern oder gar mein Verständnis mitteilen sollte, doch anscheinend hatte ich genau ins Schwarze getroffen. Unerwartet hastig drehte sich Sheeva plötzlich zu mir und riss mich an sich. Verzweifelt klammerte sie sich daraufhin an meinem Hals fest, während ihre Trauer sich wie ein Sturzbach aus ihr entlud. Feuchtwarm drangen ihre Tränen auf meine Haut und hinterließen ein elektrisierendes Kribbeln in meinem Körper. Schluchzend lehnte Sheeva ihren Kopf an meine Schulter und bettelte förmlich darum, dass ich sie hielt. Ein wenig überfordert mit dieser Situation, tat ich schließlich, wonach sie sich offenkundig sehnte. Zaghaft legte ich meine Arme um sie und hielt Sheeva sanft an mich gedrückt. Immer heftiger wurde derweil ihr Schluchzen und gerade, als ich vermutete, etwas Falsches getan zu haben und mich von ihr lösen wollte, fand Sheeva ihre Stimme wieder.

„Ich kann das alles nicht, Duncan. Ich will kein Dämon sein, will nicht verantwortlich sein, für das, was in der Welt da draußen passiert. Ich will ein normales Leben, eine Familie, vielleicht Kinder oder einen Hund haben. Nicht jedoch gegen widerliche Kreaturen kämpfen oder gar in Astaroth leben. Es ist einfach unmöglich, dass ich diese Bürde tragen soll, Duncan. Unmöglich!"

Ihre brüchige Stimme glich nur noch einem Wimmern und ohne darüber nachzudenken, was ich gerade tat, schob ich sie leicht von mir, um sie anzusehen. Irritiert starrte sie mich aus ihren rot aufgequollenen Augen an; das feuchte Glitzern hatte vollends ihre schmalen Wangen bedeckt und ließ sie hilflos wirken. Liebevoll nahm ich ihr Gesicht zwischen zwei Finger und zwang sie, meinem Blick standzuhalten.

„Ich verspreche dir, es ist alles halb so schlimm, Sheeva. Niemand zwingt dich, in Astaroth zu leben, niemand wird verlangen, dass du dein Leben aufgibst und dich der Hölle verschreibst. Es wird vielleicht ein etwas steiniger Weg werden, doch du musst ihn nicht allein bestreiten. Lass dir versichern, dass jeder einzelne Wächter dir loyal zur Seite stehen wird, solltest du Hilfe benötigen. Und sofern es deinem Wunsch entspricht, Sheeva, werde ich dich persönlich auf deinem Pfad der Erleuchtung begleiten", sprach ich mit sanftem Lächeln zu ihr und bemerkte schnell, wie sich ihr Körper etwas entspannte. Immer wieder huschten ihre Augen über mein Gesicht und machten mir Mut, es weiter zu versuchen.

„Wir können das schaffen, Sheeva, du und ich gemeinsam. Ich bin bereit, dir alles beizubringen, was du wissen musst, wenn du dich dafür entscheidest, dieses Amt anzutreten. Schlaf am besten eine Nacht darüber und wir werden ..."

Ich kam nicht mehr dazu, meinen Satz zu vollenden, denn ehe ich michs versah, hatte Sheeva mich wieder an sich gezogen und mir dieses Mal ihre heiß brennenden Lippen aufgedrückt. Wie ein Tornado aus brennender Lava verschmolz ihre Hitze mit meinem Inneren und ließ mich leise aufkeuchen. *Soll ich dies als Zustimmung deuten?*

Sanft fuhr Sheeva mir mit ihren Fingernägeln durchs Haar, während sie mich zaghaft gegen den Baumstamm drängte und sich beinahe schüchtern auf meinen Schoß setzte. Genüsslich hielt sie die Lider geschlossen, und viel zu überrascht, vom sanften Prickeln ihrer zarten Liebkosungen, ignorierte ich den aufkeimenden Widerspruch meines Gewissens. Ganz gleich, ob es richtig oder falsch war, was wir hier taten, es fühlte sich verdammt gut an. Und wenn es Sheeva dabei half, mit den Erlebnissen der letzten und kommenden Tage zurechtzukommen, konnte es mir nur recht sein.

Sheevas Herz raste und ein leichtes Zucken durchfuhr ihren Körper, als meine Zungenspitzen die ihre für den Bruchteil einer Sekunde sanft berührte. Süß wie reife Erdbeeren legte sich ihr Aroma auf meine Geschmacksknopsen, ehe ein leichter Stromstoß meinen Leib durchzog und mich lustvoll brummen ließ. Unfähig, mich dagegen zu wehren, packte ich nach Sheevas Hüften und zog sie noch näher an mich heran, ehe ich mit meinen Fingern über ihren Rücken fuhr und sie liebevoll streichelte. Leise keuchte Sheeva in unseren Kuss hinein und spornte mich nur noch mehr dazu an, sie von ihren trüben Gedanken abzulenken. Lüstern ließ ich meine glühenden Fingerspitzen unter ihr Top gleiten, woraufhin sie sofort eine merkliche Gänsehaut bekam und den Kopf in den Nacken legte. Wie schmelzendes Eis verwöhnte ihre zarte Haut meine heißen Fingerspitzen, und obgleich ich mich über ihre leichte Kälte wunderte, so genoss ich doch ebenso den Kontrast zu meinem Höllenfeuer.

Angelockt vom aphrodisierenden Duft ihres Körpers, leckte sich der Wolf in mir die Lefzen und trieb mich immer fordernder in ihre Nähe. Seinem raubtierhaften Wunsch folgend, endlich den Geschmack ihres Fleisches zu kosten, lehnte ich mich ein wenig vor und bedachte ihren entblößten Hals mit unzähligen Küssen. Immer wieder ließ ich dabei meine Zunge an ihrer Halsschlagader kreisen und konnte ihr wallendes Blut beinahe schmecken. Ich schluckte schwer, denn ich spürte, wie sich der Wolf danach verzehrte, mit seinen Zähnen ihr zartes Fleisch zu liebkosen, doch ich konnte nicht riskieren, Sheeva zu verjagen. Erregt begann ich schließlich an ihrem Hals zu saugen, indes meine glühenden Finger sich langsam ihren Weg nach vorn zu Sheevas Brüsten vorarbeiteten.

„Stopp!"

Dieses Wort, so kurz und doch so mächtig. Gepaart mit Sheevas sich versteifenden Körper, traf es mich wie ein Schlag ins Gesicht. Hatte ich etwas falsch gemacht? Irritiert hielt ich inne und sah sie schwer atmend an. Und auch Sheeva hatte sich allem Anschein nach noch nicht vollständig von den prickelnden Gefühlen erholt, die uns eben noch heimgesucht hatten. Ihr Herz raste wie ein Tornado hinter ihrer Brust, das

Atmen fiel ihr schwer, und ich konnte die süße Hitze zwischen ihren Beinen noch immer deutlich wittern.

„Ist alles in Ordnung?", drang es leise grollend aus meiner Kehle und ich hoffte, dass sie dies nicht noch mehr verschreckte. *Warum riechst du nur so verdammt gut?*, fragte daraufhin das Raubtier in mir, während es sich abermals die Lefzen leckte und nur schwer davon abzubringen war, erneut von ihrer weichen Haut zu kosten.

Sheeva hingegen sprach kein Wort und rappelte sich langsam auf. Angestrengt versuchte sie jeglichen Blickkontakt mit mir zu vermeiden, während sie langsam von meinem Schoß stieg und bereits zur Flucht ansetzte. Das lodernde Feuer noch deutlich in meinen Adern spürend, vergeudete ich keine Zeit, sprang ebenso auf und packte flink nach ihrem Handgelenk. Ein entschuldigendes Lächeln huschte über mein Gesicht.

„Sheeva, hör zu, es tut mir ...", begann ich ruhig auf sie einzureden, wurde jedoch sofort von ihr unterbrochen.

„Schon in Ordnung, Duncan, es war mein Fehler. Wenn sich einer entschuldigen muss, dann ich. Tut mir leid, dass ich dich in diese unangenehme Situation gebracht habe. Es war nicht richtig, dich zu überrumpeln und für meinen Trost zu missbrauchen. Vielleicht sollten wir einfach wieder rein gehen und das Ganze vergessen", stammelte sie und ein Hauch von Schamesröte legte sich auf ihre glatte Haut. Langsam und dennoch bestimmt entzog sie sich meinem Griff, ehe sie abermals zur Flucht ins Innere der Wohnung ansetzte.

Verwirrt über ihren plötzlichen Abgang, sah ich ihr nach und bemerkte erst viel zu spät, dass wir nicht allein gewesen waren.

„Befana!", entwich es mir gepresst und sofort schnürte sich mir der Brustkorb zu. Die Winterdämonin hingegen stand nur reglos im Türrahmen des Lofts und sah mich an. Ihr undurchdringlicher Blick bohrte sich tief in meine Seele, und obgleich sie keinerlei Emotionen zeigte, wusste ich doch instinktiv, dass sie Sheeva und mich eng umschlungen gesehen hatte. Zu wissen, dass sie hatte mit ansehen müssen, wie

Sheeva und ich uns geküsst, sie mir lüstern durchs Haar gefahren war und ich meine Finger zart unter ihr Top geschoben hatte, brach mir das Herz. Wie eine scharfe Klinge durchstieß der Schmerz meinen Brustkorb und ließ mich atemlos zurück. Kein Wort entrann mehr meinen Mund und einzig das Knirschen meiner zusammengepressten Zähne drang noch in mein Ohr.

Gewiss wussten Befana und ich, dass nie ein Paar aus uns hatte werden dürfen und wir unsere Gefühle voneinander weglenken mussten, um nicht die Gesetze Astaroths zu brechen. Und natürlich war uns beiden klar gewesen, dass dies zur Folge hatte, dass wir uns anderen Geschöpfen widmeten, um über unser beider Verlangen hinwegzukommen. Doch so dicht vor einem zu stehen, und hautnah miterleben zu müssen, wie der Geliebte sein Glück in fremden Gebieten suchte, war alles andere als leicht. Das musste auch ich mir nun schmerzlich eingestehen.

„Es tut mir so leid", hauchte ich unmerklich, doch Befana war bereits von dannen gezogen. Die eisblaue Schwefelwolke, die als einziger Beweis vor der Tür des Sterblichen geblieben war, zeigte mir deutlich, dass Befana nun in Astaroth ihre Ruhe suchte.

*Bitte verzeih mir, Bef. Das war so alles nicht geplant.*

## Kapitel 25
*Sheeva*

**D**ie Knie fest gegen meine Brust gepresst, hockte ich auf der abgewohnten Couchgarnitur meines Kollegen. Meine Mutter starrte mich unentwegt von der anderen Seite des Sofas an, während Amal sich, nach einer übellaunigen Ansage meinerseits, in eine entlegene Ecke des Raumes zurückgezogen hatte und mich zufriedenließ. In mir kochte unterdessen das Blut, als stünde mein Innerstes kurz vor einem vulkanartigen Ausbruch, was mich wohl auch dazu bewogen hatte, meinen Frust an meinem Seelenretter auszulassen.

*Verdammt. Was, zum Teufel, hat Duncan mit mir gemacht, dass diese lodernde Hitze in mir brennt und nicht vergehen will?*

Es war gewiss nicht meine Absicht gewesen, Amal zu verärgern oder ihn gar mit meinem Zorn zu strafen. Immerhin hatte ich es ihm zu verdanken, dass ich überhaupt noch am Leben war.

*Warum habe ich Duncan auch geküsst? Verflucht, Sheeva, dein Glück liegt gewiss nicht bei einem Dämon. Sieh zu, dass du dich von ihm fernhältst. Es kann nur schiefgehen.*

Irritiert über die Intensität der plötzlich in mir herrschenden Gefühle, strich ich mir unbeholfen über die Oberarme. „Ich hoffe, dass das alles bald aufhört", murmelte ich zu mir selbst, doch schien es nicht ungehört geblieben zu sein.

„Was sagtest du, mein Schatz?", erkundigte sich meine Mutter besorgt bei mir, doch ich schüttelte nur abwehrend den Kopf. Ich hatte gerade so gar keine Lust, mit ihr über meine Emotionen zu reden. Eigentlich hielt sich meine Begeisterung im Moment für alle Arten von Gesprächen sehr in Grenzen. Ruhe war es, was ich ersehnte.

Ein lautstarkes Krachen ließ mich jedoch erschrocken zusammenfahren und meinen Wunsch nach Stille in weite Ferne rücken. Mein Blick huschte zum Fenster. Ich wusste ganz genau, dass dieses gewitterartige Grollen von draußen gekommen war. *Mein Gott, was ist das?* Überrascht riss ich die Augen auf. Dort, wo eben noch das sanfte Pastellblau des nahenden Abendhimmels meine Sinne verwöhnt hatte, wirkte es nun, als stünde uns eine Art Armageddon bevor. Düster graue Wolken zogen in rasantem Tempo vor dem Haus entlang, vermischten sich dort mit dem angsteinflößenden Blutrot der schwindenden Abendsonne und ließen mich unweigerlich erschaudern. *Ist das dort oben etwa ein Drachenkopf?* Argwöhnisch sah ich das monströse Gebilde einer sich bildenden Wolke an. Nach und nach formte sich eine gigantische Abstraktion eines Schädels, der, bestückt mit drei spitzen Hörnern und grimmig gefletschten Wolkenzähnen, den Boden nach etwas Unbekanntem abzusuchen schien. Ein urzeitartiger Schrei ertönte und ließ mich erzittern. *Heilige Scheiße, was geht hier vor sich?*

Wie in Trance erhob ich mich von der Couch und lief zum Fenster. Schockiert und dennoch auch neugierig presste ich meine Nase gegen die Scheibe, um besser sehen zu können. Zwei weitere Gebilde formten sich am Himmelszelt und ließen mir vor Erstaunen die Kinnlade nach unten rutschen. Eine der rot lodernden Wolken hatte die Gestalt eines mir bekannten, gehörnten Dämons angenommen, während das andere Luftgebilde einem Satyr glich. *Das kann doch unmöglich wirklich passieren*, dachte ich, indes ich versuchte, mir einen Reim auf diese absurden Geschehnisse zu machen.

Abermals ertönte ein markerschütternder Schrei in meinen Ohren, doch dieses Mal folgte ihm ein dumpfer Schlag gegen die Haustür. Durchströmt von einem eisigen Schauer, wich ich im selben Moment verängstigt zurück. Als ich gleich darauf rücklings mit etwas kollidierte, schrie nun ich aus Leibeskräften auf. Warme Hände griffen nach meinen Schultern, und instinktiv versuchte ich mich, aus der Umklammerung zu lösen. Verzweifelt schlug ich um mich, den donnernden Groll vor der Tür drohend in meinen Ohren.

„Beruhige dich, Sheeva, ich bin es nur", ertönte Amals düster raunende Stimme dicht hinter mir und schlagartig entglitt ein erleichtertes Keuchen meiner Kehle. Mein Herz klopfte in wilden Schlägen, während Amal mich bestimmt zu sich herumdrehte und mich zwang, ihn anzusehen. „Ich bitte dich, jetzt nicht in Panik zu verfallen, doch dort draußen scheint sich etwas zusammenzubrauen, dessen Ausmaß ich noch nicht ganz abschätzen kann", sprach Amal ruhig zu mir, indes es erneut dumpf an der Haustür schepperte.

„Was geht hier vor sich?", presste ich gequält leise hervor, während ich versuchte, mich etwas zu beruhigen. „Duncan", brummte Amal mir kurzerhand als Antwort entgegen, woraufhin ich ihn verwirrt ansah. Natürlich war mir bewusst, dass der Höllenkrieger nicht mit mir das Haus betreten hatte, nachdem ich unseren Kuss abrupt beendet hatte und nach drinnen geflüchtet war. Doch weshalb sollte er für diese grässlichen Himmelsgebilde verantwortlich und daran interessiert sein, Johns Behausung zu demolieren?

„Ich verstehe nicht", setzte ich meine Gedanken frei und schob Amal sanft aber mit Nachdruck von mir.

„Der Wächter versucht das drohende Unheil von uns fernzuhalten, das auf Grund deiner von Amal geretteten Seele auf uns lauert", hörte ich plötzlich meine Mutter in besorgtem Ton zu mir sprechen, während sie angespannt auf das Fenster hinter mir starrte. Erst jetzt bemerkte ich das flackernde Türkis, das ihre Haut immer mehr einzunehmen schien und mich schwer schlucken ließ.

„Mom, du ..."

„... stehst in Flammen? Ich weiß, mein Schatz, schon okay, es tut nicht weh. Doch jetzt solltest du wirklich einen sicheren Platz aufsuchen, damit Amal und ich das drohende Chaos abwenden und Duncan helfen können", vollendete sie meinen Satz und sah mich aus leuchtend blauen Augen bittend an.

„Welches Unheil, Mom? Kann mir bitte mal jemand erklären, was genau hier gerade passiert?", jammerte ich fast, denn diese Unwissenheit machte mich allmählich wahnsinnig. Was auch immer bisher in meinem Leben geschehen war, stets hatte man versucht, es vor mir zu verheimlichen und mich im Dunkeln tappen zu lassen. Ich war es sowas von leid.

Amal, der sich zuvor zurückgehalten und meiner Mutter das Wort überlassen hatte, trat nun wieder ein Stück näher, ergriff meine zitternden Hände und zog sie dicht an seine geschwollene Brust.

„Bei meinem Versuch, deine sterbende Seele zu befreien, habe ich mich nicht ganz an die Regeln gehalten, Sheeva. Du warst in gewisser Weise schon einem Totenherrscher versprochen, aus dessen Fänge ich dich gestohlen habe. Er hatte gedroht, mich seiner Rache auszusetzen und wie es scheint, ist nun der Zeitpunkt gekommen." Meinen entrüsteten Blick in seinen rot funkelnden Augen sehend, hielt ich angespannt die Luft an und wollte mich abermals von ihm lösen, doch er hielt mich weiterhin fest in seinem Griff gefangen. „Es tut mir leid, Sheeva, ich wollte dich nicht unnütz in Gefahr bringen, doch ich bin in meiner Welt nun mal nicht als der Gute oder gar als Heiler vorgesehen. Es ist mir bestimmt, Chaos und Unheil zu verbreiten, ja sogar den Menschen ihre Seelen zu rauben, doch nicht, um diese aus Astaroth zurückzuholen. Dich aus Volacs Klauen zu entführen, war in meinen Augen die einzige Möglichkeit, deinen Geist aus der Seelendimension zu befreien."

Noch immer entgeistert, folgte ich seinen Worten und sah ihn schließlich mit einem Hauch von Mitgefühl an. „Amal, ich weiß nicht, was ich sagen ..."

„Schon gut, Sheeva", murmelte er leise, ehe er mich eindringlich musterte. „Ich habe keine Ahnung, weshalb ich mich in Astaroth dafür entschieden habe, für dich mein Leben und meine Stellung im Totenreich zu riskieren und mich mit einem der größten Fürsten der Unterwelt anzulegen. Ebenso wie mir nicht klar ist, weshalb ich eine besondere Verbundenheit zwischen uns spüre und nicht leugnen kann, dass ich dich in gewisser Weise mag. Verdammt nochmal, hör sich einer mein Geschwafel an. Du bist ein Mensch und ich ein ..." unterbrach er sich selbst und schüttelte ungläubig den Kopf, ehe er seine Schultern straffte und ein letztes Mal auf mich einredete. „Halt dich bitte einfach im Hintergrund und spiel nicht die Heldin, okay? Dein Körper und deine Seele müssen erst wieder vollständig im Einklang stehen, ehe die Magie deinen Befehlen gehorcht. Deine Mutter und ich werden das regeln. Lehn dich einfach entspannt zurück und lass uns machen. So schlimm wird es schon nicht werden."

Mit unsicherem Ausdruck blickte Amal auf mich herab, ehe er sich vorsichtig zu mir beugte und mir einen flüchtigen Kuss auf die Stirn drückte. Unverzüglich schoss die Wärme seiner Höllenmagie durch mich hindurch und ließ mich leise seufzen. Die Lider halb geschlossen, genoss ich das sanfte Prickeln in meinem Bauch, das mich auf absurde Art beruhigte. Als ich nur einen kurzen Moment später wieder meine Augen öffnete, war Amal verschwunden, ebenso meine Mutter. Wissend, dass sie den winzigen Moment meiner Unaufmerksamkeit ausgenutzt hatten, fluchte ich leise und hastete sogleich zum Fenster, um mir ein Bild von den Geschehnissen außerhalb dieser vier Wände zu machen.

Was sich mir dort jedoch offenbarte, hätte sich in meinen schlimmsten Träumen nicht abspielen können. Dämonen, so weit meine Augen reichten. Wie eine Armee der Finsternis tummelten sich geschätzte fünfzig düstere Wesen mit Tentakeln, Hörnern, spitzen Zähnen und Flügeln auf dem kleinen Platz vor Johns Haus und machten sich allem Anschein nach gefechtsbereit.

„Heilige Scheiße", platzte es verstört aus mir heraus, während ich dabei zusah, wie sich der Trupp aus seelenlosen Wesen formierte. „Dieser ganze Aufmarsch wegen einer verloren gegangenen Seele?", fragte ich mich skeptisch und presste meine Nase noch fester gegen die Scheibe. Sichtlich angespannt, doch ebenso angriffslustig, machten sich nun auch Amal und meine Mutter bereit, sich ihren Gegnern zu stellen, indes Duncan bereits etwas mitgenommen wirkte und sich mit dem Handrücken das feucht glitzernde Blut aus dem Gesicht wischte. *Er ist verwundet?* Einen kurzen prüfenden Blick in die Umgebung richtend, erkannte ich schnell fünf dämonenartige Pumas mit verdrehten Gliedmaßen, die in ihrer eigenen Blutlache lagen.

Unmerklich richtete ich einen hilfesuchenden Blick gen Himmel, doch auch dieser zeigte mir mit seinem finsteren Rot-Grau deutlich auf, dass wir uns in einer Art höllischem Krieg befanden. *Verdammt, das gefällt mir gar nicht. Die Drei werden das niemals allein schaffen!*

Vorsichtig und nicht wissend, was genau auf mich zukommen würde, marschierte ich kurzentschlossen auf die Haustür zu. Tief atmete ich ein, hielt die Luft an und streckte achtsam meine zitternde Hand nach der Klinke aus. Sollte ich hier im vermeintlich sicheren Schutz des Hauses warten, wie es mir ans Herz gelegt wurde, oder lieber draußen kämpfen, wie ich es als Kopfgeldjägerin schon so oft getan hatte? Doch besaß ich überhaupt annähernd Kenntnis darüber, wie man solch grässliche Höllenkreaturen besiegen konnte? Wäre ich vielleicht sogar eher eine Last für meine Verbündeten?

„Geh da nicht raus, Sheeva", ertönte es mit einem Mal hinter mir, und zu Tode erschrocken, fuhr ich herum. Mit dem Gefühl, mein wild galoppierendes Herz jeden Moment aus meiner Brust springen zu sehen, presste ich instinktiv meine Hände gegen meinen Oberkörper. „John? Was machst du denn noch hier? Ich dachte, du seist bereits über alle Berge!" Entsetzt starrte ich auf den ausgemergelt wirkenden Mann vor mir und rang nach Luft.

„Komm mit mir, Sheeva. Lass uns das hier alles vergessen und irgendwo neu anfangen. Keine Dämonen mehr, keine Lügen, nur du und ich", sprach er in für mich wirren Worten, während er beherzt nach seinem neben ihm stehenden Rucksack griff und mir seine feucht glänzende Hand entgegenstreckte. *Ist denn heute jeder Mann von allen guten Geistern verlassen?*

Vollkommen perplex über Johns neuerliches Auftreten und die Absurdität seiner Worte, runzelte ich die Stirn. „Was redest du da, John? Bist du verrückt geworden?"

„Da draußen lauert der Tod auf uns, Sheeva. Wir können ihm nicht entrinnen, sondern einzig den Versuch starten, etwas Zeit zu schinden. Die Dämonen werden uns vernichten, verstehst du das denn nicht? Sie sind in der Überzahl und wir ihnen vollends ausgeliefert. Denkst du wirklich, dass deine Mutter und diese beiden Köter uns vor den Mächten der Hölle beschützen können? Ich sehe nur eine Möglichkeit, unser beider Leben zu verlängern, Sheeva. Wir müssen hier weg, sofort. Es gibt einen Hinterausgang, der uns ungesehen verschwinden lässt. Du musst nur deine Chance ergreifen und mit mir kommen. Bitte", versuchte John es erneut, doch dachte ich nicht im Traum daran, auch nur einen Schritt mit ihm zu gehen. Schlagartig wusste ich ganz genau, was es für mich zu tun gab, und das war keinesfalls irgendjemanden in Stich zu lassen.

Ehe ich jedoch Johns Vorschlag auch nur ansatzweise hätte ablehnen können, durchdrang plötzlich ein ohrenbetäubendes Scheppern den Raum, als unverhofft die Tür zu einem der Nebenzimmer aus den Angeln gerissen wurde. In rasantem Tempo stürzte sogleich ein mehrköpfiger Dämon auf uns zu, dessen scharfe Fänge unter wildem Knurren in Johns Richtung schnappten. Überrascht vom unerwarteten Auftauchen der Kreatur, wirbelte John herum doch gelang es ihm erst in letzter Sekunde, seinen Körper aus deren Reichweite zu winden. Zur Seite stolpernd wich auch ich ein Stück vor dem Biest zurück und hatte sichtlich Mühe, mich auf den Beinen zu halten. Sich nun genau zwischen uns befindend, blickte das Wesen irritiert immer wieder von John zu mir. Offenbar konnte es nicht so recht entscheiden, wer das schwächere Opfer und demnach leichter zu erlegen war. *Verdammte Scheiße, ist das etwa die Hyäne, die Befana und mich in Astaroth angegriffen hat?*

Als hätte es meine Gedanken gelesen, riss das Biest seinen Kopf herum, legte ihn nachdenklich blickend etwas schräg und zog die Lefzen zu einem angedeuteten Lächeln nach oben. Sie hatte mich wohl ebenso erkannt. „Na, wen haben wir denn da", krächzte sie durch ihr messerscharfes Gebiss, leckte sich voller Vorfreude über die spitzen Zähne und kam auf sanften Pfoten langsam auf mich zu. *Shit!*

Ohne mir wirklich im Klaren darüber zu sein, was ich tun sollte, wich ich angespannt und mit nachdrücklicher Vorsicht vor ihr zurück. In dem Versuch, die Breite der Couch zu nutzen, um mehr Distanz zwischen uns zu bringen, schlängelte ich meinen Körper blindlings um das alte Mobiliar. Offenbar mit nicht sehr ausgeprägter Intelligenz ausgestattet, tapste die Raubkatze ohne zu überlegen immer weiter hinter mir her und wähnte sich offenbar schon als Sieger. Als ich jedoch plötzlich zum vermeintlich rettenden Ausgang stürmte, schien ihr ein Licht aufzugehen. Gerade, als ich die Klinke nach unten gedrückt und die Tür einen Spaltbreit geöffnet hatte, wurde ich abrupt zu Boden gerissen. Dumpf schlug ich mit meinem Körper auf und keuchte schmerzlich, als eine riesige Tatze nach mir langte. Instinktiv trat ich wie wild um mich, schlug in alle Richtungen aus und traf auch das ein oder andere Mal den harten Schädel der Raubkatze. Immerhin wollte ich keinesfalls als Katzenfutter enden. Natürlich verletzte es die Dämonin nicht wirklich, doch war sie für den Moment ausreichend abgelenkt, dass ich mich aufrappeln und nach draußen flüchten konnte.

„Sheeva, nein!", hörte ich John noch hinter mir her brüllen, doch ich konnte seinen Worten kein Gehör mehr schenken. Die Angst saß mir zu dicht im Nacken, und so preschte ich, ohne ein direktes Ziel vor Augen zu haben, ins Freie.

Das animalische Fauchen der Katze ertönte hinter mir und spornte mich noch mehr an, schneller zu laufen. Ohne mich auch nur einmal umzudrehen, flog ich regelrecht über den staubigen Untergrund. Geistesgegenwärtig entdeckte ich meine Mutter, nur wenige Meter von mir entfernt, als sie beinahe elegant ihre mittlerweile alles einnehmende, türkisfarbene Magie um sich warf. Ich sah Amal, der als schwarzer Panther mit gefletschten Zähnen gerade einem Dämon den Schädel vom Hals riss und sich anschließend das zäh fließende Blut von den Lefzen leckte. Und letztendlich bemerkte ich auch Duncan, der mich verwundert ansah, nachdem er mit seinem Silberschwert eines der gehörnten Monster zurück nach Astaroth befördert hatte und einzig eine schwefelhaltige rote Wolke zurückblieb.

Unwissend, ob er mir diese kratzbürstige Katze vom Hals halten konnte, hielt ich mit rasanter Geschwindigkeit auf ihn zu.

„Verdammt, Sheeva, was machst du hier draußen?", brüllte er mir entgegen, indes er mich noch immer verwundert ansah. Als er jedoch den Grund meines Erscheinens erkannte, wurde seine Miene in Sekundenschnelle steinhart. Das silberne Schwert nun wieder fest im Anschlag, machte er sich sofort bereit, dem dreiköpfigen Untier eine Lektion zu erteilen. Sein ganzer Körper versteifte sich und jeder seiner Muskeln zeichnete sich unter seiner ledernen Kluft ab. Aufs höchste konzentriert, schwang er sein persönliches Excalibur scheinbar mühelos durch die Luft, indes ich mich an ihm vorbei drängte und im Schutz seines kraftvollen Antlitzes einen Blick nach hinten riskierte. Gerade als Duncan zum Schlag ausholte und die Klinge sich ihren Weg in Richtung Höllenkatze bahnte, baute sich plötzlich ein tiefblauer Nebel vor ihm auf. Winzige Eiskristalle hefteten sich in Sekundenbruchteilen auf meine Haut und ließen mich erzittern, als unerwartet die Gestalt eines blauen Leoparden in mein Sichtfeld trat. *Befana?*

Mit gefletschten Zähnen preschte sie, wie aus dem Nichts, der Hyäne entgegen, deren Aufmerksamkeit sofort ein wenig getrübt schien. Aggressiv sprang die Winterdämonin auf sie zu, das Maul weit aufgerissen und bereit, ihre scharfen Zähne in die Kehle ihrer Widersacherin zu schlagen. Unter lautstarkem Fauchen schnappte die Hyäne nach Befana, doch verfehlte sie deren samtigen Hals um ein gutes Stück und so krachten die beiden schließlich lautstark auf den Boden, wo sie sich zu einem riesigen Fellknäuel vermischten.

„Sheeva, bist du denn von allen guten Geistern verlassen? Du solltest nicht hier sein. Nicht jetzt, wo jeder gottverdammte Dämon nach dir sucht!" Fest hatte mich Duncan ohne Vorwarnung am Oberarm gepackt und ein wenig zur Seite gezogen, während ich noch immer fasziniert und ängstlich zugleich dem wilden Gerangel der beiden Raubkatzen folgte. „Hast du mir zugehört, Sheeva?", schallte es abermals unterbewusst in meinen Ohren und erst nach einem leichten Rütteln an meiner Schulter realisierte ich, dass er mit mir gesprochen hatte.

„Was? Ich ... was ist hier los, Duncan?", verlangte ich zu wissen, während ich mich leicht mürrisch aus seinem Griff wand.

„Schau dich um, Sheeva, du musst hier verschwinden", platzte es aus Duncan heraus, indes er mich weiter vom Schauplatz des Geschehens zu verbannen versuchte. Die beiden Raubkatzen wirbelten unterdessen über den staubigen Erdboden, jede von ihnen bemüht darum, die Oberhand zu gewinnen. Ich schluckte schwer, denn die beiden gingen dabei alles andere als zimperlich miteinander um. Als Befana uns die Hyäne jedoch kurzerhand vor die Füße schleuderte und deren Schädel gleich darauf mit ihren mächtigen Pranken fest am Boden fixierte, gab es für mich keinen Zweifel mehr, dass der Gewinner dieses Kampfes bereits lange feststand. Einen kurzen, leicht kühlen Blick in unsere Richtung werfend, nickte sie mir schließlich aufmunternd zu. „Geht! Ich spiele noch ein wenig mit Kyra", war alles, was sie uns mitzuteilen hatte, ehe sie einen letzten leicht gequälten Blick auf Duncan erhaschte und sich anschließend wieder ihrer *Spielgefährtin* widmete. Die Lippen fest aufeinandergepresst, sah Duncan die Winterdämonin dankbar an.

„Komm schon, Sheeva, wir müssen hier verschwinden", redete er gleich darauf auf mich ein, doch ich dachte noch immer nicht daran, seinem Rat zu befolgen.

„Vergiss es, Duncan. Meine Mutter ... sie ..."

„Deine Mutter kommt klar. Du bist diejenige, die Schutz benötigt, denn du hast weder Erfahrung im magischen Kampf noch besitzt du aktuell die körperliche Verfassung, um einer Legion diesen Ausmaßes gerecht zu werden", brummte Duncan gereizt, ergriff meine geballte Faust und zerrte mich weiter. Als mit einem Mal jedoch ein lautes Krachen ertönte und die Erde unter unseren Füßen zu wanken begann, blieb Duncan abrupt stehen. Unsanft kollidierte ich mit seinem Rücken. Ungeachtet dessen wirbelte der Krieger sogleich mit mir herum und war von einer Sekunde auf die nächste sichtlich angespannt. Das schlurfende Geräusch von sich bewegendem Gestein drang in meine Ohren, gefolgt vom sanften Rascheln des Sandes unter unseren Füßen und dem dumpfen Reißen der langsam aufbrechenden Erde vor uns.

„Sag, dass das nicht wirklich passiert, Duncan", keuchte ich erschrocken, als sich nur einen Wimpernschlag später eine Art Krater vor uns auftat und rot wabernder Nebel aus ihm emporstieg. Ganz so, als würde Luzifer persönlich erscheinen wollen, türmte sich nach und nach ein riesiger Gesteinshaufen auf, vor dem sich die Dämonenschar wie eine lebende und zugleich untote Festung positionierte. Meinen Augen kaum trauend, durchzog sofort ein mulmiges Gefühl meine Magengegend. Immer weiter lichtete sich der rote Nebel und brachte mein Herz dazu, das adrenalingetränkte Blut in unkontrollierten Schlägen durch meine Venen zu pumpen. Meine Beine schlotterten vor Angst. Sollte hier und jetzt vielleicht meine Reise enden? Hatte ich denn wirklich schon alles in Erfahrung bringen können, um mit mir und der Welt meinen Frieden zu machen?

Ein sirenenartiger Schrei riss mich abrupt aus meinen Gedanken und sofort verkrampfte sich alles in mir. Dort, wo sich eben noch die Erde aufgetan und uns Unheil prophezeit hatte, ragte nun ein gigantischer Wall aus Schädeln, Knochen und Gestein empor. Ich würgte hörbar, indes, nur unmerklich hinter dem roten Nebel verhüllt, ein riesiger grauer Wolf den Totenhügel erklomm und uns lautstark brüllend seine Ankunft mitteilte. Auf ihm reitend, befand sich ein schwarz gehörnter Dämon, dessen Narbengesicht mir noch viel zu gut im Gedächtnis geblieben war.

„Volac", keuchte ich erstickt auf und war, wie bereits bei unserer ersten Begegnung, beinahe gelähmt von seiner Anwesenheit. Ein eisiger Schauer durchfuhr mich, und ohne etwas dagegen tun zu können, ergriff ich angsterfüllt Duncans Hand und klammerte mich daran fest.

Ein hämisches Lachen erklang vor uns, als gleich darauf eine grazile Frau, die Ähnlichkeit mit einer Viper hatte, in mein Sichtfeld trat und sich selbstbewusst neben Volac positionierte. Angespannt bis in die Haarwurzeln beobachtete Duncan das Erscheinen der beiden mit kritischem Blick und schob mich, wie in Zeitlupe, weiter nach hinten. Offenbar spielte er noch immer mit dem Gedanken, mich von hier fortzubringen. Angesichts der Meute vor uns schien mir dies nun doch ein sehr einladender Gedanke zu sein, doch blieb die Tatsache, dass meine Mutter nichts von unserem Plan wusste und demzufolge der Gefahr weiterhin ins Auge blicken musste. Meinen bebenden Oberkörper dicht an Duncans Rücken gepresst, suchte ich nach einer Lösung und sah mich hilfesuchend in der Umgebung um.

„Erinnere dich an unser gemeinsames Abendessen, Sheeva. Konzentriere dich fest auf einen Gegenstand und lass mich unter keinen Umständen los. Hast du verstanden?", wandte sich Duncan leise grollend an mich und unfähig, auch nur ein Wort zu sagen, nickte ich stumm. Offenbar wusste er, dass ich unbewaffnet war, und welch Schwierigkeiten sich dadurch für uns ergeben könnten.

Leise murmelte Duncan anschließend für mich unverständliche Worte vor sich hin, während ich versuchte, seine vorherigen Anweisungen in die Tat umzusetzen. Vorsichtig ließ ich einen Arm hinter meinen Rücken gleiten und dachte an meine Beretta. Warm floss Duncans Energie in meinen Körper, vermischte sich dort mit meinem adrenalingetränkten Blut und ließ kurzerhand die ersehnte Waffe in meiner Hand erscheinen. Ein Hauch von Zufriedenheit schlich sich in meinen von Panik eingehüllten Körper und sorgte dafür, dass ich mich ein klein wenig besser fühlte.

*„Ein Silberschwert wäre die bessere Wahl, Sheeva!"*, hallte Duncans Stimme in meinem Kopf wieder und ließ mich verwundert die Stirn runzeln. „Ich habe keine Ahnung von Schwertern", flüsterte ich zu mir selbst, doch blieb es Duncan natürlich nicht verborgen.

„Ich bin dafür ein Meister der Schwertkunst", bekam ich unverzüglich als Antwort und fühlte, wie sich das Metall in meinen Händen zu verändern begann. Kalt und schwer legte es sich unter meine verkrampften Finger und brachte unverzüglich eine Portion Stärke mit sich. Mit dem lebendigen Gefühl, nun alles schaffen zu können, drückte ich mein Kreuz durch und wartete auf das, was uns noch bevorstehen sollte.

„Mir scheint, als würde es hier gleich richtig ungemütlich werden. Endlich mal wieder ein wenig Action", hörte ich plötzlich eine tiefe Männerstimme beinahe freudig neben mir sagen und erschrocken drehte ich mich zur Seite.

„Raym?", quiekte ich erstickt los, während er beiläufig nach der Klinge meines Schwertes griff, die sich wie von selbst in seine

Richtung bewegt hatte. Das hektische Pochen hinter meinem Brustkorb verschwand nur langsam, indes Raym ein spitzbübisches Lächeln aufsetzte, seinen nicht vorhandenen Hut zum Gruße zog und sich schließlich nur unweit von uns positionierte.

„Das warst du, nicht wahr? Du hast ihn gerufen, um uns zu helfen", wandte ich mich schnell an Duncan, als mir sein leises Gemurmel wieder in den Sinn kam.

„Nicht nur ihn, Sheeva", entgegnete der Krieger kehlig und sofort sah ich mich um.

„Heilige Scheiße", stammelte ich, während ich staunend auf die neuerlich erschienenen Dämonen neben uns starrte. Bis an die Zehen bewaffnet und offensichtlich bereit, alles auf eine Karte zu setzen, hatten sich etwa zehn weitere Dämonen neben meiner Mutter, Amal, Befana und uns aufgereiht, um gemeinsam die drohende Gefahr abzuwenden. Ich schöpfte neuen Mut, dass sich alles doch noch zum Guten wenden würde. Als jedoch abermals das laute Gebrüll des gigantischen Wolfes vor uns ertönte, war alle gute Hoffnung beinahe wie weggeblasen.

„Wie ich sehe, habt ihr euch bereits köstlich mit meiner Dienerschaft amüsiert. Ich hoffe, wir sind dann jetzt vollzählig, denn ich habe nicht den ganzen Tag Zeit", spottete Volac mit tief grollender Stimme, während er überheblich lächelnd in die Runde blickte und sich seiner sehr sicher schien. „Gut, dann möchte ich nun jedem Anwesenden hier den Grund meines unangekündigten Erscheinens nennen, um ihm die Wahl zu lassen, weiterhin an diesem kleinen Spiel teilzunehmen, oder auch nicht. Unser Freund Amal hat vor Kurzem etwas aus Astaroth entwendet, das rechtmäßig mir gehört. Für gewöhnlich rede ich in solchen Situationen nicht lange um den heißen Brei herum, und kläre jene Dinge auf meine ganz persönliche, blutige Art. Da ich jedoch heute in der charmanten Begleitung dieser wunderschönen Dämonin neben mir bin, unterbreite ich dir, Amal, hiermit ein einmaliges Angebot. Es soll niemand sagen können, ich hätte nicht wenigstens einmal in meinem Sein versucht, eine gute Tat zu vollbringen", sprach

Volac selbstverliebt, während er die grazile Frau neben sich beinahe liebevoll anlächelte.

„Ich biete dir die Möglichkeit, die Angelegenheit kampflos aus der Welt zu schaffen, sofern du mir meinen rechtmäßigen Besitz unverzüglich aushändigst, Amal. Solltest du dich allerdings dagegen entscheiden, werde ich mir ohne weitere Verzögerung holen, was mir zusteht. Ganz gleich also, wie du dich entscheidest, Dämon, ich bekomme was ich will", sprach der Totenherrscher nun wieder mit rauer Stimme in Amals Richtung, ehe er selbstsicher das Kinn nach von reckte, seinen narbenübersäten Arm um die aufreizende Dämonin im Schlangenlook legte und auf eine Antwort wartete.

Nachdenklich sah Amal zuerst links neben sich, wo meine Mutter vollkommen eingehüllt in ihre blaue Magie ruhig auf das weitere Geschehen lauerte. Gleich darauf wandte er seinen Blick nur unmerklich in unsere Richtung, beinahe so, als würde er abchecken, ob ich mich noch in seiner Nähe befand.

Mir wurde schlagartig speiübel. Würde er mich ausliefern, um seine eigene Haut und die der anderen Dämonen zu retten? Wie würde Duncan darauf reagieren? Gab es überhaupt eine Chance für mich, heil aus dem Ganzen herauszukommen?

„Es muss hier und heute keinen Kampf geben, Volac, denn es gibt keinen Grund dafür", richtete Amal plötzlich sein Wort an den Herrscher des Totenreichs, der sogleich seinen scharfen Blick auf den Dämon warf.

„Es gibt in deinen Augen also keinen Grund? Wie erklärst du es dir dann, Amal, dass sie hier in Boston anstatt in Astaroth ist, wenn du sie mir nicht gestohlen hast?", konterte Volac, während er mit seinem knochigen Finger in meine Richtung deutete und mich eindringlich mit seinen flammend roten Augen ansah. Sofort blieb mir die Spucke im Halse stecken, woraufhin ich lautstark zu husten begann. *Reiß dich zusammen, Sheeva.*

„Sie wurde dir keinesfalls gestohlen, Volac, denn sie hatte dir zu jenem Zeitpunkt nicht gehört. Beinahe, ja, und doch war sie nicht tot, als ich sie zurück in ihre Welt führte. Ihre Seele war noch nicht in deinen Besitz übergegangen", hielt Amal gegen

Volacs Rede an und zog damit sogleich dessen bitterbösen Blick auf sich. Wachsender Unmut zeichnete sich auf seinem narbigen Gesicht ab. Er wurde allmählich wütend. Die Hände langsam zu festen Fäusten ballend, trat Volac einen Schritt nach vorn, die Augen zu schmalen Schlitzen verengt.

„Du hast ihr absichtlich neue Lebensenergie eingehaucht und dich unzulässigen Mitteln bedient, um dem Tod ein Schnippchen zu schlagen, Amal. Du hast mich betrogen und ihr mit der Kraft der Höllenblume ein neues Leben im Diesseits ermöglicht, obgleich sie ihren Platz eigentlich in meinem Reich hätte haben sollen. Sage mir, Amal, siehst du noch immer keinen Grund für einen Kampf?", zischte Volac angriffslustig, indes er langsam den Rand des Schädelwalls erklomm, seine stark geschwollene Brust nach vorn wölbte und mit einem kräftigen Hieb das Silberschwert in seinen Händen geradewegs in die leblosen Köpfe seiner vermeintlich früheren Opfer bohrte.

Reflexartig schrie ich auf und presste mein Gesicht dicht an Duncans Rücken. Ich konnte mir dieses grausame Bild nicht länger mit ansehen. Es war entwürdigend, so mit den Verstorbenen längst vergangener Zeiten umzugehen, ja, es traf mich regelrecht, als hätte ich diese Überreste eines früheren Menschen gekannt. Der bittere Geschmack der Übelkeit überkam mich wieder und ich schluckte schwer.

„Beruhige dich, Sheeva. Zeige ihm nicht deine Angst, denn das ist es, was ihn stärkt", summte Duncans tiefe Stimme leise in meinem Kopf und sogleich versuchte ich, mich auf etwas anderes als den Fürsten der Hölle zu konzentrieren. Schnell sah ich mich um, ehe mein Blick an der überaus grazilen Dämonin hängenblieb, die sich nun wieder dicht neben Volac positionierte, ihm beschwichtigend die Hand auf die Schulter legte und ihm mir unverständliche Worte ins Ohr hauchte. Abermals huschte sein Blick in unsere Richtung, doch ließ er sich nicht lange ablenken und konzentrierte sich rasch wieder auf Amal.

„Sage mir, Dämon, wie hast du dich entschieden? Plädierst du noch immer auf unschuldig und bist unwillig, zu kooperieren?", raunte Volac bittersüß, indes sich seine vernarbte Haut langsam aber sicher in eine dünne Feuerdecke hüllte.

„Oh mein Gott", keuchte ich verängstigt auf und wich instinktiv einen Schritt nach hinten.

„Löse unter keinen Umständen unsere Verbindung, Sheeva", appellierte Duncan sofort an meinen Verstand, während seine Finger sich noch fester um die meinen schlossen und alles an ihm sich versteifte.

Noch ehe Amal seine finale Antwort geben konnte, erklang auch schon das markerschütternde Gebrüll des riesigen Dämonenwolfes neben Volac, als der Fürst sich in Windeseile auf ihn schwang und sein nun brennendes Schwert kämpferisch in die Luft riss. „Schnappt sie euch! Doch bringt mir Amal und die Menschenfrau lebend!", befahl der Vorsitzende des Totenreiches mit hasserfüllten, rot glühenden Augen und sofort setzte sich die Dämonenmeute aus Satansdienern in Bewegung. Finster lachend trieb Volac seinen Höllenwolf die umherrollenden Schädel hinab und stürzte sogleich in Amals Richtung. Ein hysterisches Kreischen erklang kurz darauf, indes die Schlangenfrau graziös die Arme auseinanderbreitete, sich mühelos vom Boden abstieß, und ohne Vorwarnung elegant durch die Luft flog.

„Lauf, Sheeva!", brüllte Duncan tief grollend und wirbelte hektisch mit mir herum. Entgegen den Reaktionen unserer restlichen Mitstreiter, die voller Tatendrang nach vorn preschten, um Volacs kampfeslustiger Dämonenschar den Garaus zu machen, setzten Duncan und ich zur Flucht an. Flink wie ein Wiesel stürmte er voran und ohne weiter Fragen zu stellen, folgte ich ihm, so gut es ging.

„Oh, du willst mich schon verlassen?", säuselte es plötzlich übertrieben traurig in meinem Ohr, und überrascht von der viel zu nahen, schrillen Stimme, erschauderte ich. Nur gut fünf Meter vor uns landete plötzlich die Viper hörbar auf dem Boden und bemühte sich sogleich Halt unter ihre nackten Füße zu bekommen. Langsam richtete sie ihren Oberkörper auf und sah uns überheblich grinsend an.

„Wo willst du denn so schnell mit der Kleinen hin, Duncan? Hattest du mir nicht versprochen, mich in Astaroth zu besuchen?", schnurrte sie wie ein Kätzchen, woraufhin sich der Portalwächter umso mehr versteifte und mich abermals schützend hinter seinen Rücken schob.

„Ghilana! Ich hätte dich fast nicht wiedererkannt", brummte er gereizt, während die Schlangendämonin begann, ungeduldig vor uns auf und ab zu laufen.

„Was hast du zu deiner Verteidigung zu sagen, Wächter? Du weißt, dass ich nicht gerne warte, geschweige denn, dass ich es toleriere, versetzt zu werden. Ebenso wie du hoffentlich noch weißt, welch Versprechen ich dir gab, sollte ich nicht in deine Gesellschaft kommen", drang es bittersüß zwischen ihren feuerroten Lippen hervor, ehe ihre gespaltene Zunge lüstern darüber glitt. Ich schluckte schwer, denn diese Mischung aus Sexappeal und überdeutlicher Gefahr war alles andere als gut.

Ein tiefes Grollen bahnte sich seinen Weg aus Duncans Kehle. Sein Griff an meiner Hand verstärkte sich, und sofort durchfloss eine sanfte Magiequelle mein Handgelenk. *„Versuche dich zu entspannen, Sheeva, und mich vollends in deinen Geist zu lassen. Ghilana wird nicht lange ruhig bleiben und gewiss jeden Moment angreifen"*, ertönte Duncans Stimme in meinem Kopf und nun versteifte auch ich mich. *„Öffne dich für mich, und ich werde dein Kämpfer sein"*, schallte es abermals in meinen Ohren, und noch ehe ich verstand, was er mir damit sagen wollte, war es auch schon geschehen. Wie ein unsichtbares Band legte sich die Macht Astaroths um unsere verschränkten Hände und ich erschauerte. Heiß wie Lava drang der Strom aus lodernder Magie in meine Venen, und bahnte sich unverzüglich seinen Weg durch meinen zitternden Körper. Ich keuchte leise auf, als sich nur einen Augenblick später Duncans Feuer um meine verletzliche Seele schlang und dort mit der Kälte meiner Angst verschmolz.

Offenbar registrierend, dass Duncan Schutzmaßnahmen ergriff, kreischte Ghilana augenblicklich auf und stürmte los. Mit der Wendigkeit einer Schlange zischte sie über den staubigen

Sandboden und hinterließ eine Spur aus Flammen hinter sich. *Haben sich ihre Füße in einen Schwanz verwandelt?* Die Gefahr zu spät erkennend, wurden Duncan und ich unsanft durch Ghilanas wendigen Körper zu Boden katapultiert. Ohne Zeit zu verlieren, sprang der Krieger jedoch sofort wieder auf und riss auch mich unverzüglich auf die Beine.

In Sekundenbruchteilen war der Krieger von magischem Nebel umwoben. Hastig warf er einen Ball rot flammender Materie auf die Schlangenfrau, die jedoch gekonnt auswich und sich uns nun abermals näherte. Die spitzen Zähne gefletscht, preschte sie auf uns zu, doch Duncan war dieses Mal vorbereitet auf ihr Spiel. In Windeseile hatte sich der Krieger vom stattlichen Mann zum mit Muskeln bepackten Wolf verwandelt, der ohne zu zögern die Zähne bleckte und laut grollend nach der Viper schnappte.

Hektisch atmend wich ich ein paar Schritte zurück und sah mit Entsetzen dem wilden Treiben der beiden zu. Immer wieder versuchte die Viper Duncans Hals zu erreichen und ihre scharfen Zähne darin zu versenken, allerdings konnte auch der Krieger mit Schnelligkeit glänzen. Als die Frau jedoch überraschend von ihm abließ und Hals über Kopf in meine Richtung schoss, hätte ich schwören können, dass mein Herzschlag unmittelbar aussetzte und mir die Farbe aus dem Gesicht zog. Mit ebenso panischem Blick packte der Wolf energisch nach dem Schlangenschwanz und warf das Reptil kurzerhand in hohem Bogen aus meiner Reichweite.

Erst jetzt registrierte ich, dass die Verbindung zwischen Duncan und mir seit seiner Verwandlung unterbrochen worden war. Sollte mich in jenem Moment also ein Dämon angreifen wollen, wäre ich ihm schutzlos ausgeliefert, denn nicht einmal Duncan konnte auf mehreren Hochzeiten gleichzeitig tanzen. *Verdammt! Warum kann er mir nicht einfach eine Waffe in die Hand zaubern, die ohne Körperkontakt Bestand hat? Er ist doch ein verfluchter Dämon. Er sollte so etwas können!*

Ich schluckte schwer. Auch wenn ich es mir in diesem Augenblick von Herzen wünschte, durchströmte keine Magie mehr meinen Körper. Keine Waffen verliehen mir Macht und drängten die Angst zurück. Meine Seele fühlte sich wie weiche Butter an, mein Schädel dröhnte und mein Herz pulsierte in schnellen Stößen. Das hier war verdammt nochmal kein normaler Job, wie ich ihn sonst zu erledigen hatte. Noch nie hatte ich auch nur ansatzweise mit einem Dämonenfürsten zu tun, noch nie die Verletzlichkeit eines Neugeborenen erlebt oder gänzlich unbewaffnet inmitten eines dämonischen Krieges gestanden.

Eine mir unbekannte intensive Panik überwältigte mich, während Duncan und die Viper sich wieder einen verbitterten Kampf lieferten. Ich hörte das Blut in meinen Ohren rauschen, indes ich wie automatisiert meinen Blick nach hinten wandte, um zu sehen, wie es den anderen erging. *Eventuell kann mir einer von ihnen helfen!*

Wie durch trübes Milchglas blickend, entdeckte ich Amal, der am Rande meines Sichtfeldes mit drei Satyren kämpfte und sichtlich Mühe hatte, ihnen Herr zu werden. Unweit in seiner Nähe hatte Befana unterdessen ihren Kampf mit einem gigantischen Stier gewonnen, jedoch war ihr keine Verschnaufpause vergönnt worden, denn gleich darauf hatte Volacs gigantischer Wolf Gefallen an ihr gefunden. *Der Wolf ist allein? Was geht hier vor sich?* Volac konnte unmöglich verschwunden sein. Oder doch?

„Lauf Sheeva!", riss mich Duncan brüllend aus der Starre und keuchend wirbelte ich herum. Von des Wächters eindringlicher Stimme überrascht, tat ich, ohne nachzudenken, was er verlangte und nahm augenblicklich die Beine in die Hand. Wohin genau ich flüchten sollte, wusste ich nicht, doch mit dem Gefühl förmlich zu schweben, rannte ich so schnell ich konnte ohne Ziel voran.

„Spring auf!", hörte ich den rot-schwarzen Wolf nur einen Wimpernschlag später neben mir rufen und skeptisch, ob ich seinen Worten wirklich Glauben schenken konnte, presste ich ein ungläubiges „Bist du verrückt?" hervor. Grimmig fletschte Duncan die Zähne, packte ohne Vorwarnung nach meinem

Körper und schleuderte mich auf seinen Rücken. „Wenn ich sage „Spring auf", dann tu es das nächste Mal einfach, okay?"

Mein Puls raste und jeder Atemzug fiel mir schwer. Das hier konnte auf Dauer keinesfalls gesund sein. Ich würde einen Entspannungsurlaub brauchen, sollte ich dieses Chaos überleben.

Ein kurzer Blick nach hinten zeigte mir, dass wir verfolgt wurden. „Bist du bereit, sie fertigzumachen?", knurrte Duncan, indes er abermals ein Silberschwert in meiner Hand erscheinen ließ. „Halte es gut fest und versuch auf meinem Rücken zu bleiben", tönte es mir wild entgegen und ich ahnte, was gleich folgen würde.

Ohne eine weitere Vorwarnung schlug der Krieger in Wolfsgestalt einen Haken, um gleich darauf einen großen Bogen zu laufen und in die entgegengesetzte Richtung zu hasten.

„Verdammt, was hast du vor?", schrie ich und klammerte mich panisch an seinem weich umherwehenden Fell fest.

„Wir machen jetzt Schlangenleder aus ihr und werden sie durch deine Hand zur Strecke bringen", entgegnete mir Duncan voller Hass und setzte sogleich zum Endspurt an.

Erstaunt und doch offenbar auch zufrieden darüber, dass wir bereit waren, ihr Spiel mitzuspielen, lachte die Viper finster und leckte sich begierig über die Fangzähne. Furcht machte sich in mir breit. Verlangte Duncan wahrhaftig von mir, dass ich diese Kreatur mit der Silberklinge niederstreckte? „Ich habe noch nie einen Schwertkampf geführt", drang es irritiert aus meiner viel zu trockenen Kehle, doch es blieb nicht mehr viel Zeit, um mir weiter darüber den Kopf zu zerbrechen. Die Schlange befand sich bereits in unserer Nähe und ich konnte ihren Zorn deutlich in der Luft knistern hören.

Schlagartig durchströmte mich die Magie Astaroths und ließ mich leise aufkeuchen. *Heilige Scheiße!* Mir war sofort klar, dass es nicht meine eigene Höllenenergie war, die mich durchflutete, denn der waldige Geschmack nach Moos und Hölzern auf meiner Zunge, war mir nur zu gut von dem Wolf unter mir bekannt. Wie ein Tornado wirbelte Duncans Macht durch mich hindurch und benetzte jeden noch so kleinen Nervenstrang in mir. Ich fühlte mich in Sekundenbruchteilen lebendiger denn je, als sich die Magie wie eine warme Decke um meine schutzlose Seele legte und mir das Gefühl verlieh, Bäume ausreißen zu können. Ein tiefer Atemzug folgte und meine Sinne waren geschärft. Als würde ich selbst im Körper des Wolfes stecken, sog ich die Angst und den Groll um uns förmlich in mich auf.

Wohl ahnend, dass sie sich vor mir nicht sonderlich zu fürchten brauchte und der Wolf durch mein zusätzliches Gewicht in seinen Bewegungen eingeschränkt war, jagte die Viper mit weit aufgerissenem Maul auf uns zu. Doch ich verspürte keine Angst mehr, sondern war gänzlich eingehüllt in Duncans Hass gegen diese Kreatur. Ganz so, als würde mich eine unsichtbare Hand lenken, erhob ich selbstbewusst das silberne Schwert und machte mich bereit für den ersten Schlag. Sobald die Viper sich unweit neben uns war, schlug der Wolf einen Haken, sodass ich mich gleich darauf im direkten Angesicht mit der Schlange befand. Instinktiv wirbelte ich die schwere Klinge umher und schwang sie geradewegs auf den Kopf der Viper zu. Ich verfehlte ihn nur knapp, doch streifte das Silber unter deutlichem Zischen den schuppigen Oberarm der Schlangenfrau und hinterließ sogleich ein violettes Feuer auf ihrer Haut. *Wow!*

Erschrocken riss Ghilana die Augen weit auf und schien sichtlich verwundert zu sein. Duncan nutzte ihre Unsicherheit sofort für sich, schlug erneut einen Haken und setzte abermals durch mich zum Gegenschlag an. Und dieses Mal verfehlte ich sie nicht. Zähnefletschend erhob ich die Silberklinge und rammte sie voll ungezügelter Wut in die schuppige Schulter der Frau. Ein lautstarkes Kreischen erklang in meinen Ohren, ehe sich ein nach Schwefel riechender roter Nebel vor uns auftat und die Schlangendämonin verschluckte. Nun war ich verwundert. „Wo ist sie hin?"

Nach und nach in einen lockeren Trab fallend, hielt der Wolf schließlich an und sah sich prüfend in der Umgebung um. „Sie hat sich aus dem Staub gemacht, um ihre Wunden zu lecken.

Uns bleibt nicht viel Zeit", knurrte er düster und zog sogleich seine Energie aus mir zurück. Ein leises Keuchen entfuhr mir, denn mit seiner Magie entwich auch das Gefühl von Sicherheit. „Warum tust du das, verdammt? Ich will mich nicht fühlen wie ein Neugeborenes, das eingehüllt in eine dünne Decke auf einer bitterkalten Schneedecke liegt", fuhr ich ihn barsch an, während ich hilflos meine Arme um den Oberkörper schlang.

„Es ist besser für dich, glaub mir", entgegnete Duncan ruhig und setzte sich abermals mit mir in Bewegung. „Ich werde dich jetzt an einen sicheren Ort bringen, Sheeva. Hier ist es in deinem jetzigen Zustand zu gefährlich für dich. "

Gerade als ich ihm etwas entgegnen wollte, fuhr mir ein schmerzerfüllter menschlicher Schrei durch Mark und Bein, und noch ehe ich nachsehen konnte, was geschehen war, wusste ich, wem diese schrille Stimme gehörte. „Mom!"

Panisch wirbelte ich herum und schwang mich kurzerhand vom Rücken des Wolfes, um besser sehen zu können. „Sheeva, nein!"

Duncans Worte hallten in meinen Ohren wider, und doch erreichten sie nicht meinen Geist. Entsetzt schlug ich die Hände vor meinen Mund, als ich in etwa zweihundert Metern Entfernung eine zierliche Person sah, deren braunes Haar in wirren Strähnen auf dem Gesicht klebte, während sie sich mit panischem Blick auf dem Boden hin und her wand und offensichtlich nach Luft rang.

„Verfluchter Mist", schimpfte ich und startete augenblicklich den Versuch, zu ihr zu eilen. Im gleichen Moment nun wieder deutlich den festen Druck einer Menschenhand an meinem Handgelenk spürend, sah ich mich irritiert um. „Duncan? Was soll das werden?", fragte ich den zurückverwandelten Krieger entrüstet, der sich sofort dazu animiert fühlte, sich mir in den Weg zu stellen.

„Tu das nicht!", appellierte er an meinen Verstand, doch ehe ich mir Gedanken über seine Worte machen konnte, lenkte ein hämisches Gelächter meine Aufmerksamkeit wieder von ihm. „Ghilana!"

Wie eine Puppe hielt sie plötzlich den Körper meiner Mutter dicht vor ihre blutbesudelte Brust, derweil sie mit ihrer Schlangenzunge den in Rinnsalen austretenden Lebenssaft vom Hals meiner Mutter leckte. „Nein, verdammt! Was hast du mit ihr gemacht?", kreischte ich, indessen sich mein stark pulsierendes Herz schlagartig verkrampfte und nichts als Taubheit in mir zurückblieb.

„Schätzchen, haben du und der Köter etwa geglaubt, dass ihr ein so hinterhältiges Spiel mit mir spielen könnt? Ich muss zugeben, Duncan, das war ein cleverer Schachzug von dir. Mich durch ihre Hand unterwürfig machen zu wollen, wo es dir doch versagt ist, eine Seelenfresserin in die tiefen Abgründe Astaroths zu befördern", säuselte Ghilana bittersüß, ehe sie sich einen Blutstropfen vom Fangzahn leckte. *Verdammt, sie hat Mom gebissen?*

Alles einnehmende Leere, die sich wie ein Wirbelsturm in meinem zitternden Körper ausbreitete, und mich beinahe ohnmächtig zurückließ, nahm jede noch so winzige Zelle von mir ein. Ich wusste, dass eine Viper zur Familie der Giftschlangen gehörte und nach diesem mir dargebotenen Schauspiel hatte ich keinen Zweifel daran, dass es bei jener Dämonenschlange ebenso war.

Reflexartig zog ich an meinen mittlerweile beidseitig gefangen gehaltenen Armen und wütete wie von der Tarantel gestochen umher. Ganz gleich wie ich es auch anstellen und meine Mutter vom Gift befreien sollte, es musste schnell gehen, andernfalls würde sie sterben.

„Bist du denn von allen guten Geistern verlassen?", brüllte ich den Wächter wutentbrannt an, indes das wachsende Meer aus heißen Tränen immer weiter meine Sicht trübte. „Du verfluchter Bastard, ich breche dir deine gottverdammten Hände, wenn du nicht endlich mit diesem Scheiß aufhörst. Meine Mutter wird sterben, siehst du das denn nicht? Was ist verdammt nochmal nur in dich gefahren?", zischte ich, ehe sich mein rechter Arm aus seiner Umklammerung löste und ich ihm kräftig mit der Hand gegen den Brustkorb schlug.

„Beruhige dich, Sheeva, mir fällt schon was ein, wie wir sie ein weiteres Mal überlisten. Doch bis dahin werde ich weder dich noch mich in den sicheren Tod schicken. Hier sind Mächte am Werk, von denen du keine Ahnung hast. Sie ist eine Seelenfresserin und wird uns in Nullkommanichts ins Verderben stürzen", sprach Duncan grollend zu mir, indes sich das warme Prickeln seines Körpers zu einem tosenden Feuer in meinen Venen vermischte.

Schlagartig keimte in mir die Hoffnung auf, dass ich mir seine Macht ein weiteres Mal zunutze machen konnte. Sollte er doch bleiben, wo der Pfeffer wächst und seinen Plan alleine schmieden. Hier ging es um Leben und Tod und die Zeit saß uns im Nacken. *Keine Zeit, das ist es!* Schnell keimte in mir die Erinnerung auf, wie ich mich vor wenigen Tagen in einer ähnlich ausweglosen Situation befunden und an der Pforte zur Unterwelt einen Dämon mit Hilfe der Magie und meinen düsteren Gedanken niedergestreckt hatte.

„Wenn du mir nicht helfen willst, dann helfe ich mir eben selbst", murmelte ich unmerklich und entriss ihm auch meinen linken Oberarm. Bevor er jedoch wieder nach mir greifen konnte, umklammerte nun ich flink Duncans Hand, konzentrierte mich auf das überhebliche Grinsen der Viper und sammelte all meinen Groll zusammen. *Das muss einfach funktionieren.*

Energisch schloss ich meine Augenlider, brannte mir förmlich das Bild der Viper in den Schädel und ließ mich vollends von Duncans Magie einhüllen. Heiß wie Lava bahnte sich unverzüglich der Fluss aus Jenseitsenergie seinen Weg durch meinen Körper und ließ mich leise aufkeuchen. *Ob ich mich jemals daran gewöhnen werde?*

Als sich der Geschmack nach Moos und Hölzern in mir ausbreitete und das Höllenfeuer Astaroths mich beinahe zu verbrennen schien, riss ich die Augen auf.

Wie in Zeitlupe begutachtete die Schlangendämonin argwöhnisch den mittlerweile reglosen Körper meiner Mutter, hob ihn anschließend wie eine Trophäe gen Himmel und öffnete lüstern die roten Lippen, als wolle sie sich an etwas laben. Blauer Nebel waberte um den schlaffen Leib und floss in sanften Strömen unaufhaltsam am Arm der Viper hinab, geradewegs auf ihren Mund zu. Ich schluckte schwer, denn ich konnte nur erahnen, was das alles zu bedeuten hatte.

Wie in Trance erhob ich meinen rechten Arm, ignorierte Duncans wütende Schimpftirade und sammelte kurzerhand einen magischen Ball in meiner Hand. Mein Ziel direkt vor Augen, stürmte ich los und warf eine magische Materie nach der anderen in Richtung der Schlangenfrau. Überrascht von meinem Angriff verfehlte ihr geplanter Abwehrzauber zunächst seine Wirkung, woraufhin sie meine Mutter unsanft zu Boden katapultierte. Rasend vor Zorn schleifte ich Duncan hinter mir her und bedachte die Viper mit weiteren Energiestößen. Gerade als ich dazu ansetzte, die mithilfe meiner Gedanken geformten Messer nach ihr zu werfen, setzte die Viper jedoch zum Gegenschlag an. Überaus unsanft wurde ich durch ihre grün schimmernde Magiekugel von den Beinen gerissen und fand mich nun ebenso am Boden liegend wieder. „Verdammt!"

Ohne Zeit zu verlieren, versuchte ich mich aufzurappeln und tastete blindlings nach Duncans Hand, die ich bedauerlicherweise bei meinem Sturz losgelassen hatte. In der Annahme, dass er zusammen mit mir gestürzt war, suchten meine Finger hektisch den Untergrund ab, doch fanden sie nicht die vertraute Wärme des Kriegers.

„Kann ich vielleicht behilflich sein?", brummte es plötzlich raubtierhaft neben mir und überrascht sah ich mich danach um. „Volac!"

Beim Klang seines Namens verkrampfte sich jeder noch so kleine Muskel in mir und alle Hoffnung, auf eine positive Wendung, verpuffte.

In dem irrsinnigen Versuch, mich irgendwie davonstehlen zu können, kroch ich rücklings aus seiner Reichweite. Als ich jedoch gleich darauf von einem größeren Gegenstand aufgehalten wurde, kreischte ich erschrocken auf und drehte mich hastig danach um. Mit Entsetzen erkannte ich sogleich die reglose Hülle von Befanas Bruder hinter mir, der zusammengekauert auf der Seite lag.

„Oh mein Gott, Amal! Was ist mit dir passiert?", rief ich aufgewühlt aus, während ich versuchte, seinen muskulösen Körper auf den Rücken zu drehen. Mühsam blinzelnd sah er mich aus geschwollenen kleinen Schlitzen an.

„Sheeva? Es tut mir so leid. Ich war einfach nicht stark genug ... so viele Dämonen", krächzte es leise aus seiner Kehle, ehe er hörbar nach Luft rang und fürchterlich zu husten begann.

„Verdammt, was hast du mit ihm gemacht?", brüllte ich Volac geistesgegenwärtig an, während ich Amal das blutbeschmierte schwarze Haar aus dem sichtbar lädierten Gesicht strich und mit den aufsteigenden Tränen kämpfte. Ich wusste, dass er meinetwegen so zugerichtet worden war und es traf mich tief im Herzen, dass er die Ansicht vertrat, er wäre Schuld an seinem Zustand und nicht stark genug gewesen.

*Oh Gott, was geschieht hier nur? Was ist mit Befana? Und Duncan! Wo, zum Teufel, ist Duncan abgeblieben?*

Panisch blickte ich umher und entdeckte den Krieger nur unweit in meiner Nähe. Unter lautstarkem Krachen lieferte er sich einen gewaltigen magischen Schlagabtausch mit der Schlangendämonin, in den sich mittlerweile auch Raym eingemischt hatte. „Heilige Scheiße, was bist du nur für ein zähes Mistvieh", stammelte ich mehr zu mir selbst, und konnte kaum meinen Augen trauen.

„Oh, diese Bezeichnung würde meiner Zukünftigen aber gar nicht gefallen", lachte der Totenherrscher amüsiert auf, während er übertrieben ungezwungen in unsere Richtung schlenderte.

„Zukünftige? Wer holt sich freiwillig solch einen Drachen ins Haus?", murmelte ich vor mich hin und spürte sogleich einen schwachen Druck an meiner Hand, der mir wohl zeigen sollte, dass ich besser meine Zunge zügelte. Ein kaum spürbares Kribbeln durchzog mich, als abermals ein lautstarkes Husten aus Amals Kehle erklang. Vorsichtig richtete ich ihn ein Stück weit auf, damit er besser Luft bekam.

„So rührend deine Zuneigung für diesen Bastard auch mit anzusehen ist, mein Kind, ich habe nicht ewig Zeit, mein Sein im Diesseits zu vergeuden", grummelte Volac, ehe er einen schrillen Pfiff ausstieß und sich nur einen Wimpernschlag später der riesige Dämonenwolf an seiner Seite befand.

Ängstlich sah ich Amal an, denn ich ahnte bereits, was gleich folgen würde. Volac wollte uns beide in die Hölle verschleppen und uns zu seinen Sklaven machen, wie er es geschworen hatte. Fernab von all den Kreaturen, die uns zu helfen versucht hatten, würden wir dort eingepfercht in einen Käfig unserem Dasein frönen und Tag für Tag darauf warten, was uns als Nächstes aufgetragen wurde.

Bei diesem Hirngespinst durchzog sofort ein eisiger Schauer meinen Körper und ließ mich unweigerlich erzittern.

„Astaroth", hauchte Amal mir leise entgegen, doch ich verstand nicht, was er mir damit sagen wollte. „Feuer, Sheeva!" *Feuer?* Nun etwas fester nach mir greifend, spürte ich ein leichtes Prickeln in meiner Hand, gepaart mit dem süßen Geschmack nach Lakritz und blitzartig schoss es mir durch den Kopf. *Feuer, – wie Energie. Natürlich!*

Gerade als der Totenherrscher nach uns greifen wollte, schoss ein wahres Meer an Flammen um uns empor und ließ die beiden Höllenkreaturen einen Schritt zurückweichen. Zu meinem Bedauern jedoch hielt die Magie nicht lange an und der gerade noch vorhandene Schutzwall erlosch wieder. Zufrieden grinsend trat Volac erneut vor, griff in rasantem Tempo nach unten und zog Amal zu sich hoch. Viel zu spät realisierte ich seinen Angriff auf uns und verfehlte meine Chance, wieder auf die Beine zu kommen, da ich durch das griesgrämige Knurren des Wolfes sofort wieder in die Knie gezwungen wurde.

„Ein Kämpfer bis zum Schluss, das gefällt mir, Amal. Doch noch einmal legst du mich nicht mit deinen billigen Zaubertricks aufs Kreuz", presste der Legionenherrscher angewidert hervor, ließ einen mit Magie getränkten Ball in seiner klauenartigen Hand erscheinen und presste diesen fest gegen Amals Brust. „Wir sehen uns in der Hölle."

## Kapitel 26
### *Duncan*

**D**as lautstarke Kreischen einer Frau ließ mich instinktiv herumfahren und raubte mir kurzerhand die so dringend benötigte Konzentration. „Sheeva!" Ein Schlag gegen den bereits dröhnenden Kopf folgte und irritiert taumelte ich zur Seite.

„Du hättest so viel mehr haben können, als nur die sterbliche Hülle dieser Möchtegernprinzessin. Doch wofür hast du dich entschieden, Duncan?" Ein heißer Ball Jenseitsmagie traf mich hart am Oberkörper und abermals büßte ich etwas von meinem Gleichgewicht ein. „Du hast mich versetzt, verletzt und mich dem Spott einer Sterblichen ausgesetzt, McClary. Dafür wirst du bezahlen", zischte Ghilana und formte bereits eine weitere Kugel aus nun wieder grüner Materie.

„Hört dieses Gezeter denn niemals auf? Zieh zurück unter den Höllenstein, unter dem du hervorgekrochen bist, und hör auf uns mit deiner Midlifecrisis zu nerven", krächzte plötzlich Rayms vertraute Stimme über mir, der sich als weißer Rabe elegant durch die Lüfte schwang und bereits die nächste Attacke auf Ghilana in Angriff nahm. *Du kommst mir gerade recht, mein Freund.*

In Windeseile hatte auch ich mich zum Wolf verwandelt, der bereits seit geraumer Zeit danach lechzte, dieser hysterischen Dämonin Einhalt zu gebieten. Doch seitdem sie mich bei Sheevas Sturz kurzerhand überrumpelt und festgenagelt hatte, war mir bisher keine Möglichkeit dazu geboten worden. Ein kehliges Knurren ertönte, als mein innerlicher Dämonenwolf ins Licht trat und seinen Pelz einmal kräftig schüttelte. Schlagartig waren meine Sinne geschärfter als zuvor und so wusste ich in Sekunden von Bruchteilen, und ohne mich ein weiteres Mal umzudrehen, dass Amal kurz davor stand, schwer verletzt nach Astaroth verbannt zu werden. *Und auch Sheeva ist auf dem besten Weg ihm zu folgen. Verdammt!*

*„Hilf deinem Schützling, Duncan, ich erledige das hier"*, summte Rayms Stimme in meinem Schädel und dankbar die Lefzen

nach oben ziehend, nickte ich meinem gefiederten Kompagnon zu. „Danke, mein Freund, das werde ich dir nicht vergessen", murmelte ich unmerklich, ehe ich auf der Stelle kehrt machte, um Volac und seinem Höllenhund die Leviten zu lesen. In wildem Galopp preschte ich voran, das lodernde Feuer in meinen Venen deutlich spürend. Es war ein schönes Gefühl, endlich wieder meinen animalischen Trieben folgen zu können, obgleich ich mich gleichzeitig auch der Gefahr aussetzte, die Kontrolle zu verlieren. Der Wolf in mir war stark und verzehrte sich immer wieder aufs Neue danach, seine Zähne in saftiges Fleisch zu schlagen. Wobei es ihm gleich war, welches Opfer sich ihm in den Weg stellte. Ich hatte ihn all die Jahre immer wieder mit Zuckerbrot und Peitsche bei Laune gehalten, doch war das auf Dauer genug? In der Vergangenheit hatte er sich immer mal ein Stückchen mehr dagegen aufgelehnt. Schlussendlich war es wohl nur eine Frage der Zeit, bis er die Rangfolge infrage stellen und seinen Lohn einfordern würde.

Schnell schüttelte ich diesen Gedanken ab, denn für solche Art Machtspielchen hatte ich wahrlich keine Zeit. Die oberste Priorität lag nunmehr darin, Sheeva aus Volacs Klauen zu befreien und den Totenherrscher wieder dorthin zu schicken, wo er hingehörte. Sicher hatte man ihn um seinen Sold gebracht, doch Sheeva unrechtmäßig nach Astaroth zu befördern, stand nicht in seinem Ermessen. Ihre Seele war lebendiger denn je und ich wusste, dass ich alles daran setzen würde, dass dies auch noch lange so blieb.

Das Adrenalin in Sheevas Blutbahn deutlich witternd, biss ich die Zähne zusammen und stürmte geradewegs auf Volac und seinen Höllenhund zu. Energisch trieb ich den Wolf an, sich auf einen erbitterten Kampf vorzubereiten, denn sein Gegner war nicht nur doppelt so groß, sondern auch überaus kräftig. Es würde nicht einfach werden, ihn zu besiegen, doch kampflos aufgeben war keine Option.

„Lass mich in Ruhe, du räudiger Köter", hörte ich Sheeva brüllen, als dieser sich ihr mit gefletschten Zähnen immer weiter näherte, um sie am Fliehen zu hindern. *Verfluchter Schweinehund!* Ein animalisches Knurren erklang, als ich zum letzten Mal einen Haken schlug, zum Sprung ansetzte und mich fest vom Boden abstieß. *Showtime!*

Sehnsüchtig riss ich bereits während des Fluges mein Maul auf, um meine Zähne in das zottelige Fell meines Gegenübers zu schlagen. Der dumpfe Klang zweier gegeneinanderschlagender Körper ertönte, gefolgt von dem scharfen Reißen der zähen Dämonenhaut, die unter dem Druck meiner Zähne nachgab. Genüsslich schloss ich für einen Wimpernschlag die Lider und ergötzte mich am bittersüßen Geschmack seines Blutes auf meiner Zunge. Fest packten meine Kiefer zu, während der Höllenwolf gemeinsam mit mir auf dem Boden aufschlug.

Da ich wusste, dass ich nur eine Chance hatte, verlor ich keine Zeit, biss ein zweites Mal fest zu und begann kräftig meinen Schädel zu schütteln, um dem Dämon ein Stück seiner selbst zu entreißen. Schnell hatte dieser jedoch den ersten Schock überwunden und schnappte nun ebenso nach mir. Mich weiter in seinem Rücken verbeißend, versuchte ich angestrengt eine geeignetere Stelle seines Körpers zu erreichen, denn auf Dauer würden diese, für ihn kleinen, Wunden nicht den gewünschten Erfolg erzielen. Der Wolf wand sich und schlug zornig mit den Läufen aus, doch ich dachte nicht daran, meine Kiefer von ihm zu lösen. Energisch bohrte ich meine Krallen in seine Haut und stieß mich kurzerhand etwas von ihm ab, um auf schnellstem Wege seine Kehle zu erreichen.

Plötzlich durchzog ein scharfer Schmerz meinen Leib, und noch ehe ich wirklich realisierte, woher genau dieser kam, wurde ich auch schon durch die Luft geschleudert. Unsanft prallte ich auf dem Boden auf und rutschte noch ein paar Meter darüber. Ein donnerndes Grollen folgte und wissend, dass der Höllenhund mächtig sauer auf mich war, rappelte ich mich, trotz der sich ausbreitenden Qualen in mir, wieder auf. Die Ohren und das Fell sichtbar aufgestellt, zog der übergroße Wolf seine Lefzen weit nach oben und sah mich aggressiv an. Ich wusste, dass er keine Sekunde zögern würde, um mich in die ewigen Jagdgründe zu schicken, denn ihm mangelte es gehörig an Respekt, geschweige denn wusste er überhaupt, wer hier vor ihm stand. Eigentlich konnte er einem leidtun, denn er war, wie so viele Dämonen, nur ein Sklave der Hölle und keinesfalls fähig, zwischen Recht und Unrecht zu unterscheiden.

Dem durchbohrenden Blick meines Gegenüber standhaltend, bemerkte ich im Augenwinkel Amals geschundenen Körper, der wie eine Marionette an Volacs ausgestrecktem Arm hing, und geradewegs durch des Totenherrschers Magie zurück nach Astaroth geschickt wurde. Und ich erkannte Sheeva, die mich mit weit aufgerissenen Augen ansah, als hätte ich meinen Verstand verloren. *Vielleicht habe ich das tatsächlich?* Immerhin war ich in diesem Moment bereit, mein Leben für eine Sterbliche zu geben.

Das laute Gebrüll des Höllengetiers riss mich aus meinen wirren Gedanken und sofort war auch ich wieder vollends auf einen Kampf eingestellt. Ich fühlte, wie die Magie Astaroths heiß durch meine Venen floss und bittersüßes Adrenalin in mein Herz pumpte. Sofort zog sich ein elektrisierendes Gefühl von meinen Pfoten bis in die Fellspitzen, die sich sofort spürbar aufrichteten und in Flammen aufgingen. Alles in mir war bereit. Mit loderndem Blick fixierte ich meinen Gegner, der bereits wütend mit den Pfoten scharrte und zähen Speichel aus seinem Maul tropfen ließ. *Jetzt oder nie!* Ohne ein Vorzeichen stürmte ich los und als hätte Volacs Gefährte nur darauf gewartet, setzte auch dieser zum Sprung an. Wie zwei wilde Bestien, die einen verbitterten Kampf um ihre Beute führten, prallten wir aufeinander. Immer wieder wirbelten unsere Mäuler umher, schlugen gegeneinander und verkeilten sich. Ein wildes Gerangel entstand und wo eben noch der Himmel in düsterem Rot glänzte, war im nächsten Augenblick nur noch Staub und Dreck zu sehen. Ich schnappte ins Leere, fühlte und schmeckte die staubige Luft um uns herum, trat im nächsten Moment wild um mich und stand gleich darauf wieder auf meinen vier Pfoten. Ein flüchtiger Blick auf Sheeva folgte, die offensichtlich gerade dabei war, in Richtung ihrer reglosen Mutter zu eilen, jedoch gleich darauf unsanft von Volac zu Fall gebracht wurde.

„Verdammt", stieß ich zornig hervor, und machte mich sofort auf den Weg, ihr zu Hilfe zu eilen. Kaum hatte ich jedoch eine Pfote zur Seite gesetzt, wurde ich abermals von dem riesigen

Wolf zu Boden gerissen. Sein speichelndes Maul schnappte nach mir, während seine übergroßen Pranken mich am Boden fixierten. Auf dem Rücken liegend, wand ich mich mühsam unter ihm, biss ihm kurzerhand in den Vorderlauf und konnte mich befreien. Volacs Schoßhund schnappte erneut nach einem meiner Beine und schüttelte daran, sodass büschelweise Haare in seinem Maul klebten. Den ziehenden Schmerz jedoch zu ignorieren versuchend, trat ich nach ihm aus und versuchte mich auf mein Innerstes zu konzentrieren. Das Feuer in mir brodelte wie ein heißer Vulkan, und so packte ich nach des Wolfes Schulter und fühlte, wie sich meine Zähne mit flüssiger Lava füllten. Mein Biss saß bombenfest und sofort floss das siedende Feuer aus mir, direkt in des Dämons Körper. Ein kläglicher Schrei folgte, doch blieb mir keine Zeit mehr, meine Folter zu vollenden. Ruckartig wurde ich nach hinten gerissen, durch die Luft geschleudert und fand mich unlängst am Boden wieder.

Nur mühsam rappelte ich mich auf und versuchte das Geschehene zu begreifen. „Volac", grummelte ich düster, während ich ihn mit gebleckten Zähnen zornig ansah. Der Totenherrscher stand indessen mit gewölbter Brust vor mir, die Arme zur Seite ausgestreckt und die Handflächen nach oben gerichtet. Sanfte Wellen aus Jenseitsmagie sammelten sich an seinen Fingern und warteten förmlich darauf, eingesetzt zu werden.

„Du enttäuschst mich, Wächter. Ich hätte gedacht, dass du schlauer bist. Stattdessen unterwirfst du dich dieser Sterblichen und rammst mir bildlich gesprochen das Messer in den Rücken", drang es grollend aus seiner Kehle, ehe er seine Magie sichtbar bündelte, sie gleich darauf von einer Hand zur anderen überging und die Luft bedrohlich knisterte. Ein leises Stöhnen erklang schräg hinter mir und instinktiv fuhr ich herum. *Sheeva!*

„Habe ich dich in der Vergangenheit nicht immer wieder unterstützt und dir Zugeständnisse gemacht, Duncan? Das ist nun der Dank dafür?" Mein Blick fuhr zurück zu Volac, dessen Zorn ihm deutlich in das vernarbte Gesicht geschrieben stand.

„Ich habe einen Schwur geleistet, Herr, und wie ihr wisst, steht es mir als Wächter nicht frei, diesen zu brechen", versuchte ich ihm entgegenzukommen, doch änderte sich nichts an seiner Haltung. Abermals riskierte ich einen kurzen Blick auf Sheeva, deren Gesicht blutbeschmiert war und die sich nur mühsam aufzurappeln vermochte. *Verflucht, was hat er mit ihr angestellt?*

„Bezahlt für eure Sünden und erwartet meine Strafe", drang es plötzlich voller Hass aus Volacs Kehle, indes sich seine Pupillen in ein flammendes Inferno verwandelten. Ein sichtbarer Energiefluss sammelte sich in rasantem Tempo um seinen Körper. Wie ein Strom aus flüssigem Feuer drang die Macht Astaroths aus der Erde und vermischte sich sogleich mit dem lodernden Energieball in seinen Händen. Das Ausmaß dieser sichtbaren Bedrohung ließ keinen Zweifel daran, dass Volac alles um uns herum dem Erdboden gleichmachen wollte – angefangen mit Sheeva und mir.

Ein letztes Mal ließ ich meinen Blick zwischen der Menschenfrau und dem Totenherrscher hin und herspringen. Welche Option hatte ich noch, sie zu retten? Noch ehe ich michs versah, spielte sich alles wie in Zeitlupe ab. Die gebündelte Höllenenergie aus seinen Händen befreiend, lachte der Dämonenherrscher düster auf und bleckte die messerscharfen Zähne. Unaufhaltsam schoss daraufhin seine Höllenenergie in unsere Richtung, geradewegs auf Sheeva zu. Mein Verstand setzte aus und ich fühlte schlagartig nichts als Leere in mir. Sollte ich wirklich zum ersten Mal in meinem Dasein einen Schwur gebrochen haben? Hatte ich ihr denn nicht versprochen, dass ihr kein Leid geschieht? Gab es nicht noch so viele Dinge, die unausgesprochen waren? Wer würde ihren Platz einnehmen, wenn weder sie noch ihre Mutter diesen Tag überlebten?

Ohne zu zögern, tat ich das einzig Richtige in dieser Situation. Mit einem Satz drehte ich meinen pelzigen Körper zur Seite, presste mit aller Kraft meine Krallen in die Erde und stieß mich energisch vom Boden ab. Mein Ziel fest im Blick, hielt ich geradewegs auf Sheeva zu, die mit weit aufgerissenen Augen einen letzten Fluchtversuch zu wagen versuchte. Doch es blieb keine Zeit mehr. Den magiegetränkten Ball direkt neben mir schweben sehend, biss ich die Zähne fest zusammen und trieb den Wolf zur Höchstleistung an. Schneller als je zuvor preschte er in rasantem Galopp voran, während nach und nach alles um mich herum verstummte. Kein wütendes Gebrüll, kein Hass, kein Gefühl von Reue störte meinen Weg. Einzig mein Herzschlag schien einen Moment auszusetzen, als ich schließlich zum finalen Sprung ansetzte. Meinen lodernden Blick in Sheevas weit aufgerissenen Augen sehend, positionierte ich meinen Körper direkt vor ihren zitternden Leib, um sie vor der lodernden Macht Volacs zu schützen. Bereit, mich den schützenden Händen des Abyssums hinzugeben, zeigte ich Sheeva ein letztes Mal mein menschliches Antlitz und lächelte sie liebevoll an.

Ein entsetzliches Geschrei drang in meine Ohren, gefolgt vom Dröhnen der sich nähernden Magie. Ich spürte, wie Sheeva ihre zitternden Arme um mich schlang und sich fest an mich schmiegte, ehe sie von mir mitgerissen und zu Boden geschleudert wurde. Eng umschlungen rutschten wir über die Erde und warteten auf das Ende. Tief sah ich ihr in die tränenunterlaufenen Augen, sog ihren lieblichen Duft in mich ein und speicherte ihn in meiner gottverdammten Seele, um mich daran zu erinnern, sobald ich in die letzte Ruhestätte der Krieger eindrang.

Ein ohrenbetäubender Knall ertönte und wissend, dass nun meine Zeit gekommen war, schloss ich zufrieden lächelnd meine Lider und sprach noch einmal meinen letzten Gedanken laut aus. „Sheeva!"

Sekunden vergingen und nichts als Lärm herrschte um mich. Ich spürte keinen Schmerz, schmeckte kein Blut. Ein dumpfes Surren betäubte meine Ohren, während ich auf den Tod wartete. Das heftige Beben von Sheevas Brust zeigte mir, dass sie noch am Leben war. Doch warum konnte ich es noch immer so deutlich fühlen, wenn ich doch längst im Jenseits hätte schmoren sollen? Irritiert riss ich die Augen auf.

Panik stand in Sheevas Gesicht geschrieben, derweil sie mir irgendetwas zu sagen versuchte. Jedoch vernahm ich einzig ein verschleiertes Murmeln. Nur mühsam erlangte ich meine Orientierung wieder und versuchte meinen massigen Körper zu erheben. Kraftlos sackte ich gleich darauf ein wenig ein, biss jedoch die Zähne zusammen und schaffte es schließlich, mich aufzurappeln.

„Duncan? Ist alles in Ordnung bei dir?" Zärtlich tastete Sheeva zuerst mein Gesicht und schließlich auch meinen Oberkörper ab, um ihn auf eventuelle Blessuren zu untersuchen. Prüfend packte auch ich sie bei den Schultern und sah ihr tief in die Augen.

„Alles okay, und bei dir?" Ein stummes Nicken folgte, ehe ihr Blick plötzlich eine Ausdruckslosigkeit annahm, die ich so noch nicht bei ihr gesehen hatte. Tränen schossen ihr in die vor Schreck geweiteten Augen und erkennend, dass sie etwas Furchtbares gesehen haben musste, folgte ich ihrem Starren. Was meine düsteren Augen dann erblickten, konnte schmerzhafter nicht sein. Etwa zwei Meter von uns entfernt lag eine schlanke Gestalt in Form einer Raubkatze. Das einst bläulich schimmernde Fell hatte gänzlich seinen Glanz verloren und strotzte vor Dreck und Blut. Eine tief klaffende Wunde, die sich von ihrer Hüfte bis hin zu ihrer Schulter zog, zeugte von einer überaus schweren Verletzung. „Befana, nein!"

Wie in Trance sprang ich auf und humpelte zum reglosen Körper der Winterdämonin. Schmerzlich ließ ich mich neben sie fallen und tastete mit zitternden Händen vorsichtig ihren Leib ab, doch sie rührte sich nicht. „Bef?", wagte ich einen Versuch, sie zu erwecken, doch bekam ich keinerlei Reaktion. Wie ein unsichtbarer Dolch schnitt der Schmerz des vermeintlichen Verlustes sich tief in meine Seele und ließ mich atemlos zurück. Alles in mir verkrampfte sich und schien nichts als betäubende Leere in mir zurückzulassen. Den bitteren Geschmack der Trauer hinunterschluckend, biss ich die Zähne zusammen und strich Befana sanft über den leicht kühlen Leib. „Zum Teufel, Bef, was hast du getan?", platzte es schmerzlich aus mir heraus, während ich ihren schmalen Leopardenkörper dicht an mich zog und sie fest an mich gedrückt hielt. Mein Schädel dröhnte und ließ keinen klaren Gedanken mehr zu. „Warum, zur Hölle, hast du das getan? Nicht du! Ich sollte an deiner Stelle liegen, du solltest leben!", schimpfte ich mit brüchiger Stimme, ehe ich sanft meine Lippen auf ihre Stirn presste und eine einsame Träne sich ihren Weg über meine Wangen bahnte.

„Wächter des Höllenportals, höre mich an", drang plötzlich eine dumpf grollende Stimme zu mir, doch war ich zu ohnmächtig, um darauf zu reagieren. Sollte doch die Hölle einfrieren. Ich hatte gerade eine gute Freundin verloren. Mehr noch: Hätten in Astaroth andere Gesetze geherrscht, wäre sie meine Gefährtin gewesen.

Abermals stach der Dolch bei diesem Gedanken scharf in mein loderndes Herz und hinterließ tief in mir ihren Namen, wie eine unsichtbare Narbe.

„Wächter, die Zeit verrinnt", sprach erneut das düstere Raunen zu mir und erzürnt darüber, wer es wagen konnte, in dieser Situation eine Forderung an mich zu stellen, sah ich voller Hass und mit gefletschten Zähnen auf. Rot glühende Augen starrten mich selbstbewusst und herrisch an, doch es waren keinesfalls Volacs Augen, wie ich es zunächst vermutet hatte. Es waren die Augen eines Dämons, der noch weit mehr Macht besaß als der Totenherrscher.

„Orcus!", schluckte ich meine Verbitterung mit Nachdruck hinunter, kam jedoch nicht umhin, das leichte Zittern meiner Trauer zu bemerken. „Wie kann ich euch dienen, Herr?", fragte ich beiläufig, während ich Befanas Leib noch immer fest an mich presste und mich vorsichtig erhob.

„Bring sie auf direktem Wege dorthin, wo sie hingehört, Wächter. Ihr bleibt nicht mehr viel Zeit", sprach der Herrscher der Unterwelt kühl zu mir und irritiert sah ich ihn an. Ein unmerkliches Zucken umspielte für den Bruchteil eines Augenblicks seinen Mundwinkel und ließ mich verwundert auf die in meinen Armen liegende Leopardin blicken. Ein kaum sichtbares Flackern tanzte über ihrem Brustkorb und deutete auf einen Funken Leben in ihr. Adrenalin schoss in meine

Venen und brachte mein Herz zum Stolpern. Abermals sah ich Orcus an, der jedoch unverzüglich mit den Fingern schnippte und einen magischen Durchgang für uns öffnete.

„Volac", stammelte ich geistesgegenwärtig, doch hatte Orcus diesen Einwand wohl erwartet, denn sofort deutete er zu seiner Rechten, wo der Herrscher des Totenreiches samt seinem Höllenwolf unter magischen Arrest gestellt worden war und sich nicht zu rühren vermochte.

„Haben wir es geschafft, Duncan? Bringst du mich heim?" Verwundert sah ich ein letztes Mal nach unten, als die überaus geschwächte Stimme der Winterdämonin in mein Ohr drang. Schmerzlich lächelnd und dennoch auch überaus glücklich, dass sie noch lebte, nickte ich ihr zu und begab mich geradewegs auf das schimmernde Portal zu. Ein letzter flüchtiger Blick streifte Orcus mächtige Gestalt, denn obgleich ich keine Ahnung hatte, was ihn aus Astaroth hierherbeordert und womit ich seine Güte verdient hatte, so war ich doch auch unendlich dankbar dafür.

Kapitel 27
*Sheeva*

**M**ein Körper zitterte wie Espenlaub, als ich Duncan mit Befanas reglosem Körper von dannen ziehen sah. Ich hatte diese Dämonin kaum gekannt und doch war ich zutiefst bestürzt über ihren plötzlichen Tod und in einer Art Trance gefangen. Wie ein Sturzbach entlud sich das angestaute Meer an Tränen aus meinen Augen. Ich wusste, dass Duncan sie tief im Herzen geliebt und dass es ihm gewiss das Herz gebrochen hatte, als er sie leblos vor sich liegen sah. *Es ist alles nur meine Schuld. Hätte er sich nicht vor mich geworfen, um Volacs Angriff von mir abzuwenden, hätte Befana sich nicht für ihn geopfert. Mein Gott, die beiden haben sich so geliebt und durften es nicht einmal zeigen und werden es auch nie mehr zeigen können.*
Nervenschwach strich ich mir über das blutbeschmierte Gesicht. Ich wusste um meine eigenen körperlichen Verletzungen und doch waren sie nichts, im Vergleich zu den seelischen Qualen, die mich in jenem Moment heimsuchten. *Warum ist der Tod nur so schrecklich barbarisch*, fragte ich mich unter erneuten Tränen und sofort schoss es mir wie ein Blitz durch den Schädel. *MOM!*
Irritiert wirbelte ich herum, zu der Stelle, wo sie noch vor wenigen Minuten gelegen und nach Luft gerungen hatte. Doch konnte ich sie nirgends entdecken. Stattdessen brannte sich das abscheuliche Bild in meinen Schädel, das nur unweit vor mir zu sehen war. Voller Entsetzen schlug ich mir die Hände vor den Mund und taumelte ohnmächtig einen Schritt zur Seite. Leichen, wohin meine Augen auch sahen. Der Boden rot von Staub und Blut. Dämonensöldner und Krieger gleichsam verteilt, zeichneten das blutige Bild eines erst kürzlich vollendeten Kampfes. *Oh mein Gott!* Auf der Suche nach bekannten Gesichtern entdeckte ich Raym, der sich niedergeschlagen die Spuren des Kampfes von den Wangen wischte. Mäßigen Schrittes begutachtete er die geschundenen und teils zerstückelten Körper seiner Verbündeten als auch

Volacs einstigen Dämonensklaven. Raym schien überaus bestürzt zu sein, denn offensichtlich waren auch gute Bekannte unter den Geschändeten. Andächtig ließ er ein wahres Farbenmeer aus Magie in seinen Händen erscheinen, die sich sogleich wie eine schützende Decke über die Überreste der Verstorbenen legte. Eingehüllt in Rayms dämonischen Zauber, erhoben sie sich gen Himmel, die Arme weit zur Seite ausgebreitet. Wie geflügelte düstere Engel richteten sie sich auf, ehe ein kaum wahrnehmbares Puffen erklang, und einzig ein schwacher Nebel noch von ihrer vorherigen Existenz zeugte.

„Sheeva", erklang mit einem Mal mein Name in düsterem Raunen und schlagartig aus der Abschiedszeremonie gerissen, wirbelte ich erschrocken herum. Alles in mir war angespannt und ich konnte deutlich das rasante Pulsieren meines Herzen auf meiner Haut spüren. Wie ein Lasso schlang sich unverzüglich ein unsichtbares Band um meinen bebenden Körper und ließ mich atemlos zurück. *Den hatte ich ja fast vergessen.*

Vor mir stand ein Dämon der oberen Klasse, daran hatte ich keinen Zweifel. Er war hochgewachsen und sein Körper rot wie der des Teufels persönlich. Langes dunkles Haar wallte um sein markantes Gesicht, an dessen Stirn zwei nur leicht ausgeprägte Hörner prangten. Prüfend musterte er mich mit ernsten Zügen, indes ich erst jetzt wirklich registrierte, was er die ganze Zeit über in seinen Händen hielt. Scharf sog ich die elektrisierende Luft um uns ein und konnte kaum glauben, was ich sah. Mit ausdrucksloser Miene präsentierte der Dämon mir den Leib meiner Mutter, die vollkommen reglos in seinen Armen lag und den traurigen Anschein erweckte, als würde sie schlafen. „Oh mein Gott", platzte es ungehalten aus mir heraus, indes ich der Versuchung nahe war, zu ihr zu eilen und sie in meine Arme zu schließen. Wissend jedoch, dass ich einer mächtigen Kreatur der Hölle gegenüberstand, schlang ich meine Arme lieber fest um meinen bebenden Körper und versuchte mich zu beruhigen.

„Ich bin zwar nicht Gott, sondern Orcus, doch lass dir versichern, dass ich deiner Mutter kein Leid getan habe und es auch nicht in meiner Absicht steht", redete der Dämon überraschend beschwichtigend auf mich ein und näherte sich mir mit bedachten Schritten. Zu meiner Verwunderung wich ich dieses Mal nicht zurück, sondern stand entschlossenen Blickes an Ort und Stelle.

„Was hast du dann mit ihr vor? Weshalb bist du hier und was ist mit Volac geschehen?", verlangte ich nach Antworten und reckte mein Kinn selbstbewusst vor, um ihm zu zeigen, dass er mich weder um den Finger wickeln noch mir irgendetwas vorspielen konnte.

Ein beinahe sanftes Lächeln huschte über sein Gesicht, indessen er weiter auf mich zukam, und bald unmittelbar vor mir stand. Sogleich fiel mein Blick auf meine Mutter. Ihre Atmung war flach und ihre Lider vor Schwäche nur halb geöffnet. Ihr Haar hing in wirren Strähnen an ihr herab und das angetrocknete Blut an ihrem Hals zeigte deutlich, dass die Viper sie wirklich gebissen und mit ihrem Gift geimpft hatte.

*Ghilana!* Bei diesem Gedanken wurde mir sofort speiübel und reflexartig sah ich mich nach der Schlangenfrau um. *Verflucht, wo steckt sie?*

„Sie befindet sich bereits in Astaroth, Sheeva. Dort wird sie gemeinsam mit Volac dem Ordensrichter vorgeführt werden und ihre gerechte Strafe erhalten", erklärte mir Orcus, der offensichtlich jeden meiner Hirngespinste mitverfolgen konnte.

„Volac wird nach Astaroth überstellt?", erkundigte ich mich und sah verwundert auf die beiden Höllenkreaturen, die wie versteinert in einer Art magischem Gefängnis steckten und sich offenbar nicht rühren konnten.

„Er hat die Regeln Astaroths gebrochen, Sheeva. Als ich davon erfuhr, dass er eigenmächtig Seelen raubt und Menschen dazu missbraucht, Dämonen zu beschwören, die anschließend nicht in den Schoß des Jenseits zurückkehren, sondern stattdessen Unheil in deiner Welt hervorrufen, wollte ich es mit eigenen Augen sehen. Volac hat versucht, seine eigene Hölle zu erwecken, und die Welt ins Verderben zu stürzen, ohne darüber nachzudenken, welch Auswirkungen es für Astaroth und seine Gefolgschaft hätte. Gewiss, ich bin ein Fürst der Unterwelt und in deinen Augen sollte es wahrscheinlich auch in meinem Interesse sein, überall Chaos zu streuen. Doch lass dir versichern, dass es auf Dauer weder mir noch den Bewohnern Astaroths etwas nützt. Wir nähren uns von der Angst der Menschen, sind der Kompost für eure Ungläubigen. Doch wie sollen wir existieren, wenn niemand mehr da ist, der uns seine Seele überlässt? Welche Aufgabe soll den Dämonen zuteilwerden, wenn niemand sich ein besseres Leben wünscht und Verträge mit uns schließt? Alles auf diesem Planeten hat seinen Platz und seine Bestimmung, Sheeva, und auch wenn du es in diesem Moment vielleicht nicht verstehen kannst, so wird die Zeit kommen, an dem du alles ein wenig klarer siehst", sprach Orcus mit tiefer Stimme zu mir und überraschte mich, dank seiner Offenheit, erneut. *Warum erzählt er mir das alles und was hat meine Mutter damit zu tun?*

Erneut blickte ich auf ihren geschundenen Körper und schluckte schwer. Sie schien keine Schmerzen zu haben und zudem eine irritierende Glückseligkeit zu verspüren, die mir einen eisigen Schauer bereitete. Orcus spürte allem Anschein nach, was in mir vorging, denn ohne ein weiteres Wort zu sagen, gab er den Leib meiner Mutter aus seinen Armen frei und ließ ihn, wie durch Zauberhand, vor mir schweben. Ich keuchte fassungslos auf und schlagartig überkam mich ein merkwürdiges Gefühl des Abschieds. Mit Nachdruck meine Emotionen zu ignorieren versuchend, trat ich einen Schritt auf meine Mutter zu und schloss sie gleich darauf in meine Arme. Unverzüglich brach ich in Tränen aus.

„Mom, oh Gott, es tut mir alles so leid", hauchte ich ihr stimmenschwach entgegen und konnte kaum glauben, dass ich sie noch einmal in meinen Armen halten konnte. Eng umschlungen sog ich ihren Duft tief in mich ein und wurde sogleich von der warmen Macht Astaroths durchflutet. Erschrocken wich ich zurück und musterte verwundert den geschwächten Körper meiner Mutter.

„Sheeva", krächzte sie leise und deutete an, dass ich mich ihr wieder nähern sollte.

„Ja, Mom, ich bin hier", antwortete ich und ergriff vorsichtig ihre Hand. „Sheeva, mein Schatz, es tut mir so leid, dass ich nicht ehrlich zu dir gewesen bin, ebenso wie es mir leidtut, dass ich wohl keine Gelegenheit mehr haben werde, dir eine bessere Mutter zu sein." Ein leises Röcheln erklang hinter ihrem Brustkorb, und sofort zog sich mir die Kehle zu.

„Du wirst wieder gesund, versprochen. Ich werde alles tun, dass es dir schnell besser geht, okay?", bemühte ich mich, ihr Mut zu machen, doch sofort winkte meine Mutter ab.

„Du warst noch nie eine gute Lügnerin, mein Kind. Es tut mir leid, dass ich dir nicht viel früher alles offenbart habe und es tut mir leid, dass ich nicht bei dir sein werde, wenn sich alles gefügt hat, wie das Schicksal es vorsieht", setzte meine Mutter unter leisem Krächzen wieder an, doch gerade, als ich ihr erneut widersprechen wollte, legte sie zärtlich ihren Finger auf meine zitternden Lippen. „Bitte versprich mir, dass du deine Schwester aufsuchst und dich von ihr lehren lässt. Geh noch einmal zum Hohen Rat und höre ihn an. Er wird dir vergeben und Licht in das Dunkel bringen, das dich als Auserwählte noch immer umgibt", sprach sie in Rätseln zu mir und verwirrt starrte ich sie mit feuchten Augen an.

„Es wird Zeit für mich, Sheeva", erklang es nur noch unmerklich aus ihrem Mund und ängstlich griff ich nach ihrem Arm. Mein Herz pulsierte in kräftigen Stößen hinter meiner Brust, während ich Mühe hatte, den so dringend benötigten Sauerstoff in meine Lungen zu pressen.

„Nein, Mom, du hast noch alle Zeit der Welt, hörst du? Du kannst mich jetzt nicht allein lassen. Ich weiß doch gar nicht, wie es weitergehen soll. Du darfst mich nicht verlassen! Du darfst nicht", stammelte ich und krallte mich tränenschwer an ihrem verschlissenen Oberteil fest.

„Du wirst niemals allein sein, Sheeva. Wenn du mich brauchst, wirst du mich finden, wenn du Hilfe benötigst, wird der Wächter für dich da sein. Ich werde immer in deinem Herzen sein, Sheeva, immer."

Die Atmung meiner Mutter wurde flacher, und obgleich mein Innerstes bereits wusste, dass jede Hilfe zu spät kam, wollte ich es mir nicht eingestehen. Abermals rann ein Meer aus Tränen über meine Wangen und ein unterdrücktes Schluchzen entwich meiner Kehle.

„Mom, bitte nicht. Ich habe dir doch noch so viel zu sagen. Bitte, Mom. Ich liebe dich." Beinahe ohnmächtig schlang ich meine Arme ein letztes Mal fest um ihren Oberkörper.

„Ich liebe dich auch, mein Kind. Du bist noch immer das wertvollste und größte Geschenk in meinem Leben. Ich bin so verdammt stolz auf dich, Schatz." Zufrieden lächelnd strich sie mir ein letztes Mal über die nasse Wange, ehe ihre Lider sich langsam schlossen.

„Mom?" Keine Antwort entglitt mehr ihrem schmalen Hals und kein leises Röcheln war mehr zu hören. Einzig der zufriedene Ausdruck auf ihrem Gesicht war geblieben, als Orcus ihren reglosen Leib zaghaft aus meiner Umklammerung löste.

Alles einnehmende Leere fraß sich in Windeseile wie eine unersättliche Raupe durch meinen Körper und ließ mich ohnmächtig zurück. „Mom!" Abermals hatte ich ihren Namen gerufen, doch glitt sie immer weiter aus meinen zitternden Händen, ohne mir noch ein letztes Wort zu schenken. Mein Herzschlag setzte aus, denn ich konnte und wollte einfach nicht begreifen, dass hier und jetzt unsere gemeinsame Zeit enden sollte.

„Warum", keuchte ich unter Tränen und schlug mir vollkommen aufgelöst die Hände vor den zitternden Mund. Immer weiter driftete sie von mir weg, geradewegs in Orcus Arme zurück.

„Ihre Zeit war gekommen", sprach der Dämonenfürst ruhig zu mir, doch ich wollte das nicht hören.

„Nein, verdammt nochmal! Sie hätte so viel mehr Zeit haben sollen. Warum hast du nichts unternommen? Du hättest ihr doch helfen können. Du bist ein verfluchter Fürst der Hölle. Wenn nicht du, wer sonst hätte sie retten können?", brüllte ich voller Zorn und Verzweiflung, ehe ich erschöpft auf die Knie sank und wütend auf den staubigen Erdboden einschlug. „Du hättest ihr helfen können", wimmerte ich hilflos vor mich hin und versuchte den brennenden Schmerz in mir zu ertragen. Feucht drang es immer weiter aus meinen Augen und vernebelte meine Sicht, indessen ich mich schluchzend der Pein hingab, die mich vollkommen einhüllte.

„Wenn die Zeit wahrhaftig gekommen ist, kann niemand das Schicksal aufhalten, Sheeva. Glaub mir, ich habe es versucht", hörte ich Orcus sanftes Raunen direkt neben mir, ehe sich ein sanfter Druck auf meine Schultern legte. Unfähig, einen Blick auf ihn zu werfen, ließ ich es geschehen und kämpfte weiter darum, nicht am Seelenschmerz zu zerbrechen. „Das hat deiner Mutter gehört. Sie hätte gewollt, dass du es bekommst", erklang abermals Orcus Stimme, ehe sich das Gefühl von warmen Sonnenstrahlen auf meine Brust legte. Schlagartig wurde es still um mich herum und irritiert sah ich auf.

Orcus war verschwunden und mit ihm auch meine Mutter. „Nein", presste ich schwach hervor und versuchte mich so schnell es ging aufzurappeln. Tränenschwer ließ ich meinen Blick von einer Seite zur anderen gleiten, in der Hoffnung, ihn noch irgendwo zu entdecken. *Nichts.*

Zu meiner Überraschung war auch Volac verschwunden und mit ihm der riesige Höllenwolf. Der zuvor blutbesudelte Boden wirkte, als hätte es nie einen Kampf gegeben. Die unzähligen Dämonenleichen waren ins Höllenreich zurückgekehrt und selbst Raym stand bereits an der magischen Pforte, die schon Duncan vor ihm mit Befana durchschritten hatte.

Verzweiflung machte sich in mir breit und so stolperte ich erschöpft in seine Richtung. „Raym", presste ich gequält hervor, woraufhin der Krieger sofort versuchte, das magische Tor vor dem Verschluss zu bewahren.

„Sheeva!", erklang mein Name wie eine sanfte Melodie aus seinem Mund, ehe er mich ausgiebig musterte und bedrückt zu Boden sah. „Es tut mir leid, was geschehen ist. Du hast mein tiefes Mitgefühl", richtete er seine Worte voll hörbarem Bedauern an mich, und sofort stach der unsichtbare Dolch ein weiteres Mal tief in mein Herz.

„Wo bringt er meine Mutter hin, Raym? Er wird ihre Seele doch nicht Volac überlassen, oder?" Bei dieser Vorstellung schnürte sich meine Kehle in rasantem Tempo zu.

„Nein, Sheeva. Volac wird gerichtet werden, während Orcus deiner Mutter einen Platz im Abyssum herrichtet. Sie hat ihm viel bedeutet, weißt du?", hörte ich Raym sagen und sofort fiel mir ein Stein vom Herzen. Doch was meinte er mit *„Sie hat ihm viel bedeutet"*?

Abermals durchzog mich eine wohlige Wärme, gefolgt von einem leichten Prickeln an meinem Handgelenk. Ich versuchte einen klaren Kopf zu bekommen, doch war dies ein aussichtsloses Unterfangen bei dem stechenden Schmerz, der darin sein Unwesen trieb.

„Was meinst du damit, Raym?"

„Ich muss gehen, Sheeva. Nutze die Möglichkeiten, die dir gegeben wurden und suche weiter nach Antworten", sprach er in Rätseln zu mir und deutete mit dem Finger auf meine Kehle. Irritiert folgte ich seinem Blick, sah an mir herab, und musste mit Erstaunen feststellen, dass ein kleines Amulett mit rot funkelndem Stein meinen Hals schmückte. Zaghaft ließ ich meine Finger darüber gleiten und spürte sogleich das längst bekannte Prickeln, welches mich stets durchzog, wenn die Macht Astaroths in mich eindrang. „Oh mein Gott, ist es das, was ich denke?", fragte ich mehr mich selbst, doch folgte unverzüglich Rayms Antwort.

„Es wird dir helfen, unsere Welt zu betreten, wann immer du es wünschst. Und es wird dir nützlich sein, solltest du die Magie Astaroths brauchen. Leb wohl, Sheeva." Ein letztes herzliches Lächeln legte sich auf das Gesicht des Raben, ehe seine Statur immer mehr im Jenseitsnebel verschwand.

„Raym warte! Was ist mit Orcus. Ist er der, wofür ich ihn halte?", schrie ich ihm nach, doch einzig ein unmerkliches, „Das kannst nur du allein herausfinden", war noch zu hören. Das magisch hervorgerufene Tor zur Unterwelt schloss sich und zurück blieb nur ein sanftes Glimmen. Irritiert und verletzt blickte ich ihm nach und sofort hüllte mich die alles einnehmende Leere wieder ein.

Da stand ich nun, auf einem riesigen unsichtbaren Scherbenhaufen aus abtrünnigen Dämonen, verräterischen Kollegen, tapferen Kriegern und dem Anbeginn meines Seins – meiner Mutter. Traurig blickte ich über das brachliegende Stück Land vor meinen Füßen, eingehüllt in den alles durchbohrenden Schmerz in mir. Doch ich weinte nicht, vergoss keine Träne mehr, sondern dachte an die letzten Worte meiner Mutter und den stolzen Blick in ihren Augen. Ich wusste, was ich zu tun hatte, wusste, dass das Leben trotz dieses bitteren Verlustes weiterging.

Ebenso wie mir klar war, dass sie immer bei mir sein würde, sollte ich sie brauchen. Und so biss ich meine Zähne zusammen, wischte mir die bereits vergossenen Tränen aus dem Gesicht, straffte meine Schultern und umklammerte beinahe schüchtern das kleine Stück Metall um meinen Hals. Das warme Gefühl von Geborgenheit und Schutz floss augenblicklich durch mich hindurch und hinterließ eine gewisse Unbeschwertheit in mir.

Sanft lächelnd schloss ich die Lider und atmete einmal tief durch. *Ich werde für dich stark sein, Mom, und wenn es das Letzte ist, was ich tue.*

*~ Ende ~*

## Danksagung

Ich danke meinem Ehemann Matthias, dass er mir immer die Zeit gibt, meine Geschichten zu Papier zu bringen, dass er mir bei all meinen Höhen und Tiefen zur Seite steht, und immer an mich glaubt. Du bist das Beste, was mir je passiert ist. Ich liebe dich.

Ich danke all den lieben Menschen aus der Lyx-Storyboard-Autorengruppe, dass sie einem immer mit Rat und Tat zur Seite stehen und Mut zusprechen. Ihr seid wie eine zweite Familie für mich geworden und ich möchte keinen von euch missen. Danke, dass es euch gibt! Ihr seid großartig.

Insbesondere geht ein großer Dank an meine Autorenkolleginnen Carmen Gerstenberger und Maria Föderl. Ich möchte euch in meinem Leben nicht mehr missen. Ihr seid wie zwei Schwestern für mich, die tief in meinem Herzen verankert sind. Danke, dass ich euch zu meinen Freunden zählen darf und danke, dass ihr so wundervolle Menschen seid. Ich hab euch lieb.

Ich danke außerdem Rica Aitzetmüller von Cobu Graphics für die wundervollen Cover, die du mir immer zauberst. Du hast ein wahnsinnig großes Talent und ich bin stolz, dass dein Cover mitgeholfen hat, diesen Wettbewerb zu gewinnen.

Zu guter Letzt danke ich all meinen treuen Lesern. Nur für euch begebe ich mich auf die großen Abenteuer dieser Welt und lege mich mit dem Teufel persönlich an. ;-)
Ich freue mich, dass ich euch mit meinen Geschichten begeistern kann und hoffe, dass wir noch viele gemeinsame Abenteuer erleben werden.

Danke für alles.
Nancy Steffens